# NACHRICHT AN ALLE

Michael Kumpfmüller

# NACHRICHT AN ALLE

Roman

Kiepenheuer & Witsch

Der Autor dankt dem Deutschen Literaturfonds e. V. und dem
Berliner Senat für die großzügige Förderung.

2. Auflage 2008

© 2008 by Verlag Kiepenheuer & Witsch, Köln
Alle Rechte vorbehalten. Kein Teil des Werkes darf in
irgendeiner Form (durch Fotografie, Mikrofilm oder ein
anderes Verfahren) ohne schriftliche Genehmigung des
Verlages reproduziert oder unter Verwendung elektronischer
Systeme verarbeitet, vervielfältigt oder verbreitet werden.
Umschlaggestaltung: Barbara Thoben, Köln
Umschlagmotiv: © Michaël Borremans, *The Journey* (2002),
mit freundlicher Genehmigung der Zeno X Gallery, Antwerpen
Autorenfoto: © Stefan Olah
Gesetzt aus der Sabon
Satz: hanseatenSatz-bremen, Bremen
Druck und Bindearbeiten: GGP Media GmbH, Pößneck
ISBN 978-3-462-03967-2

*Für Eva*

# AT THE BOTTOM OF
EVERYTHING

Selden mixte sich gerade einen Drink, als die Nachricht kam. Wahrscheinlich ist es Per, dachte er, ein letzter Einfall zu den stockenden Verhandlungen, mit denen sie sich seit Tagen herumschlugen, vielleicht auch Britta, die mal wieder nicht schlafen konnte, drüben im fernen Europa, wo es früher Morgen war.

Nicht jetzt, dachte er. Ihr könnt mich mal.

Er stand eine Weile am Fenster, sah die Stadt, ein paar spärlich erleuchtete Fenster, tief unten das milchige Licht der Ampeln, vereinzelt Wagen, kaum Passanten. Der Nebel hatte sich verzogen. Drüben vom See her waren die Schwaden seit Tagen bis in die obersten Stockwerke gestiegen und hatten den riesigen Hotelkomplex in Watte gehüllt, aber jetzt, gegen halb zwei, war es fast klar, man bekam auf einmal ein Gefühl für den Raum, alles schien unermesslich weit und zugleich dicht gedrängt, vollgestopft mit Details, jetzt, in einem der seltenen Augenblicke, in denen er für sich war, etwas erschöpft, aber wach.

Er dachte an den kommenden Tag, die langen Stunden, die vor ihm lagen, die ganze Fusselarbeit innerhalb und außerhalb der Konferenzsäle, zog sich Schuhe und Jackett aus, setzte sich an den Schreibtisch, wo auch das Handy lag, dann die Nachricht. Alles sehr entspannt.

Die Nachricht war von seiner Tochter. Er klickte sie an

und dachte: Komisch, was sie bloß will, jetzt, um diese Zeit, was will sie um diese Zeit von ihrem Vater.

Hallo Paps, fing sie immer an, aber diesmal begann sie anders: *O mein Gott*, begann sie. *Es hat eine Explosion gegeben. Es ist entsetzlich. Wir stürzen ab. Betet für mich. Ich liebe Euch.*

Das war alles. Nur ein paar Sätze. Er nahm sie zur Kenntnis, hatte aber nicht den Eindruck, dass er etwas begriff. Er las sie ein zweites Mal, scrollte von oben nach unten, wo er endlich ihren Namen fand, Absender: Anisha, die bekannte Nummer, gesendet: 07:37:41, das Datum von morgen. Der erste Reflex war: Wieso morgen. Und dann: Das ist ein Scherz. Anisha, komm. Was soll das. Warum machst du das. Was ist los. In unterschiedlichen Variationen.

Einige Sekunden saß er da und wartete, wohin das Pendel ausschlug. Machst du mir Angst, machst du mich wütend, glaube ich, was da steht, halte ich es für möglich. Okay, mal langsam, dachte er. Von einer Reise weiß ich nichts. Sie lebt in Rom. Sie hat Kinder. Sie muss früh raus. Ich kann sie anrufen. Ich rufe sie einfach an.

Er wählte ihre Nummer, wartete auf das Freizeichen und bekam eine Frauenstimme, die auf Italienisch erklärte, dass der Teilnehmer vorübergehend nicht erreichbar sei. Sie hatte mal was von Stockholm erzählt. Ein Termin in Stockholm. War das jetzt? War sie auf dem Weg dorthin? Er versuchte es über das Festnetz. Er ließ es lange läuten, an die fünfzehn Mal, sah ihre Wohnung an der lauten Piazza, das Telefon im Flur, Anisha im Bademantel, wie sie den Kindern in der Küche das Frühstück machte, mit der schlafwandlerischen Routine der Mutter, die sich darüber wundert, dass zu dieser Stunde jemand anruft, an einem Dienstagmorgen im März. Es nahm niemand ab. Auch der Anrufbeantworter sprang nicht an, vielleicht hatten sie ihn versehentlich nicht angestellt.

Er begann sich zu ärgern. Mehr wütend als besorgt schrieb er ihr eine SMS. *Anisha, was soll das. Bitte melde dich. Aber sofort. Dein Vater.* Für kurze Zeit war er damit zufrieden. Er hatte getan, was er konnte, auch wenn es mehr oder weniger ein Witz war, hier, in diesem Zimmer im vierunddreißigsten Stock mit dieser Nachricht.

Er schaltete den Fernseher ein, der in einer Box vor dem Bett stand. Er schaute bei CNN, dann bei den kanadischen Sendern, die aber nichts hatten. Er glaubte es einfach nicht. Es war nicht möglich. Etwas in ihm versuchte zu widersprechen, weil ja klar war, dass es möglich war, es gab Unfälle mit Vögeln, einen Schaden im Triebwerk, es gab Anschläge. Nicht sie, dachte er. Warum nicht sie, dachte er. Was wäre, wenn. Dieses Spiel. Selbst wenn es vorläufig nicht den geringsten Beweis dafür gab.

Ein paar Bilder, eine Meldung, wären ein Beweis gewesen. Einen Anschlag, eine Katastrophe mit mehreren hundert Toten würden sie doch sicher melden. Aber nichts. Im Fernsehen das übliche Programm. Ein Film, noch ein Film, viel Werbung, eine Late-Night-Show, auf CNN Bilder von der neuesten Anschlagserie am Hindukusch.

Es waren mehr als vierzig Kanäle. Betont langsam ging er sie nacheinander durch, in aufsteigender Folge, dann rückwärts, während er in seinem Inneren mit anderen Bildern kämpfte, Bildern von brennenden Flugzeugen, ein rauchender Feuerball am Himmel, und dann wie im Film ein Schnitt und seine Tochter in einer der hinteren Sitzreihen, wie sie zu Tode erschrocken die Sauerstoffmasken aus der Decke fallen sah.

Er versuchte mit ihr zu reden. Ein paar Sekunden sah

er genau, was war, was ihr bevorstand. Dann nicht mehr. Er dachte: Warum schreibst du mir nicht, was los ist. Wie es weitergeht. Er dachte: Herr, lass es nicht sein. Sie hatte geschrieben: *Betet für mich. Es ist entsetzlich.* Und tatsächlich begann er jetzt zu beten, wütend, dass sie ihn dahin brachte, dass sie womöglich dabei war, sein Leben zu zerstören.

Er musste mit jemandem reden. Er stellte den Ton ab und rief Per an, aber der hatte sein Handy schon ausgeschaltet. Er versuchte es bei Britta, die bestimmt noch schlief, doch er hatte sie gleich dran. Sie klang verschlafen. Hallo, hallo? Wer ist da? Bist du's? Ich hab geschlafen, entschuldige. Was ist los? Wie spät ist es bei euch?

Er sagte ihr, was los war, in ein paar Sätzen, mit welchen Bildern er kämpfte.

Na, komm, sagte sie. Das ist nicht dein Ernst. Sie fand das alles absurd. Reg dich nicht auf.

Ihre auf Anhieb plausible Theorie lautete: Anisha hat ihr Handy verloren, jemand hat es ihr gestohlen, der neue Besitzer liebt makabre Späße.

Vergiss es, sagte sie.

Er bat sie, trotzdem den Fernseher anzuschalten.

Jetzt?

Ja, jetzt.

Na, gut. Bleib dran. Bleibst du dran?

Ja, sicher, ich bleib dran.

Er hörte, wie sie aufstand, das Rascheln des Bettzeugs. Er meinte zu sehen, wie sie sich hochrappelte und in ihren Morgenmantel schlüpfte, wie sie ins Wohnzimmer ging, ein paar Schritte vor ihm, ungläubig wie er selbst, ein bisschen belustigt, vielleicht auch nicht. Die paranoide Weltsicht eines Innenministers, würde sie denken. Es ist *deine* Tochter, nicht meine, würde sie denken, ob sie wollte oder nicht. Jetzt hörte man Stimmen. Sie durchsuchte die Sender. Einmal gab es Musik, dann wieder Text, die Stimme einer Frau, eines Manns, das quakende Durcheinander eines Zeichentrickfilms. Von einer Nachricht keine Spur.

Komm, beruhig dich, sagte sie. Bist du sicher? Lies nochmal vor.

Er las noch einmal vor. *Es hat eine Explosion gegeben. Ich liebe Euch.*

Britta sagte: Mein Gott. Wie im Film. Und dann, wie um sich zu korrigieren: Was ist das bloß für ein Mensch, dass er uns allen so einen Schrecken einjagt.

Selden sagte: Ich versuche, jemanden im Ministerium zu erreichen. Halt die Leitung frei, ich melde mich.

Als er aufgelegt hatte, nahm er sich noch einmal die Nachricht vor, die genaue Struktur, wie sie komponiert war. Vielleicht hatte er ja noch gar nicht verstanden, was sie bedeutete, von wem sie wirklich stammte. Wort für Wort, Buchstabe für Buchstabe ging er alles durch, die technischen Angaben, Absender, Sendedatum, die Telefonnummer. Wenn man es genau betrachtete, gab es weder einen Adressaten noch einen genauen Absender. Es war eine Nachricht an alle von niemandem. *Betet für mich*, hatte sie geschrieben, also hätte sie doch schreiben müssen: *Eure Anisha*. Aber das schrieb sie nicht. Als wollte sie sagen: Welche Anisha. Anisha gibt es nicht mehr, nicht mehr lang, ihr könnt euch ausrechnen, wie lange noch.

Auf einmal erschien es ihm ziemlich unwahrscheinlich, dass es ein Scherz war. Welches kranke Hirn sollte sich das ausdenken. Ein Jugendlicher, der gerade einen dieser Filme gesehen hatte und sich in Gedanken daran aufgeilte, wildfremde Menschen in Angst und Schrecken zu versetzen?

Wieder sah er sie in der Maschine, kurz nach der Explosion, oder was immer dort vorgefallen war, die schreienden Passagiere, *die Wolken der Angst,* weiter vorne ein klaffendes Loch, halb rechts ein Feuer, beißenden Rauch, und dann auf einmal die Anisha von früher, wie sie lachend inmitten einer Landschaft stand, auf einem weiten Feld, mit dem Blick nach oben in den Himmel. Sie beobachtete etwas. Es war nicht erkennbar, was, man bekam es nicht ins Bild, aber man sah sie eindeutig lachen, als wäre sie gleichzeitig hier unten, auf sicherem Boden, und dort oben, in dieser Hölle.

Er versuchte es noch einmal bei Per. Plötzlich hatte er Per. Der hörte sich alles an, nahm die Sache ernst, aber auch nicht zu sehr, nicht, solange es keine Fakten gab.

Ich hatte das Ding schon abgedreht. Auf einmal denke ich: Stell es nochmal an. Was wir jetzt brauchen, sind Fakten. Wofür haben wir den Apparat.

Er sprach es nicht aus, aber es war verdammt nochmal zu früh. Entwarnung oder nicht Entwarnung, alles eine Frage der Zeit. Das betraf zunächst den Absturz selbst. Dann die Feuerwehr. Wann trifft sie ein? Die Rettungskräfte. Wie lange dauert das? Das Weiterleiten schlechter Nachrichten an die Medien, obwohl sich schlechte Nachrichten bekanntlich am schnellsten verbreiteten.

In den Nachrichten nichts, sagst du?

Selden schaltete unablässig hin und her. In den Nachrichten hatten sie weiterhin nichts.

Per fragte: Soll ich hochkommen? Aber Selden sagte: Nein, nein, finde nur endlich raus, was da los ist. Ich werde allmählich verrückt.

Seit dem Eintreffen der Nachricht waren höchstens dreißig Minuten vergangen. Er versuchte noch einmal zu beten, wie ein Kind, das mit einer höheren Macht in Verhandlungen tritt: Gib mir das, dann geb' ich dir das, ir-

gendeinen Tausch, etwas, das ihm wirklich am Herzen
lag, ohne dass er sah, was das hätte sein können. Es handelte sich um eine Strafe, eine Rechnung, die man wider-
spruchslos zu akzeptieren hatte. Wurde das Schlimmste
wahr, war es die Quittung für seine Sünden, sein Versagen als Vater, als Mann, als Politiker.

Er begann, sie wie eine Tote zu behandeln, nur zur Probe, aber wie eine Tote. Arme Anisha. Was hätte ich dir
noch alles gewünscht. Ich hoffe, du hast geliebt, ein einziges Mal ohne Wenn und Aber, ich hoffe, du hattest guten
Sex. Die Kinder fielen ihm ein, Anishas Postkarten aus
Rom, ihre krakelige Schrift, mit der sie ihm ab und zu
Einblick in ihr Leben gewährte, ein verbummelter Nachmittag am Fluss, im Bikini am Ufer des Tibers, während
die Zwillinge friedlich im Wagen schliefen.

Was immer man den Toten wünscht im Nachhinein.
Was sie versäumt haben. Was wir alle von Anfang an versäumt haben.

Plötzlich dachte er an Ruth, mit der er seit Jahren
kaum Kontakt hatte. Ruth vor dem Gerichtsgebäude,
am Tag der Scheidung, wie sie ihm gratulierte, Ruth am
Friedhof, ziemlich schwarz und sehr jung, an der Seite
eines ihrer Liebhaber, der ihr flüsternd erklärte, warum
es keinen Sarg gab, nur eine leere Zeremonie, für einen
Schatten, einen Namen.

Einen Moment lang wollte er sie anrufen. Aber mit
welcher Botschaft. Sie würde ihn auslachen. Hör schon
auf. Hast du nichts Besseres zu tun? Du lässt alle paar
Jahre von dir hören, und dann das?

Er durchsuchte weiterhin die Kanäle, rauf und runter,
aber nichts. Auch Per hatte nichts. Beruhig dich. Die Maschine läuft. Es war kurz nach zwei. Normalerweise wäre er längst im Bett gewesen, die letzte Runde der Konferenz begann um neun, aber wahrscheinlich musste er

da nicht mehr hin. Der Gedanke hatte etwas Erleichterndes. Wenn sie tot war, musste er da nicht hin. Er würde packen, er würde abreisen. Weiter kam er nicht. Er sah sich mit Per im Wagen auf dem Weg zu Britta, Britta in der offenen Tür, die ersten gemeinsamen Stunden, mit einer neuen Vorsicht, alles sehr leise, behutsam, voller unerwarteter Liebe.

Gegen halb vier brachten sie die ersten Bilder. Sie mussten schon eine Weile zu sehen gewesen sein, sie waren da und zugleich nicht da, es dauerte eine Ewigkeit, bis er realisierte, was sie bedeuteten. Jemand flog im Helikopter über eine Absturzstelle. Man sah verbrannte Erde, rauchende Trümmer, an diversen Stellen Feuerwehr und Rettungsfahrzeuge, am Rande einer ländlichen Siedlung, darunter einen roten Balken mit der Schlagzeile: 180 Tote bei Flugzeugabsturz, keine Überlebenden.

Mach mir keinen Kummer, dachte er.

Du warst so klein bei der Geburt, so schrumpelig.

Du musst. Mach mir keinen Kummer.

Gleich jetzt, in der nächsten Einstellung, würde er sie sehen, etwas benommen, mit ein paar Schnittwunden im Gesicht, wie sie aus einem Haufen Asche stieg, sehr verwirrt, vielleicht auch verletzt, mit Verbrennungen dritten oder vierten Grades, na gut, aber seine Tochter. Wo steckte sie bloß? Man musste sie doch sehen, sie konnte sich doch nicht in Luft aufgelöst haben. Aber sie zeigten immer die Bilder aus dem Helikopter, von weit droben, sodass es nicht möglich war.

Das Flugzeug sah irgendwie filetiert aus, dachte er, wie ein kunstvoll auseinandergenommener Fisch, aus dieser Höhe sehr klein, sodass es völlig unwahrscheinlich schien, dass jemals Menschen darin Platz gefunden haben sollten.

Wenig später brachten sie die ersten Aufnahmen vom Boden. Ein rauchendes Wrack war zu sehen, aus der Nähe die Reste des Cockpits, eine ausgebrannte Turbine, größere Teile vom Rumpf, sieben, acht Fenster am Stück, an denen ebenfalls Brandspuren zu erkennen waren, weiter weg verstreutes Gepäck, ein Kinderspielzeug, nirgendwo Tote, nirgendwo Verletzte. Man konnte sich kein rechtes Bild machen. Es waren bestimmte Ausschnitte, der wohldosierte Schrecken am frühen Morgen. Jemand hatte mit der Kamera draufgehalten, jemand anderes hatte verfügt, was sendbar war. Keine verbrannten Körper, keine Verstümmelungen schien die Devise zu sein.

Über die Absturzstelle hieß es unbestimmt: ein Vorort von Rom, circa siebzig Kilometer nordöstlich, im Wagen eine Strecke von einer Stunde. Weiter war die Maschine nicht gekommen. Selden war die Route mit Anisha und den Kindern schon gefahren. Ja, doch, er meinte sich zu erinnern. Er dachte: Na siehst du, hättest du den Wagen genommen. Das nächste Mal nimm den Wagen, die Kinder hinten in ihren Sitzen vergiss nicht anzuschnallen, und dann los, es ist ein schöner Tag, um diese Stunde gibt es kaum Verkehr, bitte pass auf.

Er merkte, wie er sie schon wieder belehrte. Ganz der Vater. War es nicht an der Zeit, dass er damit aufhörte? Solange sie lebte, würde er sie insgeheim ermahnen. Solange er sie noch ermahnte, lebte sie auch.

Es begann zu klopfen, er dachte, in ihm drin, aber es war an der Tür, der an der Tür stand, war Per. Er war sehr bleich. Um Gottes willen, ich glaub es nicht. Und Selden: Komm, setz dich. Schau dir das an. Als hätte er soeben eine Entdeckung gemacht. Haben wir das nicht immer gepredigt? Es kann uns alle treffen, überall und zu jeder Zeit. Und jetzt das. Jetzt bin ich dran.

Per ging nicht darauf ein, er sagte, was sie hatten. Wir versuchen, die Passagierliste zu bekommen. Eine Maschine nach Stockholm, so viel steht fest. Was um Himmels willen wollte sie in Stockholm?

Selden saß am Rand des Bettes und starrte bewegungslos in den Fernseher.

Wir müssen ihre Mutter verständigen. Die Kinder. Ich weiß noch nicht mal, ob sie die Kinder mithatte.

Hallo?, sagte er, weil Per nicht reagierte, und Per sagte: Die Kinder, mein Gott, hoffentlich nicht, obwohl es kaum denkbar war.

Eine Stimme aus dem Fernseher sagte: *The fatal air crash happened next to a small village. Two houses are completely destroyed. Imagine this happening in a city like Rome.*

Man sah einen Nachrichtensprecher und an seiner Seite einen Experten, der sehr vorsichtig über die Möglichkeit eines Anschlags spekulierte. Es war von einem ersten Bekennerschreiben im Internet die Rede, das gerade auf seine Echtheit überprüft werde. Das war der Stand. Sie brachten eine Liste mit den letzten Anschlägen, Anschläge, zu denen sich jemand bekannt hatte, Anschläge, die vielleicht Unfälle waren, dazu lauter Namen von Städten: London, Berlin, Tokio, ein kurzer Abriss der Geschichte des beginnenden 21. Jahrhunderts.

Bei Per klingelte alle paar Minuten das Handy. Es gab neue Informationen aus der Hauptstadt, über die Schwierigkeiten mit den italienischen Behörden, die sich weiterhin vergeblich um eine Passagierliste bemühten.

Sie war da drin, es bestand kein Zweifel.

Nie und nimmer war sie da drin. Es konnte nicht sein.

Per hatte sich schon nach Flügen erkundigt. Morgen früh um sieben über Detroit nach Brüssel und dann weiter mit einer Maschine der Luftwaffe.

Ja, gut, sagte Selden. Das ist gut. In ein paar Stunden. Dann packen wir. Ich muss noch packen, sagte er.

Er wollte sofort zum Flughafen, ihr noch einmal nahe sein, eine Verbindung mit ihr aufnehmen, etwas mit Flugzeugen, auch wenn es ein völlig abwegiger Gedanke war.

Jetzt gleich?

Ja, gleich, in der nächsten halben Stunde, wenn es dir recht ist, sagte er. Und ruf Britta an. Britta soll ihre Mutter verständigen. Und dann pack bitte die Sachen.

Er hörte Per, wie er mit Britta telefonierte, aber weit weg, ein ruhiger vernünftiger Dialog zwischen zwei Menschen, die nicht betroffen waren, dazu in einer Endlosschleife die Bilder.

Sie rührt sich nicht von der Stelle, berichtete Per. Du sollst sie anrufen, sobald du kannst. Sie wusste gar nicht, was sagen. Sag ihm, wer ich bin. Ich bin seine Frau, hat sie gesagt.

Ja, gut, schau, da, sagte Selden, weil sie schon wieder etwas Neues hatten, einen Reporter in unmittelbarer Nähe der Absturzstelle, keine hundert Meter weit weg. Er erläuterte in knappen Sätzen die Lage vor Ort, wie es dort roch, die Streuweite der Trümmer, wie schrecklich alles war. Ein paar Leute aus dem Dorf berichteten, was sie gehört und gesehen hatten, den großen Lärm, das Licht, für das sich keine Erklärung fand, hinten beim Sportplatz, denn dahinten, wo es das große Feuer gab, befand sich bis vor kurzem ein Sportplatz.

Alles schien unerträglich nah, fast greifbar. Man müsste sich bloß umdrehen und hätte alles aus nächster Nähe. Man könnte versuchen, sie zu finden, die Toten, die Verletzten. Man könnte versuchen, ihnen zu helfen. Aber der Reporter machte keine Anstalten. Seltsam, er trug ein kurzärmeliges Hemd und spulte ungerührt seinen Text ab. Wie vor einer Leinwand. Im Hintergrund der neueste Horrorfilm, wir zeigen vorab die besten Szenen. Er drehte sich nicht mal um. Doch, jetzt schien er sich zu bewegen, aber nur ein wenig nach links, wo die Reste einer riesigen Tragfläche zu erkennen waren. Der Reporter machte eine weit ausladende Bewegung mit dem Arm, fast eine Verbeugung, und dazu sagte er: *It's horrific, really horrific. Unbelievable.*

Wann hast du sie zuletzt gesprochen, fragte Per, und Selden, der sich nicht gleich erinnerte: Vor ein paar Wochen unterwegs im Wagen, nein, an meinem Geburtstag, aber auf jeden Fall im Wagen, ich weiß nicht.

Sie hatte nie gerne telefoniert. Sie schrieb ihm ab und zu eine SMS, alle paar Wochen eine Postkarte, kurze Mitteilungen zum Stand der Dinge, nichts, an das man sich später in allen Einzelheiten erinnerte, allenfalls den Ton, den vertrauten Singsang der Routine, mit der sie sich gegenseitig bestätigten, dass sie am Leben waren.

Noch in den letzten Minuten vor dem Absturz hatte sie Nachrichten verschickt. Hatte sie seine Antwort noch erhalten? Was mochte ihre Reaktion gewesen sein? Hatte sie gelacht? Hatte sie den Kopf geschüttelt? Wieder sah er sie dort oben in diesem Inferno, wo alle paar Sekunden eine neue Kurzmitteilung eintraf, dann sich selbst, keine Stunde später, unten auf diesem Trümmerfeld, wie er etwas suchte, einen letzten Rest, eine Spur, ein Stück Stoff, ihr wie durch ein Wunder unversehrtes Handy. Welche Nachrichten hatte sie noch gelesen, welche nicht mehr? Das müsste sich doch feststellen lassen, oben im Display, selbst wenn es am Rand verschmort war: Sie haben 3 Kurzmitteilungen.

Was hätte sie ihm erwidern sollen? Vater, es ist nicht so, wie du denkst. Es ist ausnahmsweise mal schlimm. Du findest ja meistens alles halb so schlimm, in der Politik, auch im Leben, wo bekanntlich nur die kleinen

Schritte zählen. Hier bei mir gibt es keine kleinen Schritte mehr. Hier geht es nur noch abwärts. Es ist vorbei, und es ist sehr seltsam, dass man das wissen und sehen kann und sehenden Auges vor die Hunde geht. Nein, das würde sie so nicht sagen. Vor die Hunde gehen war etwas anderes. Ich kann es nicht formulieren. Vater, es ist schrecklich heiß, in meinem Kopf rasen die Bilder, ich kann sie nicht fassen, es geht alles viel zu schnell, alles ist verwischt, es ist sehr komisch, zu sterben, ich habe es mir völlig anders vorgestellt. Der Tod als rasender Stillstand. War es das, was sie ihm noch hätte sagen wollen?

Per hatte schon zu packen begonnen. Er hatte den Koffer hinter Selden aufs Bett gelegt und packte. Es folgten Minuten, Viertelstunden, unendlich lang und leer, tote Zeit, die nicht die geringste Spur in ihm hinterlassen würde, eine Art Starre, die zugleich tröstlich und furchtbar war. Wieder klingelte das Telefon und noch einmal. Per sagte nur Ja und Ich verstehe, ich sag's ihm.

Ich glaub, du machst das mal besser aus.

Sie haben die Liste, sagte er. Sie ist drauf.

Dann die Stille.

Warum sagst du das nicht gleich. Ich hab verstanden. Sie ist da drauf. Das wär's dann wohl. Lass uns gehen.

Im Lift nach unten, umgeben von lauter Spiegeln, betrachtete er sein Gesicht. Es war deutlich zu erkennen, wie müde er war, wie abgekämpft, aber man sah keinen Schmerz, er war noch immer der, der er bis vor kurzem gewesen war, so erstaunlich das klang, ein Mann Anfang fünfzig, nicht mehr so glatt wie in seinen Dreißigern, ein bisschen gefurcht, aber voller Tatkraft. Und was nun, schien das Gesicht zu sagen, und die Antwort war: Du lebst. Es geht weiter. Du wirst essen, du wirst Sex haben, als wäre nichts gewesen. Den Toten bist du scheißegal. Auch Anisha bist du scheißegal. Wenn

21

sie reden könnte, würde sie sagen, wie egal du ihr schon bist.

In der Lobby ließ er sich von Per in einen Sessel bugsieren. Jemand brachte Whisky, eine Karaffe mit Wasser, obwohl er lieber Kaffee getrunken hätte. Offenbar schien sich die Abfahrt zu verzögern. Per redete auf ihn ein, dann war er weg, drüben am Counter, dann auf einmal draußen vor dem Hoteleingang, wo er heftig gestikulierend telefonierte.

Der Fahrer kam um fünf. Er schien geschlafen zu haben. Man hatte ihn geweckt. Er wirkte alles andere als begeistert und hatte keine Ahnung, was los war.

Bist du okay?, fragte Per.

Ja, alles okay. Ich bin okay.

Gut.

Ich ruf Britta an.

Britta, ja. Sie wartet bestimmt.

Wieder hatte er sie gleich dran. Es schien Stunden her zu sein, dass sie miteinander telefoniert hatten, trotzdem klang sie immer noch verschlafen.

Eben kam die Passagierliste. Sie ist drauf, sagte er. Die Kinder nicht. Wahrscheinlich sind sie bei Gianni.

Sie schien nicht zu begreifen.

Mein Gott, die Kinder, ich habe es die ganze Zeit gehofft. Also ist es wahr. Du Armer. Liebster, Armer. Wie schrecklich.

Bist du schon auf?

Ja, ich bin auf. Wann kommst du?

Er sagte, gegen Nachmittag.

Ja, dann, sagte er. Hast du Ruth erreicht?

Nein, noch nicht. Ich hab ihr eine Nachricht hinterlassen.

Sie fuhren am Hafen vorbei, dann auf dem Highway in östliche Richtung raus zum Flughafen. Die Stadt wirkte fast menschenleer. Vereinzelte Nebelschwaden zogen über die Straßen, aber die Sicht war gut, kein Vergleich zu den letzten Tagen.

Eine Stunde standen sie in der Abflughalle. Per versuchte, ihr Gepäck loszuwerden, aber der Schalter öffnete erst um halb sechs, deshalb lotste er Selden in ein Restaurant. Während der Fahrt hatten sie geschwiegen, aber jetzt redete er, leise und eindringlich, wie es weiterging, die nächsten Schritte, was anstand, wenn die nächsten Schritte getan waren. Wir kriegen sie. Wenn es ein Anschlag war, kriegen wir sie. Wir brauchen dich.

Es klang fast lächerlich in dieser Situation, fand Selden, aber die meiste Zeit hörte er gar nicht hin.

Du musst. Man wird ein anderer und bleibt derselbe. Denk an deinen Plan. Was Anisha dazu sagen würde, wenn du jetzt alles hinschmeißt.

Okay, hör schon auf.

Einer muss es dir ja sagen.

Na gut. Jetzt hast du es mir gesagt.

Sie lebten seit Jahren mit einer Flut aus Horrornachrichten. Alles schien mit allem zusammenzuhängen, eine weltumspannende Geschichte des Grauens und der Empörung. Es gab Leute, die Hass predigten, es gab Leute, die Bomben bauten, und wieder andere, die diese Bomben zündeten und sich und andere in die Luft sprengten, auf belebten Märkten, auf schnurgeraden Straßen weit draußen in einer menschenleeren Landschaft aus Staub und Schotter, irgendwo an der Peripherie, aber immer häufiger auch in den Metropolen, wo es enge U-Bahn-Schächte gab, ein feingesponnenes Netz aus Wegen, Busse mit Pendlern, Flugzeuge, die im Minutentakt starteten und landeten, Fußballstadien mit Zehntausenden von Menschen, für deren Sicherheit zu sorgen kaum möglich war.

Der Sturm fragt nicht, ob ein Land klein ist oder groß,

wenn er darüber hinwegfegt, hatte Selden immer gesagt. Wir sind ein kleines Land. Trotzdem können wir uns nicht wegducken.

Er sah entsetzlich aus, wie er da saß, halb in sich zusammengesunken, um Jahre gealtert, dachte Per. Oder las er dieses Entsetzen in Selden hinein? Vielleicht war es nur eine Routine des Blicks, weil die Details so schrecklich waren, die Umstände, unter denen sich da jemand in Nichts aufgelöst hatte, ein rauchendes, dampfendes Etwas, das für Sekunden eine schmutzige Spur am Himmel hinterließ.

Hör zu, sagte Per. Wann immer du mich in den nächsten Tagen brauchst, ich bin da. Grab dich nicht ein. Nicht zu lang. In welches Loch auch immer du dich verkriechst, ich hol dich da raus.

Die Welt geht nicht unter, wenn du eine Weile auf Tauchstation gehst.

Ein paar Tage, ein paar Wochen.

Bis ein wenig Gras über die Sache gewachsen ist.

Er würde mit Britta reden müssen. Auch mit dem Premier, aber vor allem mit ihr. Die kühle Britta, schnippisch, aber interessant. Er hatte sie immer gemocht, obwohl sie als schwierig galt und es in ihrer Ehe seit langem zu kriseln schien. Sie hatten keine gemeinsamen Kinder, vielleicht war es das, oder weil er immer weg war, weil sie nicht wusste, wofür, warum sie sich alle einbildeten, die Welt verbessern zu müssen, ihre lächerlichen Spielchen, die Intrigen, das Feilschen um windige Kompromisse, die lächerlichen Siege: das, was ihr am Ende Fortschritt nennt.

Für ihren Spott und ihre Ironie war sie bekannt.

Ihr federnder Gang, ihre Beine.

Mein Gott, Politik, schien sie immer zu sagen, wenn sie mal auftauchte, was macht ihr hier alle bloß, es ist doch nur Politik.

Wir müssen allmählich los, sagte Per.

Ja, schon?, sagte Selden.

Sie gaben das Gepäck auf und sahen im Vorbeigehen die Schlangen von Wartenden. Die Sicherheitsmaßnahmen schienen in letzter Zeit verschärft worden zu sein. Detektoren suchten nach Gegenständen aus Metall, nach Messern, kleinen Scheren und Nagelfeilen, mit denen man Mitglieder der Crew bedrohen konnte, harmlos aussehenden Massen aus Plastiksprengstoff, die sich vorübergehend in hohlen Schuhsohlen parken ließen. Ein Sicherheitsbeamter hinter einem provisorischen Pult stellte den Passagieren Fragen, wahrscheinlich, woher sie kamen, wohin sie gingen, Kontakte mit fremdländisch aussehenden Personen, politische Verbindungen, Mitgliedschaften in verbotenen Organisationen, die in heilige Kriege verwickelt waren.

Sie gingen schnell weiter, Selden vorneweg, dahinter Per mit dem Handgepäck, standen kurz in der Tür der Maschine, sodass man aus allernächster Nähe die Hülle sah, eine dünne Haut, gerade mal ein paar Zentimeter dick, ein bisschen Plastik, ein bisschen Metall, dazwischen ein paar Verstrebungen, Schrauben, die in zehntausend Meter Höhe eine Menge Druck aushalten mussten.

Hoffentlich dreht er mir nicht durch, dachte Per. Aber Selden hatte nicht hingesehen und setzte sich ruhig auf seinen Platz, Fenster oder Gang, er hatte gesagt: Gang. Es war halb acht, er schien zu dösen, mit geschlossenen Augen, während die Maschine langsam auf die Startpiste rollte. Er musste hundemüde sein. Auch Per war hundemüde. Die Maschine stoppte, sie schien in der richtigen Position zu sein, der Pilot startete die Triebwerke, sie nahmen schnell Fahrt auf und hoben ab.

Per dachte an das, was nun kam, Gewinne und Verluste, die schwer zu kalkulierenden Folgen. Man durchlief verschiedene Phasen, hatte er mal gelesen. Warum ich, war Phase eins. Später kam die Wut, dann die Verzweiflung, bevor man allmählich zu akzeptieren begann. Der Minister, dem die Tochter vom Himmel gefallen war. Das war, was bleiben würde. Die kleine Macke, die ihm bisher gefehlt hatte, etwas, mit dem er angreifbar war. Man würde wissen, wo sein schwacher Punkt lag, man würde sich hüten, ihn zu berühren. Auch das war Macht. So kam sie zustande. Jemand trägt das Zeichen und setzt Himmel und Hölle in Bewegung, dass sie es so spät wie möglich entdecken.

# TEIL EINS

# I

Nach der Konferenz um zwei fuhr sie mit Erik noch einmal raus zu den Streikenden. Erik war ein freier Fotograf, mit dem sie gelegentlich zusammenarbeitete, obwohl sie ihn nicht mochte. Er trug einen Pferdeschwanz und galt als Frauenversteher, was in ihren Augen bedeutete, dass er ein Schlappschwanz war. Okay, du, sagte er. Ich mag dich. Deine Artikel sind toll, sagte er. Ich arbeite total gern mit dir. Alles an ihm wirkte schleimig, fand sie, die Art, wie er sich bewegte, wie er sich anwanzte, auch wenn ihn niemand darum gebeten hatte. Seine Fotos waren okay. Er war nicht brillant, aber er konnte mit den Leuten, fragte sie aus, hörte geduldig zu und ließ sie so allmählich vergessen, dass er da war und nur darauf wartete, sie ihrer Geschichte zu berauben.

Auf der Fahrt redeten sie bloß das Nötigste. Sie erklärte, was da draußen in etwa los war, wie sie sich wehrten, wie sie hofften. Ungefähr zwanzig Mann. Vor zehn Tagen hatten sie sich für einige Stunden ans Werktor gekettet und verweigerten seither die Nahrungsaufnahme. Ihr Beruf waren Lokomotiven. Sie nahmen sie auseinander und setzten sie wieder zusammen, sie fanden die kleinsten Fehler und reparierten sie. Von heute auf morgen hatte es geheißen, das Werk sei nicht rentabel, es werde geschlossen. Das wollten sie natürlich nicht hinnehmen. Sie verteidigten ihr Leben da draußen, auch weil sie wussten, dass es Arbeit gab, mehr als genug, selbst wenn die Werksleitung behauptete, das seien leider Hirngespinste.

Sie mochte vor allem das Nein, dass sich jemand zur Wehr setzte, mit diesen Methoden. Moderne Hungerkünstler, die noch alle in der Gewerkschaft waren. Für die Leute selbst interessierte sie sich nicht besonders. Sie waren ihr fremd. Sie arbeiteten mit ihren Händen, sie kamen ins Schwitzen, wenn sie arbeiteten. Im Grunde wollte sie nichts mit ihnen zu tun haben. Aber ihre Rituale waren interessant, die geballte Kraft, die dahinter war, die Form. Ihr entschlossenes Schweigen. Davon wollte sie etwas spüren, später auf den Fotos, von denen sie hoffte, dass dieser Erik sie auch hinbekam.

Wie in diesen Tierfilmen, sagte sie. Das komplizierte Leben in der Savanne, in der Wüste, was weiß ich. Leben und Sterben. Darum geht es. Wie grausam das Leben ist. Wie schön. Immer in dieser Spannung, wer überlebt, wer muss dran glauben.

Dieses Drama wollte sie auf den Fotos.

Sie wollen uns etwas sagen, erklärte sie. Sie reden mit uns. Ihre Körper reden. Sie sagen: Ihr macht uns kaputt. Schaut, wie ihr uns kaputt macht. Wir sterben daran. Ihr seid die Nächsten.

Es dauerte ewig, bis sie endlich aus der Stadt kamen, sie steckten mehrfach in Staus und brauchten über eine Stunde. Das Werk lag etwas außerhalb, sie hatte Schwierigkeiten mit der Orientierung, fühlte sich unter Druck, weil Erik neben ihr saß, dabei schaute der gelangweilt aus dem Fenster und rauchte, aß einen Keks, rauchte die nächste, offenbar hatte er eine kleine orale Störung.

Ja, hier. Siehst du. Da drüben, sagte sie.

Sie hielten schräg gegenüber dem Werkstor, stiegen

aus, etwas überrascht, weil niemand zu sehen war, nahmen Witterung auf. Erik machte Bilder von den Plakaten. LIEBER VERHUNGERN ALS DAS WERK AUFGEBEN, stand auf den Plakaten, dazu die Namen von Politikern, die beschuldigt wurden, nichts zur Rettung des Werkes zu unternehmen, der zuständige Minister, der Premier. Verräter, hatte jemand geschrieben, mit großen roten Buchstaben auf ein Stück Pappkarton.

Die Männer saßen in einem weißen Zelt auf dem Werksgelände, zwei Dutzend, vielleicht auch mehr, buntgekleidete Malocher im Freizeitdress, die auf Klappstühlen ihre Gäste empfingen und nicht kleinzukriegen waren. Sie hatte ihren Besuch nicht angemeldet. Sie ging einfach rein, sagte hallo, stellte Erik, ihren Kollegen, den Fotografen, vor, warum sie gekommen waren. Ein paar Gesichter meinte sie wiederzuerkennen, andere hatte sie sich nicht gemerkt, oder sie gehörten nicht dazu, gehörten Neugierigen, Freunden und Verwandten, die nach dem Rechten sahen und auf die eine oder andere Weise verwickelt waren.

Der Notarztwagen war schon weg. Zwei Männer waren vor Erschöpfung zusammengebrochen, man habe sie ins Krankenhaus gebracht.

In dem Zelt war es sehr eng und laut, man hatte Mühe, sich zu bewegen. Ein junger Arbeiter, mit dem sie beim ersten Mal gesprochen hatte, zog sie zur Seite und wollte mit ihr reden. Er hieß Tom. Jetzt erkannte sie ihn. Ein ungewaschener Junge Anfang zwanzig, der ihr atemlos die letzten Neuigkeiten berichtete. Die beiden Männer waren wieder wohlauf, blieben aber ein paar Tage zur Beobachtung auf Station. Die Stimmung sei etwas gedrückt, aber nicht allzu sehr, auch weil ständig neue Besucher kämen und ihre Unterstützung erklärten. Der Bürgermeister sei da gewesen, jemand aus dem Ministerium, der gleich niedergebrüllt worden sei, dazu Kamerateams aus dem In- und Ausland, ein englisches, ein französisches, Radioreporter, Presseleute, Delegationen von Gewerkschaften. Einen guten Satz hatten alle. Wehrt euch. Haltet durch. Wir sind auf eurer Seite.

Sie hörte ihm geduldig zu und fragte dann, ob sie noch einmal ins Werk könnten. Ein paar Fotos von der Halle. Sie sagte: Solange es noch hell ist. Damit sich unsere Leser das vorstellen können. Etwas ist vorbei, wir zeigen, wie es gewesen ist. Futur II, dachte sie. Das, was geschehen sein wird. Vergangenheit in der Zukunft.

Der Eindruck war wieder überwältigend. Die Halle war so lang wie ein Fußballfeld, seltsam leer ohne die vielen Menschen, die hier bis vor kurzem gearbeitet hatten. Vier, fünf Lokomotiven waren zu sehen, rote und weiße. Wie in einer Autowerkstatt standen sie nebeneinander in riesigen Boxen, ausgeweidete Maschinen mit abgehobenen Schädeldecken, offenen Bäuchen. Man sah abmontierte Räder, Achsen, bunte Kisten mit Ersatzteilen, dazu Hebebühnen, Seilwinden, in einer Ecke eine Reihe Computer mit vor Schmutz starrenden Tastaturen, tote Bildschirme.

Machst du die Lok dort drüben? Super. Als hätte man sie geschlachtet.

Der junge Arbeiter führte sie herum, erklärte geduldig die Details, genaue Typenbezeichnungen, Motorstärken, was sie von den Maschinen noch wussten, was nur noch der Computer.

Als er fertig war, sah er sie erwartungsvoll an.

Traurig, sagte sie. Alles so verlassen. Ein trauriger Anblick ist das hier. Es fehlt der Lärm, das Hämmern der Maschinen, Stimmen, die Gerüche.

Erik wollte wissen, wie lange er schon hier arbeite.

Er sagte: Vier Jahre. Und dass er von hier nicht weggehe. Ich bleibe, sagte er. Ich bin der Letzte. So viel ist sicher. Sie begriff nicht. Dann doch, auch wenn es verrückt klang. Er wollte sie zwingen. Sie sollten die Sache noch einmal überdenken. Wenn es den ersten Toten gäbe, würden sie alles noch einmal überdenken.

Sie ertappte sich dabei, dass sie dachte: Na, endlich. Wenigstens einer, der es ernst meint. Aber nicht er. Bitte nicht dieser Junge.

Du bist noch jung, sagte sie. Überleg's dir. Ich geb dir meine Nummer. Hier. Ruf mich an. Mach keine Dummheiten.

Erik wollte ein Porträt von ihm. Er stellte ihn vor eine Lok und fotografierte ihn von ganz nah, links das angeschnittene Logo der Bahn, daneben sein unfertiges Gesicht, sein Grinsen, später aus halber Distanz mitten in der leeren Halle, wie er da stand, ein pickeliger Junge mit gestreckter Faust, der vor Entschlossenheit glühte.

Es war fast dunkel, als sie zurück zum Wagen gingen. Erik war schon am Einpacken, als ihr einfiel, was sie noch brauchte, ein letztes Foto von draußen, nur die Nacht und das Tor, in der Ferne das Licht aus dem Zelt, in dem sich die streikenden Männer zum Schlafen fertig machten. Sie wollte es nur für sich, für den Schreibtisch, wenn sie mal wieder nicht weiterkam, als Erinnerung an den Moment, als sie zu begreifen begann, was es bedeutete, sich für etwas zu opfern.

Sie hätte nicht gewusst, für wen oder was.

Es war ihr drittes Jahr im Magazin, Innenpolitik Zwei, Ressort Arbeit und Soziales, fast ein Traumjob.

Sonst war nicht viel.

Sie hatte ein klitzekleines Problem mit dem Essen, sie hatte keinen Mann. Sie kam bisweilen mit Artikeln nicht zurecht, war erst faul und dann panisch, jede Woche dieses hysterische Geschaukel. Es war eine Art Tick, ein Demütigungsritual, ohne das ihr nichts gelang. Sie wusste, je länger sie vorher trödelte, desto besser wurde sie. Sie machte sich klein, als wäre sie ein Nichts, eine Null, und dann, in letzter Sekunde, kurz bevor sie daran glaubte, explodierte sie.

Mit Interviews war es weniger schlimm. Sie liebte Interviews, sie war berüchtigt dafür. In der Regel gab es ziemlich Wirbel danach. Die Legende war, sie habe einen Trick, auf einem Zettel ein paar Begriffe, sonst nichts. Das sei ihre Waffe. Dass sie unbewaffnet war. Oder sich so gab. Wer die Fragen stellt, hat die Macht. Sie machte ihren Interviewpartnern den Prozess. Ich mache dir den Prozess, also halte ich dich für schuldig. Ich bin dein Verfolger. Ich frage nach deinen Alibis. Das war heutzutage Journalismus.

Vor ein paar Wochen hatte Goran gefragt, wen sie gerne mal hätte. Eine Liste. Du hast doch sicher eine Liste, Hannah. Hatte sie komischerweise nicht. Nicht direkt. Aber die Frage fand sie interessant. Irgendein Schwein, hatte Goran gesagt. Jemand, der wirklich böse ist. Hier bei uns?, hatte sie gesagt. Ich weiß nicht. Dieser Selden hätte sie interessiert, fiel aber leider nicht in ihr Ressort.

Sie hatte keine genaue Meinung zu ihm, aber sie fand, er sah gut aus, er hatte Prinzipien und war einer der wenigen, die die Grammatik beherrschten und Sätze korrekt zu Ende sprachen. Der Mann, dem vor kurzem die Tochter vom Himmel gefallen war. Subjekt Prädikat Objekt. Was man eben so wusste über einen Mann wie ihn. Was man las und hörte, weil andere es gehört oder gelesen hatten.

Ich kümmere mich darum, hatte Goran gesagt.

Sie war gerade bei den ersten Recherchen für ein großes Stück über jugendliche Immigranten in den Vorstädten, eine Geschichte vom äußersten Rand, da wäre es doch interessant, jemanden zu hören, der im Zentrum saß, falls die offizielle Politik heutzutage noch das Zentrum war. Zwei, drei Fragen zu seiner Tochter, um ihn aus der Fassung zu bringen, dann die Punkte. Macht und Ohnmacht. Etwas über Gesichter. Lektüre der Spuren. Was konnte man entziffern, was blieb für alle Zeit ein Geheimnis.

Josina hatte ihn gewarnt. Sie werden dich bestürmen, auf Schritt und Tritt verfolgen, sie werden dich belagern. Das wird mühsam, stell dich drauf ein.

Schon als sie vorfuhren, war das Gedränge riesengroß, überall wartende Teams, die sie kaum durchließen, schmuddelige Typen in Jeans und Pullover, die filmten, wie er aus dem von allen Seiten umstellten Wagen kletterte und sich mit Hilfe seiner Bodyguards eine schmale Gasse Richtung Eingang freikämpfte. Bei Fragen winkte er gleich ab, sah links und rechts die Mikrofone, die ihm den Weg versperrten, wartete geduldig, bis sie ihn wieder frei machten, rückte vor, schüttelte freundlich den Kopf, ja, ich bin's, ich bin da, mir geht es gut, vielen Dank, bis sie endlich den Eingang erreichten. Auch drinnen warteten Kameras, aber weniger dicht gestaffelt, am Fuße der breiten Treppe, die erstaunlicherweise frei war, sodass sie fast ungehindert in den ersten Stock kamen, im Laufschritt immer zwei Stufen auf einmal bis zum Kabinettssaal, in dem das Gedränge wieder dramatisch zunahm.

Er zwängte sich schnell rein und versuchte, an seinen Platz zu kommen. Sie ließen ihn keine Sekunde aus den Augen. Sie drehten, wie er zu seinem Stuhl ging und sich setzte, wie er auspackte, die Mappen mit den Papieren wie immer ordentlich sortiert, in der Reihenfolge der Tagesordnung, seine Miene, ob man ihm etwas ansah, eine verräterische Spur, eine Verhärtung, ein Leid, aus dem sich etwas machen ließe.

Selden machte ein geschäftsmäßiges Gesicht und tat, als wäre nichts. Ich bin okay, was wollt ihr, sagte sein Gesicht. Ich bin nur das, was ihr seht. Mehr kriegt ihr nicht.

Er hatte diese ersten Minuten immer gemocht. Das kurze Geplänkel mit den Journalisten, die Rituale unter den Kollegen, wenn sie alle nach und nach eintrudelten, die Begrüßungen, den Smalltalk, wer redete mit wem, wie war die Stimmung. Normalerweise nickten sie sich bloß zu oder gaben sich kurz die Hand, aber heute kamen sie fast alle an seinen Platz und sahen ihn fragend an, wie einen Verschollenen, jemanden, der sehr krank war und völlig überraschend wieder genesen ist, alles vor laufenden Kameras, aber ohne Ton, sodass man in den Abendnachrichten nur sehen würde, wie er nickte, ziemlich entspannt, wenn die Bilder nicht trogen, ohne erkennbare Blessuren.

In den Medien hatte es seit Tagen Spekulationen gegeben. Machte er weiter. Konnte er das, als Mensch, als Politiker. War er noch berechenbar. Es gab eine lange Liste mit Interviewanfragen, jeden Tag mindestens ein Dutzend, es gab die Fotografen vor seinem Haus, die bei jeder Regung auf den Auslöser drückten.

Das Unglück war noch keine sechs Wochen her.

Er hatte sich bemüht, mit den neuen Tatsachen zurechtzukommen. Es versuchte, sie zu akzeptieren. Mal fiel es ihm es leichter, mal schwerer. Er war nach Rom geflogen und hatte sie beerdigt, das, was von ihr übrig geblieben war. Er hatte die Absturzstelle besichtigt, erst mit, dann ohne Trümmer, was auf verschiedene Weise schrecklich war, weil er jedes Mal aufs Neue hatte lernen müssen, dass sie für immer aus seinem Leben verschwunden war.

36

Die Ermittlungen waren noch nicht abgeschlossen. In einem Hangar auf dem militärischen Teil des Flughafens war ein Trupp Experten damit beschäftigt, die Spuren auszuwerten. So wie es aussah, hatten sie eine ganze Menge. Sie hatten das Wrack und die Trümmer, Tausende von in der Landschaft verstreuten Teilen und Teilchen, die unter großen Mühen zusammengetragen worden waren, den verbeulten Flugschreiber mit den Daten, die aber keine genaue Auskunft gaben. Man hatte es Selden vorgespielt. Seltsame Geräusche im Cockpit, ein Rauschen, die Stimmen der beiden Piloten, die nach Routine klangen, dann ein Knall, eher dumpf, aber eindeutig eine Explosion, Ursache unbekannt.

In einem provisorischen Lager im hinteren Teil der Halle hatten sie ihm gezeigt, was von den Gegenständen der Passagiere übrig war. Reste von Gepäck, Spielzeug, auch Handys, alles erstaunlich intakt, hie und da verschmutzt, nicht, wie er geglaubt hatte, bloß Fetzen. Beim Anblick der Handys hatte er gedacht: Also doch, jetzt finde ich dich, aber es waren leider zu viele, fast alle gängigen Fabrikate, aber eindeutig zu viele.

Auch Gianni hatte er getroffen. Er machte einen verwahrlosten Eindruck, offenbar trank er, sie hatten sich nicht viel zu sagen. Aber die Sache mit Stockholm konnte er klären. *She had another man. She wanted to leave him. She not definitely know.* Selden wollte es nicht glauben, aber Gianni zeigte ihm einen Packen Briefe, der unter ihren Sachen gewesen war, lauter eng beschriebene Seiten auf Schwedisch, unterschrieben mit einem Namen, der nun nichts mehr bedeutete, auch ein zerknittertes Foto, auf dem ein älterer Mann zu sehen war, ein fremdes, verschlossenes Gesicht mit Schnauzbart, kleine funkelnde Augen.

Der Rest war Wühlarbeit, ein bisschen Stochern in

Schutt und Asche, oben in ihrer ehelichen Wohnung, die ebenfalls in einem erbärmlichen Zustand war. Als hätte sie nie dort gelebt, auch die Kinder nicht, die fürs Erste bei Giannis Eltern untergekommen waren, weit weg, in einem winzigen Dorf in den Bergen, das Selden nicht kannte.

Er suchte ein paar Sachen von ihr zusammen, fand ihren grünen Rollkoffer, mit dem sie mal auf Besuch gekommen war, und packte alles Mögliche ein, eine Schachtel mit Fotos und Briefen, ein angefangenes Tagebuch aus den frühen Neunzigern, dazu allerlei Krimskrams, Reiseandenken, ihren Mutterpass, die Korrespondenz mit Ämtern, mit der sich Gianni schon beschäftigt zu haben schien, eine alte Puppe, einen roten Jogginganzug, weil er auf einmal dachte, er bräuchte noch einmal ihren Geruch, unter den Achseln, vielleicht riecht es da noch nach ihr, obwohl er es lieber nicht ausprobierte. Und das war's. Ein Kinderspiel. Man raubte dem Ort die Dinge, schon war es ein Ort wie jeder andere.

Wieder zu Hause, hatte er versucht, gar nichts zu tun. Er saß in seinem Arbeitszimmer und blätterte in ihren Briefen, auch seinen eigenen, was er ihr geschrieben hatte, als sie sechzehn, siebzehn war, Briefe, in denen er sich kaum wiedererkannte, in diesem Ton, der verhalten spöttisch und anmaßend war. Worum bettelte er um Himmels willen die ganze Zeit? Wenn sie wütend auf ihn war und sich in ihrem Zimmer einschloss, hatte er manchmal so gebettelt. Hörst du mir zu? Ich rede mit dir. Komm, mach auf, lass uns reden, und dann redete er, wie in diesen Briefen, in diesen nicht enden wollenden Kaskaden väterlicher Reue und Ermahnung, auf die er keine Antwort bekam, nicht erst jetzt, da sie tot war, sondern schon damals, weit weg hinter dieser Tür die sich allmählich verflüchtigende Gestalt seiner Tochter.

Alle hatte ihm geraten: Lass dir Zeit, fahr ein paar Tage weg, auch Britta, weil sie selbst gerne weggefahren wäre, Per, mit dem er rund um die Uhr in Kontakt war. Als hätte er seine Hausaufgaben nicht richtig gemacht. Mach deine Hausaufgaben, dann darfst du raus und spielen. Einmal hatte er lange mit Nick gesprochen, angenehm sachlich, über den Stand der Ermittlungen, seine Pläne. Sag mir einfach, wann. Könnte ja sein, dass du das schon weißt. Könnte ja sein, dass du verrückt wirst auf die Dauer da draußen in deinem Haus, ohne uns alle.

Sie waren Herdentiere, hatte Selden gedacht. Nur als Herde konnten sie sich bewegen und sich verteidigen.

Er war froh, dass er wieder zurück war. Dass es wieder Termine gab, Fragen von Journalisten, permanente Bewegung.

Eine Reporterin kam an seinen Tisch und wollte wissen, wie er schlafe, unter diesen Umständen. Wann kann man wieder schlafen. Kann man wieder schlafen? Darauf musste er natürlich antworten, obwohl er dergleichen Fragen unmöglich fand.

Sag mir deine Gefühle, und ich sage dir, zu was wir dich verurteilen.

Beck kam vorbei, kurz auch Reiners, der sich nach den Ermittlungen erkundigte; mit Nick, der von einem Tross Journalisten umgeben war, hatte er am Vortag schon geredet.

Er mochte sie längst nicht alle. Manche waren politische Weggefährten, andere verkappte Gegner, Konkurrenten um den Platz an der Sonne, der im Umkreis von Nick war. Er schätzte Beck, mit dem ihn eine fast freundschaftliche Nähe verband, aus der Ferne auch Thor, mit dem er aber nicht viel zu tun hatte. Beide hatten mehrmals angerufen und sich nach ihm erkundigt, Beck hatte sogar Blumen geschickt, dabei war Britta doch gar nicht betroffen.

Mensch, Selden.

Wir haben ewig nicht telefoniert. Lass uns mal telefonieren.

Schön, dass du wieder an Bord bist.

Der Beginn der Sitzung war wie immer förmlich. Nick klingelte mit der Glocke, was das Zeichen für die Journalisten war, sich zu tummeln. Jemand schloss die Tür, kurze Begrüßung, eine Bemerkung zu Seldens Rückkehr, dann die Lage.

Es gab ein paar Streiks in kleineren Betrieben, die vor kurzem privatisiert worden waren. Zulieferfirmen aus dem Bereich Post und Bahn, wo der Staat einen Rest Anteile hielt. Entlassungen standen bevor oder waren bereits ausgesprochen, weshalb es natürlich zu Unruhe kam. Im Norden war ein Werk besetzt worden, es hatte vereinzelt Demonstrationen gegeben, alles auf lokaler Ebene, sodass es in den Nachrichten kaum vorkam. Von einer Krise kein Wort. Das Land veränderte sich, nicht alle waren mit den Veränderungen einverstanden. Ursache und Wirkung. Die Privatisierungen waren politisch gewollt, also war es im Grunde ein Erfolg, wenn es Proteste gab.

Selden hatte mit Nick darüber gesprochen, gestern spätabends in seinem Büro, über das Land, die Reformen, die weitergehen mussten, die trügerische Ruhe. Warme und kalte Politik. Die Gunst der Stunde. Selden hatte für harte Schnitte plädiert. Ende der Badewannenpolitik, so nannte er es. Einfach kein heißes Wasser mehr nachlaufen lassen, dafür mehr kaltes. Dann sehen wir ja, ob es zu Bewegungen kommt.

Sagen wir, wie es ist, hatte Selden gesagt, denn er war für die Wahrheit, das, was die Politik davon wusste, in verträglichen Portionen.

Über das neue Sicherheitspaket, das auf Punkt drei der Tagesordnung stand, schien es keine Diskussionen mehr zu geben. Als zuständiger Minister erklärte er noch einmal die geplanten Punkte, Videoüberwachung öffentlicher Plätze, Speicherung von Telefonaten, Verschärfung der Abschiebepraxis. Seine Kollegin von der Justiz referierte die bekannten Bedenken, was die Erhebung neuer Daten betraf. Was das brachte, gemessen am Aufwand. Man speichert Millionen von Gesprächen und hat am Ende ein paar Bänder, auf denen das Wort Al Qaida vorkommt. Ein Terrorist redet nicht; er handelt. Oder habe ich da etwas nicht mitgekriegt?

Selden widersprach, weil das seine Rolle war, geduldig, so wie man Kindern etwas erklärt, auch ein bisschen lustlos. Das alte Feuer schien noch nicht wieder da zu sein. Der Biss. Die Bereitschaft, zum hundertfünfzigsten Mal zu erklären, was die Fakten waren. Man konnte Anschläge verhindern, die Planung stören. Man musste abwarten und dann im richtigen Moment zugreifen.

Es gibt eine verdammte Menge Leute da draußen, die böse Absichten haben. Ihre Pläne sind kompliziert, die Vorbereitungen eine Sache von Monaten. In dieser Zeit führen sie Gespräche. Sie sind nicht stumm. Man kann sie nicht sehen, aber sie sind nicht stumm.

Niemand sagte etwas dazu. Wahrscheinlich erwarteten alle, dass er auf das Unglück kam. Anisha, meine Tochter. Falls ich mir hier eine persönliche Bemerkung erlauben darf. Aber er erwähnte sie mit keinem Wort.

Das Paket wurde mit drei Enthaltungen und einer Gegenstimme angenommen. Im Parlament würde man sehen. Nick blinzelte Selden kurz zu. Na, habe ich es dir nicht gesagt, schien er zu sagen. Ich habe es schnell durchgewinkt, das nächste Mal bist du dran.

Nick hatte ihn gestern gefragt. Nicht direkt gefragt. Er hatte gesagt: Ich versuche zu verstehen. Ich verstehe es nicht. Leute steigen in ein Flugzeug, mit dem Wissen, dass sie es lebend nicht verlassen. Sie töten, aber um den Preis, dass sie selber getötet werden. Ich verstehe es nicht. Auch Selden hatte gesagt, er verstehe es nicht. Sie hatten keinen Maßstab dafür. Sie waren Fremde, so etwas wie Wilde, unheimliche Kreaturen, vor denen man sich zu Recht fürchtete. Früher, als es noch Wilde gegeben hatte. Junge Männer zwischen zwanzig und dreißig, manchmal auch Frauen, die sich ein paar Jahre zu Ingenieuren ausbilden ließen, und dann: Peng. Heimtückische, feige Mörder, die aber nicht als Mörder auf die Welt gekommen waren. Jemand hatte sie dazu gemacht, fragte sich nur, wer: fanatische Prediger in den Koranschulen, der Islam an sich, die arabischen Despotien, in denen es seit Jahrhunderten keinen Fortschritt gab, Unterlegenheitsgefühle gegenüber dem Westen, mit denen sich bekanntlich alles rechtfertigen ließ, dass sie alle angeblich immer nur Opfer waren. Ich fühle mich als Opfer, deshalb sprenge ich hundertfünfzig Passagiere in die Luft, hoffentlich wird es den Hinterbliebenen eine Lehre sein.

Selden hätte gerne ihre Gesichter gesehen, auf einem Foto ein Paar Augen, Nase, Mund, ihre Physiognomie, ob man ihnen etwas ansah im Nachhinein. Aber er sah nur vermummte Gestalten, eine Landschaft mit Zelten, sehr karg, dazu Szenen eines Videos, das sie mal im Fernsehen gebracht hatten, etwas mit Schafen, Ziegen, an deren Körpern Sprengstoffgürtel befestigt wurden, um sie wenig später in die Luft zu jagen. Nur um zu wissen, wie das funktionierte. Mit welcher Sprengkraft erzielte man welche Wirkung, was brauchte man mindestens, was konnte man sich sparen, je weniger, desto besser.

Anisha hätte wahrscheinlich gesagt: Na komm, Paps. Was zerbrichst du dir den Kopf über sie. Sie machen dich bloß wütend. Hast du nicht immer gesagt: Wer wütend ist, kann nicht denken? Man braucht einen kühlen Kopf, hast du gesagt, wenn ich auf dich wütend war, also bitte, benutz ihn auch.

Hatte er das gesagt? Vielleicht ja. Er konnte sich nicht erinnern, wann. Als sie in der Pubertät war, musste das gewesen sein. Kurz bevor er bei Ruth und Anisha ausgezogen war.

Offenbar war er nur zur Hälfte da. Er hörte Beck, der eine Novelle zum Emissionsschutz vorstellte, Fortschritte und Probleme bei industriellen Großfeuerungs- und Gasturbinenanlagen, wofür sich Selden nicht besonders interessierte. Er bekam alles mit, aber etwas ging auch an ihm vorbei.

Jetzt, mit dem Abstand von ein paar Wochen, fiel ihm auf, mit wie viel Kleinkram sie sich in diesen Sitzungen beschäftigten. Novellen von vor Jahren beschlossenen Gesetzen, Ausführungsbestimmungen zu EU-Gesetzen, Ergänzungen, Modifikationen. Das meiste waren Reparaturmaßnahmen. Vorbeugen und Reparieren. Sie justierten winzige Schrauben, polierten an der einen oder anderen Stelle eine Verkrustung weg. Der Rest war Gefahrenabwehr, nach innen wie nach außen, auch wenn man den Feind nicht kannte. Hatte der Feind erst einen Namen, war er praktisch schon erledigt. Die noch nicht aus der Deckung gekommen waren, waren das Problem. Für sie musste man bereit sein. Man schaute aus dem Fenster, draußen war die Welt, darin unzählige Pflanzen, Tiere, die unendlich komplizierte Gesellschaft der Menschen. Alles war bewegt, erfüllt mit unzähligen Farben und Gerüchen, auch einigermaßen geordnet, zu Paaren, Familien, ganzen Völkern, aber immer auf Zeit, sodass es auch Rückschläge gab, Trennungen, Mord und Totschlag. Es gab Gesetze, nach denen diese Ordnung entstand. Sie war stark, sie war verletzlich, jemand musste sie bewahren und sie verteidigen.

Dafür, dachte er, war er da.

Deshalb machte er weiter.


Rubber war schon eine Weile im Mantel. Es war weit nach Mitternacht, die Jungs hätten längst da sein müssen, aber sie kamen und kamen nicht. Alle paar Minuten sprang er auf, lief zum Fenster, sah vor dem Haus die verschneite Straße, aber weit und breit keine Spur von den Jungs. Allmählich wurde er ungeduldig. Er machte den Fernseher an und erwischte den Rest eines Interviews mit Madonna, zwei Kanäle weiter die letzten Nachrichten, ein dümmliches Statement des Innenministers über das neue Sicherheitspaket, illustriert mit Bildern von öffentlichen Plätzen, eine Videokamera in Großaufnahme, lieblos gedrehtes Füllmaterial, Verlautbarung, im Grunde Propaganda. Zum Abschluss noch einmal sein Ministergesicht, auf der PK, wo er mit gespielter Nachdenklichkeit die größten Schwachsinnsfragen beantwortete. Ein bisschen angeschlagen sah er aus, ein Gesicht wie aus Stein, mit ein paar ungeschickt hineingemeißelten Furchen.

Rubber glaubte nicht an Gesichter. Früher ja, als er noch dumm und ahnungslos war, aber jetzt nicht mehr. Er hatte gelernt, dass es nur Masken waren. Riss man sie ihnen herunter, hatte man sofort eine andere und drunter gleich die nächste.

Rubber war nur so ein Name, den er sich gegeben hatte, ohne zu wissen, was er bedeutete. Alles Mögliche mit Gummi, hatte er später recherchiert, alles, was mit Reiben zu tun hat. Handtücher, Kondome. Der Polierer, der

Masseur. Das mit dem Polieren gefiel ihm mit Abstand am besten. Er polierte Sätze. Seit er denken konnte, meißelte er an der Wahrheit, die nur leider immer komplizierter wurde; anschließend polierte er sie. Nach Straße klang der Name auch, denn der andere, dunklere Teil seines Lebens spielte sich draußen auf den Straßen ab. Meistens waren sie zu viert, drei Studenten, die sich Tick, Trick und Track nannten, und Rubber, der ihnen erklärte, was sie tun hatten.

Als der Wagen endlich in die Straße bog, war es fast eins. Rubber lief nach unten, klopfte zur Begrüßung aufs Dach, dann entdeckte er das Mädchen. Sie hatten das Mädchen mit. Mania war ihr Name. Tick, Trick und Track hatten sie vor kurzem bei sich aufgenommen, sie war höchstens neunzehn, bei Papa und Mama rausgeflogen oder bei Nacht und Nebel davongelaufen, obwohl sie wahrscheinlich noch zur Schule ging.

Er war alles andere als begeistert.

Schon beim letzten Treffen hatte er gesagt: Sie stört. Bringt sie weg. Das ist nichts für dich, verpiss dich.

Trotzdem war sie da.

Er stieg ein und sagte: Na super. Echt super, die Idee. Gibt es einen Grund, warum ihr so spät seid?

Tick saß wie immer am Steuer, Trick und Track hinten mit dem Mädchen. Mania hatte einen dicken Mantel an, Schal und Mütze, richtig vermummt, als wäre sie schon seit Ewigkeiten dabei. Sonst sagte sie fürs Erste nicht viel. Der ganze Wagen roch nach billigem Parfüm und Shit, offenbar hatten sie geraucht, obwohl er ihnen hundert Mal gesagt hatte, wie sehr er das hasste.

Okay, fahren wir, sagte er. Hallo, Mania.

Hinten im Spiegel konnte er sehen, wie sie so tat, als ginge es gleich los, immer auf der Suche nach seinem Blick. Sie hatte Farbdosen dabei, wahrscheinlich geklaut.

*Fft fft*, machte sie. Man hörte es klackern, in der Dose die lustige Kugel, wenn man das Zeug schüttelte. Jetzt lachte sie ihn an. Na siehst du, schien sie zu sagen. Zwei dunkle Knopfaugen, die so taten, als wären sie nicht mehr ganz unschuldig. Ich krieg dich. Früher oder später werd ich dich kriegen.

Scheiß Frühling, sagte Tick, der mit Tempo dreißig über die vereisten Straßen schlich und fluchte, weil er mit den Sommerreifen dauernd ins Schlittern kam.

Als sie aus dem Viertel raus waren, wurden die Straßen besser. Sie kamen zum Containerbahnhof, folgten dem Fluss, wo es kaum Licht gab, ein paar flackernde Laternen, links und rechts verfallene Laderampen, Wohnwagen mit Nutten, die bei diesen Temperaturen nicht viel zu tun hatten.

Super, sagte das Mädchen, und Rubber sagte: Wart's ab, wir sind noch nicht da, obwohl man auf der anderen Seite des Flusses schon die ersten Hochhäuser sah.

Ihre Arbeit war die Schrift.

Sie hinterließen Botschaften. Sie redeten nicht bloß, sie wehrten sich. Steht auf. Bildet Barrikaden. Versammelt Euch. Im Kofferraum hatten sie alle möglichen Flyer, bunte Spuckis, Plakate, auf denen stand, gegen wen sie kämpften und warum. Manchmal klebten sie, manchmal arbeiteten sie mit Farbe. Geeignete Stellen waren nicht schwer zu finden. Es gab frischrenovierte Häuser, Fassaden von Banken und Versicherungen, öffentliche Gebäude, die Straße, im Grunde alles, was aus Stein und Glas war, aber auch U-Bahn-Züge, draußen in einem der Depots am Rand, wo die grauen Betonburgen begannen. Sie arbeiteten am liebsten in den Vorstädten. Das internationale Kapital. Die Europäische Kommission. steht auf. Wir sind viele. Manchmal ging es auch nur um den Kick, egal, ob es etwas brachte, die liebevoll ge-

sprühten Namen, die Parolen, Hauptsache, sie hatten
Spaß und spürten, dass sie lebendig waren.

Sie parkten in einer ruhigen Seitenstraße, sprangen
raus, checkten die Lage, versuchten sich zu orientieren.
Die Bankfiliale, um die es ging, lag am Rand eines Ein-
kaufszentrums und hatte mehrere Schaufenster, halb versteckt in einer zugigen Passage. Es war niemand zu sehen. Rubber gab die Befehle. Er verteilte die Dosen, zwei
schwarze und zwei rote, das Mädchen immer an seiner
Seite. Er machte *fft fft*, wie das Mädchen, dann fing er
an. Er sprühte ein großes K, dann ein A, P, I, das Mädchen begann zu lachen, ja das, lass mich auch, ich will
auch. Sie machte das T und das A, kleiner, als er angefangen hatte, aber egal, Hauptsache, sie machte schnell,
quer über die ersten beiden Schaufenster, die aber nicht
reichten, weshalb sie kurzerhand auf die nächsten wech-
selten.

Tick, Trick und Track bearbeiteten unterdessen die
Fassade. WIR KRIEGEN EUCH. FÜHLT EUCH NICHT SI-
CHER. Sie verstanden sich eher als Künstler, hatten ein
eigenes Kürzel, das aus drei ineinander verschränkten Ts
bestand, darunter, wenn noch Zeit war, die Figuren, richtig wie im Comic, mit einer Schablone, die sie sich eigens
dafür gebastelt hatten.

Okay, weiter, sagte Rubber.

Sie liefen zurück zum Wagen, noch nicht richtig warm,
aber konzentriert, in Erwartung der nächsten Objekte.
Rubber hatte letzte Woche ein bisschen recherchiert,
Mauern, Fenster, vorhandene Fluchtwege, wo waren Arbeiten gut sichtbar, wo waren sie einigermaßen gefahrlos
anzubringen.

Sie machten eine weitere Bank, dann einen Discounter,
später eine Bahnbrücke an der Strecke Richtung Norden,
denn Tick, Trick und Track hatten es seit langem mit

der Bahn, forderten kostenlose Tickets für alle, redeten auch hin und wieder von Steinen, mit großen Steinen blockierten Strecken, nur als Warnung, ohne dass jemand zu Schaden kam.

Nach zwei Stunden hatten sie genug. Es war kalt, das Mädchen sah ziemlich durchgefroren aus, sonst alles in Ordnung, keine Zwischenfälle. Rubber war zufrieden. Er wollte noch etwas trinken, in der Nähe vom Bahnhof, wo noch alles Mögliche offen war, aber Tick, Trick und Track war es schon zu spät, fast halb drei, das Mädchen schien nicht recht zu wissen.

Sie stiegen in den Wagen, Rubber nach hinten zu dem Mädchen, das noch überlegte. Mania, warum nicht, sagte er. Alles okay mit dir?

Er machte sie ein bisschen an, legte den Arm um sie, fummelte kurz an ihrer Brust, was sie nicht groß zu stören schien.

Also, wohin, fragte Tick. Rubber sagte: Zu mir. Das Mädchen sah ihn von der Seite an, widersprach aber nicht. Im Grunde hätte sie jetzt klären müssen, wie sie später nach Hause kam, aber Tick, Trick und Track kümmerten sich nicht darum, schließlich waren sie keine Babysitter, sie konnte tun und lassen, was sie wollte.

Hinterhof, zweiter Stock, sagte Rubber, erschrick nicht.

Aber sie schien nicht schreckhaft zu sein.

Oben in seinem Zimmer wollte sie erst mal Bier. Sie drehte sich einen Joint und begann zu reden, über die Aktion, was ihr daran gefiel, wie kalt es gewesen sei, dann auf einmal über ihren Vater, was er wohl sagen würde, jetzt, in diesem Moment, wie er das fände, eine Tochter, die klaut und Banken mit Parolen beschmiert.

Man müsste einen von denen umlegen, sagte sie. Schon mal darüber nachgedacht?

Wen umlegen, sagte Rubber, der es sich auf dem Bett gemütlich machte und ihr gar nicht zuhörte.

Sie hatte noch immer ihren Mantel an und sah nach Arbeit aus. Eine Weile stand sie blöd herum und schaute sich alles an, die komplette Einrichtung, das Poster mit Che Guevara, aha, einen Globus, einen Computer, auch ein paar Bücher, in denen sie kurz blätterte, *Der Herr der Ringe, Hundert Jahre Einsamkeit,* dazu die Fachliteratur, Volkswirtschaft I und II, Statistik, Bücher zum Kapitalismus, Marx' *Das Kapital,* eine Geschichte der Römer, was sie aber alles nicht weiter zu interessieren schien.

Und hier lebst du also.

Rubber sagte: Hier lebe ich.

Sie wollte wissen, ob er studiere wie die anderen. Rubber sagte, nein. Er gehe arbeiten. Zurzeit sei er draußen am Hafen, er helfe beim Laden. Was ein Scheißjob war.

Viel mehr gab er nicht preis.

Tagsüber war er meistens weg, aber spätnachts, wenn alle anderen schliefen, saß er stundenlang vor dem Bildschirm und bastelte an ellenlangen Texten über den Terror der Globalisierung, Anmerkungen zu Strategie und Taktik der allgemeinen Empörung.

Sein Lieblingsthema war das Netz. Alles war vernetzt, aber eher locker, mehr oder weniger provisorisch, wie auf Abruf. Al Qaida war ein Netz, das menschliche Gehirn, die Zirkulation der Waren, mit der er sich seit Jahren beschäftigte, auch Krankheiten wie die Vogelgrippe, SARS, im Grunde alles, was schnell und beweglich war, an- und abwesend zugleich, sodass im Grunde niemand wusste: wann und wo geht es los, wie kann man sich schützen, wer ist verantwortlich.

Es bestanden lose Kontakte zu ATTAC, es bestanden Kontakte zu Gruppen mit Phantasienamen. Leute mit erfundenen Lebensläufen, Leute, die zum Teil bewaffnet waren.

Okay, jetzt zu dir.

Rubber hatte bereits gerechnet, dass sie doch fast noch ein Kind war. Sie war nicht gerade sein Typ, etwas sehr breit, fast ein bisschen pummelig. Ihre Haare mochte er nicht. Sie waren gefärbt, nicht sehr lang, eine Mischung aus Blond und Schwarz, wie ein Straßenköter.

Sie wollte noch ein Bier.

Machst du das öfter, wollte sie wissen.

Was öfter.

Sie zog ihren Mantel aus und drehte sich zu ihm hin.

Man konnte richtig sehen, was ihr durch den Kopf ging. Was ist der Preis, ging ihr durch den Kopf. Ist er angemessen, zahle ich drauf, was ist die Wahrheit, gibt es unterschiedliche Versionen davon, drinnen und draußen.

Es gab Sätze, an denen er Tage und Wochen feilte, bis sie endlich leuchteten.

Es gab den Krieg, draußen auf den Straßen, die ersten Symptome, Aufstellung und Bewaffnung der Bataillone, während das Land weiter friedlich im Tiefschlaf lag.

## II

Annie fand, dass es eine gute Nachricht war. Ein banaler Triebwerkschaden, was die Toten leider nicht wieder lebendig machte, aber mit an Sicherheit grenzender Wahrscheinlichkeit kein Anschlag.

Sie hörten es in der Küche beim Frühstück, erst die Meldung, dann eine Zusammenfassung der Kommentare, die sich vor allem mit Seldens Reaktion beschäftigten. Selden hatte zu dem Bericht nicht viel gesagt, nur ein paar Sätze, fast schroff, gestern Abend am Rande einer Veranstaltung. Die Maschine war über zwanzig Jahre alt, hatte er gesagt. Wir denken an die Hinterbliebenen, für die eine lange Zeit der Ungewissheit zu Ende gegangen ist. Ruhet in Frieden.

Er hat kein einziges Mal Ich gesagt, sagte Annie. Aber er klingt erleichtert. Ich finde, man kann es hören. Als hätte er sie zurück. Wäre es ein Anschlag gewesen, hätte sie für immer ihren Mördern gehört.

Selden hatte Per den Bericht gezeigt. Er war an die hundert Seiten stark und auf Italienisch, viel zu lang, um ihn in allen Einzelheiten zu verstehen. Jemand aus dem Ministerium hatte auf die Schnelle die wichtigsten Passagen übersetzt. Eine unglückliche Verkettung von Umständen. Winzige Teile, die schadhaft gewesen waren oder in zehntausend Metern plötzlich den Dienst versagten. Per hatte von solchen Teilen noch nie gehört. Irgendwelche Bolzen. Sie hatten Fotos von diesen Bolzen gemacht, eine Reihe komplizierter Tabellen, eine Liste mit den Ergebnissen der Materialprüfung, Statements internationaler Experten.

Selden hatte sich nie öffentlich auf eine mögliche Absturzursache festgelegt, trotzdem gab es offenbar Stimmen, die von einer persönlichen Niederlage sprachen. Ein starker Mann mit ein paar starken Argumenten weniger, lautete in etwa der Tenor.

Na bravo, sagte Per.

Er tut mir einfach leid, meinte Annie. Ich bin nur selten seiner Meinung, aber als Mensch tut er mir leid. Als Vater. Er hat sich verändert. Nicht mehr so sehr von oben herab, würde ich sagen. Ein bisschen ratlos. Nachdenklicher. Was für einen Politiker ja nicht unbedingt ein Vorteil ist.

Das war ein altes Thema zwischen ihr und ihm. Ob man sich noch veränderte, wenn man erst mal dreißig oder vierzig war. Per glaubte eher, nicht. Ich weiß nicht.

Er trauert, sagte er. Das ist schwierig. Er muss es erst lernen.

Hier, ich habe Brötchen aufgebacken.

Wie immer hatte sie schön gedeckt, einen Strauß Blumen, bunte Servietten, auch wenn es bloß für eine halbe Stunde war. Die halbe Stunde am Morgen war ihr heilig.

Vielleicht ist ja eher Britta das Problem, sagte sie. Seine Ehe. Dass sie nicht reden. Vielleicht schlafen sie nicht mehr zusammen. Glaubst du, dass sie miteinander schlafen? Aber dazu müsste man sich hin und wieder sehen, nicht wahr? Dazu müsste man sich zeigen, etwas ablegen, sich ausliefern.

Immer weniger Leute schienen dazu bereit zu sein, hatte sie den Eindruck, lebten als Nonnen und Mönche in ihren von Innenarchitekten eingerichteten Zellen, wo sie mehr oder weniger demütig darauf warteten, von der Stimme des HERRN berührt zu werden.

Manchmal kommt es mir vor, als wären wir die Letzten, sagte sie. Dinosaurier, die noch nicht wissen, dass sie kurz vor dem Aussterben sind.

Sie sah ihn an, ein bisschen kokett, mit diesem bestimmten Blick, damit er wusste, jetzt redete sie gleich über Sex, wie es für sie war, vorhin noch halb im Schlaf, als sie plötzlich übereinander hergefallen waren, obwohl sie doch immer behauptete, frühmorgens viel zu träge zu sein.

Sex mit Schwangeren, ja, doch, warum nicht, sagte er. Überraschend gut, würde ich sagen.

Sie lachte und tat, als hörte sie zum ersten Mal, dass sie schwanger war.

Sie war im fünften Monat, eine Schwangerschaft ohne Komplikationen, die sie in eine Art Glücksrausch versetzte. Ich hätte nicht gedacht, dass es solchen Spaß macht, sagte sie. Schau, da, mein Bauch, wie groß er schon ist, in ein paar Wochen kommen die ersten Tritte. Junge oder Mädchen war ihr egal, sie glaubte eher, ein Junge. Jeden Abend, wenn er nach Hause kam, berichtete sie von ihren neuesten Beobachtungen, dass da auf einmal etwas gluckste in ihr drin, als wäre da ein Fisch, winzig kleine Flossen, die sich bewegten, eigentlich kaum zu spüren. Auch sonst hatte sich ihr Leben stark verändert. An den Nachmittagen, wenn sie aus ihren Seminaren kam, legte sie sich jetzt meistens kurz hin und hatte anschließend Energie für zwei. Es ist alles programmiert, sagte sie. Sehr lustig. Als gäbe mir jemand Befehle. Bau ein Nest, lautete der Befehl. Vögel bauten Nester, Nagetiere, die mal hier, mal dort eine Kleinigkeit fanden und von morgens bis abends mit Bauarbeiten beschäftigt waren.

Sie räumte die halbe Wohnung um und begann mit der Einrichtung des Kinderzimmers, strich eine Wand in Terrakotta und kaufte passende Vorhänge dazu. Mehr war leider verboten. Es brachte Unglück, wenn man Wochen vorher fertig war. Sie bummelte durch die Babyabteilungen der großen Kaufhäuser und überlegte, welche Strampler sie eines Tages kaufen würde, sie studierte Kataloge, in denen es Wickelkommoden gab, Betten mit blauen Himmeln und Kinderwagen mit drei großen Rädern zum Joggen. Hatte er abends ausnahmsweise keinen Termin, kochte sie für ihn. Sie probierte neue Rezepte mit exotischen Zutaten, für die sie durch die halbe Stadt fuhr, asiatische Pfannen und Suppen, die sie stundenlang vor sich hin köcheln ließ.

Damit du nicht denkst, ich vergesse dich.

Damit du mir nicht wegläufst eines Tages.

Er fand, er hatte verdammt viel Glück mit ihr.

Sie redeten über ihre Arbeit und gingen manchmal ins Kino, schliefen miteinander, eher mehr als weniger, obwohl er das Gegenteil befürchtet hatte, aber sie schien richtig wild darauf zu sein und sagte, es sei der beste Sex ihres Lebens.

Meine goldenen Jahre, sagte sie. Hoffentlich kommt danach noch was. Aber bisher war noch meistens etwas gekommen.

Sie arbeitete als Dozentin für nordamerikanische Literatur, Spezialgebiet poststrukturalistische Theorie, und betrachtete die Welt als Text. Auch ein Körper war ein Text, schwanger hin oder her. Man musste ihn lesen lernen, den eigenen wie den fremden, ihn Schicht für Schicht entziffern, und genau das tat sie jetzt. Im Grunde entdecke ich mich gerade erst. Ich lerne mich lesen, wie einen Roman von Pynchon, über den sie vor Jahren ihre Dissertation geschrieben hatte.

Sie war für Mehrfachlektüre, im Bett wie bei der Arbeit. Je öfter man einen Text las, desto grundlegender das Verständnis, desto größer die Überraschungen. Winzige Besonderheiten in Syntax und Grammatik. Das Zusammenspiel von Klängen und Bewegungen, Haupt- und Nebenmotive. Die Bedeutung winziger Muskelkontraktionen. Eine Nebenfigur, die kurz da ist und wieder verschwindet und am Ende zur Überraschung aller noch einmal auftaucht.

Sie war noch im Bademantel und hatte ihm Spiegeleier gemacht. Während er aß und sie anstaunte, sagte sie ihm zum hundertsten Mal, warum sie glücklich war. Sie war Mitte dreißig und hatte Hände, die fest zupackten. Eine ehemalige Nägelbeißerin. Soweit sie das in ihren Kreisen beobachten konnte, schien es nicht allzu viele glückliche Frauen zu geben, schon gar nicht in ihrem Alter. Die Männer, die sie kannte, waren mehr oder weniger zufrieden, sie fragten erst gar nicht, ob sie glücklich waren.

Per brachte manchmal welche mit, gutgelaunte Kollegen um die vierzig, eloquent, gebildet und in Maßen amüsant. In der Politik schienen die meisten eher zufällig gelandet zu sein. Es war ein Job, in dem man mit interessanten Leuten zusammenkam und zu viel über Papieren saß, aber ein Job. Zuarbeiter in den Ministerien, Referenten, Abteilungsleiter, hin und wieder auch Leute aus der Partei, die noch so etwas wie eine Mission hatten.

Sie hatte lange gedacht: Wer in die Politik geht, ist ein Gläubiger. Er glaubt, deshalb ist er bereit zu leiden. Das gute Leben, hier unten auf Erden, darum geht es, hatte sie gedacht. War das nicht ursprünglich das Ziel aller Politik? Die wohlgeordnete Stadt, in der es Häuser und Höhlen gab, vor Feinden geschützte Räume, in denen man sich auf die Geburt seiner Kinder vorbereitete, Män-

ner und Frauen, die sich liebten und in allen denkbaren
Variationen füreinander sorgten. Die Wahrheit sah bekanntlich anders aus. Politik war ein Job, meinetwegen,
aber was für einer. Im Grunde Stallarbeit. Miste den Stall
aus, zum Lohn machen wir dich unsterblich oder jagen
dich zum Teufel.

Vor Jahren hatte sie ihm ein Buch über Sündenböcke
geschenkt, eine Theorie aus Frankreich. Er hatte darin ge-
blättert, das eine oder andere gelesen, eine Passage über
Steinigungen, wütende Mengen, die nicht ein noch aus
wussten und den angesammelten Hass gegen wen-auch-
immer entluden, aber am Ende war ihm das alles zu aka-
demisch gewesen, etwas weit hergeholt für seinen Job als
persönlicher Referent des Ministers.

Du sollst bloß wissen, worauf du dich einlässt, hatte sie gesagt. Die versteckte Pointe. Falls es mal schiefgeht.

Es war, wie sich herausstellte, ein Job von Montag bis
Sonntag, lausig bezahlt, aber mit einem gewissen Tempo, gewissen Radien. Das meiste war Papierkram, Vor-
und Nachbereitung von Sitzungen, ab und zu eine Reise,
ein bisschen Händchenhalten mit dem Minister, wenn es
nicht so lief wie gewünscht, das eine oder andere Häppchen Privates, die beiden Ehepaare in einem sündhaft teu-
ren Restaurant am Hafen, kurz vor Weihnachten als kleines Dankeschön für die tapferen Frauen.

Sie waren nicht warmgeworden. Annie hatte von ihrer
Schwangerschaft erzählt, was, wie sie im Nachhinein erkannte, ein Fehler war. Darüber sprach man nicht. Über
alles durfte man sprechen, Geld, Sex, Politik, sogar über
Tiere, abstruse Hobbys, aber nicht über das. Vermin-
tes Gelände. Alle fühlten sich unter Druck, alle waren
schnell beleidigt, Kinder ja oder nein, wie soll man sich
rechtfertigen, wie sich erklären.

Auf Per, dachte sie, konnte sie sich verlassen. Sie hoffte, dass sie sich verlassen konnte, noch hatte ihr neues Leben nicht begonnen. Sie sah ihn an, wie er da saß, in Gedanken schon auf dem Sprung, etwas schlaff, jemand, der seit Jahren zu wenig schlief, aber ohne Zweifel der Mann, den sie gewollt hatte, das riesige wollige Tier, das sich in den Nächten in ihr bewegte und beim Schlafen mit den Zähnen knirschte.

Per hatte das Problem, dass er sich sein Leben nicht glaubte. Als würde er es nur spielen, die Stunden im Büro, die Gespräche mit Selden, als wäre es gar nicht wahr, etwas, für das man sich jeden Morgen verkleidete. Er war Ende dreißig und besaß ein Dutzend Anzüge mit dazugehörigen Krawatten, aber er wurde das Gefühl nicht los, als mache sich jemand lustig über ihn: Es ist ein Witz, pass auf, du bist nicht der, als der du dich ausgibst, weder Fisch noch Fleisch. Ein Echo aus alten Zeiten, als er Student gewesen war und wie viele seiner Generation nicht wusste, was er mit sich anfangen sollte. Er war gereist, aber nicht viel, hatte ein paar Jobs probiert, ein paar Mädchen, bis er Ende der Neunziger die Aktienmärkte entdeckte, anfangs nur zum Spaß, mit ein wenig Spielgeld vom Vater, der ein berühmter Strafverteidiger war und ihm und seinen Freunden dabei zusah, wie sie sich eine blutige Nase holten.

Und diese Generation mischte jetzt überall mit. Sie machte Politik, die Geschäfte, Filme, Theater, Bücher, alles Leute ohne genaue Erfahrung, bestens informiert und pragmatisch, aber immer hübsch in der Deckung, so, als würde das richtige Leben noch kommen. Sie warteten. Seine ganze Generation schien zu warten. Sie hatten Häuser und manchmal Familien, sie alle waren in ihren besten Jahren, aber immer mit diesem Vorbehalt, als käme da eines Tages noch was, als seien sie noch immer nicht bereit.

Selden holte ihn um neun, nachdem sie in kleiner Runde über die Müllberge diskutiert hatten. Das Büro war aufgeräumt und sehr hell, ein großer Raum mit Sitzecke, an den Wänden zeitgenössische Kunst, alles ziemlich schräg, das meiste Akte, sitzend und liegend, in unmöglichen Farben.

Selden saß an seinem Schreibtisch, der über und über mit Papieren bedeckt war, zweireihig in Stapeln, aber mit System. Er schien mal wieder geschlafen zu haben und kam noch einmal auf die Streiks, die bevorstehende Urabstimmung bei den Metallern, wodurch es möglicherweise zu unangenehmen Synergieeffekten kam.

Auf die Gewerkschaften war er nicht gut zu sprechen, sie alle nicht.

Gibt es eigentlich Zahlen? Mitgliederstruktur? Wie viele es noch sind? Ich hab das völlig vergessen, sagte er.

Zum Fürchten, sagte Per. Sie können mich mal. Spätestens in vierzehn Tagen ist der Zauber vorbei.

Auch jetzt, nach Ablauf von drei Wochen, waren die Protestaktionen alles andere als flächendeckend. Es gab ausgewählte Schwerpunkte, dort, wo es besonders wehtat, maximale Wirkung mit minimalen Mitteln. Betroffen waren im Grunde nur die großen Städte, aber auch längst nicht alle, einige Universitätskrankenhäuser, die Kindergärten, hie und da ein Theater. Im Fernsehen zeigten sie seit Tagen überfüllte Tonnen, dazu Berge von bunten Säcken, fliegenden Müll an Bushaltestellen oder in dunklen Ecken, meistens in Gegenden, in denen es auch sonst Probleme mit der Entsorgung gab, in den Trabantenstädten im Norden, wo seit Tagen eine Flut von reißerischen Reportagen entstand.

Flora und Fauna im Müllparadies.

Per hatte zufällig etwas davon gesehen, eine nächtliche Kamerafahrt durch heruntergekommene Quartiere, in denen inzwischen alle möglichen Tiere bei der Arbeit waren, streunende Katzen, Ratten, Mäuse, weiter draußen auch Waschbären, ein Fuchs, hin und wieder eine verhuschte Gestalt, die eindeutig menschlich aussah, brabbelnde Junkies, die nach etwas Essbarem oder sonst wie Verwertbarem suchten, verwahrloste Alte, die sich tagsüber mit normalen Mülltonnen zufriedengaben, sich langweilende Jugendliche, eine Gruppe Aktionskünstler, die vor laufender Kamera eine verquere Theorie des Mülls zum Besten gab und bunte Müllsäcke zu Skulpturen stapelte.

Die Propaganda der Gewerkschaften lautete: Wer die Arbeitszeit verlängert, vernichtet Arbeitsplätze, obwohl man genauso gut sagen konnte: wer bei dieser Haushaltslage einen Streik anzettelt, beschleunigt bloß die weitere Privatisierung.

Das mit den Skulpturen gefiel Selden am besten.

Besorgt das mal. Irgendein Band, die Namen. Falls sie so etwas wie Namen haben. Vielleicht kann man eins der Dinger kaufen.

Gelbe und blaue Säcke, mannshoch gestapelt.

Ich glaube nicht, dass das fürs Museum ist, sagte Per. Vom Geruch ganz abgesehen. Das sind Chaoten.

Und Selden: Du meinst, da bleibt nichts?

Ich würde sagen, nein. Wenn es vorbei ist, ist es vorbei.

Junge Gewerkschafter haben schon gedroht, uns das Zeug vors Ministerium zu kippen, sagte Per.

Einen großen Laster, der aber natürlich nicht durchkommt.

Sie gingen anstehende Termine durch, Seldens Rede vor der Polizeigewerkschaft, unter Berücksichtigung der neuesten Entwicklungen, die letzten Korrekturen. Sie hatten ihnen das Weihnachtsgeld gekürzt, deshalb gab es Unmut. 300 Angestellte aus dem Bereich Spurensicherung und Objektbewachungen hatten an zwei aufeinanderfolgenden Tagen die Arbeit niedergelegt.

Per mochte Seldens Reden, vor allem, wenn er improvisierte, seine Beobachtungen, Szenen auf der Straße, skurrile Details von Menschen und Situationen, mit denen er seinen Zuhörern signalisierte, dass er vom selben Planeten war. Ich bin einer von euch, war die Botschaft. Ich muss essen, schlafen, ich bin kein Zombie, also hört zu, was ich euch sage.

Per hatte das vor Jahren studiert, was überhaupt Sprache war, eine Rede vor zweihundert Leuten in einem Saal, wie das funktionierte, Sender und Empfänger, die Idee der Stimme im leeren Raum. Er hielt nicht viel davon. Mal Schwert, mal Pflug, das war Sprache. Mit welcher Waffe triffst du sie ins Herz. Was musst du tun, wenn der Boden hart ist, wie legst du den Samen. Du lehrst sie das Fürchten, und mit dem nächsten Satz tröstest du sie. Das war, wenn es nach Per ging, der Sinn und Zweck einer Rede.

Das alles in ein, zwei Stunden, bevor du wieder in den bereitstehenden Wagen springst.

Wie immer hatte er nur Kleinigkeiten, zwei Anmerkungen, die Rolle des Staates betreffend. Der Staat ist kein Selbstbedienungsladen. Der Staat ist kein Feind. Ein paar unangenehme Fakten zur Verschuldung, Defizitkriterium, wer trägt welche Last, die Kleinen, die Großen, alles garniert mit Zahlen, für die seit langem keine Namen mehr zur Verfügung standen, unaussprechliche Kolonnen, die für gigantische Summen standen.

Mindestens ein halbes Dutzend Mal klingelte Seldens Handy oder gab Zeichen, dass eine neue Nachricht eingetroffen war, die er auf der Stelle beantwortete. Über den Bericht aus Rom und die Reaktionen in der Presse kein Wort. Josina hatte ihm Kopien hingelegt, Schlagzeilen in großen Lettern, die alles andere als freundlich klangen, aber Selden schien sie gar nicht zur Kenntnis zu nehmen.

Pech für den Rambo-Minister. Tochter kommt bei normalem Flugzeugabsturz ums Leben.

Du machst dir doch nicht etwa Gedanken deshalb, sagte er. Darauf Per: Josina macht sich Gedanken, sie ist wütend auf ihre Kollegen. Wir sind alle nervös, keine Ahnung, ich hoffe, das legt sich.

Sie wollen, dass ich mich ihnen erkläre, aber ich erkläre mich nicht.

Sie suchen nach etwas, ja. Sie stellen sich Fragen. Wer du wirklich bist. Wie es weitergeht. Das alles beschäftigt sie.

Nicht nur Josina hatte ihn gefragt. Sie alle fragten immer wieder danach, Mitarbeiter aus dem Ministerium, auch Holms, Seldens Staatssekretär, das komplette Team. Jetzt mal im Ernst. Ihr redet doch. Ihr sitzt zusammen im Wagen. Ihr steht am Abend an der Hotelbar und trinkt was zusammen.

Seine Antwort lautete immer gleich. Selden war vorübergehend in einem Loch, jetzt krabbelt er langsam wieder raus. Der Rest ist seine Privatsache. Gab es Selden überhaupt? Das, was sie für Selden hielten, was sie so nannten, obwohl es doch mehr oder weniger eine Marke war, ein Produkt, eine riesige Fläche für Projektionen, sich überkreuzender Wünsche und Erwartungen, die nicht unbedingt Seldens Wünsche und Erwartungen waren.

Per glaubte ihn recht gut zu kennen. Er wusste, wie er dachte, wie er redete, seine kleinen Ticks, unter welchen Bedingungen er zuhörte, die Fenster, die winzigen Lücken. Er wusste, wann er müde war, die Routinen, wie er sich tot stellte, bei langen Sitzungen, wenn es nicht weiterging, er kannte seine Regeln. Eine E-Mail nie länger als drei Zeilen. Einfache Hauptsätze, auch mündlich beim Vortrag. Was wann wo unter welchen Umständen.

Ab und zu eine Frau, ein kurzer Blick, das Aufflackern einer Möglichkeit, obwohl bei seinem Terminkalender kein Platz für Möglichkeiten bestand.

Kurz nach zehn waren sie durch. Selden stand auf und zog das Jackett an, der Tag war noch lang, eigentlich hatte er noch gar nicht richtig begonnen. Plötzlich kam er auf den Bericht aus Rom. Hinten, auf den letzten Seiten, in einem zehnseitigen Anhang. Hast du das gesehen? Per hatte nicht. Eine Liste mit den letzten Nachrichten, Posteingang und Postausgang. Vierunddreißig Passagiere aus elf Ländern, alles fein säuberlich dokumentiert, soweit die Handys noch funktionsfähig waren, darunter auch Seldens Nachricht an seine Tochter.

Sie schreiben alle dasselbe, sagte er, Schweden, Italiener, Briten, wo immer sie herkommen. *Ich liebe euch. Es ist entsetzlich. Bitte denkt an mich.* In verschiedenen Variationen. Wie im Chor. Sie wissen, dass sie sterben, aber die anderen sterben auch, sie sind viele. Der Tod macht uns gleich. Sagt man doch. Der Tod ist der große Gleichmacher.

Entsetzlich, sagte Per. Und Selden: Ja, schon. Aber was sagt uns das. Der letzte große Gewerkschaftler ist der Tod, sagt uns das.

Das Acht-Augen-Gespräch fand in einem ruhigen Wohnviertel im Westen statt. *Centro Sud* hieß das Restaurant. Raabe hatte es extra für ein paar Stunden gemietet, es war sein Stammlokal, sehr schlicht, mit einem Hauch Süden, Marke geschmacklos. Karierte Decken aus Plastik, an den Wänden verstaubte Fischernetze, speckige Speisekarten mit geradezu lächerlichen Preisen.

Er saß schon da, an seiner Seite Winter, in die Weinkarte vertieft, an einem großen runden Tisch in der Nähe der Bar, wo zwei verschlafene Kellner auf die Befehle warteten.

Nicks Maxime für das Treffen lautete: Wir führen Gespräche, wir verhandeln nicht. Wir hören zu. Wie ist die Stimmung, wo sind die Spielräume, selbst wenn uns das eine oder andere gegen den Strich geht.

Der Termin stand erst seit kurzem fest, Nick hatte eine Reise nach Brüssel abgesagt, aber allzu optimistisch waren sie beide nicht.

Der Herren von der Regierung, sagte Raabe und stand auf, um sie zu begrüßen, machte eine Bemerkung zu dem Lokal, woran es ihn erinnere, eine Trattoria in Triest, damals, vor hundert Jahren, als er mit seiner Frau auf Hochzeitsreise war.

Das Ambiente täuscht, sagte er. Die Küche ist wirklich hervorragend. Setzt euch. Da wären wir, sagte er. Die Zeiten sind nicht gerade rosig, aber da wären wir.

Die Bestellphase verging mit harmlosem Geplänkel über Krabben und rohes Rindfleisch, was die zwei großen Bosse aber nicht abhielt. Die Stimmung war frostig. Winterliche Namen mit den dazu passenden Umgangsformen. Auch Raabe klang nach Winter. Schneebedeckte Landschaften, zugefrorene Seen mit Schlittschuh laufenden Kindern.

Selden bestellte gemischten Salat, die anderen eine Suppe mit Steinpilzen, dazu gab es Prosecco für alle, an einem Sonntag Anfang Mai, kurz nach den großen Paraden.

Nick probierte es mit Floskeln. Wie oft man sich sah. Viel zu selten, über Gründe und Folgen.

Man läuft sich ständig über den Weg, aber das war's dann auch. Wir reden nicht. Ein Interview da, eine Spitze dort. Aber so kommen wir natürlich nicht ins Gespräch, ganz im Gegenteil.

Raabe zündete sich einen Zigarillo an und nickte dazu. Er hielt Selden die Schachtel hin, der eine nahm, dann den anderen, die dankend ablehnten. Etwas Kubanisches, teure Importware, dachte Selden.

Hinten aus der Küche hörte man klapperndes Geschirr, leise, gedämpfte Stimmen bei der Arbeit, die eine Atmosphäre von Familie und Verrat verbreiteten, gekauften Killern und verschwiegenen Zeugen.

Also, worum geht es, sagte Nick. Wir haben ein Problem. Einen Streit unter Freunden, nennen wir es so. Freunde sollten miteinander reden, finde ich.

Dann kam er auf die Vergangenheit. Erinnerungen an glorreiche Zeiten, Kämpfe, die sie gewonnen, die sie verloren hatten. Selden hatte das schon erlebt. Auf Parteitagen, wenn die Mehrheit nicht stand, die alte Rhetorik der Schlacht, die er dann auffuhr, aber achtzehntes, neunzehntes Jahrhundert, Napoleon mit seinen Feldherren in einem Zelt über den ganzen Karten, umgeben von seinen treuesten Gefährten. Wärmende Feuer am Wandrand, die langsam runterbrannten. Lagerfeuerromantik. Nick war ein Experte für Feuer. Die Welt wurde immer kälter, aber die alten Feuer brannten noch. Das war in etwa seine These, die Beschwörung. Das große Wir und die Solidarität. Damit versuchte er sie zu kriegen.

Raabe und Winter stocherten in ihren Suppen und verzogen keine Miene.

Noch etwas zu trinken? Weiß oder rot. Sie haben vorzügliche Weine hier.

Raabe schnippte nach einem Kellner und bestellte je

eine Flasche *Etna bianco* und *Gerbino rosso*. Er hatte ein breites, kantiges Gesicht mit dunklen, buschigen Augenbrauen, das bei Karikaturisten sehr beliebt war. Gromyko oder Breschnew hatten solche Augenbrauen gehabt, dachte Selden, in seinen frühen Zwanzigern, Ende der Siebziger, bei minus zwanzig Grad auf der Ehrentribüne, an der seit Stunden Tausende von Rotarmisten und die Geschütze mit den neuen SS-20 vorüberzogen, abwechselnd in großen Blöcken, Hunderte von Panzern.

Raabe ließ sich mit seiner Antwort Zeit. Er wartete, bis der Wein kam, probierte erst den roten, dann den weißen, nickte, schüttelte plötzlich den Kopf und verlangte nach den Korken, an denen er eine Weile schnupperte, um noch einmal abschließend zu nicken.

Eine schöne Rede, sagte er. Kannte ich ja bereits. Aber schön. Vielleicht ein bisschen sentimental. Museumsdirektoren reden so. Etwas ist vorbei, also kommt es ins Museum. Der Müll der Geschichte, schön aufbereitet in Vitrinen.

Wir haben natürlich eine etwas andere Sicht der Dinge.

Erstens, zweitens, drittens, sagte er und fing an.

Drohungen war übertrieben, aber die Botschaft war unmissverständlich: Mit uns nicht. Bewegt euch. Regierungen kommen und gehen. Dazu die und die Beispiele.

Er holte weit aus, wenn auch nicht so weit wie Nick, hin und wieder assistiert von Winter, in einer Sprache, die womöglich nicht mehr ihre gemeinsame war. Das Essen wurde gebracht, Lammkeule im Kräutermantel für die Gewerkschaft, gedünsteter Heilbutt für die Regierung. Raabe kam nun erst in Fahrt, holte den Kellner, um das Fleisch zu loben, schenkte nach und redete.

Manches war pure Rhetorik wie bei Nick, aber das

meiste klang noch ziemlich echt, mit einem trotzigen Unterton, aber echt, voll leuchtender Reminiszenzen an eine untergegangene Welt, in der es Stahlhütten und Bergwerke gab, pauperisierte Massen mit hungernden Familien, eine Welt ohne Sprache, schmutzig und voller Verheißung.

Und nun sag ich euch was.

Ein Müllarbeiter bei der Stadt, verheiratet, zwei Kinder. Eine Telefonistin in einem Call-Center. Von diesen Leuten reden wir. Leute, für die ihr früher Politik gemacht habt.

Ich kann dir nicht folgen, sagte Selden. Er wandte sich an Nick: Du? Kannst du ihm folgen?

Aber Raabe ließ sich nicht aufhalten. Er habe mit diesen Leuten gesprochen, wieder und wieder. Er wisse, wovon er rede. Leute mit schlechtbezahlten Jobs. Wann sie morgens rausmüssen, Arbeitsbedingungen, wie sie an diesen Jobs kaputtgehen. Alle ohne richtige Ausbildung, das ist schon klar. Aber Leute, die nicht blöd sind und über eure Steuergeschenke an die Reichen bloß den Kopf schütteln.

Sie sind wütend, kann ich euch sagen.

Wütend, sagte Selden. Leute mit einigermaßen sicheren Jobs, aber wütend.

Es tut mir leid, aber ich kann euch nicht folgen.

Ganz meinerseits, sagte Raabe. Er sah enttäuscht und verbissen aus, wie einer, der sich wider besseres Wissen Hoffnungen gemacht hat und an diesen Hoffnungen auch festhalten will.

Will jemand Nachtisch? Sie haben auch vorzüglichen Nachtisch hier, aber Nick und Selden wollten nur Kaffee. Nick kam noch einmal auf die Streiks. Er fasste zusammen, für seine Verhältnisse erstaunlich scharf, fast unversöhnlich, aber als sei er nicht wirklich überrascht.

Man hat es versucht, aber leider ohne Erfolg. Nicht mal Selden hätte so mit ihnen geredet. Halbwüchsige Jugendliche, die sich in etwas verrannt hatten und denen man mit Worten leider nicht beikam.

Also, was habt ihr vor, fragte Nick. Die Streiks gehen weiter, nehme ich an, Verhandlungen über Details nicht ausgeschlossen. Aber um Details geht es euch ja nicht. Ihr wollt einen heißen Sommer. Einen Tanz der Straße. Das ist es, was ihr wollt.

Hinten bei der Bar schien es auf einmal etwas zu geben, denn Raabe und Winter schauten die ganze Zeit hin, über Selden und Nick hinweg, als wäre dort auf einmal ein Fernseher, die Übertragung eines wichtigen Spiels, Meldungen über Aktienkurse, mit denen sie nicht gerechnet hatten, Ergebnisse der neuesten Sonntagsfrage. Raabe schien eindeutig zu nicken. Wenn A, dann B. Es liegt an euch, schien er zu sagen. Ihr habt es in der Hand.

Wieder im Wagen sagte Nick: Ich kann mich an Zeiten erinnern, da mochten wir uns. Ich kann nicht sagen, dass ich sie nicht mag. Leider brauchen wir sie noch.

Selden sagte lange nichts. Er spürte den Wein, schaute aus dem Fenster und hing seinen Gedanken nach. Draußen wehte ein kräftiger Wind, die Temperaturen waren eben so zweistellig, für Anfang Mai entschieden zu kalt. Mütter mit Buggys waren unterwegs, man sah Kinder mit bunten Mützen, hin und wieder ein Paar, ein bisschen Müll, vor einer Kneipe einen ausrangierten Spielautomaten, ein paar Tüten, aber alles andere als dramatisch.

Der Fisch war nicht richtig durch, sagte er.

Er sah Britta, der er versprochen hatte, sie am Abend ins Theater zu begleiten. Britta bei der Arbeit, oben in ihrem Atelier, wenngleich er von ihrer Arbeit wenig wusste. Annie, die Frau von Per, fiel ihm ein. Sie war schwanger, sie hatte alles noch vor sich. Hatte Per nicht gesagt:

ein Fuchs? Waschbären, seltsame Gestalten, die im Müll wühlten, während die Bosse von den Gewerkschaften vom großen Tanz auf den Straßen träumten.

Er sollte wieder mal laufen, dachte er. Früher war er doch regelmäßig gelaufen, letzten Sommer noch.

Ein paar Tage verreisen wäre nicht schlecht. Ein bisschen Sex ab und zu. Er wusste schon gar nicht mehr, wie das ging. Auch Britta schien es nicht mehr zu wissen. Etwas erwies sich als kompliziert, früher war es leicht. Eine winzige Geste, im richtigen Moment ein Satz, damals, als die Rituale noch funktionierten.

Von irgendwoher kennen wir uns doch. Ich kenne Sie, dieses Gesicht, aber ja. Sie kommen mir bekannt vor.


Nach dem Interview ging es erst richtig los. Das mit den Skulpturen war natürlich ein Scherz, dass sie Künstler waren und seit Jahren mit Müll arbeiteten. Zum Totlachen. Trick hatte den Beitrag zufällig gesehen, am nächsten Abend beim Zappen: Tick, Trick und Track im Fernsehen. Etwa eine halbe Minute waren sie zu sehen gewesen, wie sie da standen, mitten in der Nacht vor einem Haufen Müll, wie immer schön vermummt, drei ziemlich coole Typen, die einem hirnlosen Reporter erklärten, was sie mitten in der Nacht bei den Mülltonnen einer heruntergekommenen Hochhaussiedlung zu suchen hatten. Das moderne Gold ist der Müll, hatten sie gesagt. Der Streik ist uns egal, wir interessieren uns für das, was er ans Licht bringt, oder was immer sonst ihnen auf die Schnelle eingefallen war. Sigmund Freud war ihnen eingefallen, dass sie im Grunde ihres Herzens Freudianer waren.

Zeig mir deinen Müll, und ich sage dir, wer du bist.

Sogar der Reporter musste gemerkt haben, dass sie ihn auf den Arm nahmen.

Ein paar Nächte zogen sie herum, kreuz und quer
durch die Viertel, dann, allmählich, begannen sie mit den
ersten Arrangements, anfangs nur mit Säcken, blaue und
gelbe Linien, die sich über Gehsteige und Kreuzungen zogen, später eine Serie mit gebrauchten Computern, Tür-
men aus Schrott, Holz und Plastik, ohne großen Plan,
wie es ihnen einfiel.

Ganz allein gehörte ihnen die Stadt natürlich nicht. Es
kam zu Begegnungen, flüchtigen Bekanntschaften. Neue
Freunde war übertrieben. Aber es gab Interessenten, wohl-
wollende Beobachter, die schon mal Hilfe anboten, arbeitslose Jugendliche der dritten Generation, Araber, Türken, die den halben Tag vor dem Fernseher hingen und
froh waren, dass mal etwas passierte. Abkömmlinge asia-
tischer Reitervölker, die ebenso stolz wie misstrauisch waren, mit leuchtend dunklen Augen und Namen, die kaum
auszusprechen waren. Civancan war so ein Name. Kha-
led, Barkim. Etwas Afghanisches schien dabei zu sein.
Fremde Namen und Erinnerungen an ein Leben in kargen
Steppen und winzigen Bergdörfern, aus denen ihre Väter
und Großväter einst gekommen waren.

Reden war nicht ganz das richtige Wort. Sie bewegten
sich im selben Revier, deshalb tauchten Fragen auf. Was
machen wir, was macht ihr. Kommen wir uns in die Que-
re oder können wir eventuell kooperieren?

Sie knackten Autos, so viel war klar. Nebenbei Dro-
gen, Marihuana, Tabletten für die Kids, drüben in der
Diskothek, wo an den Wochenenden regelmäßig die Hölle los war, aber sonst nur Kleinkram, CD-Player, Kasset-
tenrekorder, die sich in Sekundenschnelle aus Schalen
und Gehäusen herauslösen ließen, im Grunde alles, was
nicht niet- und nagelfest war, ein vergessener Koffer mit
Klamotten, hin und wieder etwas Bargeld, ein Kinderwagen für die schwangere Schwester eines Bruders.

Sie schienen alle Brüder zu sein. Auch Tick, Trick und Track nannten sie Brüder. He, Bruder, wo hast du die Klamotten her? He, Bruder, warum zündest du das Zeug nicht an.

Sagt mir, was ihr vorhabt, und wir sagen euch, ob wir dabei sind.

Beim ersten Feuer wären wir dabei. Eine Fahne kann man verbrennen, einen geparkten Mercedes. Molotow-Cocktail heißt eine mit Brennstoff gefüllte Flasche, unter Einsatz von Molotow-Cocktails brannte im Prinzip so gut wie alles.

Ihr Zorn war nicht offensichtlich, eher kalt als warm, ein Gefühl im Wartestand, mehr gestisch als sprachlich, aber eindeutig ein wichtiger Teil von ihnen. Jugendliche, athletische Typen, die das Abseitsspiel beherrschten und sich auf schwerem, schlammigem Boden bewegten.

Rubber sagte wie immer: Wartet ab. Die Stunde wird kommen. Niemand weiß, wann, aber die Zeit ist reif.

Über die Müllaktionen rümpfte er die Nase, allerdings hatten sie ein wenig den Kontakt verloren. Man sah sich kaum.

Das Mädchen schien weiterhin bei ihm zu wohnen, wahrscheinlich war sie gut im Bett, oder er spielte den Samariter und wartete mit ihr auf die bevorstehende Weltrevolution. Tick war noch immer schlecht auf sie zu sprechen, weil sie sich anfangs sozusagen in Aussicht gestellt hatte, und dann auf einmal nur faule Ausreden, etwas mit einer Krankheit, dass sie einen Pilz habe und deshalb leider nicht zur Verfügung stehe.

Ihre Sachen hatte sie eines Tages geholt, die Tasche mit den Klamotten, den geklauten iPod. Viel hatte sie ja nicht. Komisch geduckt hatte sie gewirkt. Sie schneite kurz herein, nahm das Zeug und war weg. Sie schien Tabletten zu nehmen, kam im Nachhinein heraus, Tranquilizer oder wie das Zeug hieß, wenn man ein bisschen zappelig war und in den Nächten von schlimmen Gedanken heimgesucht wurde. Zwei unscheinbare Packungen, die sie im Badezimmer vergessen hatte. Egal. Fast hätte Tick sie ihr vorbeigebracht, aber sonst noch was. Sie war weg, sollte sie sehen, wie sie zurechtkam, sollte Rubber sich kümmern, falls sie nicht längst über alle Berge war.

Mania hatte sie geheißen. Tick hatte gedacht, den Namen hat sie sich gegeben, weil sie immer so aufgedreht ist, aber es war die slawische Kurzform von Maria.

# ERSTER CHOR

Die Lage ist eher ruhig. Entspannt, ja doch. Schon seit Jahren. Klingt langweilig: Man macht seit ewigen Zeiten seinen Job, und nichts passiert. Ein paar Streiks, ein paar Demonstrationen, aber alles im Rahmen, alles Routine. Von Gefahr keine Spur. Nicht einmal ein Versuch. Ein Verrückter, der den Präsidenten mit faulen Eiern bewirft, eine Ohrfeige wie neulich in Belgien, oder war es Deutschland? Ein harmloses Steinchen aus dem Hinterhalt, bei einer Parade, um zu testen, wie schnell wir sind, unsere Reaktionsfähigkeit. Darauf käme es natürlich an, den richtigen Ablauf. Die gefährdete Person auf den Boden werfen, sie schnell bedecken, abschirmen, den Standort des Angreifers lokalisieren, ausschwärmen, den Angreifer stellen. Das alles üben wir. Bei jedem Wetter, bei Tag und bei Nacht, den unterschiedlichsten Lichtverhältnissen, in unübersichtlichem Gelände, wenn du nicht weißt, aus welcher Richtung kommt was, ein Wagen, der auf einmal quer steht und als Deckung dient, auf großen weiten Plätzen mit Absperrungen, damit die potenziellen Angreifer erst gar nicht rankommen. Die meisten von uns mögen ihren Job. Wir achten auf unsere Ernährung, wir arbeiten an unserer Fitness. Viel Laufen, Muskeltraining, Ju-Jutsu, der Gebrauch von Schusswaffen, falls es hart auf hart kommt. Wir schützen Politiker. Der Präsident, der Ministerpräsident, Innen- und Verteidigungsminister, je nach Sicherheitslage. Ab und zu ein Konzernboss, ein durchgeknallter Popstar. Aber eher selten. Manche Leute sind aufgrund ihrer Position gefährdet, andere, weil sie mit politisch brisanten Entscheidungen zu tun haben, Staatsanwälte und Richter in wichtigen Prozessen, oder wenn am Flughafen eine neue Landebahn gebaut wird und es zu Widerstand kommt. Diese Leute schützen wir. Wir sind ihre zweite Haut, ihr Schatten, ihr Panzer. Wir laufen immer mit. Offene oder geschlossene Box, Diamant, die klassischen Formationen. Einer vorn, einer hinten, zwei an der Seite, oder einer vorn, zwei hinten. Im Fernsehen erkennt man uns immer an den Ohren, den kleinen Stöpseln, mit denen wir Funkkontakt halten. Aber in der Regel werden wir übersehen. Wir sind da und zugleich nicht da, im besten Fall, wenn nichts passiert. Niemand weiß es. Es kann morgen sein, es kann in zehn Jahren sein. Die Sache in Schweden fällt einem natürlich ein. Mit einem Jagdmesser praktisch auf offener Straße. In diesem Kaufhaus, ja. Ohne jeden Schutz, obwohl da Hunderte von Leuten waren und alle wussten, dass es passieren kann. Sie hätten es wissen müssen. Palme, ja. Er wurde noch erschossen. Mitte der Achtziger muss das gewesen sein. Mit einem Revolver, Magnum-357, ein schönes Kaliber. Von den Tätern keine Spur. Verrückte, mag sein. Heutzutage sind es ja meistens Verrückte, Einzeltäter, Leute mit Messern. Vor dreißig Jahren waren es bewaffnete Gruppen mit Kalaschnikows, ab und zu eine Stalinorgel, Autobomben, aber kein Messer. Mit einem Messer schneidet man Brot. Es ist die Waffe für Eifersuchtsdelikte, Sexualmorde. Man muss nah rankommen mit einem Messer. Es entsteht eine gewisse Intimität, Mann gegen Mann, oder wie damals in Stockholm gegen eine Frau. Es geht nicht nur um den Tod, es geht um Kontakt, die Überschreitung der Grenze.

Den Toten ist das egal. Sie sind tot. Die Fahrer, die Leib-
wächter, die Polizisten, die alle mit draufgegangen sind
und jeden Tag weiter draufgehen, im Mittleren Osten, in
Afrika, Südamerika, jeden Tag ein paar mehr. Sie sterben
für den Staat oder das, was sie dafür halten. Es ist nicht
bloß ein Job. Es ist auch eine Idee. Niemand möchte dafür sterben, aber es gibt doch eine Haltung, eine gewisse
Überzeugung. Auf jeden Fall.

Sagen wir so: Wir sind zufrieden. Wir kommen zurecht.
Wir können nicht klagen. Was soll das auch nützen: Du
klagst, aber anderen geht es viel schlechter, sie haben keine Arbeit, sie sind krank, allein, ohne Kinder, obwohl sie
womöglich gerne welche hätten. Wir haben eigentlich alles, doch. Die Kinder sind gesund, sie sind gut untergebracht, unter der Woche täglich von halb acht bis vier.
Wir sind froh, dass wir die Plätze für sie bekommen haben. Dass der Staat das macht, die Kommune, wer auch
immer. Dass das noch möglich ist. Andere sehen das anders, das ist bekannt. Sie glauben, der Staat müsse ihnen
dankbar sein, weil sie dafür sorgen, dass wir nicht aussterben und jemand später die Renten zahlt. So ein Unsinn. Kinder für den Staat. Warum glauben diese Leute
ständig, jemand müsse ihnen dankbar sein? Danke, dass
du es schaffst, morgens aufzustehen. Danke, dass du dich
um deinen Lebensunterhalt kümmerst. Danke, dass du
auf der Welt bist. Du bist richtig arm; niemand hat es so
schwer wie du, und trotzdem bist du so ein feiner Mensch.
Vielen herzlichen Dank, dein Staat. Wissen diese Leute,
wovon sie reden? Sogar Kinder sind klüger, sie stellen
Fragen. Papa, ein Staat, was ist das? Was sind Steuern?
Was macht ein Bürgermeister? Klingt einfach, aber erklär
mal einem Kind, was ein Staat ist, was er macht, warum

und weshalb. Zu welchen Problemen es da kommt. Wie schwierig es ist, die richtigen Entscheidungen zu treffen. Ein Staat, na ja, schaut. Es gibt Schulen, es gibt Kindergärten. Um das alles muss sich jemand kümmern, es muss geplant und gebaut werden. Am Abend, wenn es dunkel ist, brennt auf der Straße Licht. Auch eine Straße muss gebaut werden, jemand muss den Müll wegbringen, es kümmert sich jemand um die Alten, um Kranke, Menschen, die nicht mehr alles können. Das alles macht der Staat, die Regierung. Jedes Land hat eine Regierung, aber auch jede Stadt. Jeden Monat bekommt sie von den Erwachsenen Geld, und dann gibt es Leute, die wie Papa in einem Büro sitzen und darüber nachdenken, was am dringendsten gebraucht wird. Drüben, auf der anderen Straßenseite, ist ein Baum gefällt worden. Was glaubt ihr, wer einen neuen pflanzt? Na ja, für Kinder eben. Damit sie es verstehen. Sehr vereinfacht. Kinder fragen immer so viel, man kommt gar nicht nach. Woher kommt das Geld, warum gibt es Krieg, wie ist es, wenn man tot ist. Sie glauben, man hat auf alles eine Antwort. Hat man aber nicht. Man hat noch nicht einmal darüber nachgedacht. Man tut nur so, als ob. Wahrscheinlich ist das falsch. Früher oder später kommen sie ja doch drauf. Sie sind nicht dumm. Sie wissen alles auf ihre Weise. Mama, was ist ein Streik? Ist ein Streik gut oder schlecht? Streikt ihr auch? Abends, bei den Nachrichten im Fernsehen, wenn man denkt, das kriegen sie gar nicht mit, das interessiert sie nicht. Aber auch Streiks. Die Fahnen, die Megaphone, die brennenden Mülltonnen, weil es so kalt ist. Man fragt sich, was sie wollen. Frieren die Männer nicht? Es ist doch viel zu kalt da draußen. Mama, was machen die Leute da? Warum gehen sie nicht nach Hause?

Früher waren wir natürlich alle dagegen. Der Staat, die Bullen, unsere Väter, die fetten Minister, die gesamte Gesellschaftsformation. Universitäten, Sexualität, die schmutzigen Kriege des Kapitals – alles war böse oder falsch, nicht so, wie es hätte sein können, wenn nur alle gewollt hätten. Das Paradies auf Erden. Es wollten leider nicht alle. Der Staat und das Kapital, ihre Verflechtungen, der ganze Terror, der davon ausging, das wollten wir abschaffen, zerschlagen, an diesen Fetischen arbeiteten wir uns ab. Der Kapital-Arbeitskreis, die Diktatur des Proletariats, der Strand unter dem Pflaster. Meine Güte. Eine tote Kultur, eine Sprache, die keiner mehr spricht, nur noch der Vatikan. Oder am Lehrerstammtisch ein paar Unverbesserliche, für die das alles noch nicht vorbei ist. Die es trotzig am Leben erhalten und nach Erklärungen suchen, warum sie so frustriert sind. So ratlos. Warum wir alle so ratlos sind, so ausgebrannt. Zum Glück nicht alle und nicht zur gleichen Zeit. Wir muntern uns auch auf, wir versuchen zu reden. Wir machen Computerkurse, hin und wieder eine Fortbildung, Supervisionen, wir versuchen, auf dem Laufenden zu bleiben. Die Nebenwirkungen von *Ritalin*, die hermetische Welt der *Pokémons*. Neue Schriftsteller, die auf keinem Lehrplan stehen, die jüngste Mission zum Saturn, Fortschritte bei der Genomforschung. Während die Kinder immer zappeliger werden, versuchen wir den Überblick zu behalten. Wir arbeiten für den Staat, in seinem Auftrag, doch. Ganz langsam, ganz ruhig. Moment, sagen wir. Was sind das genau für Tabletten, die du da nimmst, und warum. Gegen was helfen sie. Wer verschreibt sie mit wessen Wissen. Kleine, bunte Tabletten, unterschiedliche Sprenkelungen. Was ist das Leben. Warum hörst du nie zu. Reiß dich zusammen und hör zu. Was machst du, wenn du zu Hause bist, außer diesen Spielen. *Counterstrike*, aha. *Quake III*. Howard

Phillips Lovecraft, ein amerikanischer Schriftsteller, soso. Der Cthulhu-Mythos. Klingt interessant. Mach mal ein Referat. Erklär, was das ist. Wer damit Profit macht. Auf was für Gedanken dich das bringt. Das, was du denkst. In welchen Welten du dich bewegst. Wie es dort aussieht. So versuchen wir sie zu kriegen. Manchmal kriegen wir sie. Die meisten kriegen wir nicht. Also woran liegt es, die alte Frage. Das Fernsehen, die Familie. Eine Revolution fällt uns leider nicht ein. Wir sind ratlos. Warum gibt es keine Gesetze. Für alles, was uns nicht gefällt, wollen wir Gesetze. Wir rufen nach dem Staat. Wir wollen es ihnen verbieten. Wir erziehen sie einfach um. Wir stecken sie in ein Lager, ja. Bloß ein paar Monate, damit sie begreifen und etwas lernen. Damit ihnen ein Licht aufgeht. Hoch oben im Norden, in Sibirien, wo es nur Moose, Sträucher und Farne gibt, die längste Zeit des Jahres gefrorene Böden, keine bewegten Bilder, dafür regelmäßige Mahlzeiten um einen großen Tisch, eine dünne Brotsuppe, von der man nicht satt wird. Erziehung im Permafrost. Ein Rückfall in alte Zeiten, sicher. Diese ganze Denke, die doch ein für alle Mal gescheitert ist. Dass man die Leute zu ihrem Glück zwingen muss. Man kann sie nicht zwingen, leider. Also machen wir weiter. Alle paar Jahre fällt uns jemand auf. Jemand hat Gedanken, er denkt, auch wenn man ihn nicht zwingt. Ein Junge. Fünfzehn, sechzehn, sehr schmal, blass, mit wachen Augen. Davon versuchen wir zu leben.


Neulich war mal wieder etwas über uns im Fernsehen. Warum es hierzulande nicht weitergeht, woran es liegt, warum kein Geld mehr da ist, wer es verschleudert. Das Lied kennen wir. Mein Gott, diese Bürokraten, geht das Lied, in Brüssel oder wo sie immer sitzen, denn sie sitzen ja überall, im gesamten Land, überall diese Schmarotzer, die für die absurdesten Vorschriften verantwortlich sind, diesen Dschungel aus Paragraphen. Anpassungsgesetze, Änderungsvorschriften, das Parkinson'sche Gesetz nicht zu vergessen: alles der reine Wahnsinn. Im Fernsehen zeigen sie dann immer einen Berg Akten und noch einen Berg Akten, die jährlich produzierte Flut an Gesetzen, alles fein säuberlich gestapelt, damit man das mal sieht, mannshoch, nicht zu fassen. Dann Schnitt: ein riesiger Wartesaal, ein langer Flur, rappelvoll mit Leuten, die alle etwas wollen, eine Genehmigung, eine Arbeitsstelle, eine Unterstützung für dies und das, und zwar ein bisschen plötzlich, jetzt, auf der Stelle, weil es schließlich ihr gutes Recht ist. Alle fordern immer nur ihr gutes Recht, und wir Scheißbürokraten sitzen in unseren Büros und schmettern alles ab, kommen mit Paragraphen, was nun wirklich empörend ist. Man traut es sich gar nicht mehr zu sagen. Erwähn mal am Tresen in der Kneipe, du arbeitest in einem Amt, in der Baubehörde, sagen wir, dass du mit Genehmigungen zu tun hast, was nun mal leider ohne Papier nicht zu bewerkstelligen ist. Stell dich mal hin und sag: Ein Bürokrat, na gut, ich produziere Papier. Aber warum? Wärt ihr alle nicht so feig und bequem, hätten wir in den Behörden ein feines Leben. Die Sache ist doch die. Nehmen wir zum Beispiel die Vorschriften im Lebensmittelbereich. Hygienebestimmungen, Haltbarkeitsfristen, was darf in welcher Menge wo rein, Stabilisatoren, Emulgatoren, die langen Listen auf der Packung, die es vor fünfzig Jahren nicht gegeben hat. Alles reguliert, alles Papier, Bürokratie. Gut. Aber für wen und warum? Die Antwort ist: Weil das mal jemand so wollte, eine Interessengruppe, besorgte Bürger, die der Meinung waren, das muss geregelt werden, dafür brauchen wir ein Gesetz, ein Stück Papier, auf dem steht, so soll es sein und so nicht. Abschaffung von Unsicherheit, was auch heißt: Begrenzung von Konflikten. Dafür gibt es in einem demokratischen Staat die Bürokratie. Schon mal gehört? Schon mal drüber nachgedacht? Nachbarn streiten über Bäume. B beklagt sich über das Laub aus dem Garten von Nachbar A, möchte aber gerne die Äpfel, die auf seiner Seite wachsen. Alles geregelt. Alles, damit es keinen Streit gibt. Weil die Leute nicht in der Lage sind, selber ihre Angelegenheiten zu regeln, weil sie Angst haben. Michael-Kohlhaas-Typen, so weit das Auge reicht. Das ganze Land ist voll davon. Und wehe, ich bekomme nicht mein Recht. Mein Recht ist mein Recht, notfalls hole ich es mir bei Gericht, dann werden wir ja sehen. Die Leute schreien förmlich nach Gesetzen, weil ja immer irgendwo eine Lücke ist. Eine Lücke darf nicht sein. Wo eine Lücke ist, landet sie vor Gericht und früher oder später auch im Parlament. Und dann wird das eben geregelt. Die Lücke wird geschlossen. Es wird ein Gesetz verabschiedet, eine Verordnung erlassen. Und dann noch eine. Und noch eine. Und am Ende will es natürlich niemand gewesen sein, dann sucht man einen Sündenbock, dann heißt es: Die Bürokraten sind es gewesen, wir müssen das alles radikal zurückfahren, Bürokratieabbau, alles soll wieder einfach werden, wenn es wieder einfach ist, haben wir auch wieder Luft zum Atmen. Klingt gut, aber wie soll das gehen? Die Leute sind nicht so. Eine moderne Gesellschaft ist nicht so. Nie gewesen. Jeder hat ein Interesse, ein anderer hat ein anderes und will es nicht gelten lassen, also brauchen wir Kompromisse. Der große Leviathan, na gut, aber machen wir uns doch nichts vor. Hobbes: Der Mensch ist des Menschen Feind. Er ist nicht gut, er ist nicht dankbar, er muss gezähmt werden. Das machen wir hierzulande mit Papier. Man kann es auch mit Waffen versuchen. Amerikanische Verhältnisse, das Prinzip der Blutrache, die Methoden der russischen Mafia. Du klingelst bei jemandem an der Tür, er schießt dich über den Haufen und fragt dich anschließend, was du gewollt hast. Ist es das, wovon die Leute träumen?

Also, mit wem arbeiten wir: mittelständische und kleine Unternehmen, Handwerksbetriebe, dazu natürlich die Freiberufler, Ärzte, Rechtsanwälte, ein paar Journalisten, Fotografen, ja, ein Maler, auch ein Schriftstellerpaar. So ungefähr. Die meisten kommen hier an und sagen: Um Himmels willen, die Steuer, machen Sie was, wir haben die und die Belege, Sonderausgaben, Abschreibungen, was geht, was geht nicht, legal oder illegal, manchmal offen, manchmal versteckt, mit einem Augenzwinkern, dass man gleich weiß, sie glauben nicht recht daran, aber falls doch, wollen sie nicht blöder gewesen sein als die anderen. Für solche Fälle haben wir unsere Regeln. Die Frank'sche Formel. Empfehlungen zum Umgang mit hinterziehungsgeneigten Mandanten, alles mit den üblichen Grauzonen. Was ist noch zulässig und korrekt, wo beginnt die Beihilfe. Die Beispiele sind immer dieselben: fingierte Rechnungen, falsche Kilometerangaben, Scheinbeschäftigung von Ehefrauen und Kindern, Schwarzarbeit. Im Grundsatz müssen und dürfen wir unseren Mandanten vertrauen. Auch wenn uns etwas spanisch vorkommt. Sind es wirklich dreißig Kilometer in die Firma oder doch eher fünfzehn? Eine neue Küche fürs Büro mit Lieferschein erster Stock, obwohl sich das Büro im Erdgeschoss befindet? Egal. Wir müssen die gemachten Angaben verwenden und sind nicht verpflichtet, sie zu überprüfen. Lieferscheine lesen, Entfernungen nachmessen, sie selbst abfahren oder andere mit einer Überprüfung beauftragen. Müssen wir alles nicht machen. Unser

Zweifel spielt keine Rolle. Wir arbeiten mit den Zahlen, die wir bekommen. Was wir beim Verbuchen denken, ist unerheblich. Im Prinzip machen wir einen Vorschlag. Der Mandant unterschreibt. Was er unterschreibt, hält er dann für die Wahrheit. Seine ganz persönliche Wahrheit über den Staat, die Finanzämter. Dass der Staat ein Wegelagerer ist. In den feinen Restaurants, wenn er Frau und Kinder zum Essen einlädt oder ein paar Freunde und nebenbei über seine Geschäfte spricht. Dann setzt er das natürlich ab und behauptet, dass er sich beobachtet fühlt. Verfolgt. Ein freier Bürger in einem freien Land. Was für ein Witz. Für ihn. Dass er schon lange nicht mehr daran glaubt. Dass er den Glauben an den Staat verloren hat. Dass er denen nichts schenkt. Nicht mehr. Sozialdemokratische Umverteilungspolitik, der Wohlfahrtsstaat: alles vorbei, daran glaubt doch niemand mehr. Er nicht. Einmal im Jahr verkündet er die Summe. Was er sich geholt hat. Ein fünfstelliger Betrag. Alles völlig legal. Er kennt Bücher, in denen steht, wie man sich alles holt. Wir leben in einem Dschungel; man muss wissen, wie man sich durchschlägt. Er weiß es. Sogar sein Steuerberater kann noch etwas von ihm lernen. Manchmal ballt man die Faust, das ist richtig. Dann sitzt man da und denkt, was macht die Politik. Wo sind die Gesetze. Die Gesetze sind ja da. Warum sind sie so. Warum sind die Leute so. Können sie nicht rechnen?

# III

Sie stand halb links, direkt an der Absperrung, ein bisschen eingeklemmt, weil von hinten ständig jemand nachdrängte, mitten in diesem fröhlichen Lärm aus Trommeln und Trillerpfeifen, den skandierten Parolen. UNSERE ZUKUNFT JETZT. WEG MIT DEN GEPLANTEN HORRORGESETZEN. Vorne auf der rotdrapierten Tribüne stand ein Vertreter der Gewerkschaft und hatte Mühe, sich Gehör zu verschaffen. Alle zwei Sätze wurde er unterbrochen, es gab Beifall, Pfiffe, die der Regierung galten, dazwischen Gelächter, ein kurzer Moment Stille, dann wieder die Chöre, Gejohle, Gepfeife.

Die meisten Demonstranten waren keine zwanzig, Studenten, die ihre Vorlesungen schwänzten, Schüler, die nicht zur Schule gingen, weiter drüben in einem Block zwei Dutzend Vermummte mit schwarzen Hasskappen, aber sonst eine Stimmung wie auf einer großen Party, überall Paare, die knutschten und sich umarmten, Gewerkschaftler mit riesigen Transparenten, versprengte Linke, die ihre Zukunft schon hinter sich hatten, eine Gruppe Arbeitsloser mit riesigen Kopien ihrer Sozialhilfebescheide, türkische Frauen, die gegen das Kopftuchverbot protestierten.

Von Rubber weit und breit keine Spur.

Er hatte gesagt, er komme gegen fünf, wenn er unten am Hafen fertig sei, er werde sie schon finden, was in diesem Gewühl nun wirklich ein Witz war. Sie trug ein gelbes T-Shirt mit der Aufschrift AMIS RAUS, dazu die verwaschenen Jeans, aber Jeans und T-Shirts gab es an diesem Nachmittag wie Sand am Meer. Sie war ein bisschen sauer, allein in dieser unübersehbaren Menge, mehr auf sich selbst als auf ihn, obwohl er es gewesen war, der sie überredet hatte. Es geht los, hatte er gesagt. Es ist erst der Anfang, aber los geht es auf jeden Fall. Na gut, ein paar Demos, hatte sie gesagt, ein bisschen Folklore, aber das wird es dann auch gewesen sein.

Sie kam nicht rein. Der permanente Trubel, die aufgekratzte Stimmung um sie herum, alles erreichte sie nur gedämpft, als wäre sie gar nicht richtig da, außerdem war es seit Tagen sehr heiß, sie hatte Durst, aber nur einen Rest Cola, was gegen den Durst nicht half. Sie sah sich um, auf der Suche nach Rubber, der, wie sie wusste, nicht kommen würde, suchte einen Stand, denn auf dem Herweg hatte sie Stände gesehen, fliegende Händler mit Getränken, die aber bis zu ihr nicht vordrangen. Rubber hätte gesagt: Schau, wie viele wir sind, sie werden sich wundern. Vielleicht hätte er sie angesteckt. Vielleicht auch nicht. Sie fühlte sich matt, fast ein bisschen schwindlig, setzte sich kurz auf die Absperrung, mit dem Rücken zur Tribüne, wo diverse Redner die Stimmung anheizten, Vertreter der Studenten mit hohen, sich überschlagenden Stimmen. Sie hörte gar nicht hin. Ein junger Typ glotzte sie an, sie schaute weg, dann wieder hin, erst genervt, dann amüsiert, denn jetzt begann er zu grinsen, mit einer Riesenwasserflasche in der Hand. Er sah sympathisch aus, ein Vorstadtjunge, keine zwanzig, ihre höchstpersönliche Fata Morgana in dieser Wüste. Sie dachte: Er wirkt nett, er sieht mich an, warum nicht. Jedenfalls gab sie ihm ein Zeichen, nur ein kurzer Blick, eine Geste, sodass er gleich wusste und sich bewegte.

Das Lustigste war sein T-Shirt. Er hatte dasselbe T-Shirt wie sie, nur in Rot. Dieselben Lettern, dieselbe Message.

Hier, für dich, hallo, sagte er, gab ihr die Flasche, sah ihr zu, wie sie trank, ohne ein einziges Mal abzusetzen, sieben, acht Schlucke.

Danke. Puh, sagte sie. Du hast dasselbe T-Shirt. Echt witzig. Ich heiße Maria. Darauf er: Und ich bin Joe, kein Witz, obwohl sie gleich dachte: Natürlich ist es das, er ist verdammt schnell, er macht sich lustig über mich.

Allein war er auch nicht. Er deutete nach hinten und erklärte, dass sie am Morgen mit dem Zug gekommen seien, fünf Kumpels, die gerade mit der Schule fertig waren und nicht wussten, wie es weiterging, studieren oder nicht, womit hatte man später Chancen, falls es denn noch Chancen gab.

Deshalb sind wir da, sagte er und lachte. Man kann ja nie wissen. Und du? Ganz allein?

Sie sagte: Ja, schon, nein, nicht direkt, eher ja. Eigentlich ja.

Von der Tribüne hörte man jetzt Musik, eine ziemlich große Combo mit Trommeln, Afrikaner in bunten Kleidern, die auf Dutzenden von Schlaginstrumenten einen Höllenlärm veranstalteten. Die eigentliche Kundgebung schien vorbei zu sein.

Na, toll, sagte sie. Und der Junge: Echt, schon vorbei? Ich habe gar nicht gemerkt, wie die Zeit vergeht. Dabei sah er sie an, eher sanft, aber auch entschlossen, obwohl ihn das plötzliche Ende aus dem Konzept zu bringen schien.

Rund um sie herum begannen die Ersten aufzubrechen, plötzlich gab es Lücken, jemand kickte eine leere Flasche weg, auf dem Boden überall Papier, Flugblätter, Werbung für Plattenläden, CD-Tauschbörsen, altertümliche Formen der Propaganda.

Die Frage war, was jetzt. War wirklich schon Schluss, oder fiel noch jemandem etwas ein.

Kleinere Gruppen blieben stehen und warteten ab, wieder andere skandierten weiter Parolen. Plötzlich tauchte das Gerücht auf, drüben am Ostbahnhof finde eine Aktion statt, Hunderte Studenten säßen auf den Gleisen und legten den gesamten Zugverkehr lahm.

Von Rubber keine Spur.

Plötzlich war sie froh, dass er nicht gekommen war. Sie dachte an seinen Körper, wie alt und schwammig er war, auch im Gesicht, am Abend, wenn er bei einer Flasche Rotwein vor dem Bildschirm saß und schon genervt war, wenn sie sich die langen Stunden vor dem Fernseher vertrieb.

Wollt ihr dahin, fragte sie, und der Junge sagte: Kommt darauf an. Ich glaub nicht. Wir müssen zu unserem Bus.

Er drehte sich kurz weg, auf der Suche nach seinen Leuten, die er aber nicht fand, schüttelte den Kopf, erleichtert, wie ihr vorkam. Er lächelte sie an, wieder ein bisschen schief, ziemlich süß, während alles um sie herum auf einmal in Bewegung kam. Gruppen von Demonstranten begannen laut zu pfeifen, jemand schob sie kurz zusammen, sodass sie spürte, wie warm und wendig er war, dann sah man weiter weg, in der Nähe eines Brunnens, gepanzerte Wagen mit Wasserwerfern und eine Kette Polizisten, die mit Megaphonen zur Räumung des Platzes aufforderten.

Eine Stimme sagte: Los, komm, wir hauen ab, während eine andere widersprach: Nein, bleib, da vorne ist Rubber, geh hin und sag ihm, dass du auf ihn gewartet hast.

Sie spürte eine Hand, die sie wegzog, feucht und fest, offenbar hatte der Junge sie an der Hand und zog sie weg. Etwas war laut, dann wurde es leiser, in einer Seitenstraße, wo sie kurz stehen blieb und sich besann. Der Junge war nicht mehr da. Sie hatte ihn verloren, obwohl es eigentlich nicht möglich war. Sie sah ein paar versprengte Pärchen, die ohne Eile in Richtung U-Bahn schlenderten, weiter drüben ein Ministerium, in dem die ersten Lichter brannten, lange Reihen von Fenstern, hinten denen sich Schweine wie ihr Vater auf Kosten der Bevölkerung ein feines Leben organisierten.

Maria und Josef, was für ein Ding, dachte sie.

So ein Arsch, dachte sie.

Eine Weile stand sie da, etwas aus der Puste, aber wach, mehr oder weniger gleichgültig gegenüber ihrer Umgebung, ehe sie sich in Bewegung setzte und mit dem letzten Häufchen Demonstranten in Richtung U-Bahn ging.


Selden stand am Fenster und telefonierte mit Britta, zwischen zwei Terminen. Normalerweise rief sie um diese Zeit nicht an, aber ihr hing der vergangene Abend nach, sie hatte ihn wieder mal beschimpft, deshalb wollte sie gutes Wetter machen. Eine gute Nachricht hatte sie auch. Sie habe soeben die Zusage bekommen, eine kleine Galerie, die sieben große Bilder der neuesten Serie zeigen wollte, leider nicht allein, eine Gruppenausstellung, aber immerhin.

Frauen sehen die Welt oder so ein Blödsinn. Aber ich freu mich, sagte sie.

Er sagte, er freue sich auch.

Vom Platz der Republik wehte ein Rest Aufstand herüber. Man hörte Trillerpfeifen, die Trommeln, unterbrochen von kurzen Durchsagen der Polizei, hin und wieder das Rollen der Hochbahn, alles nicht wirklich weit weg, ein paar hundert Meter Luftlinie von seinem Büro im achten Stock.

Mit halbem Ohr hörte er ihr zu, wie sie sich weiter

freute, die erste Ausstellung seit Jahren, wie gut ihr das tat, obwohl sie wie immer erst daran glaube, wenn sie eröffnet sei.

Tut mir leid wegen gestern. Ich hatte schlechte Laune. Keine Ahnung, warum.

Bist du allein?, fragte sie. Komisch, ich sehe dich nie allein. Immer im Pulk. Irgendwie belagert. Der Minister und sein Hofstaat. Allein bist du bloß bei mir.

Er sagte, doch, er sei allein, habe aber noch einen Termin bei Nick, dann der Flug.

Na, dann guten Flug, sagte sie. Ich gehe zu meinen Bildern. Lass von dir hören, wenn es dir reinpasst.

Er legte auf und holte Holms, der den Entwurf des neuen Polizeigesetzes mitbrachte, ging Termine durch, die Tagesordnung für Brüssel.

Die Streiks gingen inzwischen in die achte Woche. Praktisch in allen größeren Städten fanden Demonstrationen statt, Arbeiter und Angestellte, die mehr Lohn forderten, Studenten, die in den Staatsdienst wollten und gegen alles und jeden waren. Die Zahlen waren umstritten. Die Behörden versuchten sie im fünfstelligen Bereich zu halten, während die Veranstalter Teilnahmerekorde bis weit über hunderttausend meldeten. Es war zu Ausschreitungen gekommen, ein paar Steine, Gebrülle mit der Polizei, wenn sie aus der Menge die Rädelsführer herauszupicken versuchten.

In der Partei vereinzelt Stimmen, die für Kurskorrekturen plädierten.

Wenn die Straße rebelliert, müssen wir überlegen, was wir falsch gemacht haben.

Jemand aus dem erweiterten Parteivorstand hatte ein Interview gegeben, Bilanz und Perspektiven der zweiten Legislaturperiode. Vereinbart war die Linie: Zu laufenden Tarifauseinandersetzungen äußern wir uns nicht, im Übrigen bleiben wir bei dem eingeschlagenen Kurs. Selden hatte den genauen Wortlaut nicht mehr im Kopf, aber es hatte geklungen wie: Die Proteste haben uns überrascht, wir nehmen sie ernst und prüfen gegebenenfalls Schritte, will heißen Änderungen. Mindestens ein Jahr sollten wir die neuen Gesetze ausprobieren, dann sehen wir weiter.

Nick hatte sich den Klugscheißer bereits zur Brust genommen, aber das musste nichts heißen. Nick war ein Machtmensch, er war anfällig für Stimmungen. Der Wind, wenn er sich plötzlich drehte. Ein Beschwichtigungspolitiker. Alle Politik ist Beschwichtigungspolitik. Man probierte etwas aus, setzte es in die Welt; gab es ausreichend Widerstand, nahm man es zurück und suchte nach anderen Wegen.

Was er von seinem Innenminister hielt, war nicht klar. Selden war sein bester Mann, also auch der gefährlichste. Nick schien ihm nicht richtig zu trauen. Mein Hausmeister, so nannte er ihn, weil Selden das mal gesagt hatte: Der Innenminister ist der Hausmeister des Staates.

Fünf Minuten habe ich, sagte Nick. Eine Viertelstunde, um genau zu sein.

Er ging auf Selden zu, schüttelte ihm die Hand, machte freundliche Geräusche.

Also, was ist der Stand.

Von Staatsschutz und Polizei gab es neue Berichte. Selden referierte, was über die beteiligten Gruppen bekannt war, die Studentenverbände, linksradikale Sekten, Spontis, wer zog die Fäden, wer hängte sich nur dran. Das wirklich Neue waren die Studenten. Nick sah ihre Proteste mit Sympathie, wurde ein bisschen sentimental, kam auf früher, als sie selbst Studenten gewesen waren, ihre wilden Jahre.

Okay, reden wir über die Studenten, sagte Selden. Was

wolltet ihr, was wollen sie. Sie fürchten um ihre Zukunft, okay. Die Jungen gegen die Alten, das war absehbar. Die Rente, die Stellen. Aber was ist die Pointe? Sie möchten in den Staatsdienst, zwei von dreien, wenn die Umfrage stimmt. Sie wollen Beamte werden, Teil der Staatsmaschine, auf Lebenszeit.

Heute in der Zeitung steht ein schöner Kommentar dazu. Nicht gerade schmeichelhaft für uns, aber sehr treffend. Eine Frau, Name habe ich vergessen. Wer protestiert da gegen wen, fragt sie. Ihre Antwort: Privilegierte gegen Privilegierte, die von morgen gegen die von heute. Im Grunde ein Bandenkrieg, schreibt sie. New York gegen Chicago oder umgekehrt. Alles schon da gewesen. Die Inszenierung einer Inszenierung, wenn man bedenkt, mit welchem Gestus ihr damals durch die Straßen gezogen seid.

Nick verzog das Gesicht andeutungsweise zu einem Lächeln, aber begeistert wirkte er nicht. Er fand die Lage nicht lustig. Er wollte in Ruhe arbeiten, was unter den gegebenen Umständen schwer möglich war.

Was schlägst du vor, fragte er.

Wir warten ab, schlage ich vor. Wir erklären noch einmal, um was es geht, Bekämpfung der Jugendarbeitslosigkeit, Lage der Migranten, wer hat welche Chancen. Das versuchen wir zu kommunizieren. Mehr nach innen als nach außen. Du kümmerst dich um die Partei, ich versuche es nochmal bei den Gewerkschaften. Ein paar Kanäle funktionieren ja noch. Eine kurze Rede auf einer ihrer nächsten Kundgebungen.

Ich stelle mich gerne hin und lasse mich niederbrüllen, wenn das weiterhilft.

Nick schien nicht überzeugt. Okay, sagte er. Wir werden sehen. Was hieß: Spitzt sich die Lage zu, mache ich, was ich für richtig halte. Dann frage ich nicht erst groß.

Wann geht dein Flug?

Um drei, sagte Selden und dachte: Er ist ein Taktiker, bei der nächsten Gelegenheit fällt er um, das heißt, wenn er sich einen Vorteil davon verspricht. Gut sah er auch nicht aus, auffällig grau, nicht gesund. Wahrscheinlich das Herz. Kurz vor der letzten Wahl hatte es Gerüchte gegeben, Nick habe es mit dem Herzen, keine große Sache, aber doch ein Fehler, ein paar zusätzliche Schläge, die da nicht hingehörten und gegen die er sich teure Medikamente verschreiben ließ. Letzten Sommer hatte er drei Tage seinen Sechzigsten gefeiert. Ein Mann des Übergangs, der sich zur Überraschung aller gehalten hatte und dessen Verdienst es war, eine von Flügelkämpfen erschöpfte Partei wieder halbwegs geeint zu haben. Als die große Zukunft galt er nicht. Zwei, drei Provinzfürsten standen bereit, waren aber nicht lange genug im Amt oder trauten sich nicht.

Wieder im Büro, arbeitete er noch einen Stapel Post ab, Anfragen von Bürgern aus seinem Wahlkreis, die sich mit den üblichen Kinkerlitzchen an ihn wandten, angeblich falschen Rentenbescheiden, Konflikten mit der Polizei, für die er ja zuständig war, Straßen, die gebaut oder nicht gebaut werden sollten, seine Meinung zur Todesstrafe, Vorfälle mit Ausländern und Asylanten, Nachbarschaftsstreitigkeiten.

Um halb zwei kam der Wagen.

Er dachte an den Flug, schrieb eine SMS an Lynn, mit der er sich hin und wieder traf, für eineinhalb Stunden in einem Hotel, ohne große Fragen. Nur ein Name mit einer Handynummer für die Klärung der harten Fakten: Adresse und Uhrzeit, die Zimmernummer, ja oder nein.

Kurz nach der Landung hatte er ihre Antwort.

I'm ready, war die Antwort. Let me know.

Sie hatte eine kleine Boutique in der Innenstadt, in der er vor Jahren für Britta etwas gekauft hatte, ein sündhaft teures Kleid, das sie so gut wie nie getragen hatte. Lynn hätte es tragen können. Sie war verheiratet, die Kinder noch nicht aus dem Haus, was sie von gelegentlichen Abenteuern nicht abzuhalten schien.

I like the way you touch me, sagte sie. Your lack of humour. Your earnestness.

Ein kurzer Kick ein- oder zweimal im Jahr, falls nicht in letzter Minute etwas dazwischenkam, ein endloser Empfang, ein Hintergrundgespräch, plötzlich auftretende Komplikationen bei Verhandlungen. Auch konnte er als Minister in der Regel nicht einfach weg, denn da waren Fahrer und Bodyguards, Mitarbeiter, die im selben Hotel untergebracht waren, obwohl es auch Lücken gab, geplatzte Termine, Gespräche, die sich beschleunigen ließen, wenn man rechtzeitig aufs Tempo drückte, weniger dichte Zeit, in der auf einmal etwas möglich war, ein Beischlaf, ein kurzer Spaziergang durch eine Fußgängerzone, bevor er wieder ins Flugzeug stieg, schnell noch einen Stapel Papier durcharbeitete und dann döste, mit geschlossenen Augen hoch über einem Meer, einer sonnenüberfluteten Landschaft mit Feldern und verstreuten Siedlungen, alles so klein wie Spielzeug.

Geliebte, mein Gott. Lynn hätte gelacht, wenn er sie so genannt hätte. Eine Erfrischung zwischendurch. Eine Gelegenheit.

Hatte sie Zeit, sprang sie schnell in ein Taxi und nahm sich, was sie kriegen konnte.

Es war kurz nach elf, als es an der Tür klopfte, dreimal kurz, dreimal lang, und dann war sie da, mitten in seinem Zimmer: heller Mantel und schwarze Pumps, im Gesicht nicht mehr richtig jung, Mitte, Ende dreißig, eine

Schwedin wie aus dem Film, blond und blauäugig, mit fast farblos geschminkten Lippen.

Here I am, it's me, sagte sie, strich sich die Haare aus dem Gesicht und lachte, schüttelte den Kopf, nicht frei von Ironie, wie ihm schien, hier bin ich, also was willst du, was erkennst du, letztes Jahr, Anfang August, an der Hotelbar und dann später oben in einem Zimmer wie diesem.

Selden erinnerte sich vor allem an die Sommersprossen, ihren Akzent, den er sympathisch fand, aber sonst nur Schemen, ein paar Worte auf Englisch, um die Details zu klären, kleine Gesten, Bewegungen, die Teil von sexuellen Abläufen waren, vorher nachher.

Your Swedish lover in Brussels. Once upon a time, sagte sie.

Er ging zu ihr hin und nahm ihr den Mantel ab, sah das Kleid, die Spitzen an ihrem Dekolleté, erwischte eine Spur ihres Parfüms, das nach feuchter Wiese und Moschus roch. Hej, sagte er. Thank you for coming, und sie: Hej, thank you for letting me know. Dann streifte sie ihre Pumps ab, kickte sie weg, immer mit diesem Blick: Und nun schau, bist du bereit, das letzte Mal war es so, aber diesmal ist es anders.

Sie schlüpfte aus ihrem Kleid, wartete kurz ab, ob er sich bewegte, wie er reagierte, aber er stand nur da und sah sie an, mit einer Art Schmerz, der sehr lustvoll war.

You look great, sagte er, und sie: Yes, I know. Your eyes tell me, your cock. Let me say hello.

Alles ganz unkompliziert, alles ganz schwedisch.

Er trug sie nach drüben zum Bett und hatte das Gefühl, als tanze er in ihr. Er hatte seit Jahren nicht getanzt, aber jetzt tanzte er. Er führte sie. Sein Schwanz führte sie. Welcome back on tour.

Sie hielt ihn bis zuletzt fest und schrie etwas auf Schwedisch, als sie kam, etwas überrascht, als hätte er sie um etwas betrogen. Sie begann ihn zu kratzen, trommelte auf seinen Rücken, flüsterte und beschimpfte ihn. You bloody bastard, where are you, flüsterte sie, come on, oh yes, here you are, here we go, here, yes, I'm Lynn, here we are.

Er blieb noch in ihr drin, erstaunt über die Wucht, die Fülle der Sensationen, oben und unten, dann rollte er zur Seite und grinste sie an.

Great thing, a fuck. I knew it would be great.

Er ging zur Bar und mixte zwei Drinks, kam zurück, nackt und mit dem berauschenden Gefühl, ein Mann zu sein, unschuldig und rein, noch immer ein bisschen geil, nicht ganz satt.

Let me see, sagte sie. Let me say hello again.

Ihre Küsse schmeckten jetzt nach Gin, lange flatterige Küsse, als wohnten kleine Tiere in ihrem Mund.

Thank you, Mr. Cock. Nice to meet you.

Sie fragte nach seinem Flug, morgen früh um sieben, wenn sie längst fort wäre, nach seinem Leben als Minister, das, was sie davon wusste, kurze Artikel in schwedischen Zeitungen, in denen stand, dass es eine lange Liste von Problemen gab.

Funny country you have. Funny job. Wait for the furore to die down. That's your job, isn't it?

Sie stand auf und holte sich eine Zigarette, blieb eine Weile weg, drüben auf einem der Sessel, von wo sie ihn lange musterte, eher interessiert als fragend, ob es das war, was noch kam, falls noch etwas kam, etwas, das sie dann mit sich herumtrügen, eine Art Maßstab, eine vorübergehende Inflation von Vergleichen, das erste und das zweite Mal, die Male davor, die Male mit anderen.

Wieder ging er zu ihr hin, weniger bedürftig als das erste Mal, mit einem präziseren Sinn für die Kleinigkeiten. Er begann mit einer einfachen Folge von Manipulationen und Befehlen, drehte sie sich zurecht und wieder weg, als wäre sie ein Ding, eine Maschine, die er einzig für diesen Zweck erfunden hatte, in diesem Zimmer zu dieser Stunde auf einem abgewetzten Hotelsofa aus schwarzem Leder.

Don't stop. Please don't, sagte sie.

Er dachte an Britta, nur sehr kurz, voller Zorn, aber auch erstaunt über die Energie, wie lebendig er war, ein Ungläubiger in der Stunde seiner Bekehrung, mit der ursprünglichen Frömmigkeit des Mannes, wenn er guten Sex hat.

Er merkte, wie sie wartete, ihren Blick, ein paar Sekunden lang, in denen er meinte, sie zu sehen, wer sie war, das, was er aus ihr gemacht hatte, und zugleich etwas anderes, das ebenso willig wie unverfügbar war, auch stolz, dass sie das alles ertrug, die Bewegungen des fremden Mannes in ihrem Körper, diese merkwürdige Form von Tausch, das unendliche Bemühen um Synchronisation.

Hmn, machte sie.

Er hatte das wirklich nie gedacht: wer sie für ihn war. It's Lynn. Hello, here I am. Das war Lynn.

I'm taking a shower, sagte sie, ging ins Bad und kam wieder, suchte Kleid und Strümpfe, die Pumps, zog sich an.

Another drink?

Sie sagte: A drink? No.

Er brachte sie zur Tür.

Don't talk, sagte sie. I'm fine, thank you.

Sie machte einen Witz über die Bodyguards, zwei durchtrainierte Typen in schwarzer Uniform, die sich augenscheinlich ertappt fühlten, weiter weg, am Ende des Flurs, wo sie in einer Ecke geschlafen hatten.

Mr. Selden? Sir? Are you alright?

Yes, thank you. I'm fine.

Er küsste sie, in Gedanken schon halb zurück im Zimmer, in Erwartung der Nacht, das, was von der Nacht noch übrig war. Einen letzten Drink wollte er noch, eher wach, aber ohne Gedanken. Namen, Begriffe zogen an ihm vorbei, das Wort Koitus, Britta, nur als Hülse, ganz leer, ohne Bedeutung, warum man hin und wieder bei jemandem blieb und dann weiterzog.

Ihre Nachrichten überkreuzten sich.

Remember, don't forget, war die Nachricht.

Take care and good night.

Selden wäre am liebsten zu Fuß gegangen, aber die Sicherheitschefin hatte gesagt, zu gefährlich, wir nehmen die Wagen und kommen in letzter Minute. Es nieselte. Per hatte zum Glück einen Regenschirm dabei, die vier Bodyguards rauchten gemütlich eine Zigarette und schnupperten, wie die Stimmung war.

Nationale Protestwoche hatten es die Gewerkschaften genannt. Die Innenstadt war seit Stunden voll, die U-Bahnen, Straßen und Plätze, weiter draußen die eigens eingerichteten Parkplätze für Busse, in denen aus allen Landesteilen Leute herangekarrt wurden. Das Fernsehen übertrug seit Stunden live. Helikopter der Polizei kreisten über den großen Verkehrsadern und zeigten die strömenden Massen, mitgebrachte Plakate, Transparente, Regenschirme in allen Farben, ein wogendes Meer aus Farben, das sich in Richtung Mitte bewegte und dort verdichtete.

Das Beste ist das Wetter, sagte Per, der skeptisch aussah, nicht wirklich besorgt, aber doch skeptisch, ob man unter diesen Umständen nicht besser in der Deckung geblieben wäre.

Selden meinte: Aber nein. Jetzt erst recht. Er fühlte sich kampfeslustig. Die Sache mit Lynn war erst einige Tage her, er hatte noch den Schwung, ein Gefühl für den Rhythmus, das ihm geblieben war, die letztes Echos, Fetzen von Gerüchen, ihre Strümpfe, flackernde Geilheit.

Vorne auf der Bühne kündigte ihn gerade jemand an, er war der vierte und letzte Redner. Es gab Pfiffe, auch Gelächter, jemand schob ihn in Richtung Treppe, nach oben auf die Bühne, wo er sofort die eingeübte Pose einnahm, wach, mit durchgestrecktem Körper, in Erwartung weiterer Pfiffe. Er stellte sich ans Pult, sah über den Platz, sah vereinzelt Gesichter, aber sonst nur Punkte, bunte Tupfen, minimale Bewegungen. Er schob die Seiten seines Manuskripts zusammen, legte es weg und begann mit den ersten Formeln, Anrede, Begrüßung, wer er war, etwas über Demokratie, das in der Verfassung garantierte Recht auf freie Versammlung.

Der Anfang geriet ihm eindeutig zu onkelig, er klang, als rede er mit Kindern, als nehme er sie nicht ernst. Mit Anisha hatte er manchmal so geredet, als sie dreizehn, vierzehn war. Mit einem Sohn hätte er wahrscheinlich so geredet. Erwachsene Söhne an der Wegkreuzung, die bereit waren, ihre Väter zu erschlagen. Mach Platz, geh aus dem Weg, sonst erschlagen wir dich.

Er sagte etwas zu den Ausschreitungen, den Reformen, immer wieder unterbrochen von Pfiffen, den skandierten Parolen, mit denen sie ihn zum Aufhören aufforderten. Politik kann nicht alles. Die Zukunft wird schwierig, schmerzhafte Schritte sind unausweichlich. Politik und Gesellschaft müssen über die richtigen Maßnahmen streiten, aber am Ende muss auch jemand entscheiden.

Ein- oder zweimal meinte er sie zu kriegen. Momente, in denen es Kontakt gab. Die da unten und er da oben. Man sagte Menge und tat, als sei sie ein einheitliches Gegenüber, ein paar Stimmen mit dazugehörigen Körpern, wie bei einer Talkshow im Studio. Er versuchte zu denken, er säße in einem Studio und redete vor einer Handvoll Leuten, die ihm auch zuhörten oder so taten.

Die Gesellschaft braucht Sie. Ich setze auf Sie. Wir alle setzen auf Sie. Eine Politik gegen die Interessen der Mehrheit ist nicht unsere Sache, auch wenn Sie das hier und heute glauben.

Dann war Schluss.

Er wartete die Buhs ab, verbeugte sich, etwas zu ironisch vielleicht, dann drehte er sich weg und ging nach links zur Treppe, wo sie alle bereits warteten, Per, der kurz nickte, Josina und Conny, weiter weg, umgeben von seinen Leuten, auch Winter, der ihm hatte ausrichten lassen, er müsse ihn dringend noch sprechen.

Er war schon fast runter, als er spürte, wie etwas über ihn hinwegflog. Er dachte sofort: ein Stein, eine metallene Kugel, etwas, das ihn streifte, oberhalb des rechten Ohrs, mehr ein Lufthauch als eine wirkliche Berührung, aber ohne jeden Zweifel eine Attacke. Er duckte sich weg, stolperte, verlor für Augenblicke die Orientierung, in denen er dachte: Okay, jetzt kriegen sie dich, obwohl er praktisch im selben Moment wusste, dass es schon vorbei war. Jemand riss ihn zu Boden und bedeckte ihn, schirmte ihn ab, eine Decke aus Körpern, obwohl er nicht herausbekam, wie viele.

Eine Stimme sagte: unten bleiben. Ganz locker.

Okay, jetzt, sagte eine Stimme. Das Schwein haben wir.

Ein Beamter brachte ihn zu einem Wagen, riss die Tür auf, schob ihn rein, alles sehr ruhig und routiniert, als hätten die Beteiligten seit Jahren darauf gewartet. Jemand fragte: Alles in Ordnung? Er hörte die Stimme von Per, dann auch andere, jemand tätschelte seinen Arm, während von draußen Gelächter kam, Stimmen, die sich langsam entfernten, eine Art Chor, aber eindeutig aus der Hölle, sich langweilende Idioten aus der Hölle.

Er fragte, was es war. Ein Stein?

Eine Dose Bier. Halb voll. Eine Frau um die dreißig, die noch nicht mal weggelaufen war.

Ein Anschlag sah natürlich anders aus. Aber eine Warnung war es auf jeden Fall.

Josina sah bereits die Meldungen. Man machte schnell eine lächerliche Figur, wenn es zu Attacken und Grenzüberschreitungen kam.

Selden, der Experte für Grenzen.

Kinder brauchten Grenzen, Staaten, Kulturen, wir alle. Grenzen bedeuteten Sicherheit, aber sie wollten auch durchbohrt und erweitert sein. Die Haut war eine Grenze. Häuser, Zimmer, alles, was ein Raum war und sich mit anderen Räumen berührte.

Jemand hatte versucht, ihn zu berühren. Eine Frau. Sie hatte versucht, Kontakt mit ihm aufzunehmen.

Eine Dose Bier, na gut. Wenn es weiter nichts ist. Fahren wir erst mal zurück, dann reden wir.


Britta saß zu Hause vor dem Fernseher und hatte die Szene wieder und wieder gesehen, erst live, dann in kurzen Schnipseln bei den unterschiedlichsten Sendern, seine Rede, den Tumult, die anschließende Randale, die auch jetzt, kurz nach Mitternacht, kein Ende zu nehmen schien.

Gegen Mittag hatte er endlich angerufen und gesagt: Alles halb so wild, kein Anlass zur Sorge, bis heute Abend. Und das war's. Sie musste schon fernsehen, wenn sie wissen wollte, was mit ihm war. Ein kurzes Statement seiner Sprecherin, das ähnlich wortkarg ausgefallen war, dazu im Verlaufe des Nachmittags die ersten Reaktionen: überall große Empörung, auch bei der Opposition, die natürlich trotzdem ihr Süppchen zu kochen versuchte und der Regierung zum hundertsten Mal einen unklaren Reformkurs vorwarf.

Sie schaltete ein und wieder aus, versuchte zu arbeiten, landete aber immer wieder vor dem Fernseher, ohne zu wissen, warum.

In den ersten Jahren hatte sie noch gewartet. Sie ging ins Kino, allein oder mit Freundin, anschließend auf ein Glas Wein in eine Bar, manchmal auch Theater, Oper, eine volle Saison richtig mit Abonnement, anfangs, als es noch Spaß machte, sich zu zeigen, alle paar Wochen in einem neuen Kleid von *Gucci* oder *Armani*, an der Seite bis zum Boden geschlitzt oder ganz kurz, in feinster Seide aus den hintersten Winkeln Asiens.

Fragte sich bloß, für wen. Für wen brachte sie sich in Form, wem musste sie etwas beweisen.

War er ausnahmsweise zu Hause, wollte er meistens reden, über seine neuesten Pläne, Hindernisse, Schwierigkeiten, wie es weiterging, wie es bei ihr weitergegangen war, an den langen Nachmittagen oben in ihrem Atelier, wenn sie mit ihren Bildern kämpfte.

Sie malte, seitdem sie sechzehn war, in unterschiedlichen Techniken, mal Kreide, mal Öl, alles mit großen Unterbrechungen und nachlassendem Tempo. Seit einigen Jahren bevorzugte sie Tempera auf Leinwand, riesige Formate mit Köpfen, die halb angeschnitten waren. Ihr Thema waren die großen Verbrecher, Massenmörder verschiedener Epochen, eine ganze Serie, die tendenziell unendlich war: Hitler Stalin Mao in einem düstereren Triptychon, noch sehr stilisiert, dann die anderen, Pol Pot, Idi Amin, Salazar, alle möglichen Barbaren, mit weit aufgerissenen Augen, vor Entsetzen schreiend, Leute, die aus einem Albtraum zu erwachen schienen, das Ehepaar

Ceausescu in der Sekunde seines Todes. Alles mit wenigen Strichen, in hellen freundlichen Farben, zu denen sie sich von historischen Vorlagen inspirieren ließ. Sie sammelte Bildbände über Propaganda, die Geschichte des politischen Plakats, aber das, was sie daraus machte, wirkte seltsam verdreht, wie schlecht gefälscht, sodass man immer auch stutzte und merkte, das, was sie da zeigte, verhöhnte sie auch.

Selden mochte die Bilder nicht. Er behauptete, ja, der ganze Stil, den er sehr eigen fand, der Strich, die Wucht der Farben, aber die Botschaft. Sein Problem war die Botschaft. Warum diese Verbrecher.

Ich feiere ihren Tod, verteidigte sie sich. Ich zeige, wie sie sterben. Dieses verdammte 20. Jahrhundert. Bei mir müssen sie alle sterben. Ja, ja, sagte er, aber worauf läuft es hinaus. So ist Politik, darauf läuft es hinaus. Die Pointe ist der Mord, auch wenn die Mörder sterblich sind. Als wolltest du sagen: Vor den Toten braucht ihr euch nicht zu fürchten, fürchtet euch vor den Lebenden.

Im Grunde handelte es sich um Karikaturen, aber ohne Ironie. Mehr Goya als Grosz, wenn sie richtig lag. Also wo war sein Punkt.

Manchmal kam er hoch und sah ihr zu, wie sie da stand, von oben bis unten bekleckst, äußerlich ruhig, mit zurückgebundenen Haaren, sehr streng, irgendwie tapfer, wenn es mal wieder nicht lief, wenn sie sich verlor, wenn sie nicht glaubte.

Seit der Sache mit Anisha war er nicht mehr gekommen. Er war viel weg, eher mehr als weniger, obwohl er nur noch ungern in Flugzeuge stieg. Sonst merkte man nicht viel. Man hatte von Anfang an nicht viel gemerkt. Er machte Politik. Er machte Politik daraus, neue Gesetze gegen den Terror, obwohl es ein normaler Triebwerksschaden war. Er war stiller als sonst, eher in sich gekehrt, aber man wusste nicht recht, was dann war, in welchen Gegenden er sich dann aufhielt, wonach er schürfte, auf welche Wahrheiten er aus war, falls es noch neue Wahrheiten gab.

Sie wäre gern mal wieder verreist, weit weg in den Süden, wo es richtig warm war, Sonne, Sand, Strand, nach Thailand oder Bali, falls es die aktuelle Sicherheitslage erlaubte. Sie hatte ein Ultimatum gestellt, dann ein zweites. Selden sagte wie immer Ja, sagte Vielleicht, ich weiß nicht, wenn die Ermittlungen abgeschlossen sind, wenn die neuen Sicherheitsgesetze durch sind, wenn wenn wenn.

Mit ihrem Körper tat sich auch etwas. Ein bisschen früh, aber nicht zu ändern. Sie trocknete aus. Sie merkte es an den Schleimhäuten, aber auch im Gesicht, dabei gab sie viel Geld für Pflegemittel aus, spezielle Mittel für die Haut ab fünfzig, dazu die Wallungen, die sie Selden verschwieg. Wallungen traf es ziemlich gut. Aufsteigende Hitze. Freundinnen, die schon weiter waren, hatten sie gewarnt. Als wäre in dir drin ein Vulkan, ein riesiges Feuer, das die ganze Zeit brennt, alles sehr unangenehm. Unter Stimmungsschwankungen litt sie auch. Sie war reizbar, sie war wehleidig. Es gab Tage, da blieb sie einfach im Bett, wie erschlagen, ohne jedes Interesse, und wieder andere, da fühlte sie sich innerlich sehr schnell und tatendurstig. Sie surfte im Internet, besuchte Seiten zum Thema Klimakterium, bastelte in der Wohnung, dann wieder machte sie ausgedehnte Spaziergänge, auf denen sie gründlich nachdachte, was sie noch interessierte, wohin sie sich womöglich bewegte. Sie schien sich eindeutig zu bewegen. Sie häutete sich. Das hatte sie vor Jahren gelesen. Alle sieben Jahre häutet man sich. Eine Weile ist alles dünn und empfindlich, aber nicht lang, bis heraus ist, wohin die Reise geht.

Sie lag auf dem Sofa unter einer Decke, als er kam. Er sagte ihren Namen, schaltete den Fernseher aus, wartete, dass sie sich rührte, aber sie rührte sich nicht.

Hallo? Bist du wach?

Sie hörte, wie er wegging und sich eine Flasche aufmachte, drüben in der Küche, wo er eine Weile blieb, einen Stuhl rückte und dann nur saß, am Tisch mit einem Glas Burgunder. Sie dachte, er würde noch einmal kommen und sie fragen, was ist, ich weiß genau, was ist, warum stellst du dich tot, aber er ließ sie einfach liegen, unter der dünnen Decke, wo sie die halbe Nacht wach lag und nicht richtig wusste, wie es ihm sagen.

# IV

Es gab ein paar Augenzeugen, windige Passanten, die sich so schnell aus dem Staub machten, wie sie aufgetaucht waren, eine Gruppe Jugendlicher in einem nahe gelegenen Teehaus, deren Angaben höchst widersprüchlich klangen, außerdem natürlich die Beamten, die den Wagen gestoppt hatten und für die abgegebenen Schüsse verantwortlich waren. Zwei jugendliche Libanesen in einem alten Benz, der eine tot, der andere schwer verletzt, die Ärzte, hieß es, bemühten sich. In einer Presseerklärung der Polizei stand zu lesen, was sie gemacht hatten: Fahren ohne Führerschein, illegaler Waffenbesitz, eine rotzige Antwort, als es plötzlich hieß, kommt da raus, aber ein bisschen plötzlich, stellt euch dahin, wir zeigen es euch. Widerstand gegen die Staatsgewalt hieß das Delikt. Mehr brauchte es nicht. Zwei übereifrige Beamte, die einen vorschriftswidrigen Umgang mit ihren Waffen pflegten, und zwei Jugendliche, die im entscheidenden Augenblick die Nerven verloren.

Noch in derselben Nacht ging es los.

Tage später tauchte ein kurzes Amateurvideo auf, gedreht aus dem Fenster eines mehrstöckigen Mietshauses, alles ziemlich verwackelt und dilettantisch, schemenhafte Gestalten, die sich an einem Wagen zu schaffen machten, aber sonst nur Mutmaßungen, nachträgliche Konstruktionen.

Auch Hannah hätte es gerne mit eigenen Augen gesehen: die genauen Abläufe, wie so etwas anfing, den plötzlichen Auflauf in den Straßen, Freunde und Bekannte
der Opfer, Bewohner aus den umliegenden Häusern, die
über den Vorfall diskutierten und nicht wussten, wie reagieren, ihre Ratlosigkeit, das Zögern, und dann der Akt,
die Entdeckung der Antwort, die wie eine Befreiung war,
diesen jungfräulichen Moment der Entscheidung.

Eine Mülltonne kann brennen, ein Wagen auch.

Unsere Sprache ist das Feuer.

Jetzt, in dieser Stunde, beginnen wir sie zu sprechen.

Etwas bricht sich Bahn und findet ein Objekt, stellte
sie sich vor. Von einem Plan keine Spur. Jemand reißt
den Spiegel eines parkenden Wagens ab, der Nächste zer-
schlägt die Scheiben, und dann auf einmal, ohne jede Verabredung, sind sie zu dritt oder zu viert, handeln sie als
Gruppe. Der Wagen ist schwer, trotzdem bringen sie ihn
zum Tanzen, die halbe Welt bringen sie zum Tanzen, es
gibt Beifall, Stimmen, die sie anfeuern, Geklatsche, eine
Art Rhythmus, an den sie sich halten können, alles Energie, alles Tempo. Wer bringt das Feuer? Egal. Auf einmal brennt der erste Wagen, dann der zweite, weiter drüben leuchten die ersten Mülltonnen, zwei, drei, vier, alle
schön in einer Reihe, wenngleich es auch warnende Stimmen gibt, aber auf diese Stimmen wollen und können sie
jetzt nicht hören.

Wir sind noch nicht fertig. Was glotzt ihr. Schert euch
weg, sonst tragen wir das Feuer in eure Häuser.

Jugendliche Randalierer, die mit leuchtenden Augen
ihr gottverdammtes Viertel kurz und klein schlugen, marodierende Banden, wie es in einer Mitteilung des Innenministers hieß, aber auch freie Radikale, die in lockeren
Formationen durch die Ghettos zogen und dann auf einmal spurlos verschwanden.

Hannah konnte erst am Nachmittag. Sie hatte sich weiß Gott was vorgestellt, Szenen aus einem Bürgerkrieg, wenn sie genauer darüber nachgedacht hätte, das alte Beirut in einer Feuerpause, Bagdad oder Mossul, aber als sie schließlich vor Ort war, war sie enttäuscht. Man sah Wracks, hin und wieder vernagelte Schaufenster, dazwischen vereinzelt Kollegen, die die Spuren des vergangenen Horrors für die Abendnachrichten sichteten, und mehr war nicht. Niemand, der bereit war, mit ihr zu sprechen, keine Pointe, nur trostloses Gewusel vor heruntergekommenen Fassaden, geistlose Öde.

Sie versuchte es in einigen Läden, bei denen Scheiben zu Bruch gegangen waren, sprach Passanten an, verschleierte Frauen mit Kindern, eine Gruppe Männer, die reglos vor einem ausgebrannten Honda Civic standen und vorgaben, ihre Fragen nicht zu verstehen. Was sollen wir dazu sagen, schienen sie zu sagen, aber meistens bekam sie eisiges Schweigen, hin und wieder eine feindselige Bemerkung über die Polizei, falls sie überhaupt verstand, was da kam, ein Fluch auf Arabisch, Armenisch oder was immer die Leute hier sprachen, bevor sie sich wegdrehten und sie mit unmissverständlichen Gesten zum Gehen aufforderten, auch weil sie eine Frau war, eine unverschleierte Weiße, mit der zu sprechen der Prophet ihnen bei Strafe verboten hatte.

Erik kümmerte sich vor allem um die Wracks. Er machte Bilder vom Tatort, drüben an der Ecke, wo ein paar Leute eine Mahnwache organisiert hatten. Auf dem Gehsteig lagen in mehreren Schichten Blumen, Zettel, auf denen stand WARUM?, die Namen der beiden Opfer, dazu eine handschriftliche Liste mit Daten weiterer Übergriffe: Polizisten, die uns geschlagen haben, Arbeitgeber, die uns ohne Angabe von Gründen vor die Tür setzten, Vermieter, die uns ausbeuterische Verträge unterschreiben lassen.

Als er fertig war, war es sieben. Sie setzten sich in einen Imbiss und bestellten eine Portion Falafel mit seltsamen Soßen und Salatbeilage, ein paar Straßen abwärts, wo ihnen die Stimmung weniger feindselig vorkam.

Am liebsten wäre sie nach Hause.

Sie berichtete Erik von ihren Eindrücken, auch dass sie nicht wirklich weitergekommen war, wie sie sich fühlte. Sie klang ziemlich matt, fand sie selbst, mit einem trotzigen Unterton. Das ist auch meine Stadt, sagte sie. Hier, dieses Viertel. Ich habe das Recht, mich hier zu bewegen, ich muss nicht um Erlaubnis fragen, obwohl sie in Wahrheit etwas anderes dachte: Der Ort gehörte längst den anderen. Sie hatten ihn besetzt. Wer nicht einer von ihnen war, bewegte sich auf schwankendem Boden, wie auf Treibsand.

Erik stocherte in seinem Essen und machte Witzchen.

Ich stelle mir dich gerade mit Kopftuch vor, sagte er.

Die neue Reporterin von Al Jazeera live aus der Vorstadt. Vielleicht solltest du dir ein Kopftuch besorgen.

Er tätschelte ihren Arm und sagte, dass es nur ein Job war. Eine Geschichte wie jede andere, wobei er diese Geschichte persönlich zum Kotzen fand.

Der arme Araber, mein Gott, sagte er. Ich hasse Araber.

Er erwähnte diverse Länder, die er bereist hatte, er und sein Ex. Er nannte den Namen seines Ex und lachte, wie über etwas, das lange her war, Teil einer verwickelten Vorgeschichte.

Als wir alle noch ahnungslos waren.

Das dunkle, verschlossene Gesicht des Arabers. Warum er zu allem fähig war. Er habe es mit eigenen Augen gesehen, vor Jahren auf einer Reise nach Tunesien, am Straßenrand irgendwelche Händler, die ihren Krempel verkauften und voller Verachtung waren. Er sagte: In einem

Lager. Wir machten Urlaub in einer Art Lager, und am dritten Tag, als uns die Decke auf den Kopf fiel, sind wir raus und sahen ihre Gesichter. Sie haben uns verachtet. Sie hassten uns. Nicht weil wir Schwule waren, wie du vielleicht denkst, nein, weil wir Weiße waren oder wie immer sie uns dort unten nennen. Sie machen uns fertig, sage ich dir, auch weil sie sich vermehren wie die Karnickel. Du brauchst dich bloß umzusehen. Wenn wir uns nicht endlich wehren, machen sie uns fertig.

Sie schüttelte halbherzig den Kopf.

Der Araber, was soll das sein, so ein Blödsinn, sagte sie, ich habe gute Freunde, die Araber sind, fühlte sich aber nicht wohl dabei, auch weil es bestenfalls Bekannte waren, Freunde von Freunden, die sie höchstens zweimal gesehen hatte. Ihr Widerspruch klang wie eine Phrase, ja, noch schlimmer, etwas in ihr gab ihm sogar recht, sie hatte nur nicht den Mut, es sich genauer anzuschauen.

Dann warteten sie auf die Dämmerung. Erik machte die Sache wie immer kompliziert, er hatte Bedenken wegen des Wagens, für den Fall, dass sie schnell rausmussten und ihn dann nicht mehr im Blick hatten, deshalb parkten sie ein paar Straßen weiter vor einem Lebensmittelladen, nicht wirklich mittendrin, aber nahe dran, immer vorausgesetzt, es kam zu etwas, bei dem es sich lohnte, nahe dran zu sein.

Erik döste vor sich hin, während sie leise Musik hörte, einen weichgespülten Sender, der sich Radio Paradiso nannte und sie in die siebziger und achtziger Jahre katapultierte. Auf einmal fühlte sie sich wie sechzehn, damals, als sie alle noch nicht so zynisch gewesen waren, weniger abgebrüht. Sie sah auch deutlich, was war, was sie da gerade tat, alles mit einem dumpfen Gefühl der Scham. Wie hießen die Tiere gleich? Hyänen, Kojoten.

Aas- und Unglücksverwerter, die geduldig auf Beute warteten, obwohl die Beute noch zuckte.

Sie lebten vom Unglück anderer Leute. Sie weideten es aus, sie ernährten sich davon.

Bis halb neun geschah überhaupt nichts. Überall Stille, auf den Straßen kaum Leute, hin und wieder ein Schwarm Jugendlicher, Gruppen dunkler Gestalten, die sich mal hierhin, mal dahin bewegten, und dann wieder nichts, nur Stille, weiter weg ein Licht, verdeckt hinter den Häusern, dann ein dumpfer Knall, ein Gejohle, sodass sie gleich wusste: Also doch. Jetzt. Diesmal bin ich dabei.

Sie sprang aus dem Wagen und schrie: Scheiße, da drüben, um die Ecke, los, beweg dich, sah ihm zu, wie er seine Sachen holte, ganz gemächlich, Kamera und Stativ, was sie in dieser Situation fast wahnsinnig machte. O Mann, sagte sie, ließ ihn stehen und rannte los, immer in Richtung Licht, mehrere hundert Meter geradeaus und dann links, wo soeben der zweite Wagen in Flammen aufging, keine zwanzig Meter weit weg, schräg gegenüber, auf der anderen Seite der Straße. Plötzlich war sie völlig ruhig. Sie holte die kleine Ixus aus der Manteltasche und dachte: wie seltsam, ich bin im Mantel, ich habe die kleine Ixus, ging näher ran und dann wieder zurück, dort, wo der Saum der Hitze war. Dann drückte sie ab, checkte kurz, ob sie alles hatte, den brennenden Wagen, halblinks einen tanzenden Jugendlichen, nur den Abdruck, wie ein Scherenschnitt, aber bewegt, voller Elan, ihr ganz persönliches Foto des Abends.


Die Pressekonferenz dauerte keine halbe Stunde. Josina hatte ihm geraten, nur ein kurzes Statement, Analyse der Lage, Antwort des Staates, dann ausgewählte Fragen, die man am besten sammelte und dann beantwortete, wie es einem gerade passte.

Sie waren fast durch, als der Korrespondent der *Herald Tribune* nach seiner Sprache fragte. Welche Sprache haben Sie für diese Leute. Wie nennen Sie sie. In der langen Frage verpackt ein paar Vorschläge, a, b oder c, die es aber alle nicht trafen.

Interessant, hatte Selden gesagt. Politik ist Sprache. Sprache ist Politik. Der eine redet, der andere zündet Autos an. So kann man sich natürlich nicht verständigen. Aber zu Ihrer Frage. Ich kann nicht behaupten, dass mir diese Leute besonders sympathisch sind. Lost Generation, schlagen Sie vor. Das klingt nett, irgendwie nach Opfern, als könnten sie gar nicht anders. Aber da habe ich meine Zweifel. Gesindel darf man ja nicht sagen, obwohl ich nicht abgeneigt bin. Schwer zu sagen. Es gibt bandenmäßige Strukturen. Arbeitslose Jugendliche, die wütend sind. Na, gut. Aber das ist kein Grund, halbe Stadtteile in Schutt und Asche zu legen. Lumpenproletariat hätte man früher gesagt. Lesen Sie das nach bei Marx. Es handelt sich um Kriminelle, Profis, die bewaffnet sind, jugendliche Schlägertrupps, dazu alle möglichen Mitläufer, Verzweifelte, Irregeführte, aber in der Summe eben: der Mob. Die Sprache der Straße. Tut mir leid. Aber fragen Sie doch die Leute, die sich das alles einfallen lassen. Vielleicht haben sie ja poetischere Bezeichnungen für sich und ihre Aktionen.

Er plädierte für Ruhe und Gelassenheit und forderte die Medien zu sachlicher Berichterstattung auf. Die Bilder waren dramatisch, aber es waren eben nur Bilder, Ausschnitte, arrangierte Wirklichkeit, während der Rest des Landes wie jeden Morgen brav zur Arbeit ging und über die Krawalle mehrheitlich den Kopf schüttelte.

Der Rest ist Routine, dachte er.

Er ließ die Polizeipräsenz in den betroffenen Vierteln massieren, mobilisierte die Bereitschaftspolizei, zivile Greifertrupps, Wasserwerfer, auch wenn die Erfolge fürs Erste bescheiden waren. Mit der Beschreibung seiner Linie hielt er sich zurück. Er sagte nicht: null Toleranz, aber in der Praxis war es genau das, worauf es hinauslief. Wir halten mit allen Mitteln dagegen und warten, bis es vorbei ist. Etwas ballt sich zusammen, Energien können sich vorübergehend bündeln, aber sie erschöpfen sich auch.

Was ihm Sorge machte, waren Studenten und Gewerkschaften. Erklärten sie die Protesten zu ihren oder hielten sie Abstand. Einerseits, andererseits, schien die Devise zu sein. Ein Sprecher der Gewerkschaften verurteilte die Gewalt, äußerte aber Verständnis für die Gefühle in den betroffenen Vierteln. Bei den Studenten, die mal mit dieser, mal mit jener Stimme sprachen, war die Reihenfolge umgekehrt. Wir verstehen eure Wut, raten aber davon ab, Läden und Autos der eigenen Leute zu attackieren.

In der Presse das übliche Geplänkel, Pro und Contra, wer ist schuld, der Staat, die großen Unternehmen, die nicht ausbilden, warum gibt es nicht genügend Jobs, warum wundern wir uns, daneben auch Stimmen, die für einen harten Kurs plädierten, Abschiebung krimineller Serientäter, was ja nur bedeutete, dass er fürs Erste in der goldenen Mitte lag.

Man konnte standhaft sein, ohne unbeweglich zu sein, zuhören, ohne seine Überzeugungen aufzugeben, versöhnlich sein, ohne schwach zu sein.

Das Erstaunlichste war: Etwas in ihm begrüßte die Krawalle auch, sie belebten ihn, er langweilte sich nicht mehr. Er gestand sich ein, dass er sich in letzter Zeit oft gelangweilt hatte. Reden zu Zivil- und Katastrophenschutz, die neuen Uniformen der Polizei, der Terror und das 21. Jahrhundert, aber alles im Konjunktiv, was wäre wenn, für den Fall dass. Auf einmal war der Fall da. Jemand meinte es ernst, der Staat musste reagieren und sich verteidigen. Maßnahmen mussten koordiniert und durchgesetzt werden, es gab regelmäßige Konferenzschaltungen mit den zuständigen Behörden, Zahlen, Fakten, die zu realen Szenarien gehörten, Schadensbilanzen, Kräfteverhältnisse, die sich von Tag zu Tag änderten. Polizisten mussten von A nach B geschickt werden und wieder zurück nach A, dazu kam die Bearbeitung der öffentlichen Meinung, Rechtfertigungen für zu lasches oder hartes Auftreten der Polizei, die chaotischen Verhältnisse vor Ort, wenn Einsatzkräfte zu früh oder zu spät kamen, warum die ersten Plünderungen nicht zu verhindern waren, in Brand gesteckte Autohäuser, weiter oben im Norden eine tagelang brennende Kartonfabrik.

Ein Hauch von Frankreich lag in der Luft. Vor Jahren war da doch was in Frankreich, auch wenn die Bilder schon ein wenig verblasst waren.

Nick hatte die gewalttätigen Ausschreitungen in einer Erklärung aufs schärfste verurteilt und alle beteiligten Konfliktparteien zum Dialog aufgerufen, Studenten, Gewerkschaftler, die Vertreter der Minderheit, moslemische Geistliche, die er aufforderte, ihren Einfluss auf die jugendlichen Randalierer geltend zu machen. Die Vertreter der christlichen Kirchen boten sich als Vermittler an. Die meisten Leute da draußen hätten so viel mit dem eigenen Überleben zu tun, dass sie leider nicht viel Rücksicht auf die Gesellschaft nähmen.

Schon vor Ablauf der ersten Woche wirkte Nick nervös. Wie lange halten wir das durch. Wer hat den längeren Atem, sie oder wir. Polizei und Feuerwehr waren seit Tagen rund um die Uhr im Einsatz, oft zwei, drei Schichten am Stück.

Das haben wir im Griff, mach dir keine Sorgen, versuchte ihn Selden zu beruhigen, und dass er einen Dialog für eine Illusion halte.

Mit einem Tobenden kannst du nicht reden. Er muss erst aufhören damit. Lass sie toben. Dann reden wir.

Am liebsten hätte er sich da draußen gezeigt, in einer dunklen Limousine vorfahren und aus nächster Nähe sehen, was für Leute das waren. Offenbar hatten sie sich getäuscht, sie hatten in die falsche Richtung geschaut. Die Gefahr kommt von draußen, jemand bringt sie mit, sie wird importiert, hatten sie gedacht, und jetzt machten sie die Erfahrung, dass sie von innen kam, obwohl das Personal in den Augen von Selden dasselbe war. Leute, die er auf verquere Weise mit seiner Tochter in Verbindung brachte: wütende junge Männer, die zu allem bereit waren, weil sie sich als Verlierer fühlten, Mitglieder weitverzweigter Clans, in denen fast jeder mit jedem verwandt war.

Per warnte ihn. Die Öffentlichkeit hatten sie fürs Erste auf ihrer Seite. Aber was war mit Nick.

Mit Nick gibt es demnächst ein Problem, sag ich dir.

Hüte dich vor Nick, okay. Was noch?

Eine Podiumsdiskussion in der Akademie, zwei Radiointerviews, ein Gespräch mit dem Vorsitzenden des Innenausschusses, abends Empfang in der amerikanischen Botschaft.

Noch ein Interview.

Ach, ja. Dein alter Freund Kleist hat sich gemeldet. Ein Fax aus Kabul. Nicht sehr lang.

Er hat die Bilder auf CNN gesehen.

Jemand hatte ein Bild und setzte sich in Bewegung.

Hier, ich hab's dir mitgebracht.

Und Selden: Ich hatte keine Ahnung, dass er in Kabul ist.

Seit der Sache mit Anisha hatte Kleist sich nicht mehr

gemeldet. Selden hatte ihm mal ein Foto gezeigt. Mein Gott, ihre Kinder waren noch so klein, was hätte nicht alles aus ihr werden können. Per Satellitentelefon von einem Außenposten seines weitverzweigten Beraterimperiums. Man weiß nicht, was man dir wünschen soll, hatte er gesagt, damals, in den ersten Tagen, als noch nicht klar war, Unfall oder Anschlag, wobei er wie Selden eher Richtung Anschlag tendierte.

Er war seit Jahren auf dem Sprung, einer dieser neuen Nomaden, dessen Leben sich zur Hälfte in Hotels und Wartehallen abzuspielen schien. Diskrete Kontakte, stille Interventionen. Das war sein Leben.

Er müsse nach New York und sei nur kurz in der Stadt, hatte er geschrieben. Die alten Freunde, die alten Verbindungen. Falls dein Terminkalender es zulässt, hatte er geschrieben, alles fein säuberlich mit der Hand, in einer gestochen scharfen Schrift: An den Minister Selden, *persönlich*, darunter eine Faxnummer, die er gar nicht haben durfte.

Sein Vorschlag war Montag oder Dienstag, in einer kleinen Bar nicht weit vom Ministerium. Rote Lampe war angeblich der Name, was in etwa sein Humor war.

Sie hatten sich bei einem Kongress in Wien kennengelernt, kurz vor der letzten Wahl, auf einer internationalen Tagung über Sicherheit und Kommunikation. Kleist hatte einen Vortrag über Gerüchte gehalten, warum es in der Regel falsch war, sie zu dementieren (kam darauf an), was genau ein Gerücht war, die Frage nach der Quelle, über das Vagabundieren der Wünsche, die übereinstimmten oder eben nicht übereinstimmten. Blieben die Wünsche vereinzelt, konnte sich ein Gerücht nicht durchsetzen; begannen sie sich zu vernetzen, war es fast schon egal, was wahr und was falsch war.

Was er machte, klang nebulös. Einmal sagte er Ich, einmal Wir, die Agentur, meine Leute. Sachen, die mir durch den Kopf gehen. Er sagte Politik und meinte die Handlungsfähigkeit von Regierungen. Er oder sie (wer immer das war) berieten Regierungen. Wie kann man als Premier Politik machen, als Mitglied des Kabinetts. Damit schienen sie ihr Geld zu verdienen. Beratung in Krisen, Abbau von Blockaden, interne und externe Kommunikation. Die bekannten Fallen des Systems, die Hebel. Was geht, was geht nicht und warum. Die Rolle der Bürokratie. Die Staatsverschuldung. Sündenbockphänomene. Das waren seine Spezialitäten.

Vielleicht unterhalten wir uns mal, hatte er gesagt. Was ist, was noch werden kann. Womit man sich nicht abfindet, obwohl es der Fall ist.

Wochen später, als noch immer nichts daraus geworden war, rief er an. Ich habe an Sie gedacht, hatte er gesagt. Eine Einladung. Fünf Jahre Agentur, ein kleines Fest. Selden hatte leider einen Termin. Ja, schade, dann ein andermal. Vielleicht brauche ich Sie ja mal. Einen Rat. Falls einer von uns einen Rat braucht.

Alle paar Monate hatten sie sich getroffen, immer zu zweit, einigermaßen konspirativ, in zwielichtigen Cafés, abgelegenen Bars, einmal in einem Stundenhotel, lauter Orte, an denen sich Selden fühlte wie auf einem anderen Planeten. Aber interessant. Er hörte zu, folgte dem einen oder anderen Rat, auf anderes ließ er sich erst gar nicht ein. Es gab keinen Vertrag, man redete. Noch die abwegigsten Gedanken waren erlaubt, je abwegiger, desto besser. Wo wollen wir hin, mit welchen Mitteln. Immer unter vier Augen, eigentlich nicht mal Telefon, nichts Schriftliches, denn die Schrift war der Tod der Politik.

Er stammte aus einer kleinen Stadt im Norden, keine fünfzig Kilometer von der Stadt, in der Selden geboren und aufgewachsen war, und wirkte erstaunlich schmal für einen Mann Mitte fünfzig, auf eine geläufige Weise gut aussehend, mit hellen grauen Augen, die zu einem Psychoanalytiker gepasst hätten.

Die Bar war noch nicht richtig voll, das Publikum eindeutig schwul, aber eher älter, Männer um die Mitte vierzig mit rasierten Schädeln und gepflegten Manieren. Kleist saß an einem Tisch in der Nähe des Eingangs und hatte bereits bestellt.

Schön, dass es geklappt hat, sagte er. Wie lange ist das jetzt her? Fast ein Jahr.

Er deutete auf seinen Drink, einen Rusty Nail, aber Selden mochte es eher klassisch und bestellte einen Wodka Lemon.

Lass dich anschauen, sagte Kleist. Du siehst gut aus, nicht schlecht für einen Minister, der mit brennenden Vorstädten zu kämpfen hat.

Er drehte sich nach dem Kellner um, bestellte Pistazien, die auch gleich kamen, sagte etwas über den Laden, sein Leben in Kabul, das doch alles in allem sehr langweilig war, obwohl er seit kurzem ein Mädchen dort hatte, eine Amerikanerin, die afghanische Nachwuchsjournalisten ausbildete und wie eine jüngere Ausgabe seiner ersten Ehefrau aussah.

Mein ältester Sohn hat mich darauf aufmerksam gemacht. Ein ziemlicher Schock, kann ich dir sagen. Als wäre man die ganze Zeit im Kreis gelaufen. Du denkst, endlich hast du alles hinter dir, die Ehen, die One-Night-Stands, die feste Geliebte, um am Ende genau dort zu landen, wo du vor dreißig Jahren angefangen hast.

Was macht Britta, by the way? Malt sie noch?

Selden nippte an seinem Drink und sagte: Sie fühlt sich alt. Sie kämpft mit ihrem Körper. Wir durchlaufen gerade eine dieser Phasen, nehme ich an. Eher kompliziert.

Sie redet nicht viel, ich bin die meiste Zeit weg. Vielleicht ist es schon zu spät, vielleicht kriegen wir es nicht mehr hin, denke ich manchmal.

Sie lässt dich grüßen unbekannterweise. Der große Unbekannte. Ich habe ihr, glaube ich, nie gesagt, was du machst.

Er fragte nach seinen Plänen. Was er als Nächstes vorhatte.

Keine Ahnung, sagte Kleist.

Ich steige in Kabul in den Flieger und weiß nicht: Komme ich zurück, gehe ich in die Staaten, oder ziehe ich weiter in den Osten, interessiert mich das noch, oder sollte ich für eine Weile hier sein, interessiert mich, was hier ist. Es scheint etwas in Bewegung zu kommen hier bei euch. Der ganze Westen scheint in Bewegung zu kommen.

Es haben ein paar Autos gebrannt, sagte Selden.

Das ist das, was man sieht, sagte Kleist. Die Frage ist, was sieht man nicht oder erst auf den zweiten Blick. Ich bin da draußen mal herumgelaufen für dich. Ein wenig schnuppern, wie es dort riecht, woher der Wind weht, was noch alles kommt, wie weit sie euch in Bedrängnis bringen. Mein Eindruck ist: Diese Jugendlichen sind überrascht. Sie haben sich das nicht zugetraut. Dass sie auf einmal etwas in der Hand haben, obwohl sie gar nicht wissen, was damit anfangen.

Eine kleine Krise, sagt CNN. Ich mag ja Krisen.

Ich sehe weit und breit keine Krise, sagte Selden und dachte: Das war von Anfang an das Problem zwischen uns, dass er ein Mann der Krise ist. Er lebte davon. Notfalls erfand er sie sich, obwohl es an Krisen wahrlich keinen Mangel gab.

Was sagt Nick? Seid ihr euch einig, wie ihr vorgeht?

Selden gab zu, dass das der heikle Punkt war. Wie verhielt sich Nick, welche Rolle spielten seine Berater, seine Truppen in Partei und Fraktion, seine Lakaien im Kabinett.

Ich könnte mich ein bisschen umhören für dich, sagte Kleist. Überleg dir das mal.

Ein paar Vorschläge hatte er schon, falls sich die Lage weiter zuspitzte, wenn es plötzlich Spannungen mit Nick gab, good guy, bad guy, wie man sich positionierte, mit welcher Sprache.

Die Krise als Gefahr und Chance. Was kann man machen daraus. Du solltest etwas machen daraus.

Bunkere dich nicht ein, sagte Kleist. Lass dich sehen. Geh vor die Kamera. Für die entsprechenden Bilder konnte man dann ja sorgen: der Minister in aller Ruhe beim Joggen, während in den Vorstädten die Wagen brennen. Ein Talkshowauftritt mit Britta. Der knallharte Minister und die Frau im Hintergrund. Überhaupt: Zeig dich mit Britta. Versteck sie nicht.

Danach kamen bloß noch Anekdoten, abstruse Geschichten von hohen Politikern und Regierungsbeamten, die man auf Anhieb schwer glaubte, Possen um sexuelle Vorlieben, Erpressungsversuche, Besäufnisse am frühen Morgen in einer Spelunke am Stadtrand von Ulan-Bator.

Ach so. Fast hätte ich's vergessen, sagte er.

Eine Journalistin hatte ihn gefragt. Hannah Soundso. Sie hätte gern ein Interview.

Selden meinte den Namen schon gehört zu haben.

Kleist sagte nicht, wie lange und woher, aber er schien sie gut zu kennen. Manchmal etwas frech, aber interessant.

Wir haben nicht viele interessante Journalisten in diesem Land. Schau sie dir an. Die Grüße, ja. Ich soll dich grüßen, hat sie gesagt. Einer deiner Mitarbeiter stellt sich quer. Sie kriegt seit Wochen keinen Termin.

Einen Termin, okay.

Für einen Moment sah er ein Gesicht, halb im Profil, ziemlich hübsch, einen weiblichen Körper, eher schmal, dazu dunkle Strümpfe und ein Paar Stiefel, nur sehr kurz und dann nicht mehr, dann war es weg, dann dachte er nicht mehr daran.

Goran hatte sie gewarnt. Da kommt nichts raus, spar dir die Mühe, aber natürlich hatte sie es wie immer besser gewusst und darauf bestanden, ein bisschen im Dreck zu wühlen.

Seit einer Stunde saß sie auf einer vergammelten Matratze im zweiten Stock dieser Ruine und versuchte herauszufinden, was sie verdammt nochmal wollten. Sieben, acht Typen mit vermummten Gesichtern, denen sie erzählt hatte, dass sie gekommen sei, um ihnen eine Plattform zu geben, ihren Gedanken, ihrer Analyse, obwohl es sich augenscheinlich um Spinner handelte, durchgeknallte Sprayer, die ein bisschen auf Revoluzzer machten, Studenten, die seit Jahren nicht studierten, aber den üblichen Jargon beherrschten und von einem bevorstehenden Aufstand in den Metropolen schwadronierten.

Sie hatte nicht wirklich Angst, aber sie war wachsam und versuchte ihre Bewegungen zu dosieren, immer darauf gefasst, dass ihr jemand das Aufnahmegerät aus der Hand riss, begleitet von einem leisen Anflug von Ekel, den sie gut wie möglich wegdrückte. Sie hatte sich vorher ein bisschen umgehört. Jemand hatte gesagt: der oder die, komm mit, ich kenne jemanden, der jemanden kennt, der Verbindungen hat, und dann musste sie diesem Jemand erst mal beweisen, dass sie vertrauenswürdig war. Es kam zu Verhandlungen, in einer heruntergekommenen Kneipe, wo man sie lange warten ließ und misstrauisch beäugte, und zu guter Letzt landete sie in diesem Loch auf dieser Matratze, in einem abbruchreifen Haus am Rande der Ghettos.

Sie boten ihr ein völlig versifftes Glas Wasser an und konnten mit ihren Fragen nichts anfangen.

Okay, was ist euer Punkt, versuchte sie es. Ich kapier das noch nicht ganz. Ich muss es kapieren, wenn ich darüber schreiben soll.

Ihre Idee war gewesen, es gibt die Studenten, die demonstrieren, es gibt die wütenden Kids, die ihre eigenen Viertel anzünden, gibt es möglicherweise noch etwas Drittes oder Viertes. Eine Verknüpfung. Sie suchte den Missing Link, etwas, vor dem sie sich womöglich gefürchtet hätte, bewaffnete Gruppen, die kurz davor waren, loszuschlagen.

White Riot, hatte einer gesagt, aber als sie nachfragte, kam nur dieses Gerede über das System, seine verwundbaren Stellen, das Schienennetz, öffentliche Plätze. Sie mochte ihre Sprache nicht. Sie redeten wie amerikanische Comicfiguren, mit viel Womm und Wumm und Zack, Peng, alles mit einem gewissen Sinn für die Stimmung, aber leeres Getöse, im Grunde Kindergarten, Tarnung hin oder her.

Sie fragte nach Waffen, Strukturen, wer ihr Anführer sei. Wer die Befehle gab. Jemand sagte einen Namen, den sie aber nicht richtig mitbekam, wieder eine Figur aus einem Comic, über die ein anderer sagte: Der ist doch Scheiße, vergiss ihn, wir machen das als Gruppe.

Was, wollte sie wissen, bekam aber keine Antwort, nur, dass sie schon sehen werde, wobei sie bis zuletzt den Verdacht nicht loswurde, dass sie diese Vögel erst auf die Idee brachte.

Okay, danke, sagte sie, als sie genug hatte, ohne sie im Unklaren zu lassen, dass sie sich verarscht fühlte, lief einen halben Kilometer zurück zur nächsten U-Bahn-Station, wo sie sich erst mal etwas zu trinken kaufte, eine Dose Sprite, ziemlich unzufrieden, aber auch erleichtert, dass sie sich wieder unter normalen Leuten bewegte.

Zurück in der Redaktion, ging sie sich wie immer waschen. Erst die Hände, dann das Gesicht und noch einmal Hände und Gesicht, mit viel Seife und Wasser, wie es ihre Gewohnheit war. Es war ein Tick, eine Macke aus ihrer Kindheit, mit der sie seit Jahren lebte und einigermaßen zurechtkam. Das Problem waren die vielen Kontakte, ihr Beruf, dachte sie. Dauernd gab sie Leuten die Hand, berührte Dinge, die schon berührt worden waren, Gläser, Türklinken, im Bus eine Stange zum Festhalten, die Zeitung im Café, in der Redaktion. Die Luft, die sie atmete, hatten andere vor ihr geatmet. Überall waren Spuren, Reste von Ausdünstungen, klebriges Material, das sich auf ihrer Haut festsetzte, unsichtbare Keime, Spuren von Rauch, Speicheltröpfchen, an ihren Schuhen das getrocknete Blut aus der Nase eines Kindes.

Goran hatte sie deshalb eines Tages angesprochen. Unsere kleine Hannah fühlt sich schmutzig, wie süß, hatte er gesagt, aber diesmal hatte sie richtig Grund, einer dieser komischen Desperados hatte sie angefasst, dazu in ihren Kleidern überall dieser Geruch nach Matratze, die sehr fleckig gewesen war, sie wollte lieber gar nicht daran denken, von welchen Flüssigkeiten.

Goran sagte: Ich hab's dir gesagt. Vergiss es. Kümmere dich um das Interview.

Wie immer hatte sie viel zu viel, auf ihrem Computer ein paar Megabytes digitalisiertes Material, die Interviews, Porträts und Kommentare der letzten Jahre, dazu auf Video Mitschnitte von Pressekonferenzen, Szenen aus dem Wahlkampf, ein halbes Dutzend Auftritte in

Talkshows. Für die älteren Sachen hatte sie in den Keller gemusst. Dort, wo es noch richtige Zeitungsausschnitte gab, lange Reihen mit beschrifteten Aktenordnern, vergilbtes Papier, sauber aufgeklebte Artikel, von denen sie sich umständlich Kopien zog, auf einem riesigen alten Ding aus dem letzten Jahrhundert.

Sie packte alles ein und fuhr nach Hause. Das hatte sie Goran abgerungen, dass sie vor großen Geschichten nach Hause durfte, denn dann brauchte sie Platz, auf dem Boden für das Material, aber mehr noch für sich selbst. Sie musste auf und ab gehen und nachdenken und rauchen. Sie musste auf dem handtuchgroßen Balkon stehen und warten, bis sie in etwa wusste, was der Plan war. Sie liebte klassische Strukturen, für die sie in antiken Dramen Vorbilder fand, Grundrisse von Häusern, die ebenmäßige Struktur von gehärtetem Stahl unter dem Mikroskop, alle möglichen Kristalle, Schnee und Zucker, elementare Ordnung, auch wenn die Oberfläche mehr oder weniger chaotisch schien.

Sie hatte Fotos von ihm gefunden, der junge Selden, als er noch Anwalt war. Unglaublich, wie anders er auf diesen Fotos aussah, Anfang, Mitte der Neunziger, als er die ersten Hausbesetzer verteidigte, schon mit diesem Blick, dieser Pose: Ich-lass-mir-nicht-in-die-Karten-schauen, aber alles verwischt, ohne genaue Kontur. Sie dachte: Als ich ein Kind war. Ich war neun oder zehn, als diese Fotos entstanden, und niemand ahnte, was noch aus ihm werden würde.

Sie hatte dürre Fakten über seine ersten Jahre, die drei Städte, in denen er studiert hatte, erstes und zweites Staatsexamen, Referendariat, die frühe Hochzeit mit Mitte zwanzig, die Prozesse, aber das alles erschien ihr ohne jede Aussagekraft, es waren nur Stationen, geschichtslose Spuren. Sie würde ihn fragen. Wer bist du gewesen. Wo bleibt, was man gewesen ist. Selden hatte einen weiten Weg hinter sich, wenngleich er in der Öffentlichkeit so tat, als sei es eine Geschichte ohne Brüche, und vielleicht hatte er ja recht, man wechselte die Seiten und blieb, der man gewesen war, ein Mann des Prinzips, einer, der dafür sorgte, dass die demokratische Ordnung (was immer das war) nicht den Bach runterging.

Sie arbeitete noch einmal alles durch, machte sich Notizen, nur ein paar Stichworte auf einem Blatt, aß in der Küche belegte Brote, rauchte und prüfte Sätze.

Sie überlegte, was ihr leidtat.

Die Sache mit Ihrer Tochter tut mir leid.

Dass wir uns nicht früher getroffen haben, tut mir leid.

Meistens dauerte es bis zum frühen Morgen, bis sie endlich den Dreh hatte. Ich krieg dich schon, sagte sie. Ich muss dich nur noch zusammenpuzzeln.

Sie schaute sich die Nachrichten an, die um sieben, die um acht, surfte im Netz, hörte das Telefon, schaute sogar nach, wer es war, im Display die Nummer, die sie gut kannte, die dazugehörigen Gespräche, auf die sie aber schon seit einer Weile keine Lust mehr hatte.

Du kannst mich mal, sagte sie.

In den Spätnachrichten brachten sie noch einmal die neuesten Krawalle, die sie schon langweilten, dann eine kurze Meldung über einen Vorfall bei der Bahn. Unbekannte Täter hatten Schienen mit Steinen blockiert, weiter südlich auf einer langen freien Strecke. Der Sprecher sagte: Grabsteine. Mein Gott, das sieht ihnen ähnlich. Jemand hatte sich Grabsteine besorgt und dann auf die Gleise gelegt, ungefähr ein Dutzend, wie es hieß. Es schien eine telefonische Warnung gegeben zu haben, in letzter Minute, sodass der Lokführer gerade noch bremsen konnte.

War sie etwa doch eine verkappte Romantikerin, weil sie seit neuestem bei jeder Gelegenheit ernüchtert war?

Geschichten mussten eine Pointe haben, fand sie, etwas, auf das es hinauslief, nicht nur dieser postmoderne Mix aus Zeichen und Referenzen, den immer gleichen Gesten, die ins Leere liefen, und tatsächlich, gegen zwei, als sie sich so langsam auf dem Sofa zusammenrollte, hatte sie die stümperhafte Aktion schon wieder vergessen.

# TEIL ZWEI

# V

Seldens Jahre als Weltverbesserer lagen schon eine Weile zurück, eine gefühlte Ewigkeit, damals, in seinen Dreißigern, als er fast ausschließlich die Rechte von Mietern verteidigte, mitten in einem der letzten Sanierungsviertel der Stadt in einem winzigen Hinterhofbüro, wo er sich mit perfiden Entmietungsaktionen herumschlug, gierigen Hausbesitzern, die vor nichts zurückschreckten, um aus billigen Verträgen herauszukommen, die sich über Jahre nicht kümmerten, von Gutachtern erstellte Mängellisten ignorierten oder sogar selbst Hand anlegten, Gas- und Stromleitungen manipulierten, in Kellern Feuer legten und dann, wenn der letzte Mieter vertrieben war, in aller Ruhe abwarteten, wie die Preise kletterten.

Das war für Jahre seine Welt. Kaputte Typen in kaputten Quartieren. Hinterhauswohnungen, in denen der Schimmel an den Wänden blühte, verwirrte Muttchen, die in Tränen ausbrachen, wenn er kam und Unterstützung versprach. Jeder Zweite hatte einen Tick, sammelte Müll, empfing Besucher mit dem Küchenmesser, lebte mit Anfang vierzig noch bei Mama, Leute, die keine Ahnung von ihren Rechten hatten, Junkies und Alkoholiker, alleinerziehende Mütter, denen es schon zu mühsam war, zweimal täglich die Windeln ihrer Säuglinge zu wechseln.

Kaum einer bedankte sich bei ihm, aber auf diese Art Lohn war er nicht aus, auch wenn die Malerin Britta, mit der er sich damals zu treffen begann, ihn manchmal fragte: Was ist der Lohn? Dass sie dich brauchen, weil sie schwach sind? Im Dschungel der Großstadt der neue Robin Hood? Ist es das, was du dir beweisen willst?

Dschungel traf es recht gut. Die Gesetze waren ein Dschungel. Unübersichtliches Gelände, in dem man leicht die Orientierung verlor, ein Dickicht an Bestimmungen, die alles andere als eindeutig waren, je nach Licht, je nach Geschwindigkeit, mit der man Optionen zog oder verfallen ließ, was natürlich eine Frage des Geldbeutels war.

Er hätte nie behauptet, dass das Politik war. Es war sein Job, weil er das am besten konnte, weil er wusste, wo die Fallen waren. Aber Politik? Na gut, nach und nach hatte er einen Ruf, Klienten empfahlen ihn weiter, neue kamen, Leute mit Ideen, die auch kämpften für diese Ideen, ein paar Hausbesetzer, die von Polizisten verprügelt worden waren, militante Flughafengegner, die sich an NATO-Zäunen anketteten. Er verteidigte fanatische Vegetarier, die Tierfabriken angriffen, arme Schlucker, die sich mit Behörden und Energieversorgern anlegten, das letzte Bataillon Kommunisten, das in den Staatsdienst wollte, namenlose Querulanten und Totalverweigerer, bei denen er sich eher in der Rolle des Therapeuten sah.

Zu Hause war er von Anfang an nicht viel, selbst an den Wochenenden selten vor neun, halb zehn, obwohl er sich die ersten Jahre noch bemühte und sich hin und wieder freischaufelte, für einen kurzen Abstecher ans Meer oder in die Berge zum Wandern, gerne auch mit Freunden, für die er im Alltag leider kaum Zeit hatte und um die er sich dann immer rührend bemühte.

Selden, der große Kümmerer.

Für Britta war es manchmal nicht zu fassen, wie beliebt er bei ihren Freunden war, vor allem beim weiblichen Teil, von dem sie bei jeder Gelegenheit zu hören bekam, wie sehr man sie beneide. Das Glückskind Britta, das wie alle Glückskinder nicht wusste, welch großes Los sie mit diesem Mann gezogen hatte. Ja, hatte sie? Er war charmant, machte Komplimente, hörte zu, wenn es Schwierigkeiten gab, Enttäuschungen mit Kindern, Enttäuschungen mit dem Partner. Kam eine Ehe ins Kriseln, besorgte er Adressen von Beratungsstellen, plädierte für Geduld und setzte die Kontrahenten kurzerhand an einen Tisch, an einem neutralen Ort bei einem Glas Rotwein, um zu sehen, was zu retten war. Er hatte nicht viel Erfolg, aber er bemühte sich. Bemühte er sich um Britta? Spätestens nach einer Viertelstunde rastete einer der Kontrahenten aus, oder sie beschimpften ihn und waren sich in ihren Beschimpfungen noch einmal einig. Paare, die schon einiges hinter sich hatten, Gruppen- und Einzeltherapie, ein bisschen T'ai Chi und seit Jahren getrennte Schlafzimmer, dazu die Reisen, möglichst weit weg in malariaverseuchte Länder, wo sie allein in klimatisierten Hotelzimmern saßen, um nur immer wieder darauf zu kommen, wie fertig sie miteinander waren. Es ist vorbei, gut, aber macht es nicht noch schlimmer, sagte er dann, es gibt Gefühle, die verletzt worden sind, es gibt das Haus und die Kinder, euren wunderschönen Garten, also versucht, vernünftig zu sein.

Es dauerte eine Weile, bis ihm auffiel, dass er die Lust verlor, nach ziemlich genau zehn Jahren, als er das erste Mal Bilanz zog. Die Bilanz war ernüchternd. Die Viertel, für deren Bewohner er gekämpft hatte, waren alle saniert, die Ehen, die zu retten es angeblich nie zu spät war, geschieden. Er begann sich unangenehme Fragen zu stellen. Was ist mein Motiv, oder wie ein befreunde-

ter Analytiker es nannte: der sekundäre Krankheitsge-
winn. Eine Weile glaubte er selbst, dass es so etwas wie
eine Krankheit war, fast ein Wahn. Der wunde Punkt,
so viel fand er heraus, waren seine Allmachtsphantasien und an deren Rückseite das klebrige Gefühl des Ver-
sagens, ominöse Schuldgefühle, die sehr alt waren und
offenbar daher rührten, dass er als achtjähriger Junge
zu schwach gewesen war, die Ehe seiner Eltern zu retten.

Er begann sich für Politik zu interessieren und beschränkte sich im Privaten auf die Rolle des Polizisten,
der im entscheidenden Moment die Grenze zog. Was
immer geschah, sollte geschehen und konnte durch ihn
nicht aufgehalten werden. Er sah fast ungerührt zu, wie
sich befreundete Paare über die Jahre zermürbten, und
griff nur ein, wenn es in der Schlussphase zu Amokläu-
fen kam, Brüllorgien in der Öffentlichkeit, Telefonterror,
wenn jemand verlassen worden war und dann glaubte,
er müsse sein gesamtes Umfeld mit intimen Einzelheiten
über den ehemaligen Partner versorgen, Vorgesetzte und
Kollegen, Inhaber von Geschäften, in denen man zwanzig Jahre zusammen eingekauft hatte.

Nun mal halblang, es reicht, sagte er dann.

Einer geht weg, der andere bleibt zurück, das ist bit-
ter, aber kein Grund, sich bis auf die Knochen zu bla-
mieren.

Er bewarb sich um ein Abgeordnetenmandat und beschäftigte sich mit Rechtspolitik, war Mitglied der Ver-
fassungskommission und rutschte allmählich in die Innenpolitik. Er galt als strenger Legalist, aufgrund seiner
Erfahrungen in den frühen Neunzigern nicht abgeneigt,
auch die schwächere Seite zu sehen. Gesellschaft funktionierte als ein Netz von Verträgen, und der Staat hatte dafür zu sorgen, dass sie auch eingehalten wurden. Es gab

Auflösungsverträge, Änderungskündigungen, sittenwidri-
ge Paragraphen, die man von zuständigen Gerichten kas-
sieren lassen konnte, aber in der Regel durften einmal geschlossene Verträge nicht aufgekündigt werden.

Auch die Ehe war ein Vertrag.

Wir haben einen Vertrag, bitte berufe dich im Falle eines Falles darauf.

Er hatte Britta zum Beispiel gefragt, als er mit Anfang
vierzig überraschend auf der Kabinettsliste stand. Was
meinst du, sag ehrlich, hatte er gefragt, obwohl es eher
klang wie: So und so wird es sein, das meiste kennst du,
und an den Rest werden wir uns gewöhnen.

Am Telefon, eines Nachmittags im März, als sie gerade das dunkle Aquamarinblau mischte.

Was antwortete sie?

Reisende soll man nicht aufhalten, antwortete sie,
mehr im Scherz als im Ernst, auch weil sie ihm das damals noch gönnte und wusste, dass es auf Verträge im
Zweifelsfall nicht ankam. Aber worauf dann. Sie hatte
nie richtig darüber nachgedacht. Was ist schon eine Ehe,
hatte sie allenfalls gedacht, alle paar Jahre, wenn er sich
auf ihre Kosten in eine neue Richtung bewegte und mit
vor Ewigkeiten geschlossenen Verträgen kam.

Ihre höchstpersönliche Idee von der Ehe schien zu sein,
dass man sie nicht erklären konnte. Kam die Sprache auf
ihre Ehe, konnte sie leider bloß stammeln. Tut mir echt
leid, ich weiß nicht, was du hören willst. Was willst du
hören. Dann sage ich es. Manchmal zitierte sie aus Büchern, die sie las. Immer hatte sie gerade etwas gelesen,
moderne Romane über magersüchtige Frauen und das
Ende der Liebe im 21. Jahrhundert, ab und zu ein Sach-
buch, komplizierte Abhandlungen über das Leben primi-
tiver Völker in einem der letzten Dschungel Asiens oder
Lateinamerikas.

Gleiches produziert Gleiches, schien sie sagen zu wollen. Wenn man nasses Wetter machen will, muss man nass sein. Will man trockenes Wetter machen, muss man trocken sein.

Sie gab ihm über all die Jahre das unangenehme Gefühl, ihn keine Sekunde aus den Augen zu lassen. Sie beobachtete ihn, wie das Wetter. Sie schaute in den weiten offenen Himmel, über den gerade ein Turm Wolken zog, eher diszipliniert als geduldig, immer um dieselbe Zeit frühmorgens und abends, damit sie die erhobenen Daten auch vergleichen konnte. Sie hatte sich ein kariertes Heft gekauft. Notizen war das falsche Wort, denn es handelte sich fast ausschließlich um Zahlen, sorgfältig gesammelt mit Datum und Uhrzeit, Temperaturen, Niederschlagsmengen, Monats- und Jahresdurchschnitte, Besonderheiten, erbrachte Liebesdienste, Fütterungen, Kontakte zur Außenwelt, und am Schluss die aktuelle Berechnung der Wochen und Monate, die ihnen, rein statistisch gesehen, noch blieben.

Sie ließ das Heft hin und wieder offen liegen, aber es dauerte eine Weile, bis er sich halbwegs einen Reim darauf machte, was nicht hieß, dass es für jedes Rätsel eine Lösung gab. Die Zahlen schwankten, immer in einem bestimmten Spektrum, mal rauf, mal runter, aber ohne abschließende Tendenz. Na siehst du, schien sie ihm mit diesen Zahlen zu sagen. Das ist unsere Ehe. Ich führe Protokoll. Solange ich es noch führe, scheint mich das Thema zu interessieren. Vielleicht höre ich eines Tages auf damit, schien sie zu sagen. Vielleicht vergesse ich's einfach, weil mich auf einmal etwas anderes viel mehr interessiert. Wie Kinder von heute auf morgen ein Spiel vergessen. Selbst hochentwickelte Kulturen konnten vergessen, was sie sich mühevoll erarbeitet haben, Alphabete, komplizierte Bewässerungstechniken, die Idee der Freiheit (ha, ha), obwohl ja derzeit alle der Meinung waren, man müsse sie mit allen Mitteln verteidigen.

Wer nicht vergessen werden will, darf nicht vergessen. Vergiss mich nicht, schien sie zu sagen. Mach, was du willst, aber lass dich ab und zu blicken bei mir, vielleicht habe ich ja zufällig Lust, mir eines deiner neuesten Manöver anzuhören, oder welche Frauen du hinter meinem Rücken triffst, obwohl das, wenn sie es recht sah, in all den Jahren kaum vorgekommen war.


Hannah kam fast eine Viertelstunde zu früh. Sie kam immer zu früh, sie konnte gar nicht anders, aber dann rauchte sie eben noch eine und ging eine Weile auf und ab, unten am Fluss an der Promenade, wo schon jede Menge Leute in der Sonne lagen und nicht weiter auf sie achteten, wie sie sich prüfte, in einem kleinen Spiegel den Lidstrich, wer sie war, zu wem sie ging, begleitet von einem Chor nervtötender Fragen, die sie schon kannte, ob sie richtig gekleidet war, mehr Frau oder professionelles Neutrum, in diesem Rock und dieser Bluse (schwarz und hellbeige), ob sie gut roch, Mutmaßungen über Vor- und Nachteile.

Als sie sich beim Pförtner meldete, war es kurz vor zehn. Sie zeigte ihren Ausweis und sah ihm zu, wie er auf einer Liste ihren Namen suchte und dann nickte und ihn durchstrich. Mit einem blauen Kugelschreiber zwei Mal. Fast hätte sie gesagt: Hallo? Verliert man seinen Namen, wenn man hier reinwill? Der Pförtner machte keine Anstalten. Kann ich?, fragte sie. Und der Pförtner: Augenblick, jemand komme sie holen, wie sich herausstellte, ein pickeliger Praktikant, der nach Schweiß roch und ihren Namen falsch aussprach.

Sie hatte mit diesem Referenten gerechnet, aber offenbar war er sich zu schade oder steckte in einem Termin, der sich in die Länge zog. Sie konnte sich seinen Namen nicht merken. Ein Doppelname, Per irgendwas.

Er stand schon in der Tür und hatte Kaffee und Kekse, die sie dankend ablehnte, eine schwabbelige Hand, dazu eine kurze Anspielung auf das Tamtam der letzten Wochen, ihren Streit über die genauen Fragen, wie lange sie bekam. Sie hatte verlangt: neunzig Minuten, und bitte keine Diskussion über die Fragen.

Ich fürchte, ich war nicht immer nett zu Ihnen, scherzte er.

Das ist mein Beruf, scherzte sie zurück.

Er bugsierte sie in Richtung Sitzgruppe und versuchte es weiterhin auf die ironische Tour. Beigefarbener Cordanzug, keine Krawatte. Sie hatte ihn sich jünger vorgestellt, ungefähr in ihrem Alter, aber er musste an die vierzig sein, schlecht rasiert, übernächtigt, mit einem Ansatz zur Fettleibigkeit. Nicht unsympathisch, war ihr erster Eindruck.

Er folgte ihren Blicken und ließ ihr Zeit, sich zu orientieren. An einer Wand hing ein großes Bild, das sie lange betrachtete, ein liegender Akt im Querformat, ziemlich hässlich, wie sie fand, gelblich-weiß vor dramatisch rotem Hintergrund, ein dünner Mann, fast ein Skelett, mit hohlen toten Augen, sie schätzte zwei mal drei Meter.

Die Opferung, sagte er. Tempera auf Leinwand. Eine frühe Arbeit.

Er nannte einen Namen, der ihr nichts sagte, ein Schüler von Penck, Kiefer, keine Ahnung.

Sie setzte sich. Er blieb stehen.

Er sah sie an, wieder mit diesem Blick. Mal sehen, wen wir da haben, sagte der Blick. Eine Stimme am Telefon ist das eine, aber hier, in meinem Büro, richtig lebendig, ist es etwas anderes.

Sie hatten sie im Vorfeld gecheckt, nahm sie an. Fakten aus ihrer Vita, politische Einstellung, Positionen, Kontakte. Ihr Netzwerk. Wie sie sich bewegte. Sie bewegte sich ziemlich viel, deshalb hatten sie bestimmt nicht alles, ihre Reisen in den Nahen Osten letztes Frühjahr, eine lange Liste von Reisen, die jemand aus ihren Artikeln kompiliert haben musste, schön garniert mit Anmerkungen zu ihrem Stil, den er kunstvoll dubios nannte. Dass man nie wisse, auf welcher Seite sie stand.

Sie lachte und sagte, auf der Seite der Wahrheit, wo sonst.

Dass ich in therapeutischer Behandlung war oder noch bin, haben Sie vergessen, sagte sie.

Mein Gott, wie nackt sie sich jetzt fühlen musste, wenn es nach ihm gegangen wäre, und dabei hatten sie allenfalls an ihr gezupft. Jemand las eine Auswahl ihrer Artikel und bastelte sich anschließend eine Geschichte zusammen.

Habe ich eine Geschichte?

Sie sind nicht gerade, was man einen Freund der Regierung nennt, sagte er. Oder sollte er besser sagen: Freundin?

Er erwähnte ihren Artikel im letzten Heft über die Vorstädte, dann ihr Buch, das Kapitel über den alten Mao, in einem Meer roter Fahnen beim Baden im Jangtse, dieses wunderbare Foto. Ihre These vom Ende der heroischen Politik. Sehr interessant. Vielleicht nicht in allen Punkten originell, aber interessant.

Sie fragte nach dem Termin. Habe ich einen Termin?

Einen Termin haben Sie, aber definitiv.

Ich frag mal nach, sagte er und ging.

Sie hörte ihn im Vorzimmer mit jemandem reden, dann telefonieren, zwei, drei kurze Gespräche mit gesenkter Stimme, aber sie war nicht blöd, sie wusste, dass es ein

Teil des Spiels war, seine Persönliche-Referenten-sind-wichtig-Show. Sie sah noch einmal alles durch, Frage eins, Frage zwei, obwohl sie aus Erfahrung wusste, dass es auf die Reihenfolge nicht ankam.

Als Per sie hereinbrachte, fühlte sich Selden kurz geblendet. Durch die hohen Fenster rechts von seinem Schreibtisch fiel seit Stunden das helle Vormittagslicht, aber das war es nicht, es war auch völlig egal, der Impuls war gleich weg.

Er stand auf, gab ihr die Hand, sehr förmlich, suchte nach ihrem Namen und tastete sie vorsichtig ab.

Sie war nicht sonderlich hübsch. Sie war jung. Typ Jean Seberg, wenn er sich richtig erinnerte, mit Brille. Leuchtend blaue Scheinwerfer, die sie mal rauf-, mal runterregelte, sodass ihm kaum Zeit blieb, sich mit den Einzelheiten zu beschäftigten, am Rande seines Sichtfelds, halb im Dunkel, wo ihr Körper war und eine verwirrende Vielzahl von Signalen zu senden schien.

Eine Mischung aus warm und kalt.

Wie ein See im Mai nach den ersten heißen Tagen, wenn das Wasser noch voller Eiswürfel ist.

Sie redete nicht lange herum und erklärte, was sie sich vorstellte. Sie wollte seinen Alltag, Krawalle hin oder her, seinen normalen Tagesablauf, minutiös jede Kleinigkeit von morgens bis abends, in großen und kleinen Blöcken die Stunden am Schreibtisch, in Konferenzen, auf Reisen, der Rhythmus der Zeit, auch wenn sie vergeudet war, was dann noch blieb, der private Rest.

Ach das, sagte er. Danke, kein Bedarf.

Darauf sie: Ihr Privatleben interessiert mich nicht im Geringsten.

Sie erklärte ihm, was sie meinte. Ihr Credo war: Man konnte über Menschen bloß schreiben, wenn man sie bei der Arbeit sah, ihre Bewegungen, ihren Blick, wenn sie selbst vergaßen, dass man sie beobachtete. Das heimliche Feuer, der Wille, das, was einen Menschen antrieb, die Maschine. Das wollte sie sehen. So viel wie möglich davon. Und dann reden. Was hatte sie gesehen, was er. Hier oben in diesem Büro, während draußen der Bär tanzte.

Er fand sie ein bisschen penetrant, ihre Art, die sehr schnell und fordernd war, aber etwas war auch neu und ungewohnt; dass er etwas nicht kannte, gefiel ihm auch.

Er sagte, er könne sich das schwer vorstellen, am Schreibtisch nur so sitzen und tun, als arbeite er, oder wenn er dann wirklich schrieb oder seinen Namen unter Papiere setzte, ein Telefonat, eine kurze Besprechung mit Mitarbeitern, was konnte ihr das schon bringen.

Sie sagte: Sehr viel.

Sie wollte ihn haben, wie er gerade war, die Fotos ohne Blitz und großes Arrangement. Dann das Interview.

Er sagte, das sei nicht ausgemacht.

Sie sagte, sie würde ihn gerne begleiten, gleich nachher, später, irgendwelche Termine, aus der Ferne.

Ich habe vier Seiten. Es ist Wahlkampf, weil immer Wahlkampf ist, und ich habe vier Seiten.

Sie setzte ihn an den Schreibtisch, stellte ihn ans Fenster, mit der rechten Hand in der Weste, das komplette Repertoire möglicher Blicke und Haltungen. Normalerweise hatte sie einen Fotografen mit, was leider hieß: es gab einen Dritten, der, wie sie glaubte, alles verfälschte, in den ersten Sekunden, Minuten, wenn sich entschied, wie sie sich bewegte, mit welchen Sätzen, welchen Finten.

Sie hatte bloß die kleine *Ixus* dabei, aber das war genau, was sie wollte, dieses Improvisierte, Heimlich-Flüchtige, als verdankten sich die Bilder nur einem Zufall. Sie ließ sich seinen Terminkalender zeigen, seinen Füller, die Unterschriftenmappen, das Regal mit den Büchern, das Telefon. Sie machte Bilder von seinen Händen. Sie wollte einen Bericht aus der Werkstatt der Macht, aber so, dass am Ende offenblieb, ob es diese Macht auch gab.

Er rauchte und schwieg, er folgte ihren Anweisungen.

Dass er rauchte, überraschte sie. Dünne braune Zigarillos in einer silbernen Schatulle. Einen nervösen Eindruck machte er nicht. Es war eine Pose, eine Inszenierung der Unnahbarkeit, obwohl man merkte, dass er sich vor Kameras zu bewegen verstand.

So. Das wär's schon, sagte sie.

Nun die Fragen.

Ja, was habe ich.

Sie ging zu ihrer Handtasche und holte den Block, sie las ihm vor, was sie sich notiert hatte, die Stichpunkte. Das Papier. Ordnung. Routine. Der Tod.

Die moderne Journalistin, sagte er.

Mit dem Begriff Routine konnte er etwas anfangen.

Sie: Es ist alles eins. Es ist immer dasselbe Thema. Was macht ein Politiker. Der Mann des Staates. Was kann er bestimmen. Das interessierte sie. Darüber wollte sie schreiben.

Sie zitierte das eine oder andere Vorurteil, halbgare Ressentiments gegen die da oben, die üblichen Reflexe, die sie aber geschickt einsetzte, ohne an jede Einzelheit zu glauben. Gespräche in der Fußgängerzone. Männer nur immer unter Männern. Der Leerlauf der Sprache. Ein Leben im Elfenbeinturm. Gepanzerte Limousinen.

Ich glaube nicht, dass das die Fragen sind.

Er hielt ihr einen kurzen Vortrag über innere Sicherheit, die Unruhen, die Demonstrationen, die vorübergehend in den Hintergrund getreten waren, was ihn daran beschäftigte, wovon er dachte, dass es die Wähler beschäftigte. Sie konnte nicht verbergen, dass sie sich langweilte. Der Leistungsgedanke im Staatsdienst. Schläfer und schwarze Witwen. Europa und das Kopftuchverbot, auch wenn das derzeit nicht auf der Tagesordnung stand.

Als die neunzig Minuten vorbei waren, hatte sie praktisch nichts, bloß Formeln, ein paar Fotos, ein ungenaues Gefühl für den Mann. Ein heller Anzug von *Brioni*, glaubte sie. Die Krawatte passte nicht hundertprozentig. Grau und beige. Das fand sie etwas daneben.

In letzter Minute kam er auf ihre Frage. Wer denkt schon an den Tod. Denken Sie an den Tod? Ich nicht. Oder besser: Indem ich an ihn denke, versuche ich ihn mir vom Leibe zu halten. Man grüßt und wird wiedergegrüßt. Der andere gibt Auskunft über seine Absichten: Ich plane keinen Angriff. Nicht jetzt. Ein andermal. Das möchte man hören. Man versucht zu verhandeln für den Fall der Fälle. Den Rest der Geschichte kennen Sie.

Er sah sie an.

Sie schien zu sagen: Was ist? Alles in Ordnung. Ich habe kapiert.

Sie gab ihm ihre Karte, die er auch nahm und eine Weile betrachtete und dann sagte, dass er leider losmüsse. Der nächste Termin. Er bedankte sich bei ihr, was wahrscheinlich hieß: Ich versuche es mal. Ich habe keinen genauen Grund, aber ich traue Ihnen einfach mal.

Man konnte Sätze weglassen, man konnte sie verdrehen. Verdreh mir nicht das Wort im Mund, schien er zu sagen. Ich möchte mich wiedererkennen in dem, was Sie schreiben.

Spätabends im Fernsehen erkannte sie ihn kaum wieder. Er wirkte angespannt, fast nervös, auch weil die

Nachrichtenlage weiterhin verworren war. Er sagte: Unser Mitgefühl und unsere Gedanken gelten den Familien der Polizisten. Sie sind Opfer einer feigen und abscheulichen Tat geworden.

Es schien mehrere Verletzte gegeben zu haben, womöglich auch Tote, unten im Süden bei einem Sturm auf eine Polizeiwache, bei dem die gesamte Inneneinrichtung verwüstet und dann in Brand gesetzt worden war. Die diensthabenden Polizisten hatten zu fliehen versucht und waren von einer Bande Jugendlicher mit Totschlägern in das brennende Gebäude zurückgetrieben worden, ehe nach zwanzig Minuten Verstärkung kam.

Er hatte einen anderen Anzug an, fiel ihr auf, dunkelbraun mit feinen weißen Streifen. Er sah älter aus, fast fremd auf den ersten Blick, mit einem Gesicht aus den Sechzigern, als die Männer noch schmutzig und düster waren, fast grob, aber ziemlich sexy, wie sie fand.

Noch in der Nacht werde ein Krisenstab zusammentreten, kündigte er an. Einer seiner Mitarbeiter sei unterwegs, um sich vor Ort ein Bild zu machen und die Verletzten zu besuchen. Am Rande einer Wohltätigkeitsveranstaltung, aus der sie ihn kurzerhand rausgeholt hatten. Offenbar war er in Begleitung seiner Frau. Ein Ball, eine Gala. Sie sagten nicht, von wem oder für was, aber es war ohne jeden Zweifel seine Frau, man sah sie an seiner Seite, halb rechts, etwas im Hintergrund, ziemlich erhitzt, als hätte sie gerade wild getanzt oder ein bisschen viel getrunken.

Was haben wir uns amüsiert, und dann das.

Sie stellte sich vor, wie die beiden tanzten, wie sie ihn überredete. Ja, so. Immer schön locker. Wie sie ihn dazu zwang. Eine Rumba, dachte sie. Na super. Wollte sie das wirklich sehen? Eher nicht. Trotzdem sah sie es.

Sie blieb noch eine Weile sitzen, weil sie hoffte, es gebe

noch etwas Neues von den verletzten Polizisten, aber sie brachten nur immer dieselben Zahlen. Nach den jugendlichen Tätern wurde gefahndet. Es wurde spät, fast halb zwei, in der Küche fand sie einen Rest Wein, hatte aber trotzdem Schwierigkeiten, sich in den Schlaf zu stehlen.

Am nächsten Morgen um neun war die erste Sitzung. Bis auf ein paar Externe, die ihre Termine noch koordinieren mussten, waren alle versammelt, Juristen und Sicherheitsexperten aus dem Haus, bewährte Köpfe, die auch in gesetzlichen Graubereichen zu operieren wussten, dazu als Aufpasser ein Mann aus dem Umkreis von Nick, mit dem Selden in der Nacht mehrmals telefoniert hatte. Einer der Polizisten war am frühen Morgen seinen Verletzungen erlegen, bei zwei weiteren wusste man noch nicht. Sie kämpften um ihr Leben, wie es hieß. Nick hatte ungläubig gestottert. Offenbar war er erst geweckt worden, er hatte Mühe mit den Formulierungen und beteuerte in immer neuen Variationen, wie schockiert er sei.

Selden sah die Räumlichkeiten zum ersten Mal. Holms hatte gesagt: ein moderner Bunker, obwohl es ein normaler Konferenzsaal war, an die zwanzig Meter lang, am Ende eines Labyrinths aus fensterlosen Gängen und Sicherheitsschleusen im zweiten Untergeschoss des Ministeriums.

Selden kam direkt aus dem Parlament, wo er in einer Aktuellen Stunde zu Haushaltsfragen ein kurzes Statement zur Eskalation der Lage abgegeben hatte und dann aufgehalten worden war, belagert von einem Pulk Journalisten, die ihn fragten, wie um Himmels willen es weiterging.

Riecht noch nach Farbe, aber sonst alles top, begrüßte ihn Holms, der den Stab leitete und ihn erst mal herumführte. Alles wirkte neu, wie vor kurzem ausgepackt, die Stimmung verhalten geschäftig, wie in einem Call-Center am frühen Morgen, bevor es losgeht. An der Längsseite standen ein halbes Dutzend Fernseher mit Flachbildschirmen, auf denen die Frühnachrichten zu Ende gingen, aber nicht groß beachtet wurden. Man sah Leute, die telefonierten oder vor ihren Laptops saßen, Leute, die ihre Köpfe zusammensteckten, zu Hufeisen arrangierte Tische, weiter links eine Telefonanlage, Faxgeräte und Tischkopierer, ein Flip-Chart, auf dem bunte Kuchen und nach oben schnellende Balken zu erkennen waren.

Die Luft schien etwas trocken zu sein.

Eine Klimaanlage summte, es gab, wie sich herausstellte, Schreibtischstühle, die sich auf Knopfdruck in bequeme Schaukelstühle verwandeln ließen, eine reich ausgestattete Bar, falls es mal später wurde, dezent getäfelte Wände aus Mahagoniholz, in einem der Nebenräume sogar Betten.

Selden beschränkte sich auf eine kurze Begrüßung, drei, vier Sätze zur letzten Nacht, dem Polizisten, der gestorben war, welche Antwort es darauf gab. Der demokratisch verfasste Staat darf sich nicht vorführen lassen, sagte er. Radikale Rechtsstaatlichkeit, lautete sein Programm, worunter er verstanden wissen wollte: Einsatz aller Mittel, offen oder verdeckt, dazu eine genaue Analyse der Gesetze, die man notfalls verschärfen würde.

Dann fragte er, was es Neues gab.

Holms zuckte wie immer kurz zusammen und referierte murmelnd den Stand. Er war ein Pedant, ebenso zuverlässig wie humorlos, ein kahlköpfiger Bulle mit randloser Brille, der seine besten Jahre in einer Steuerabteilung im Finanzministerium verbummelt hatte und am liebsten die monatlichen Asyl- und Flüchtlingszahlen verkündete.

Er hatte Landkarten besorgen lassen, auf denen die großen Städte zu sehen waren, im Maßstab 1:500000 der Norden und der Süden, darauf bunte Fähnchen, die die infizierten Stellen markierten, betroffene Viertel, kleinere Städte, in denen es ebenfalls zu Ausschreitungen gekommen war, mehr im Norden als im Süden, wenn man es genau nahm, Nordnordost.

Holms wartete offenbar auf ein Lob. Na, was sagst du. Nicht schlecht, würde ich sagen.

Er zeigte Selden die ersten Fahndungsplakate, frisch aus der Druckerei, in mehreren Reihen alle möglichen Gesichter, die in mühevoller Kleinarbeit aus einem Meer von Videoaufnahmen herauspräpariert worden waren, aber auch Ganzkörperporträts, kleine schwarze Teufel in Aktion, die man anhand ihrer Kleidung zu identifizieren hoffte.

Das Neueste war, dass sie sich verabredeten. Auch zum Sturm auf die Wache letzte Nacht schienen sie sich verabredet zu haben. Aber da waren sie dran. Ein paar Freaks oben im Ministerium grasten seit Tagen das Internet ab. Wir kontrollieren die einschlägigen Chatrooms und haben auch diverse Telefone angezapft.

Sonst hatten sie nicht viel.

Auch am späten Nachmittag, als er wiederkam, schien die Maschine noch nicht richtig zu laufen. Der Einsatz von nachtflugtauglichen Hubschraubern wurde erwogen. Razzien in Vierteln mit hohem Migrantenanteil, was die Lage aber womöglich bloß verschärfte. Das meiste träumten sie leider nur. Die Verhängung von Ausgangssperren, für die es keine rechtliche Grundlage gab. Ein engmaschiges Netz von Überwachungskameras. Ein Heer von Bürgern an ihren Computern, die Viertel und Straßen bewachten und sich beim geringsten Vorfall bei den zuständigen Polizeibehörden melden würden.

Wir haben zu wenige Kräfte, sagte Holms. Falls sich die Unruhen weiter in diesem Tempo ausbreiten, sehe ich schwarz. Dann können wir nur zuschauen und warten, bis die Feuer von selbst ausgehen.

Wie ein Lauffeuer, sagte man ja. Als wäre da eine Schnur, eine bestimmte Richtung, die vorgegeben war. Aber das schien nicht der Fall zu sein. Mal sprang der Funke in die unmittelbare Nachbarschaft, mal in Windeseile über riesige Distanzen. Gerüchte schienen sich so zu verbreiten, meistens durch Mund-zu-Mund-Propaganda, per Telefon oder SMS in die nächste Stadt, aber auch durch wirklichen Verkehr, Gruppen gewaltbereiter Schläger, die das olympische Feuer von einer Stadt in die nächste trugen, wie Samen von Gräsern und Bäumen, die mit dem Wind reisten, wie glühende Wrackteile eines Flugzeuges, die in einem Radius von mehreren Kilometern verbrannte Stellen hinterließen.

Die Frage war: Warum? Warum bei uns, warum jetzt?

Hinten auf den Fernsehschirmen waren animierte Landkarten in dezentem Blau zu sehen, in die mit dicken schwarzen Pfeilen die neuesten Truppenbewegungen eingezeichnet waren, blinkende Feuerstellen, die sich nach und nach zu einem Flächenbrand verbanden. Ist der Staat am Ende?, stand als Titel im Hintergrund, davor eine der üblichen Runden mit Experten, die sich über Ursachen und Folgen verbreiteten.

Nimm es nicht persönlich, sagte er sich, etwas überrascht, dass er das musste, dass es dieses lächerliche Motto war. Nimm es nicht persönlich, aber deine Tochter hat sich gerade in Luft aufgelöst. Nimm es nicht persönlich, aber deine Ehe ist gerade dabei, sich in Luft aufzulösen.

Lass mal hören, herrschte er Holms an, obwohl ja absehbar war, was sie zu hören bekämen. Als Islamwissenschaftler kann ich bloß sagen, dass. Aus meiner Praxis als Sozialarbeiterin habe ich oft beobachten müssen, wie. Ich habe mich lange mit dem Phänomen der Hooligans beschäftigt, wenn ich das mal kurz referieren darf. Alles sehr ruhig, mit gedämpften Stimmen, lauter kluge Anmerkungen über die Symptomatik, aber sonst nur einig, dass sie sich nicht einig waren.

Syndrom war der einschlägige Begriff.

Das Chronic-Fatigue-Syndrom, das Hals-Wirbelsäule-Syndrom. Hin und wieder halfen die einfachsten Mittel, ein bisschen Ruhe, krampflösende Spritzen und Schmerztabletten, die nach spätestens vierundzwanzig Stunden ziemlich gute Wirkung zeigten, aber keine Garantie waren, dass es demnächst nicht wieder losging.

Die Stunde der Exekutive, so nannte er es. Wieder draußen, bei einem Interview vor dem Eingang des Ministeriums, wo er erst mal Mühe hatte, sich an das beißende Sommerlicht zu gewöhnen.

Er forderte eine Verschärfung des Jugendstrafrechts und kündigte die Bildung von Schnellgerichten an. Ein Entwurf für ein neues Demonstrationsrecht sei in Arbeit.

Aber das ist nicht alles. Wir beschäftigen uns nicht nur mit diesen Wahnsinnigen auf der Straße. Wir haben ein Regierungsprogramm, wir haben eine Verantwortung für alle. Sie werden es nicht glauben, aber genau deshalb sind wir von den Bürgern dieses Landes gewählt worden.

Noch einmal eine kurze Ermahnung der anwesenden Journalisten, doch bitte den Ernst der Lage nicht zu übertreiben.

Er machte eine ungefähre Geste in Richtung Stadt, als wollte er sagen: Hier, was seht ihr? Ist das Bagdad? Das ist nicht Bagdad. Ich hoffe, darüber schreibt ihr mal, was natürlich alles Mögliche bedeuten konnte. Meinte er die Häuser, die Geschäfte, dass es eine Menge Parks und Grünanlagen gab, eine ziemlich schräge Architektur, hier, mitten im politischen Zentrum, wo es weit und breit keine Toten gab, keine Wracks, schon gar keine Anarchie, aber auch nicht das geringste Fitzelchen davon.

Hannah hätte ihn gerne im Krisenstab gehabt, am frühen Morgen, wenn sie den neuesten Horror rekapitulierten, aber was sie bekam, war eine Regionalkonferenz der Partei und einen Anruf von diesem Per, der so tat, als handele es sich um eine Gnade, die er persönlich ihr nie erwiesen hätte.

Keine vierundzwanzig Stunden später saß sie mit Selden in einer dunklen Limousine mit Fahrer, dem neuesten Volvo mit verspiegelten Scheiben, in der Mittelkonsole ein Bildschirm, Telefon, ein kleiner Schrank, der aussah wie eine Bar.

Haben Sie wieder einen Zettel?, fragte er. In Ihrer Handtasche einen Ihrer berühmten Zettel?

Aber sie sagte nein, diesmal nicht. Hier oben, sagte sie und tippte an ihren Kopf, wo noch immer tausend Fragen waren, zum Beispiel über diesen Wagen.

Sie fragte nach dem, was man nicht gleich sah, Notlaufsysteme, Motorstärke, Panzerung. Sie interessiere sich für die Idee des Panzers. Was dahinter war. Die dünne Haut der Politiker.

Sie sprachen über Männer und Frauen in der Politik, wie sie sich kleideten, wie sie sich tarnten, die unendlich lange Geschichte der Blicke, die eine Geschichte der Macht war. Ihre These lautete: Ein Mann lenkt die Blicke von seinem Körper weg, eine Frau zieht sie auf sich, ob sie will oder nicht. Sie nannte Beispiele, auch aus dem Kabinett, der feine Unterschied zwischen Adverbial und Attribut.

Ich wusste gar nicht, dass Sie für ein Intellektuellen-
blatt arbeiten.

Über die Krawalle kein Wort.

Sie fuhren durchs Regierungsviertel und kamen auf die
neuesten Umfragen. Die neuesten Umfragen waren ihm
bekannt. Er kannte auch andere. Sie: Warum um alles in
der Welt macht einer das? Was ist der Kern? Sie wollte um
Himmels willen keine Klischees, bloß kein verlogenes Gequatsche über Ideale. Sie sagte: Geld, Sex, Macht, na gut.
Was sonst. Sie komme immer wieder auf den Tod.

Sie sagte: Es ist die alte Frage, was bleibt. Wir alle müssen sterben. Wir sind ersetzbar. Was also wird bleiben
vom Leben eines Ministers, von dem man sagt: Er ist der
starke Mann, aber vielleicht will er gar nicht.

In ein paar Wochen ist alles vorbei, Sie werden sehen,
sagte er. Wir möchten etwas verändern in diesem Land.
Und dann die nächsten Wahlen gewinnen.

Aber das ist nicht sicher.

Ihr Kleid gefällt mir.

Ja, das auch.

Sie hielten in einer Seitenstraße, in der Nähe eines unscheinbaren Eingangs, der von einer Gruppe Journalisten
belagert wurde. Es ging alles sehr schnell. Jemand machte auf ihrer Seite die Tür auf und zog sie nach draußen,
wo auf einmal alles in Bewegung geriet, Sicherheitsleute,
Reporter, Passanten, die aber gleich abgedrängt wurden,
ein halbes Dutzend Kameras, die Scheinwerfer (obwohl
es früher Nachmittag war), die langen Galgen mit den
Mikrofonen.

Sie sah ihn weiter weg, mitten im Gedränge, ein paar
Kollegen vom Fernsehen, die ihn befragten, dann hörte
sie eine Stimme, die Stimme von diesem Per, ganz in ihrer
Nähe, eine lange Serie von Befehlen: Hier lang, schnell,

kommen Sie hier lang. Sie spürte einen leichten Druck, auf ihrem Oberarm eine Hand, die sie in eine bestimmte Richtung drängte.

Sie hörte hinter sich den Tumult und folgte ihm.

Das also ist die Lage, mein Gott.

Der Einzug der Matadoren, spöttelte er.

Ein Minister schleicht sich durch den Hintereingang, das trifft es besser, finde ich. Sie sind sich Ihrer Sache nicht gerade sicher. Sie fürchten sich.

Er sagte: Abwarten. Das entscheiden unsere Leute in der Halle. Sie messen gerade die Temperatur. Sollte die Stimmung am Kippen sein, kommt er natürlich von hinten.

Die Halle fasste schätzungsweise tausend Zuhörer und war fast voll. Sie sah lange Tische und Bänke, die Leute, die an diesen Tischen tranken und diskutierten oder bloß warteten. Manche hielten Transparente hoch, Tafeln mit handgeschriebenen Parolen, alles in der grobschlächtigen Grammatik der Forderung. Jetzt, auf der Stelle, nicht morgen. Mehr Nein als Ja. A statt B. Wir können auch anders.

Sie sah ihn fragend an.

Er sagte: Gewerkschaftler. Ich würde sagen: die Hälfte. Kleine und mittlere Angestellte, Dienstleister aller Branchen. Im Grunde unsere Leute. Auch wenn sie derzeit ein bisschen böse auf uns sind.

Er brachte sie bis fast an die Bühne und verschwand. Überall Scheinwerfer, Kameras. Auf der Bühne ein Pult mit einem Dutzend Mikrofonen, ein Tontechniker, der noch einmal den Sound checkte, das Logo der Partei, die Formel, eingedampfte Propaganda.

Sie stand halb links, in der Nähe eines Ausgangs, damit sie notfalls wegkam, denn wenn sie genug hatte, wollte sie immer schnell weg. Sie wollte sehen, wie er kam, von welcher Seite. Vorne beim Eingang gab es auf einmal ein

Raunen, eine unmerkliche Bewegung der Menge, gefolgt von den ersten Pfiffen, einem zögerlichen Beifall. Die Leute standen auf, sie riefen seinen Namen, abwechselnd eine Parole und seinen Namen, als wollten sie einander beschwören, ihren verlorenen Glauben, den Mann, der ihn hoffentlich erneuerte, in diesem Dom aus Licht und Lärm, der verhaltenen Drohung.

Sie stand etwas weit weg, deshalb bekam sie nicht alles mit, aber sie sah die Hände, über dem Kopf seine wie gefalteten Hände, mit denen er den Saal begrüßte, oder wenn die Karawane stockte, wie er mit einzelnen Leuten redete, wie er sich huldvoll neigte und hörte, was sie ihm sagten, wie sie beteten.

Die Karawane ließ sich Zeit. Gebete und Formeln. Der schutzlose Körper.

Sie dachte: Es kommt nicht darauf an, was er sagt. Das, worauf es ankommt, ist ohne Sprache, die Art und Weise, wie er sich bewegt, mitten in dieser Menge.

Sie müssten sich nur verabreden und den Kreis schließen, dann wäre er verloren.

Die Rede interessierte sie nur am Rande. Liebe Freunde, liebe Genossen. Was eigentlich ist ein Staat. Der Staat gehört uns. So ungefähr. Gefahren und Chancen. Unter Berücksichtigung der aktuellen Lage.

Er war erst seit kurzem Mitglied der Partei, deshalb bekam er seine Leute schwer zu fassen.

Sie machte sich Notizen zum Rhythmus, über das Drumherum, was die rechte Hand tat, was die linke, seine Atemtechnik, die Kunst der Pause. Laut-leise. Schnelllangsam. Später würde sie ihn nach der Wand fragen müssen, hinter der Bühne, was da genau war, eine gemauerte Wand aus Stein und Mörtel oder bloß ein Tuch, eine riesige Leinwand, der verhüllte Fluchtweg.

Als alles vorbei war, wollte er, dass sie noch mitkam auf ein Glas Wein. Kurze Bilanz der Veranstaltung mit Per, in einem italienischen Restaurant über der Straße, das sie alle schon kannten. Auch die Pressetante war da, zwei Kollegen von der Zeitung, großes Hallo und Blabla. Sie machte ein paar kritische Bemerkungen zu seinem Auftritt, nur um zu sehen, wie er reagierte, er hatte die Rede schon gehalten und schien nicht interessiert.

Sie kamen auf seine Vergangenheit, das, was nicht in den Archiven stand, die Jahre an der Universität, der Plan (wenn es denn einen Plan gegeben hatte), Situationen, in denen man denkt, es geht nicht weiter, es sei denn, der und der wäre aus dem Weg. Die frühen Triumphe. Sie wollte wissen, wie man Konkurrenten aus dem Weg schafft. Wer ihn verraten hatte, die Liste seiner Opfer, die aber weitgehend bekannt war.

Er wirkte nicht sonderlich begeistert.

Sie lesen zu viel Shakespeare, sagte er. Sie haben ein bestimmtes Bild. Schwarze Romantik mit einem Schuss Hollywood würde ich sagen oder wo immer Sie das Bild herhaben. Eine Gruppe von Verschwörern plant ein Attentat auf den Präsidenten, aber die tapfere kleine Journalistin kommt ihnen auf die Spur und kann in letzter Minute das Schlimmste verhindern.

Sie lachte.

Er bestellte einen 95er *Pata Negra Gran Reserva* und fragte, ob sie verheiratet sei.

Sie sagte: Kein Kommentar.

Sie müsse etwas essen, sagte sie, an Tagen wie diesen vergesse sie immer das Essen.

Sie bestellte eine Tomatensuppe mit einem Klacks Sahne und dachte an ihren Artikel. Sie meinte zu spüren, dass da etwas war. Etwas regte sich. Sie hatte noch keinen einzigen Satz, nur ein ungefähres Gefühl für den

Raum, die ersten Suchbewegungen, mehr im Bauch als im Kopf, wie manchmal an den Tagen, wenn sie glaubte, ihren Eisprung zu spüren.

Er sah ihr beim Essen zu und wartete auf weitere Fragen.

Ich habe noch längst nicht alles, sagte sie. Ich komme Ihnen auf die Spur. Aber ich habe noch längst nicht alles.

Sie wollte ihn weiterhin begleiten, die nächsten Tage, wenn möglich Termine außerhalb, in einer anderen Stadt, damit sie sah, wie er war, wenn er sich bewegte.

Ein paar Fragen zum Leben ohne Politik, ein paar Impressionen aus dem Bunker.

Ein Leben ohne Politik konnte er sich vorstellen.

Sie sah ihn in einem Waldstück, an einem See oben im Norden, wie er Holz machte. Wie entsetzlich das war. Wie glücklich er war.

Wenn die Kameras nicht mehr laufen, ist es aus. Wenn sie dich nicht mehr verfolgen, löschen sie dich auch aus.

Sie sah ihn mit einer Axt, wie er geduldig das Holz spaltete, in einer filzigen Jacke, die ein wenig groß geraten war, an einem sonnigen Wintertag in der Nähe eines Hauses.

Mensch, Hannah, dachte sie.

Mensch Hannah Mensch Hannah Mensch Hannah.

# VI

Sie schrieb nicht besonders schnell, eher Schneckentempo, aber sie schrieb, ohne das übliche Gezicke,
für ihre Verhältnisse fast fließend, das erste Drittel am späten Nachmittag in der Redaktion und dann
den Rest bis lange nach Mitternacht in ihrem stickigen
Apartment, halbnackt, mit einem Eimer Wasser für die
Füße, immer wieder erstaunt über die Erfahrung, auch
dass sie ihn die ganze Zeit sah, wie er rauchte und sich bewegte, seinen spöttischen Blick, wenn er sie belehrte.

Sie begann mit seiner Tochter, der grotesken Wahrheit
ihres Todes, was das aus ihm gemacht hatte, seine aufge-
raute Syntax, die Stille in seinem Büro, oben im achten
Stock, während sie ihn fotografierte.

Ihre durch den Text wabernde Frage lautete: Was ist
Macht, unter diesen Umständen, wenn der Tod ins Spiel
kommt. Ohnmacht machte klein, sie war leer, das Gegenteil von Fülle, die die Macht war, aber mit der Zeit,
so ihre These, drehte sich das Verhältnis um. Sie hatte
Schwierigkeiten, es zu formulieren. Etwas kühlt ab und
wird beständig. Sterne und Planeten kühlten ab, die Lei-
denschaften, die Begierden. Man wurde verdammt klein,
aber auch klug.

Sie zitierte aus seinen Reden, ihre Lieblingsstelle über
die Erziehung, warum letztlich alles eine Frage der Erziehung war. Hilf mal beim Abwasch. Setz dich gerade hin.

Man nimmt nicht ohne zu fragen das letzte Stück Fleisch. Man grüßt. Wenn man etwas will, sagt man bitte, wenn man es hat, bedankt man sich.

Sie war einen Tick zu lang, stellte sie am nächsten Morgen fest, sie musste kürzen, ungefähr ein Viertel, das eine oder andere umstellen, ein bisschen feilen, was eine Arbeit von einer Stunde war, am frühen Freitagmorgen, mehr als zwölf Stunden vor Redaktionsschluss.

Kurz nach zehn schneite Goran herein, überrascht, dass sie schon da war, ohne das übliche Gefauche.

Hallo, Fauchmonster. Schon wach? Was ist los?

Ich bin ausnahmsweise mal fertig, sagte sie. Hier. Sag ganz ehrlich.

Sie hatten eine Doppelseite für sie reserviert, die Geschichte drum rum war ein zehnseitiger Artikel über den Zustand der Regierung. Auch Selden wurde erwähnt, doch in der Hauptsache ging es um Nick, seine Schaukelpolitik, seine Zukunft, falls er noch so etwas wie eine Zukunft hatte, dazu die Stimmen von Freund und Feind, die neuesten Umfragen, eine Aufstellung der volkswirtschaftlichen Kosten, ein bisschen Schriftstellergeraune, das davon ablenken sollte, dass es Journalismus mit heißer Nadel war, ein schnell zusammengerührter Meinungsbrei, an dem ein halbes Dutzend Kollegen beteiligt war, ohne dass deutlich wurde, wer für welchen Schnipsel die Verantwortung trug.

Der Großteil bestand aus frechen Behauptungen, angeblichen Informationen aus in der Regel gut informierten Kreisen, was bedeutete, dass irgendwelche Hinterbänkler Gerüchte in die Welt setzen, Linke und Rechte, die über einen bevorstehenden Aufstand der Fraktion schwafelten, undichte Stellen in den Ministerien, Besserwisser, die sich beklagten, dass niemand auf sie höre.

Alles in allem handelte es sich höchstens um zwanzig

Stimmen, aber der Eindruck war: Die Regierung weiß nicht, was sie will, die Partei ist gespalten, niemand kann sagen, wie es weitergeht, schon gar nicht der Premier, der in den aktuellen Umfragen hinter Selden auf Platz vier gerutscht war.

Goran hatte gesagt: Wunderbarer Text. Das passt. Wie die Faust aufs Auge passt das. Sehr schön. Auch der Titel. Ein bisschen viel Weihrauch vielleicht, aber genau, was wir brauchen.

Am frühen Sonntagmorgen beim Frühstück musste sie denken, dass er das jetzt las: Wo auch immer er gerade ist, Satz für Satz, was ich geschrieben habe, auch was ich nicht geschrieben habe, zwischen den Zeilen die versteckten Botschaften, obwohl sie das meiste in letzter Minute gestrichen hatte, verräterische Adjektive, die kurze Szene über seine Hände, alles was nur ihm (oder ihr) gehörte, sein Gang, seine Stimme.

Er hatte ihre Nummer.

Vielleicht rief er ja an und äußerte sich zu den Fotos, die sie geschickt hatte, dazu auf einer Postkarte einen Gruß, eine Belanglosigkeit, die man so oder so lesen konnte und über die sie überraschend lange hatte nachdenken müssen.

Freunde und Bekannte riefen im Laufe des Tages an, auch Kleist, der auf dem Weg in den Nahen Osten war und von Selden bloß wusste, dass er bis über beide Ohren in Terminen steckte.

Hat er was gesagt?

Er hat gelacht. Die Überschrift hat ihm gefallen.

Jemand aus der Titelredaktion war darauf gekommen. Dr. Selden oder Wie ich lernte, den Staat zu lieben. Etwas sehr flapsig, wie sie fand.

Du hast ihm hoffentlich gesagt, dass das nicht von mir ist, sagte sie. Aber eigentlich sagte sie: Sonst nichts?

Das fleißige Mädchen, das gelobt werden will.

Mach keine Dummheiten, sagte Kleist. Machst du Dummheiten, Hannah?

Sie lachte.

Dummheiten? Ich? Wie kommst du darauf.

Sie war noch jung, dachte sie, Arme, Beine, Brüste. Ihr verdammter dummer Körper. Na gut, was will ich, dachte sie. Was weiß ich. Was sehe ich. Eine Szene im Bad sah sie, wie er sich rasierte, alles, was im toten Winkel der Kameras lag, die fernen Schrecken der Intimität, sein Geschlecht, das eine oder andere Kleidungsstück, alles, was nackt war, in den Nächten, wenn er schlief, die gepanzerten Stellen.


Selden erkannte sich auf den Fotos kaum wieder. Er konnte nicht sagen, warum, aber er mochte sie nicht, er fand sie entblößend, ironisch, als mache sie sich lustig über ihn. Er zeigte sie Per, der nur ungefähr nickte, später auch Josina, die etwas genauer hinsah und behauptete, man wisse sofort, dass sie von einer Frau stammten, aber sehr unkonventionell, ohne die alten Scheuklappen. Postpostfeminismus. Diese künstliche Unschuld. Interessant. Alles eine Frage des Lichts, sagte sie. Man weiß nicht richtig, woher es kommt.

Die Fotos waren alles andere als perfekt, improvisierte Momentaufnahmen, mit denen sie sich ihm mal von der und mal von der Seite näherte. Es gab viel Schatten, unscharfe Stellen, grobkörnige Kommentare zu seinen Posen, von denen man spürte, dass es nur Posen waren.

Sie hat dich gut beobachtet, finde ich. Eine Frau sieht einen Mann, das alte Thema, aber was macht sie daraus. Was ist ein Mann. Was kann ich wissen über ihn. Was sehe ich, was sagt das über mich, wenn ich ihn so sehe.

Sie ist sehr vorsichtig, behutsam. Sie zeigt auch die Kleinigkeiten, aber sie spielt sie nicht gegeneinander aus, sie zerlegt dich nicht. Du bist das und das, aber auch das. Du bist ein Mann, du hast Macht, aber du hast auch einen Körper, Wünsche, Begierden, sie zeigt auch den verschmitzten Jungen.

Wie auf einem Suchbild für Kinder, sagte sie. Wir haben sieben lustige Tiere auf unserem Bild versteckt. Kannst du sie finden?

Sie lachte.

Hat sie geschrieben, warum sie keins gebracht haben?

Sie hatte geschrieben, dass es nur Skizzen waren, flüchtige Notizen, im Grunde Material fürs Archiv.

Ich dachte, es freut Sie vielleicht.

Ihre Schrift erinnerte ihn an die von Anisha, war nicht ganz so krakelig, die Buchstaben mit einem leichten Drall nach links. Eine Füllerschrift. Die a's und o's waren nicht leicht zu unterscheiden. Ich schreibe noch mit der Hand, teilte sie ihm mit. Mit meinem alten *Pelikan*, damals, als ich noch ein Mädchen war.

Er versuchte zu sehen, wie sie schrieb, in einem asiatisch angehauchten Zimmer mit altem Schreibtisch und schlechten Stühlen, rekapitulierte die Szene im Wagen, im Restaurant beim Essen, hatte ein Kleid, eher hell, ihren südlichen Akzent, eigentlich bloß die Stimme, ohne genauen Körper.

Beim ersten Mal bekam er nur die Mailbox.

Er versuchte es am späten Nachmittag und noch einmal am frühen Abend vor dem letzten Termin, in einer Nische draußen in einem der Lichthöfe, bevor er mit Per in den bereitstehenden Wagen stieg.

Augenblick, sagte er, hatte aber wieder nur die Mailbox.

Als er sie endlich dranhatte, war es fast zehn. Per war

gerade weg, er saß in seinem Büro und beobachtete unten auf dem Fluss den späten Abendverkehr, einen hell erleuchteten Ausflugsdampfer mit Musik von einer Kapelle, zwei, drei Kähne, die vorbeizogen, dunkle träge Tiere, die Kohlen und Steine schleppten.

Sie wirkte ruhig und gelassen, gar nicht überrascht. Bin ich etwa überrascht?

Sind Sie's? Ja, hallo, wie schön, sagte sie.

Sie schien sich gerade Badewasser einzulassen, er hörte es plätschern, sehr nah, fast, als wäre es nebenan.

Ich hoffe, ich störe nicht.

Und sie: Nein, nein. Ich war bis eben unterwegs, und jetzt. Und nach einer Pause: Wo sind Sie?

Hier, in der Stadt. Im Büro. Meine Leute sind alle weg, also habe ich gedacht, rufe ich mal an.

Oben in seinem Turm, wo bis zum frühen Morgen Licht brannte und ununterbrochen neue Nachrichten eintrafen.

Jemand hält Wache. Jemand führt Protokoll. Was die Kameras zeigen, flüsternde Stimmen am Telefon. Wer bewegt sich wo und mit welcher Absicht. Dunkle Gestalten, die von Schatten zu Schatten hüpften.

Futter für die bösen Journalisten, sagte sie.

Von seltenen Ausnahmen abgesehen.

Sie sagte, dass sie an ihn gedacht hatte. Wahrscheinlich lachen Sie mich jetzt aus.

Sie sagte, was sie gerade las. Den Koran, sagte sie.

Er sagte nichts.

Und sie: Seltsam, ich dachte, es wären richtige Geschichten, ein Text. Aber es sind eher Songs, Fetzen mit den immer gleichen Melodien, alles sehr sprunghaft, verworren. Gesungene Anweisungen für den Beischlaf, wer ein Feind ist, wann man kämpft und wann nicht. Wann man tötet.

Er hörte, wie sie auf und ab ging, zwischen verschiedenen Räumen oder Bestandteilen von Räumen, die er nicht kannte. Sie ging auf Holz. Sie trug Schlappen, sommerliche Sandalen, mit denen sie unablässig in Bewegung war.

Er hatte ihr noch gar nicht gesagt, was er sich überlegt hatte.

Überlegt?

Manchmal reiste er im Tross. Berater, Mitarbeiter, Experten, begleitet von einer Gruppe handverlesener Journalisten, mit denen er Hintergrundgespräche führte, off records, oben, in der Luft, auf dem Weg in eine Hauptstadt, mit hemdsärmeligen Ritualen, einem späten Drink in einer Bar, hinter den Kulissen, wenn die Grenzen zwischen beiden Seiten vorübergehend verschwammen.

Mein Mitarbeiter macht gerade die Liste für London.

Es werden Listen geführt, na klar, dachte sie. Der eine darf mit, der andere ein andermal.

Wann?

Er sagte ihr, wann, nächste Woche. Wenn es Ihnen passt. Für einen halben Tag. Morgens hin, abends zurück.

London, sagte sie.

Eigentlich sind Sie schon drauf.

Ich bin da drauf. Gut. Dann freue ich mich.

An einem Morgen nach einer Nacht, sehr früh, wenn sie noch ganz zerknittert wäre, in einem hellen Kleid, hinten, in einer der letzten Reihen.


Holms begann wie immer mit dem Überblick: Verhaftungen, Verletzte, Schäden, den zur Statistik geronnenen Wahnsinn der letzten Nacht, garniert mit Anekdoten vom Rand, leuchtenden Details, bei denen sie hin und wieder zuckten, einem von Gegendemonstranten fast zu Tode geprügelten Studenten, unten im Süden einem Aufmarsch rechtsradikaler Schläger, die in ein randalierendes Viertel eingedrungen waren und die sofortige Ausweisung aller ausländischen Straftäter gefordert hatten.

Das meiste waren Geschichten vom Feuer. Geschäfte hatten gebrannt, Kleinwagen und Limousinen. Keller mit altem Krempel. Ausstellungsräume von großen Autohäusern. Ein geparkter Wohnwagen aus Holland mit schlafenden Kindern drin. Es wurden Brandbeschleuniger eingesetzt. Jemand feuerte Silvesterraketen ab. Überall kleine Tupfen Licht in der großen Dunkelheit, weißer und schwarzer Rauch, der durch die Straßen zog, der Gestank von brennendem Müll. Ascheregen. Lustige kleine Flocken, glühendes Papier aus Aktenordnern, nachdem ein Büro einer Zeitarbeitsfirma gestürmt worden war.

Holms machte eine Pause, nippte an seinem Kaffee, betrachtete seine Fingernägel, an denen er seit Minuten herumknabberte, ob da etwas war, was er übersehen hatte, ein Fitzelchen Haut, eine unebene Stelle, an der er bei Gelegenheit noch fräsen musste.

Offenbar hatte er noch was.

Ein paar Witzbolde hatten Koffer auf Bahnhöfen abgestellt.

Hörst du mir überhaupt zu?

Selden fiel auf, dass er gar nicht richtig zuhörte.

Du leierst das alles so herunter, sagte er.

Ich leiere? Gut. Wusste ich nicht.

Wir wundern uns nicht mehr. Wir schicken Polizisten. Wir kennen die Fakten, Zahlen, Bilder. Aber sie scheinen nicht anzukommen.

Ich würde gerne mal wieder schlafen, sagte Holms. Ich schlafe zu wenig.

Sie sind leer, wie ausgehöhlt. Sie sprechen nicht mehr. Nur nervtötende Wiederholung.

Interessiert dich noch was daran?

Holms zuckte mit den Schultern.

Krisen bauten sich auf und wieder ab, manches köchelte seit Jahren vor sich hin, es gab Bewegungen und Gegenbewegungen, zerbröselnde Allianzen, neue Akteure, die noch in der Orientierungsphase waren.

Die Gewerkschaften schienen in eine Krise zu schlittern. Bei den Metallern war es vereinzelt zu wilden Streiks gekommen, illegalen Werksbesetzungen, an der Basis offene Spaltungstendenzen. Die am besten ausgebildeten Leute gegen das neue Dienstleistungsproletariat. Ärzte gegen Pfleger, Akademiker gegen Nicht-Akademiker. Gewerkschaftler, die um ihren Job fürchteten, demonstrierten gegen Gewerkschaftler, die für dreieinhalb Prozent mehr Lohn auf die Straße gingen.

Das Interessanteste kam zum Schluss. Holms druckste herum, entschuldigte sich, dass er Selden damit belästigte, ein kleines Familienproblem. Er habe eine Schwester, sagte er, Mitte vierzig, geschieden, alleinerziehend. Ein Junge in der Pubertät.

Das Problem war der Junge. Sven. Jemand hatte beobachtet, wie er mit einer Gruppe Gleichaltriger von einer Brücke Steine auf fahrende Autos warf. Zum Glück hatte es bloß Sachschaden gegeben. Eine zersprungene Windschutzscheibe. Beulen, Kratzer. Eine ältere Frau, die von der Fahrbahn abkam, aber glücklicherweise angeschnallt war.

Sven, sagte Selden.

Er ist siebzehn. Bei der ersten Vernehmung soll er gesagt haben, es handele sich um eine Aktion gegen die Ärsche, die immer nur zusehen. Sie haben ein Transparent angebracht. WAS GLOTZT IHR SO BLÖD. IHR SEID DIE NÄCHSTEN.

Seine Schwester sei völlig aufgelöst.

Und jetzt fragt sie sich, was um Himmels willen sie falsch gemacht hat. Warum hat sie nie richtig für ihn gekocht. Haben die Tiefkühlpizzas ihn auf solche Ideen gebracht? Die Mikrowelle? Es gibt böse Strahlen. Vielleicht hat er zu viel von diesen Strahlen abgekriegt.

Plötzlich kennt sie ihn gar nicht mehr.

Die ganzen Wünsche, die wir ihnen erfüllt haben, von den Lippen abgelesene Wünsche, Wünsche, die sie gar nicht hatten.

Sie versteht es einfach nicht.

Er zeigte Selden ein Foto. Er hatte ein Foto von ihm dabei, schon etwas zerfleddert, ein pickeliger Junge mit wässrigen Augen, der in die Kameras glotzte, blass und nichtssagend wie der Name, aber ein Gesicht. Das fand er interessant. Dass es auf einmal ein Gesicht gab, den Ansatz einer Geschichte, verwirrte Gedanken, hormonelle Gewitter.

Dieser kleine Scheißer, sagte er. So sieht er nämlich aus: wie ein verwöhnter, kleiner Scheißer.

Am frühen Morgen hatten sie ihn ihr gebracht.

Und jetzt willst du, dass ich ihn da rausboxe, nehme ich an. Aber das kann ich nicht. Es ist dir hoffentlich bewusst, dass ich das nicht kann. Ich kann mich drum kümmern, dass dein Name aus dem Spiel bleibt. Aber das war's dann schon.

Gut, sagte Holms.

Nimm ihn dir zur Brust.

Gut, sagte Holms.

Ein Jahr auf Bewährung, würde ich sagen. Oder in einem Heim ein paar Wochen den Alten den Arsch abwischen, was ihm wahrscheinlich nicht schaden würde.

Wieder im Büro, besprach er die Sache mit Per.

Hör dich mal um, häng dich ans Telefon. Aber übertreib es nicht.

Wird gemacht, sagte Per.

Nick hatte um einen Rückruf gebeten.

Nick. Ich warne dich vor Nick. Dieser Nick, ja?

Offenbar hatte er am Morgen ein längeres Fernsehinterview gegeben. Per sagte: Eine Katastrophe. Vage Andeutungen, in welche Richtung er sich möglicherweise bewegte, staatstragendes Gebrabbel über die Zweidrittelgesellschaft. Die armen Jugendlichen in den Vorstädten. Einerseits, andererseits. Eher nebenbei hatte er eine Summe genannt. Es ist ein Problem aufgetaucht, also nehmen wir ein bisschen Geld in die Hand. Als Staat haben wir die verdammte Pflicht, dass, hatte er gesagt. Aber die uralte Geste war: Wir geben euch ein paar Millionen und stopfen euch auf diese Weise das Maul.


Sie bestellte ein Taxi und hoffte, dass der Fahrer schon wüsste, wo der Eingang zum militärischen Teil des Flughafens war, etwas versteckt, am Ende einer unscheinbaren Straße, die, wie sich herausstellte, eine Sackgasse war.

Sie hatte sich weiß Gott was ausgemalt, die Minister, bevor sie ins Flugzeug stiegen, eine gemütliche Lounge mit Bar, bequeme Sessel zum Sitzen, alles eher dezent, exklusiv, aber das Gegenteil war der Fall: Alles war sehr schlicht, ohne jeden Schmuck, die Wartehalle nur Beton, rechts neben dem Eingang Tische, Stühle, auf denen vereinzelt jemand saß, links eine Art Bahnhofbüfett, an dem wuselige Hilfskräfte Kaffee in großen Bechern ausgaben.

Niemand kontrollierte sie, ihre Papiere, Handtasche, das kleine Necessaire mit den Feilen. Sie stand auf einer

Liste. Sie sagte, wer sie war, bekam einen weißen Flugschein, auf dem noch nicht mal ihr Name stand, nur die Flugnummer, die voraussichtliche Abflugzeit mit dem Datum von heute.

Drüben am Büfett hatten sie auch Tee, also holte sie sich erst mal Tee, lief eine Weile herum, sah sich die in Gruppen herumstehenden Leute an, Beamte, Sicherheitspersonal, ihre Anzüge, Krawatten, die Aktenkoffer, in denen wichtige Papiere waren. Von der Meute keine Spur. Auf den Listen hatte sie gelesen, wer alles dabei war oder sich angekündigt hatte, nicht die erste Garde, aber alles Namen, die sie schon gehört hatte, mittelalte Schnösel in hellen Cordanzügen, Terrorexperten, die man anrief, wenn es mal wieder wo geknallt hatte, Spezialisten für Datenschutz, Fans und Kritiker des Ministers. Alles Männer, die sie kurz musterten, vielleicht auch nickten, bevor sie sich in kleinen Rudeln zusammenfanden und Anekdoten von früheren Reisen zum Besten gaben, Abenteuern mit der Minibar, der neueste Klatsch aus der Szene, Leute, die von heute auf morgen gefeuert worden waren, die noch suchten oder vor kurzem untergekommen waren.

Die Halle begann sich zu füllen, sie kam mit einem Reporter aus der Schweiz ins Gespräch, ging wieder weg, entdeckte hinten in einer Ecke diesen Per, wieder in Cord, aber neu, offenbar hatte er ein Faible für dunkles Braun, aber vielleicht erinnerte sie sich auch falsch.

Er winkte sie heran, aus der Ferne, als seien sie praktisch per du.

Netter Artikel. Gratuliere, sagte er. Hätte ich nicht gedacht.

Wer hätte das gedacht, ja, sagte sie. Es wird was aus mir. Ich komme noch groß raus eines Tages.

Er stellte sie einigen Leuten vor, die mit ihr nichts anfangen konnten. Von Selden keine Spur. Sie sah ihn fragend an, oder er las die Frage in sie hinein und hatte einen Grund, sie wieder von oben herab zu behandeln.

Sie müssen sich leider erst mal alleine vergnügen, sagte er. Er kommt dann später. Oben. Wenn die Mädchen mit den Drinks durch sind.

Eine Durchsage forderte die Passagiere auf, sich bereitzuhalten. Vor einer unscheinbaren Doppeltür bildete sich eine Schlange, sie stellte sich an, noch immer überrascht, dass es keine Kontrollen gab, dass sie da einfach durchging, zu Fuß über das Rollfeld zu einer mittelgroßen Maschine, die gerade aufgetankt wurde.

Der vordere Teil war völlig umgebaut, wie früher in Zügen, dachte sie, rechts der Gang, links die Abteile, aber sehr viel größer. Sie passierte mehrere Türen, die zum Teil offen oder angelehnt waren, also konnte man ab und zu etwas sehen, dunkelblaue Sessel, Teppichboden, eine Schlafgelegenheit, Einbauschränke. Gepolsterte Höhlen, vor denen gelangweilte Wachhunde patrouillierten.

Sie hatte einen Platz am Fenster, ziemlich weit hinten, über einer der beiden Tragflächen, in denen sich das frühe Morgenlicht spiegelte, kurz nach dem Start, als sie in einer leichten Rechtskurve nach oben stiegen, und dann bloß noch Himmel, ein paar flackernde Gedanken über den Tod, was wäre, wenn, eher kokett, nicht ganz ernst, ob sie dann wirklich etwas versäumt hätte, wie Sugar ihr regelmäßig einredete, dass da immer noch etwas kam, dass man nie fertig war.

Sugar hatte sie von dieser Reise gar nicht erzählt. Sie hatte es versucht, eine Andeutung in der letzten Sitzung, dass sie jemand getroffen habe, etwas älter, alles ohne Namen, dass sie an ihn dachte, eher verwirrt, doch Sugar hörte ihr gar nicht richtig zu und bohrte noch einmal in diesem Traum herum. Warum träumst du das.

Immer wieder träumte sie das. Undeutliche Szenen in Kellern, wo sie festgehalten wurde, von Männern mit Kapuzen, die sie eigentlich bloß kitzelten. Sie brauchte keine Analytikerin, um zu begreifen, was das hieß. Na dann mal los, sagte Sugar. Meistens waren es zwei, manchmal auch vier oder fünf, gesichtslose Gestalten, von denen sie nur wusste, dass sie sich alle erdenkliche Mühe mit ihr gaben. Ein Mann soll sich also Mühe geben mit dir, sagte Sugar. Er soll dich kitzeln, was ja wohl heißt, er soll dich um Himmels willen nicht penetrieren. Nicht-invasive Techniken nannte man das. Ist es das? Hast du Erfahrungen damit? Sie machte es sich manchmal unter der Dusche, aber ihre Erfahrung war, na ja. Was, na ja. Sie sagte: Manchmal glaube ich, ich bin nicht normal, wie ein störrisches Kind. Meistens stresst es mich. Manchmal fühle ich mich gut, aber meistens ist es Stress. Mühselig. Sie hatte nicht mal einen Namen für das Ding. Sugar: Dann taufen wir es doch mal. Es gibt tausend Namen dafür, auch weibliche, wenn der Begriff Kitzler das Problem ist. Deine kleine Freundin. Sie möchte so gerne deine Freundin sein. Na ja, gab sie zurück. Ja, gut, ich denk darüber nach, ich versuch's. Aber kaum war sie aus der Tür, musste sie denken: wie lächerlich. Meine kleine Freundin, wie lächerlich. Ich hasse sie. Dieser verdammte Körperkram, welche Zeitverschwendung. Wenn sie wieder in der Welt war, draußen auf den Straßen, mitten in diesem Gewusel, wenn sie die Schaufenster sah, den Verkehr, die Gesichter aus aller Herren Länder, und dann wusste, dass ihr nichts fehlte.

Als er sich endlich blicken ließ, war fast eine Stunde vergangen. Er wartete, bis er sie fand, schien zu nicken, sagte etwas zur Begrüßung, suchte ihren Blick, sie zählte mit, wie oft, in welchem Rhythmus, einszwei, drei, vierfünf, sechssieben. Dann eine Weile nicht. Achtneun. Zehn. Sie sind da, sagte der Blick, was haben Sie an, ein Kleid, was noch, Lippenstift, welche Farbe, Sie haben nicht gut geschlafen, aber Sie sind da.

Er trug einen hellen Sommeranzug, weißes Hemd, die Krawatte blaugrün. Die Atmosphäre war betont locker, entspanntes Geplauder in neun Kilometer Höhe, wenn man gar nicht mehr merkt, dass man in der Luft ist, allerdings war zu spüren, dass er auf der Hut war und manches kurzerhand abbügelte, Fragen nach seinem Verhältnis zu Nick, Mutmaßungen über den großen Krach, dass sie nicht mehr miteinander konnten.

Später setzte er sich mal hierhin, mal dahin, hörte zu, machte einen Scherz, weiter hinten, wo sie ihn zweimal lachen hörte, und dann wieder lange Passagen, in denen er dozierte.

Am Schluss kam er zu ihr.

Er setzte sich hin, nicht, wie sie erwartet hatte, auf den Platz am Gang, sondern in der Mitte, sah sie an, sagte etwas zu ihrem Kleid, was er gedacht hatte, auf dem Weg zum Flughafen in einer Limousine.

Was um Himmels willen mache ich bloß mit ihr, habe ich gedacht. Es gibt Restaurants, habe ich gedacht, verschwiegene Hotels, gestohlene Minuten, wenn man die Termine rechtzeitig manipuliert.

Was um Himmels willen machen Sie bloß mit mir.

Sie merkte, dass sie in allen möglichen Stimmungen war, abwartend und amüsiert, auch geschmeichelt, bereit, sich fürs Erste einzulassen, seinen Ton, dass er sie provozierte, etwas ungläubig vielleicht, staunend und ahnungsvoll.

Sie sind schwierig, sagt unser Freund Kleist. Sagte er wirklich schwierig? Interessant, meine ich mich zu erinnern. Jung. Ein bisschen verkorkst vielleicht. Durch zu viele falsche Hände gegangen.

Es ist ein Spiel, dachte sie. Er zerrt etwas ans Licht, aber er schält auch etwas von mir ab.

Ich habe mal geschlafen mit ihm, falls es das ist, worauf Sie hinauswollen, sagte sie.

Mit Kleist? O Gott.

Am Strand, eher im Wasser, dort, wo es noch flach ist. In Singapur Ende der Neunziger. Ich hab nicht mal geheult danach.

Er sagte ihr, was er sah. Etwas Flaumiges meinte er zu sehen. Unberührte Landschaft, die leicht hügelig war.

Das alles sehen Sie.

Es gefällt mir, was ich sehe. Falls das nicht dasselbe ist. Ich sehe, also gefällt es mir. Sandiges Gelände. Ein paar Risse, Spalten mit einem Rest Feuchtigkeit.

Sie kannte eine Erzählung. Komisch, dass ihr die jetzt einfiel. Eine Sexgeschichte, bei der sie nur gedacht hatte: wie entsetzlich. Ein Mann besorgt es einer Frau. Alles sehr obszön, die Details, ziemlich unerträglich, wie er sie leckt und dann aufhört und noch einmal von vorne anfängt und noch einmal und noch einmal. Unschuld heißt die Geschichte. Man kann sie kaum lesen, sagte sie. Man wird richtig wütend mit der Zeit, mehr auf sie als auf ihn, bis man allmählich zu begreifen beginnt, dass es im Grunde um etwas anderes geht, unsere Suche nach dem Absoluten, nach Gott, oder wie immer Sie es nennen: etwas, dem wir uns hingeben, obwohl oder weil es abwesend ist.

Er sagte nichts. Er berührte sie am Arm und sagte nichts.

Weiter weiß ich nicht, sagte sie.

Gut, sagte er.

Harold Brodkey, sagte sie. Der Mann, der sie geschrieben hat. Ein Amerikaner.

Wir vögeln nicht. Wir beten.

Sie fühlte sich nackt und verstrubbelt, innen drin, während sie damit beschäftigt war, nicht auf diesen Per zu achten. Er kann alles sehen, dachte sie. Es war alles da. Die alten Formeln, die Beleidigungen, gemurmelte Bekenntnisse.

Sie sah ein paar kurze Szenen, er und sie in einem Supermarkt, an den Rändern der Stadt in einer dieser Malls, oder wie sagte man, diese riesigen Hallen, in denen es Hunderte von Joghurts gab, Brot in allen Variationen, Käse, Fleisch, zwanzig Meter lange Regale mit Ölen, der Tiefkühlkram, gefrorene Enten, Puten, Kaninchen.

Keine Hotels, keine Restaurants.

Einen Abend vor der Glotze. Tüten mit öligen Chips. Bier aus Flaschen.

Er sagte etwas zu den kommenden Stunden, seine nächsten Tage, die Hindernisse.

Seine Termine hatte dieser Per. Er machte immer wieder wau wau, sah zu ihnen her und wieder weg, ein struppiges, hungriges Hündchen, das nach appetitlichen Spuren schnüffelte.

Sie hatte einen Artikel geschrieben. Sie saß in diesem Flugzeug neben diesem Mann, den sie kaum kannte, und konnte die ganze Zeit bloß flüstern. Offenbar redeten sie über Sex, etwas unter Zeitdruck, sodass nicht klar war, zu welchen Ergebnissen sie kamen. Die Verhandlungsführer bastelten noch an einem Kommuniqué. Zum Abschluss gab es doch immer ein Kommuniqué. Worauf haben wir uns geeinigt, was musste beim nächsten Treffen weiterverhandelt werden.

Na dann, sagte er.

Ich ruf Sie an, sagte er.

Sie hoffte, nicht erst in hundert Jahren.

Sie hatte eine hübsche kleine Wohnung, eigentlich ein

Zimmer, unter dem Dach, wo es in den Sommern sehr heiß war, in den Nächten, wenn sie kaum Schlaf fand und darüber nachdachte, was sie wollte, wie es mit ihr weiterging, wer das letztlich bestimmte.

Selden hatte sein Statement schon hinter sich. Er hatte es gestoppt, keine vier Minuten, und nun saß er da und lauschte der Stimme in seinem Kopfhörer, mal mehr, mal weniger, in einem Zustand schläfriger Bereitschaft, falls mal etwas kam, das er nicht kannte, eine neue Vokabel, irrlichternde Details, die aus ihren Kontexten herausgefallen waren, nationalen Debatten, von denen er bestenfalls die Umrisse kannte, wenngleich sie nach außen alle so taten, als säßen sie alle im selben Boot.

Es hatte Tote gegeben, Anschläge, mit denen niemand gerechnet hatte, Anschläge, die in letzter Minute vereitelt worden waren, man kannte die Namen, beteiligte Gruppen, Organisationen, Querverbindungen, die in die immer selben Länder führten. Deshalb waren sie da. Sie saßen im Kreis. Sie kreisten etwas ein, was nach Entschlossenheit klang. Man konnte Kreise enger ziehen. Man konnte jemanden umzingeln und dann zur Strecke bringen, was voraussetzte, dass es diesen Jemand auch gab, dass er körperlich anwesend war, dass er atmete, dass er sich duckte, aber identifizierbar war, in bestehenden Sicherheitslücken, winzigen Ritzen, die sie bislang übersehen hatten.

War es das, was sie taten?

Als zuständige Minister kannten sie meist nur die äußere Hülle, manchmal nicht mal die Begriffe. Dafür hatten sie die Spezialisten, Fachleute, die sich mit chemischen Zusammensetzungen und Organisationsstrukturen beschäftigten und von denen sie anschließend kurze Zusammenfassungen bekamen, Schlagworte, die sich in lockerer Folge aneinanderreihen ließen, um bei Bedarf die Bevölkerung zu erschrecken, um sie zu erhöhter Wachsamkeit zu erziehen. Flüssigsprengstoff. Moslembruderschaft. Kofferbombe. Zentrale Terrordatei. Alle paar Wochen eine Handvoll Vokabeln, die sich nach und nach über den gesamten Globus verbreiteten. Erhöhte Sicherheitsstufe. Ministerium für Heimatschutz. RFID-Chip. Australischer Taliban.

Sie hörten Stimmen.

Sie trugen Kopfhörer und bekamen in alle Sprachen Babylons die wahrscheinlichen Szenarien übersetzt.

In Seldens Kopfhörer raschelte jemand mit Papier, offenbar war gerade jemand fertig, man hörte Applaus, aber von weiter weg, dann eine neue Stimme, die sich kurz räusperte und mit der üblichen Verzögerung das nächste Statement zu übersetzen begann.

Selden mochte diese großen Runden, ihre Rituale, die Wiederholungsschleifen, behutsame Variationen des immer gleichen Themas, die eine Form von Leere produzierten, kontemplative Stille. Im Vergleich zu manchem seiner Kollegen konnte er sich nicht beklagen. Ein bisschen Randale, na gut, ein paar Kofferprobleme, Trittbrettfahrer, die vorübergehend die eine oder andere Publicity-Welle auf ihre Mühlen lenkten, Wichtigtuer, die mal kurz testeten, wie wachsam sie alle waren.

Seine Krise hatte niemand groß interessiert. Ein paar höfliche Fragen, das, was man aus den Zeitungen mitbekam, mitfühlende Kommentare, hin und wieder das Eingeständnis, dass man etwas kannte, das Schimmern einer Möglichkeit, was vor Jahren bei uns mal war oder wieder sein könnte, unter gewissen Umständen, die aber derzeit nicht vorlagen.

Nicht alles war für alle der Fall.

Manches war weit weg oder betraf nur den Rand, wo

es zu komplizierten osmotischen Prozessen kam. Grenzen wurden geöffnet oder vorübergehend geschlossen, es gab Schmuggler, illegale Prostitution und Menschenhandel, weiter unten im Süden fast täglich windige Boote mit Flüchtlingen, die in Richtung Küste schwappten.

Manchmal beschlich ihn der Verdacht, dass sie zu spät kamen. Was immer sie taten, jetzt oder in naher Zukunft, es kam zu spät. Sie waren müde. Der ganze Westen war müde, er hatte gewonnen, wollte aber nicht verteidigen, was er gewonnen hatte, sodass es am Ende fast egal war, ob er von innen oder von außen den Todesstoß bekam.

Dann war nicht mehr viel. Eine kurze Pressekonferenz um vier, Erläuterungen zum Kommuniqué, das unvermeidliche Thema Nick, ein bisschen Hannah, das übliche Geplänkel. Sie saß in einer der ersten Reihen, etwas am Rand, sah ihn an, dann wieder nicht. Ein- oder zweimal meinte er zu spüren, wie sie zu einer Frage ansetzte, wie sie sich spannte und wieder erschlaffte, als würde sie denken: Nein, lass, warum hier.

Später, im Flugzeug, wollte er wieder zu ihr hin, weil er auf einmal dachte, er habe am Morgen nicht alles mitbekommen, eine chemische Information, ohne die er sich nicht richtig orientieren könnte, ihre Duft- und Lockstoffe. Er wollte noch ein bisschen schnuppern an ihr, aber dann hatte er eine dieser Attacken, kurz nach dem Start, als sie durch ein aufziehendes Gewitter flogen. Per redete beruhigend auf ihn ein, trotzdem brauchte er einen Drink und dann noch einen, während er versuchte, auf seine Atmung zu achten. Britta hatte ihm das erklärt. Man atmet es einfach weg, wie eine Wehe, hatte sie gesagt. Schau nach innen, such das Zentrum. Er schloss die Augen und suchte nach seinem Zentrum, während sein Kopf unverdrossen die Lage checkte: Alter der Maschine, letzte War-

tung, wie war das mit den Reifen, vorne, diese beiden
Dinger, sie schienen nicht besonders gut aufgepumpt gewesen zu sein, Pilot, Copilot, wie haben sie geschlafen,
sind sie gesund, wie verhalten sie sich im Notfall. Mal
fühlte er sich bereit, mal nicht. Verdammt nochmal, Britta, dachte er, dann war es auch schon vorbei, man hörte
Reifengeräusche, Gummi auf Asphalt, sie waren endlich
unten, alle gesund und munter.

Es war schon dämmrig, als sie im Wagen saßen, ziemlich warm, dafür, dass es weit nach neun war. Kleist hatte ihn zu erreichen versucht, ein Anruf kurz nach sechs,
eine Nachricht von Holms: Alles okay. Stand unverändert. Eine von Josina: Das Interview ist verschoben. Bis
morgen.

Er wählte die Nummer von Kleist, der in Tel Aviv am
Strand saß, in einem Café, das vor Jahren in die Luft gesprengt und wenige Tage später wiedereröffnet worden
war.

Was machst du in Tel Aviv?

Keine Ahnung. Entspannen, nehme ich an, nachdenken über unsere Feinde. Meistens hänge ich bloß rum, ge-
nieße das Meer, die schönen Frauen, die Drinks, womöglich nicht in dieser Reihenfolge.

Den Artikel hatte er natürlich gelesen.

Hannah, die kleine Journalistin.

Sie scheint einen Narren an dir gefressen zu haben, sagte er.

Was macht die Krise?

Leider bekomme er nicht allzu viel mit. Hin und wieder ein Schnipselchen von den Demonstrationen, Bilder
von brennenden Wagen, in den Zeitungen auf den hinteren Seiten das eine oder andere. Alles sehr fern, Geschichten von einem anderen Planeten. Vermischte Nachrichten
über alte Freunde, die in Schwierigkeiten geraten sind.

Das Schlimmste ist vorbei, wenn du mich fragst. Vielleicht ist das gut, aber vielleicht auch nicht, denn dann machen alle nur weiter. Das ist ja seit langem deine These, dass es so nicht weitergeht. Das Dilemma ist: Wann begreifen die Leute es. Wenn eine Bombe hochgeht und es Hunderte von Toten gibt? Hannah würde wahrscheinlich sagen, ja. Diese ganzen Anschläge, so widerlich sie sind, haben eine interessante Botschaft. Ihr wisst nicht, wer ihr seid. Wer wollt ihr sein. Entscheidet euch. Die Selbstmordattentate, die zerfetzten Leiber in Madrid, London, Djerba, oder wo immer. Alles schlimm, aber doch der erste Schritt zur Wahrheit über uns selbst.

Geh mal essen mit ihr und frag sie aus, was sie alles liest, wen sie kennt, worüber sie sich Gedanken macht.

Als wäre sie seine Tochter.

Schau mal, so eine tolle Tochter habe ich.

Du bist nicht bei der Sache, sagte Kleist. Egal.

Er sagte, dass er gerade aus London kam.

Mit dieser Hannah wusste er noch nicht.

Er kannte alle großen Flughäfen der Welt, die Abflughallen, unterirdische Einkaufszentren, die Wege, die zurückzulegen waren, Taxis, Dienstfahrzeuge, die ihn brachten und wieder holten. Er kannte ein paar richtig gute Restaurants, Hotelzimmer unter allen nur denkbaren Himmeln, in denen kein Laut zu hören war, Konferenzsäle in allen Variationen, Besprechungszimmer, die endlos langen Stunden im Bunker, wo auf flimmernden bunten Bildschirmen das marschierende Lumpenproletariat zu sehen war.

Aber dein Kleid weiß ich noch.

Auf welcher Seite stehst du verdammt nochmal.

175

Es begann zu nieseln, als Britta das letzte Stück durch den Wald fuhr, aber das machte nichts, sie war fast da, und sie war allein. Sie konnte spüren, wie ihr sofort leichter wurde, in diesem heiligen Moment, wenn nach der letzten Biegung die rote Fassade zu sehen war, die grünen Fensterläden, Rasen, Beete, hinten links ein glitzerndes Stück Wasser, das Gartenhaus. Sie schloss das Tor auf, parkte den Wagen. Der Klatschmohn blühte, die Rosen, der Jasmin. Die Malven hatten Knospen, die Anemonen.

Im Haus war es wie immer kühl. Sie öffnete Läden und Fenster, ließ die späte Nachmittagswärme herein und stolperte überall über seine Sachen, stand in seinem Arbeitszimmer, sah nebenan das Bett, auf seinem Nachttisch einen Stapel Bücher, eine angebrochene Packung Schlaftabletten. Eine alte Hose hatte er liegen lassen, einen Zettel mit Notizen zum letzten Wahlkampf. Im Badezimmerschrank war noch etwas von ihm, eine Flasche Aftershave, die wie immer nicht richtig zu war. Er hatte ein paar Macken, wenn er sich rasierte, die weißen Spritzer auf dem Spiegel. Er hörte oft nicht zu. Warum hörst du mir nie zu. Im Schlaf hörte sie ihn manchmal reden, sie wachte auf und versuchte zu erraten, mit wem.

Ihre ausgeleierte Jeans hing über einem Stuhl, ein altes T-Shirt mit Farbklecksen, ein BH, der ein wenig knapp war, anscheinend hatte sie wieder zugenommen. Sie zog sich schnell um und legte alles ab, das Kostüm, Rock und Bluse, den Schmuck, im Gesicht Lippenstift und Makeup, die getuschten Brauen, ihre Masken.

Hallo Britta, bist du's? Ja, doch, allmählich erkannte sie sich, etwas abgespannt, eher blass, im Gesicht noch die letzten Spuren, von denen sie aus Erfahrung wusste, dass sie sich verflüchtigten.

Nach einer Stunde war sie halbwegs angekommen. Draußen schien wieder die Sonne, sie machte sich einen Kaffee und nahm ihn mit nach unten zum Steg, wo sie eine Weile nur saß und die roten und blauen Libellen beobachtete, einen Wasserläufer, hoch oben in der Luft einen kreisenden Milan. Links und rechts im Schilf raschelten Enten, Haubentaucher, die auf Nachwuchs warteten.

Sie lief zurück zum Haus, wo sie das Telefon klingeln hörte, ging aber nicht ran. Später, dachte sie. Was mache ich hier. Es schien eine Zwischenstation zu sein, für ein paar Tage, bis sie wusste, was als Nächstes kam.

Sie machte sich etwas zu essen, hörte seine Stimme auf Band, eher genervt, später auch im Radio, Fetzen von einer PK, seine Einschätzung der Lage, im Lichte der neuesten Ereignisse. Offenbar gab es etwas. Etwas war neu, aber nicht mehr ganz, sie hatte es bloß noch nicht mitgekriegt.

Sie wollte den Sender schon wegdrehen, als sie hörte, um was es sich handelte, vor Stunden, als sie in den Wagen gestiegen war. Wahrscheinlich lief es schon seit Stunden über den Sender. Auf einem belebten Markt mitten in der Hauptstadt. Zwei junge Libanesen hatten sich in die Luft gesprengt, um die Mittagszeit. Es war von Toten und Verletzten die Rede, erst hieß es, über fünfzig, dann wurden die Zahlen stark nach unten korrigiert, jetzt stiegen sie langsam und kontinuierlich wieder an.

Wenn sie das Radio nicht angeschaltet hätte, hätte sie keine Ahnung. Sie dachte: Komisch. Die Information ist seit Stunden da, aber sie erreicht mich nicht. Alles ist erfüllt, es gibt Wellen, irgendwelche Schwingungen, die ich aber nicht spüre, die vielen Stimmen, die Toten, die zu Informationen geworden sind und hier herumfliegen und warten, dass sie endlich Besitz von mir ergreifen.

Sie machte sich eine Flasche Rotwein auf und hörte zu,

177

was sie von den beiden Libanesen sagten, dass sie Videobotschaften hinterlassen hatten, zwei Brüder aus einer Familie mit sieben Kindern.

Für einen Moment dachte sie: Es ist nicht wahr. Ich glaube nicht daran. Ihr erfindet das bloß.

Darüber hatte sie mit Selden mal gestritten. Ihr macht euch eure Feinde selbst, hatte sie nur halb im Spaß gesagt. Wer sagt mir, dass sie nicht von euch bezahlt sind. Wahrscheinlich gibt es Agenturen dafür, aufwendige Casting-Shows für die Rekrutierung immer neuer Feinde. Sie müssen sich Bärte wachsen lassen. Ein stechender Blick, wirre Gedanken. Dann nehmt ihr sie in Sold und zeigt ihnen, wie es geht. Die ganzen Waffen, die Bomben, was Flüssigsprengstoff ist. Zum Schluss werden die Märtyrervideos gedreht. Für eine Handvoll lumpige Euros in einem winzigen Studio mit Al Jazeera-Dekoration. Ein paar ausgewählte Zitate aus dem Koran, und dann haben wir wieder den Salat.

Das Problem ist, dass ihr euch langweilt, hatte sie gesagt. Es bewegt sich zu wenig, also sorgt ihr für Bewegung. Macht ist Bewegung. Die Bilder im Fernsehen sind Bewegung.

Mensch, Britta, hatte er gesagt.

Am nächsten Morgen stand sie früh auf und ging baden. Meistens brauchte sie eine Ewigkeit, aber diesmal sprang sie einfach rein, nicht sehr steil, eher etwas zu flach, hielt die Luft an, überrascht, wie kühl das Wasser noch war, aber klar und samtig. Die ersten Meter tauchte sie, dann begann sie zu kraulen, nicht sehr schnell, aber jeden Zug mit präzisem Beinschlag, den Kopf immer schön über dem Wasser, und dann atmen, mal links, mal rechts, wie sie es gelernt hatte.

Einmal hörte sie das Telefon, tauchte schnell weg, spielte toter Mann, ziemlich weit draußen, mitten in dieser

Stille, die eine Art Abwesenheit war, etwas, das sie nach und nach einhüllte und die versöhnlicheren Perspektiven begünstigte.

Sie bekam noch immer Blicke, auf der Straße, in Cafés oder Restaurants, wenn sie unterwegs war, Männer, die ihr hinterhersahen, alle eher um die sechzig, aber auch jünger, harmlose Schmeicheleien auf Vernissagen, tapsige Versuche, die sie selten ernst nahm.

Sie legte sich in die Sonne und dachte zum hunderttausendsten Mal über ihren Körper nach. Eigentlich war sie noch gut in Form, um die Hüften ein wenig gepolstert, aber eher rund als dick, auch die Brüste nicht wirklich schlaff, eher weich, mit fließenden Konturen. Ihr Ehemann hatte das vor Jahren gesagt. Du hast keine Ecken, alles fließt, deshalb verlierst du dich auch leicht.

Alle paar Stunden hinterließ er eine Nachricht auf Band. Ich weiß nicht, wo du bist, ich höre nichts von dir, ich lese Zettel. Immer nur kurz, zwei, drei Sätze, mit einem Bedauern, von dem sie nicht wusste, wem es galt.

Sie dachte an sein Gesicht, das, was sich nach all den Jahren als sein Gesicht herausstellte, den harten Kern, eine erste Summe, die sie vielleicht mal ziehen musste.

Sie hatte niemals daran gedacht, ihn zu malen, aber auf einmal gab es da Skizzen, flüchtige Porträts mit Kreide oder weichem Bleistift, dazu in einer Schachtel die Fotos der letzten fünfzehn Jahre. Alles ihr Mann. Alles dieser Fremde. Als er Mitte dreißig, Anfang vierzig war, Selden im Bett, in ein Buch vertieft, eine verwackelte Szene unter der Dusche, seine erste Rede als Minister, vom laufenden Fernseher abfotografiert, eine Serie in Schwarzweiß an einem Strand beim Laufen.

Ihre Malsachen hatte sie gar nicht mit, was wahrscheinlich ein Fehler war.

Sie hatte bisher nur Tote gemalt.

Sie saß in der Küche auf dem Sofa und hörte Radio. Die Zahl der Toten war noch einmal gestiegen, von neun auf elf, was sie noch immer seltsam enttäuschend fand. Es gab Schwerverletzte, über dreißig, wie es hieß. Sie rechnete eine Weile hin und her und kam auf eine Zahl um die zwanzig, was schon besser klang, beinahe dramatisch, nicht bloß nach einem kleinen Furz auf einem Markt, sondern nach – ja was eigentlich?

Alle halbe Stunde brachten sie seine Stimme. Sie konnte ihn sehen. Sie hatte ein paar Ideen, war aber zu faul, das Skizzenbuch aus dem Wagen zu holen, und hoffte, sie würde es sich irgendwie merken.

# ZWEITER CHOR

Die Bilder sind natürlich schlimm, erschütternd. Die vielen Toten, die Verletzten, ihre versehrten Körper unter diesen Decken aus Alufolie, das, was man davon zu sehen bekommt, was man sich ausmalt, die Verbrennungen, die Verstümmelungen. Im Grunde will das niemand sehen. Man wendet sich ab, dann wieder geht der Blick zurück, weil es doch schließlich mal Menschen waren, Leute wie du und ich, aus denen Zombies geworden sind, wimmernde, entgeisterte Gestalten, Kinder mit großen Augen, in denen nur leeres Entsetzen ist. Man fragt sich: Warum? Warum sie? Andererseits ist man auch erleichtert. Lieber sie als wir, das ist beim Sterben doch die Pointe. Man macht sich Gedanken, auf jeden Fall. Man denkt: Ist es eine Strafe? Aber für was? Haben sie die Strafe verdient? Was haben sie gemacht? Warum zum Beispiel gehen sie auf diese Märkte. Sie verlassen ihre Häuser. Sie lieben es, unterwegs zu sein, sie bewegen sich in der Menge, was natürlich der reine Wahnsinn ist. Die Zeiten, da wir Nomaden waren, liegen doch schon eine Weile zurück. Warum werden sie nicht endlich sesshaft? My home is my castle, sagt man doch, was ja meint, man hat einen gewissen Schutz, es ist alles da, es ist alles kontrollierbar. Hin und wieder muss man leider raus, man muss zur Arbeit, hin und zurück, man muss einkaufen. Aber dafür gibt es Keller, die alte

Idee der Vorratshaltung, die leider aus der Mode gekommen ist, einen Zentner Kartoffeln, Äpfel, Reis und Nudeln natürlich, die Getränke am besten für mehrere Wochen, dazu die Tiefkühlsachen, Fischstäbchen, Pizza, ein halbes Schwein, etwas Wild für die Feiertage, alles schön portioniert und jederzeit griffbereit. Die gesamte Welt ist ja greifbar. Wir haben Telefon und Internet, das gute alte Fernsehen nicht zu vergessen, sodass man immer mittendrin ist und alles problemlos von zu Hause erledigen kann. Deshalb reisen wir auch nicht mehr. Wozu verreisen, wenn es so schöne Bilder von all den Orten gibt, an die wir als Reisende nie kämen, die Berichte aus Fauna und Flora. Das sind die Sachen, die uns interessieren. Hin und wieder ein Häppchen Politik, die Nachrichten, aber eher weniger. Politik muss sein, keine Frage, jemand muss sich kümmern, Wahlen müssen sein, die Demokratie, wobei wir das im Einzelnen ehrlich gesagt nicht verfolgen, was die Partei A sagt und die Partei B. Wir sind sauer, wenn die Benzinpreise steigen, wir freuen uns, wenn von der Steuer etwas zurückkommt. Aber sonst? Am liebsten sind uns Sendungen über Haus und Garten. Jemand baut ein Haus, hat aber keine Ahnung, wie man ein Dach deckt. Kann man alles lernen. Wie man richtig tapeziert, wie man Parkett verlegt. Es gibt wunderbare Werkzeuge dafür, das komplette Material, draußen am Stadtrand die großen Baumärkte, in denen man alles bekommen kann. Wir sind Bastler, doch, kann man sagen. Wir haben gebrauchte Autos, wir haben Gärten, unter dem ausgebauten Dach riesige Modelleisenbahnen, alle möglichen Sammlungen, Briefmarken, Münzen, Dinge, für die es spezielle Tauschbörsen gibt. Wir werden nie fertig damit. Darum geht es ja: dass man nie fertig wird. Wir schlafen mit unseren Frauen und werden hoffentlich nie fertig damit. Wir ziehen unsere Kinder groß. Unsere

Biographien sind gebastelt. Ist das etwa schlecht? Man muss bescheiden sein. Man muss sich bemühen. Weniger träumen. Hüte dich vor deinen Träumen. Pack sie weg. Die Welt ist nicht danach, zumal das Ausmaß der Zerstörung in letzter Zeit zuzunehmen scheint, die Gemetzel in den hintersten Winkeln unseres Planeten, aber auch hier bei uns, die kleinen Kinder, die verlassen oder getötet werden. Oder haben wir das früher nur nicht erfahren? Wir erfahren alles. In Bangladesh hat es ein Zugunglück mit mehreren hundert Toten gegeben. Zwei Stunden später sehen wir es in den Nachrichten. Die Frage ist: Wonach sollen wir uns richten? Was ist die Botschaft? Dass wir in keinen Zug mehr steigen? Steig in keinen Zug. Hüte dich vor deinen Feinden. Dein nächster Nachbar könnte dein Feind sein. Man kann nie wissen. Also pass auf.

Im Moment läuft es ziemlich gut, im Grunde besser denn je. Die letzten Jahre war es schwierig, da hagelte es Kritik, miserable Quoten, die ja immer dazu führen, dass jemand überlegt, ob man das nicht besser lässt, die immer selben Gesichter, die erstarrten Rituale, der eine ist dafür, der andere dagegen, das unablässige Gequatsche, auf das die Leute offenbar nur noch mit Überdruss reagierten. Sie wollten uns nicht mehr sehen. Es kursierten Listen, wer mit wem in welcher Show wie oft, es breitete sich Häme aus, manchmal nicht mal das. Niemand redete mehr über uns. Die Talkshow ist tot, dachten wir. Wir erfüllen unsere Verträge, und dann Tschüss, Kameras aus und Tschüss. Wir dachten: Liegt es an uns, unseren Kostümen, liegt es an den Politikern, oder ist es etwas anderes? Dass wir alle so satt sind, so müde, so gelangweilt? Am Ende machten wir die Wirklichkeit verantwortlich. Die Wirklichkeit ist schuld, wir brauchen eine neue. Und siehe da, auf einmal sind wir zurück. Es gibt Bilder, die uns aufrütteln, die Feuer, die Toten, von denen wir natürlich profitieren. Es gibt einen neuen Boom, Zuschauer, die uns schreiben, die sich nicht abwimmeln lassen und Antworten wollen. Meistens laden wir Experten dazu. Historiker, die uns daran erinnern, dass die Geschichte in Zyklen verläuft, Tiefenpsychologen, die unsere zerschundene Kollektivseele analysieren, hin und wieder einen Betroffenen, Opfer, die zu Tätern geworden sind und mit verstellter Stimme berichten, warum sie in dieser Tankstelle ein Feuer legten. Sonntagabend nach dem Krimi, wenn der lustige Teil des Wochenendes zu Ende geht, bearbeiten wir die anstehenden Fragen. Woher kommen wir, wohin gehen wir. Was sich eine Gesellschaft so fragt, wenn sie etwas die Orientierung verloren hat. Natürlich machen wir Politik, aber als Show. Wir klären die Leute auf, wir unterhalten sie. Prodesse et delectare. Von wem stammte das noch gleich? Im Grunde arbeiten wir mit Körpern. Wir tun den Mächtigen nicht weh, aber wir zwingen sie, sich zu zeigen, Minister, Fraktionsvorsitzende, die großen Bosse. Wir schauen ihnen zu, wie sie sich bewegen, ihre Mimik, die kleinen Gesten, mit denen etwas verborgen wird oder zum Vorschein kommt, wenn sich jemand verhaspelt, wenn er sich windet, wenn er lügt. Politik ist kompliziert, wir zeigen, dass sie von Menschen gemacht wird, die es auch nicht unbedingt besser wissen, ihre Ratlosigkeit, ihr Streben nach der Wahrheit, wie sie scheitern. Manche zittern, sind schüchtern, andere geben sich frech, starren auf unsere Beine, machen Bemerkungen, in der Maske, wenn ihnen die glänzenden Stellen weggepudert werden, wenn sie sich wappnen, fünf Minuten vor der Sendung, wenn sie bei einem Schluck Whisky ihre Posen einnehmen. Wir haben genaue Dienstanweisungen, in denen steht, über was wir besser schweigen. Kleine weiße Tabletten, verengte Pupillen, alles, was mit Angst zu tun hat, hinter den Kulissen, bevor es losgeht. Wenn die Kameras laufen, wird alles gezeigt, wie es ist. Wir machen Schnitte und Gegenschnitte, Nahaufnahmen von Krawatten, wie sitzt jemand da, was macht er für ein Gesicht, was machen die Hände, die Körpersprache, die man ja im Blick haben muss, weil sie uns meist die Wahrheit sagt, wenn jemand behauptet: dafür bin ich offen, und die ganze Zeit mit verschränkten Armen dasitzt und jeder sofort sieht, dass es bloß leeres Gerede ist. Die meisten Politiker sind erstaunlich klein. Im Fernsehen kommt das nicht richtig raus, Fernsehen macht ja groß, aber in Wirklichkeit sind sie oft Zwerge, kleine Napoleons, die unter narzisstischen Störungen leiden, der Typ Mann, bei dem man sofort denkt, er hat ein Problem mit seinem Pimmel oder was immer das Problem ist, wenn man einen Kopf kleiner ist, aber auch die Frauen, wenn wir mal Frauen haben, knallharte Managerinnen, die sich hochgeboxt haben, stellvertretende Vorsitzende von Gewerkschaften mit schneidenden Stimmen, die meisten blond, aber Natur, etwas nachblondiert vielleicht, wütende Kobolde, die vor Ehrgeiz glühen und von einem Termin zum nächsten rasen. Sind die sechzig Minuten vorbei, ist in der Regel nicht mehr viel. Man schüttelt sich die Hand, steht eine Weile rum, verfolgt noch eine Spur, alles im Plauderton, wenn alle abgestöpselt sind, bevor es zurück vor die Spiegel geht, die Gesichter noch geschminkt, rätselhafte Masken, die an untergegangene Kulturen erinnern. Wir sitzen im selben Boot, aber wir kennen uns nicht. Wir ritzen ihnen die Haut, aber wir wissen nicht, wer sie sind. Manchmal lachen wir uns tot. Es gibt viel Spott und Zynismus, aber hin und wieder auch Erbarmen. Warum machen sie das? Wo gehen sie hin? Wem vertrauen sie sich an? Gibt es ein Sprechen hinter

all den auswendiggelernten Sätzen, oder ist da nur Leere,
der totale Kollaps von Syntax und Grammatik, und dann
nichts, noch nicht mal Schweigen, nichtssagende Stille?

Manchmal sind wir fünf, manchmal zehn, und dann
sitzen wir zusammen und gehen alles durch, die neuesten Verbrechen, die Skandale, unsere Arbeit, unsere
Ehen, was noch läuft oder eher nicht, alles, was uns auf
dem Herzen liegt oder auf die Palme bringt. Das Wort
Stammtisch hören wir nicht gern. Wir nehmen kein
Blatt vor den Mund, aber im Grunde denken wir laut
nach. Ein heimlicher Mordgedanke, mit wem man es
gerne mal treiben würde. Kleine persönliche Listen mit
den Namen unserer Opfer, unter denen natürlich auch
der eine oder andere Politiker ist, das, was wir da gerade so haben, in diesen unruhigen Zeiten. Die Leute
sind erstaunlich zimperlich geworden, muss man sagen,
ziemlich leicht zu erschrecken, eine weinerliche Truppe,
die bei den ersten Toten die Fassung verliert. Je besser
es uns geht, desto weniger halten wir aus. Wir sind zu
fett, wir bewegen uns zu wenig, sosehr das in diesen Zeiten die Devise ist. Die halbe Welt ist schließlich in Bewegung, die Chinesen, wie man sieht, die Tigerstaaten,
Indien, Pakistan, alle auf dem Sprung, alle bereit, uns
zu überrollen, die zornigen jungen Männer Arabiens
nicht zu vergessen oder wer immer sonst uns unseren
Platz an der Sonne streitig machen will. Das Regime in
Peking macht das übrigens gar nicht so schlecht, diese
Mischung aus Laissez-faire und harter Hand, sodass die
Leute nie wissen, was sie erwartet, was natürlich zu per-
manenter Spannung und Bewegung führt. Die guten alten Kommunisten, wer hätte das gedacht. Sie würden
sich totlachen, wenn sie wüssten, worüber wir uns hier

in Europa den Kopf zerbrechen, das endlose Gequatsche über die Freiheit und ihre Grenzen, wie man die Leute wieder dazu bringt, dass sie Kinder bekommen, ob wir in Zukunft noch reisen dürfen oder ob das alles hier in Kürze den Bach runtergeht, was doch immerhin nach Tempo klingt, einem kurzen Zwischenspurt, ehe wieder alles in den Tiefschlaf fällt. Die Frage ist, wer weckt uns auf. Wissen wir, was wir wollen? Unsere Feinde wissen, was sie wollen, während wir mit dem Finger auf die anderen zeigen. Die Politiker sagen: Du lieber Himmel, das ist doch alles furchtbar kompliziert, lassen wir mal die Fachleute ran. Bei der nächsten Meinungsumfrage ist dann alles wieder vom Tisch. Die Lebensarbeitszeit soll um zwei Jahre verlängert werden? Eine Steuer auf Flugbenzin? Bitte nicht mit uns. Also das auf keinen Fall. Das ist Demokratie, muss man leider sagen, aber können wir uns diese Form von Demokratie noch leisten, bei der noch der letzte Trottel eine Stimme hat? Die Idioten sind ja leider immer in der Mehrheit, das wussten schon die alten Griechen, die bekanntlich auch nicht jeden haben wählen lassen. Man müsste kleine Tests einführen, bevor jemand an die Urne darf, ein paar Fragen zu Geschichte und Gegenwart, Staatsbürgerkunde im Multiple-Choice-Verfahren. In fast jedem Kanal läuft doch derzeit ein Quiz. Das gesamte Leben ist ein Quiz, warum nicht auch in der Wahlkabine? Du willst mitreden, also wollen wir doch sehen, ob du auch die nötigen Qualifikationen hast. In der Schule hast du sicher schon gehört davon. John F. Kennedy, der amerikanische Präsident. In welcher Stadt wurde er damals erschossen? A, B, C oder D. Sieben, acht Fragen mit unterschiedlichem Schwierigkeitsgrad, keine Joker. Was ist ein Überhangmandat. Ein Petitionsausschuss, falls das nicht zu speziell ist. Und dann würde man ja sehen, wer dann wirklich kommt, wer sich dafür interessiert und wen man gleich wieder nach Hause schickt. Vielen Dank, heute leider nicht, vielleicht beim nächsten Mal.


Das Gute an der Demokratie ist doch: Jeder kann machen, was er will, auch wenn er gar nichts will. Aber immer schön freundlich. Wer ficken will, muss freundlich sein, wer auf ein Amt geht, auch. Man muss schon gute Miene machen, ein bisschen Tränendrüse, weil ja jeder weiß, dass die Mittel inzwischen knapp sind, doch im Zweifelsfall bekommst du, was du willst. Das Leben ist kurz, alle haben es schwer, auch wir, also musst du nehmen, was du kriegen kannst, sonst nehmen es sich die anderen. Im Prinzip gibt es Geld für alles. Zuschuss für die Miete, Heizung, etwas zu essen, auch für Kleidung steht uns was zu, sogar für Hundefutter. Alles völlig legal. Jemand hat das mal festgelegt, das und das steht den Leuten zu, unter den und den Bedingungen, also holen wir uns das doch ab, solange das Geld noch fließt, und bislang fließt es ja noch. Eigentlich erstaunlich, aber bitte. Wir haben ein Dach über dem Kopf, wir haben Fernsehen, einen iPod für die Musik, Essen und Kleidung sowieso, dazu die Tiere. Wir stehen spät auf, dann geht einer raus mit den Hunden, holt etwas fürs Frühstück, eine Flasche Sekt dazu, dann ein bisschen ausruhen, lesen, bumsen, Musik hören, am Abend raus auf die Piste. Alles möglich im demokratischen Staat. Die Party ist noch nicht zu Ende. Zum Glück. Wir stehen nämlich auf Partys, das ganze Leben, wie es ist, im vergangenen Sommer, als es so schön warm war, draußen in den Parks, wo sich regelmäßig die halbe Welt trifft, Arbeitslose, alleinstehende Mütter mit Kindern, Studenten, Pärchen, ein paar Spanner, Punks, die Dealer, alles bunt gemischt, alles friedlich. Von uns aus könnte die Welt so bleiben, auch wenn die Leute auf der Straße vor uns ausspucken, wenn sie uns beschimpfen. Im Prinzip ist das ja verständlich. Sie rackern sich ab, sie schuften für ein Haus, für ein Kind und haben kaum mehr als wir. Der Staat will es so, bitte. Was sollen wir uns krummlegen, warum sollen wir jeden Morgen aufstehen, uns etwas ausdenken, uns bemühen. Arbeit gäbe es genug, draußen auf den Feldern, wenn die Erntezeit kommt, in den städtischen Parks den Müll anderer Leute wegbringen, vielen Dank auch. Da nehmen wir doch lieber das Geld vom Staat und versuchen nicht weiter aufzufallen. Allerdings wird es nicht mehr lange so bleiben. Der Wind dreht sich schon. Wir vögeln zu wenig. Wir sterben aus. Ist ja bekannt. Es gibt zu wenig Arbeit, zu wenig Nachwuchs. Wer keine Arbeit hat, kann doch wenigstens Kinder machen, oder etwa nicht? Los, vögelt, macht Kinder. Das wird die neue Parole sein. Ficken für das Abendland. In einer Kaserne, warum nicht. Man könnte wieder Kasernen bauen, für alleinstehende Männer und Frauen, aber richtig hübsch und gemütlich, im Stil von Hotels, große weiße Gebäude mit diversen Trakten, mit riesigen Speisesälen, Schwimmbad, Sauna, schnuckeligen Schlafkammern, in denen es zur Sache geht. Man käme nur raus mit Kind. Vaterschaftstest, ein frischgewickelter Säugling, erst dann dürfte man raus. Oder meinetwegen nach dem zweiten, dem dritten. Je nachdem, was gerade gebraucht wird, was der Staat braucht, um unsere laufenden Rechnungen bezahlen zu können. Kann man alles ausrechnen. Die Modelle gibt es ja. Man muss es bloß ausrechnen, und schon weiß man, wo es mittelfristig langgeht, in ein paar Jahren oder Jahrzehnten, wenn der Staat endgültig pleite ist, wenn Öl und Gas richtig knapp werden, kurz: wenn das große Hauen und Stechen losgeht, die Starken gegen die

Schwachen, wobei ja von Anfang an feststeht, wie das ausgeht. Wir hoffen, wir sind dann nicht mehr da, obwohl es schon ziemlich hart ist, vor allem für die Kinder, die noch gar nicht geboren sind und die Scheiße eines Tages ausbaden müssen. Der Klimawandel, Hochwasser und Dürren, die Sache mit den Renten, mein Gott, ob wir alle dereinst als Türken leben müssen oder als Araber, als Chinesen, wer weiß das schon? Es gab mal einen Film, eine Serie von der BBC, über die Welt in 500.000 Jahren, in zwei Millionen Jahren, wie es auf unserem Planeten dann aussieht. Vom Menschen keine Spur, so viel steht fest, aber Pflanzen wird es geben, Tiere, die entfernt mit unseren verwandt sind, fliegende Fische, die Nachkommen irgendwelcher Wühlmäuse, die in Salzwüsten nach riesigen Gurken graben, niedliche kleine Monster auf den neu formatierten Kontinenten, nachdem es sehr lange sehr heiß oder sehr kalt war. Das kann man sich vorstellen. Aber Mitleid? Haben wir Mitleid mit den Toten, sagen wir, des 17. Jahrhunderts? Mal ehrlich. Wer wird in ein paar Jahrhunderten Mitleid mit uns haben? Niemand, so wie es aussieht. Sie werden uns hassen. Sie werden unsere Spuren lesen und sagen: Hätte es euch bloß niemals gegeben.

# VII

Mania wollte immer wissen, was er träumte, aber meistens schlief er einfach ein und hatte am nächsten Morgen nur Splitter, flüchtige Szenen, in denen er Zeuge von Erschießungen war, versteckt hinter einem Stapel Holz, einem zerschossenen Wagen, sodass er alles gut mitbekam, die gebellten Kommandos der Uniformierten, die Schreie, hin und wieder ein Flehen, den bettelnden Gesang der Delinquenten, bis es von einer Sekunde auf die andere still war, am Rande einer Lichtung, die von Birken umgeben war.

Rubber glaubte nicht an Träume, auch wenn Mania ihm das einredete und behauptete, es handele sich um Nachrichten aus der Zukunft.

Diesmal war er mit einem alten Range Rover unterwegs, auf einer schmalen bergigen Straße mit vielen Kurven, sein Gefühl war: ehemaliges Jugoslawien, Anfang, Mitte der Neunziger. Der Krieg war vorbei, aber noch nicht lang, überall Spuren der Verwüstung, ausgebrannte Panzer, zerstörte Geschütze, links und rechts der Straße vereinzelt Tote, verlassene Siedlungen, in denen kaum Menschen waren, ein paar winkende Kinder, alte Muttchen, die in Schutthaufen wühlten. Die eigentliche Szene spielte in einem Dorf, in dem er zufällig gehalten hatte. Er ging herum, durch verwinkelte Gassen in Richtung einer Kirche und dann nach rechts, wo er sie plötzlich hängen sah. Sieben, acht Männer. Mitten auf einem schattigen Marktplatz baumelten sie im Wind, die Gesichter sehr friedlich, erschöpft, wie nach schwerer Arbeit. Er ging näher ran, anfangs zögernd, belustigt, als nehme er die Szenerie nicht ganz ernst. Sein erster Gedanke war: Partisanen. Und dann: Komisch, euch kenne ich doch. Was macht ihr hier. Wer hat euch hierhergebracht, denn jetzt erkannte er sie. Er erkannte den Premier, ein paar seiner Minister, weiter hinten zwei, drei Bosse, alle mit Pappschildern um den Hals, kunterbunt gekleidet, alles sehr witzig. Jemand hatte Mickey-Mouse-Figuren aus ihnen gemacht. Auf den Schildern stand: ICH BIN GOOFY – TOD DEN VERRÄTERN. ICH BIN DONALD DUCK – SCHANDE ALLEN KOLLABORATEUREN. Immer mit derselben Schrift, von der er glaubte, sie schon gesehen zu haben. Das sieht euch ähnlich, dachte er, konnte sich aber nicht besinnen, von wem sie stammte. Er stand eine Weile da, ungläubig, auch stolz, dass er das entdeckt hatte, dass er der erste Zeuge war. Und das war's. Auf einmal hörte man Musik, jemand sang ein Lied, nicht weit weg, die Stimme einer Frau. Happy birthday, sang die Stimme. Davon erwachte er. Die Stimme gehörte Mania. Er hatte geträumt, es war Sonntagmorgen, es war sein Geburtstag, deshalb hatte sie gesungen.

Er rappelte sich hoch, in Gedanken noch in diesem Traum, bei diesen baumelnden Gestalten.

Was für ein Traum, fragte sie.

Hier, dein Kaffee. Zur Feier der Tages.

Sie hatte frische Brötchen besorgt, zwei Sorten Wurst, Butter und Marmelade, auf einem Tablett alles schön arrangiert. Ein Geschenk hatte sie auch, sogar verpackt, ein rotes T-Shirt mit der Aufschrift THEY NEVER COME BACK. DO THEY? und auf der Rückseite die Köpfe von Marilyn Monroe und Che Guevara.

Er lachte. Sie: Ja? Gefällt es dir?

Und jetzt der Traum. Tick, Trick und Track, sagst du?

Eigentlich wollte er bloß in Ruhe frühstücken, aber sie ließ nicht locker. Sie schlüpfte zu ihm ins Bett und sagte: Super. Einfach aufgehängt. Und wer warst du? Ein Reporter, oder was? Ein Schriftsteller?

Das Lied kannte er bereits. Jemand macht die Drecksarbeit, und der oberschlaue Rubber schaut wie immer nur zu.

Sie wollte mal wieder raus, fing sie an, wie damals mit den Jungs, eine Aktion, mitten in der Nacht, etwas sprühen, etwas kaputt machen, damit sie spürte, dass sie noch am Leben war.

Wenn ich Geburtstag hätte, würde ich mir das wünschen. Dass du mich mitnimmst, zu deinen Leuten drunten am Hafen, dass du mir mal erklärst, wo du dich herumtreibst, bevor du die halbe Nacht am Computer sitzt.

Das wusste er leider selbst nicht genau. Er wartete. Machte sich Notizen, suchte nach Verknüpfungen.

Unten an den Docks kursierten seit Wochen Gerüchte über eine bevorstehende Privatisierung des Hafens, aber seine Kollegen, wenn er sie darauf ansprach, zuckten bloß mit den Schultern, radebrechende Philippinos und Ukrainer, die sich nach ihren Familien sehnten und nahmen, was sie bekommen konnten.

War er fertig, stromerte er durch die Stadt und suchte nach den entzündeten Stellen. Er war erstaunt, was es alles gab, die vielen Anlaufstellen, in muffigen Kellern oder Souterrains dämmrige Suppenküchen, Schuldnerberatungen, weiter draußen die Obdachlosenasyle, alles sehr eng, mit lumpigen Gestalten, die ihn aus weißgestrichenen Stockbetten anstarrten. Er klopfte bei lokalen Arbeitsloseninitiativen an, fragte nach der Stimmung, setzte sich in Wartesäle von Ämtern und hörte zu, wie die Leute redeten, was sie hofften, wie gedemütigt sie sich fühlten, bleiche, gesichtslose Monster, die mit Glotze und Fastfood zufrieden waren, hin und wieder ein Gesicht, das noch glühte, Enttäuschte, die noch immer an etwas glaubten, Gestrandete, die entschlossen waren, sich nicht abzufinden.

War er wieder zu Hause, sah er fern und surfte durchs Netz. Wo immer sich etwas bewegte, dokumentierte er es, Winzigkeiten über die Krawalle, die in den großen Medien nicht vorkamen, Informationen von obskuren Websites, der ganze Tagebuchkram in den Blogs, aber live, von Leuten, die wirklich dabei gewesen waren und dann schrieben: Warum zünden wir nicht einfach ihre Kirchen an? Das würde sie treffen. Lasst mal ein paar Koffer stehen, auf einem Bahnhof mitten unter tausend Leuten. Und ein paar Tage später: Das mit den Koffern finden wir cool. Zur Hölle mit der Freiheit, solange sie nur immer die Freiheit der Anderen ist.

Was machte die große Politik?

Sie schickte neue Schecks. Sie schickte die Polizei.

Er sah sich Interviewschlachten an, Talkshowauftritte mit Gebrülle, das übliche Gelaber über Opfer und Täter, starke Sprüche, manchmal nicht mal das, ab und zu eine laue Geste, dass man etwas nicht so gemeint hatte, dass es leider falsch kommuniziert worden sei, dass man sich vornehme, die Dinge in Zukunft besser zu kommunizieren.

Es gab Symptome, die wunden Stellen, eine vorübergehende Störung des gewohnten Rhythmus, mehr ein Stottern, wie ein Herz, das ein paar Schläge zu viel macht, weil der Blutdruck etwas erhöht ist.

Im Grunde mochte er den Gedanken nicht: dass die Gesellschaft ein Körper war, ein Organismus, der zuckte, ebenso robust wie verletzlich, etwas, das auch sterblich war, die alte Metapher der Krankheit, die da mit dranhing. Etwas wurde krank, aber nach einer Weile auch wieder gesund, und wenn nicht – ja, was dann?

Das alles versuchte er zu denken, vorläufig zu sortieren und dann aufzuschreiben.

Mania sagte: Aber warum. Wem bringt das was.

Sie hatte Erfahrungen mit Büchern, sie las Liebesgeschichten, manchmal einen Krimi, also konnte sie sich ansatzweise vorstellen, was das bedeutete, eine Geschichte mit richtig vielen Figuren, die hofften und liebten, sich ausdenken, wie sie redeten, was sie taten, und das dann Tag für Tag geduldig aufs Papier zu bringen.

Man wurde ewig nicht fertig damit.

Ist es das, was du machst?

Er hatte die ganze Zeit das Gefühl, er wisse einfach nicht genug. Er war bald vierzig und kannte noch nicht mal alle Planeten. Man durfte nichts weglassen, sonst war es falsch. Auf den Zusammenhang kam es an.

Waren die Toten der Zusammenhang, oder zerstörten sie ihn?

Erst wenn man wusste, wie alles zusammenhing, konnte man es kritisieren. Hieß das aber nicht, am Ende doch einverstanden zu sein?

Wer nein sagte, ließ etwas weg, er reduzierte das Material, um dann nein zu sagen. Konnte man alles im Blick haben und dann noch nein sagen?


Wenn es schmuddelig wurde, bestellte Nick am liebsten Austern. Sie schmeckten ihm nicht besonders, aber er mochte die Idee der Kraft, die er mit diesem glibberigen Zeug verband, etwas, das, wie er glaubte, den Testosteronspiegel erhöhte und locker mit dem Thema Sex assoziiert war, diesem Hauch Möse, der dann in der Luft lag, farblose Flüssigkeiten, die im Geschmack leicht salzig waren.

Gleich ein Dutzend oder nur die halbe Portion?

Linus schüttelte angewidert den Kopf, wahrscheinlich weil er schwul war und sich aus Mösen nichts machte, aber auch Hofman winkte beim Thema Austern ab und entschied sich wie Linus für das Steak mit Sauce béarnaise, für das der Laden berühmt war.

Es war später Abend, weit nach zehn. Das einzige Thema: Unsere Feinde. Analyse und geeignete Maßnahmen.

Ihr seid meine Berater, sagte Nick. Was sagen meine Berater.

Sie bestellten Wein und gingen zum Aufwärmen ein paar Namen durch, eine Handvoll Dossiers, Kandidaten, die demnächst zum Abschuss freigegeben würden, wenngleich das starke Worte waren, wenn man bedachte, über welche beschränkte Möglichkeiten sie verfügten.

Der Name Selden fällt mir ein, sagte Nick. Dieser Artikel. Die kleine Journalistin, die er angeheuert hat. Wie hieß sie noch gleich?

Vergiss es, sagte Hofman.

Gut, schon vergessen. Was noch?

Hofman sagte: Nicht viel. Eine Akte, aber eher dünn. Es gibt Lücken, Unterlagen, an die wir auf die Schnelle nicht rankamen, verstreute Daten, die noch zusammengezogen und ausgewertet werden müssen.

Für den Moment steht er ziemlich gut da, würde ich sagen, von geringfügigen Einschränkungen abgesehen, die aber bekannt sind.

Es hatte Pannen gegeben, lächerliche Vorfälle, die in den Zeitungen groß aufgebauscht wurden. Übergriffe von Polizisten, die der Minister mit vorsichtigem Verständnis kommentiert hatte, Schlampereien, die auf menschliches

Versagen zurückzuführen waren, Übereifer, Angst, Orientierungsschwierigkeiten in der weiten Fläche, die Hase-und-Igel-Problematik. Rädelsführer waren verhaftet und aus unerfindlichen Gründen wieder freigelassen worden. Objektschützer hatten gefährdete Objekte nicht rund um die Uhr bewacht. Aus Geheimdienstkreisen waren Papiere mit möglichen Anschlagsszenarien an die Presse weitergegeben worden, von denen es jetzt hieß, das brächte diese Irren erst auf den Gedanken.

Linus sagte: Das erledigt die Presse. Also vergiss es.

Sie stocherten in seiner Vergangenheit.

Als er noch im Norden war und neu in der Politik, hatte es mal was gegeben, eine Sache mit Grundstücken, ein Grundstück, das weit über oder unter seinem Marktpreis den Besitzer gewechselt hatte, heimliche Absprachen, ein dunkler Deal, ein Witz, wenn man es genau betrachtete. Ein paar Stimmen aus der Vergangenheit. Ehemalige Klienten, denen er es nicht recht gemacht hat, Verrückte, die Leichen der frühen Jahre.

Er hatte eine Geliebte in Brüssel. Lynn.

Seine Ehe war am Zerbröseln, oder wie sagte man.

Der Rest bestand aus dürren Zahlen. Sie hatten seine Kontobewegungen, kannten seine Pensionsansprüche. Wertpapiere, Optionsscheine, Staatsanleihen.

Vielleicht sollten sie mal bohren, was mit dieser Lynn war. Ein bisschen schnuppern in seinem Schreibtisch, private Aufzeichnungen, heimliche Termine, Kontakte, obwohl sie alle nicht daran glaubten.

Sie hatten seine Steuererklärungen, Versicherungspolicen, einen abbezahlten Kredit für das Haus.

Als das Essen kam, waren sie bei seiner Tochter. Hatte sie nicht Zwillinge gehabt?

Er hatte zwei Enkel, um die er sich offenbar kaum kümmerte.

Man konnte ihm drohen, wenn es wirklich hart auf hart kam.

Linus meinte ja, Hofman nein, er war eher für die subtilen Methoden.

Man konnte Informationen streuen oder zurückhalten, sie präparieren. Zweifel, Gerüchte. Fragezeichen. Etwas erschien dann in einem anderen Licht. Der Betroffene wurde misstrauisch, er fing an, die eigenen Leute zu beobachten, aus dem nächsten Umfeld, ob sie etwas verheimlichten. Alles bedeutete auf einmal was, ein Geflüster auf dem Flur, ein verstohlenes Telefonat, eine Verabredung, Papiere, die in Schubladen verschwanden, die konspirative Sprache der Körper, eine verräterische Geste, eine Lüge, die wie ein Rat klang, der Singsang der falschen Freunde.

Nick kam noch einmal auf diese Lynn. Ist das etwas Ernstes? Gibt es einen Mann dazu? Eine hübsche kleine Familie, die gerade über die Klinge springt?

Eine Affäre, meinte Linus. Friendly fucking.

Ja, nannte man das jetzt so?

Linus hatte das aufgeschnappt, keine Ahnung, wo. Er versuchte es mit einem Witz, obwohl ja der Begriff der Witz war. Die dahinterstehende Frage allerdings war interessant. Änderten sich die Sachen oder bloß die Bezeichnungen für die Sachen? In diesem Fall wohl eher die Sache. Affäre klang doch beinahe nach Verpflichtung, nach Ehe, diese ganze Heimlichtuerei, die noch ein gewisses Ethos voraussetzte.

Wenn es vorbei ist, schickt man eine SMS oder ruft nicht mehr an, dann weiß der andere in der Regel Bescheid.

Sie hatten verwaschene Fotos. Ein Kuvert mit Poststempel aus Brüssel. Keine Ahnung, woher das genau gekommen war. Jemand machte Fotos, steckte sie in einen Umschlag und wartete, was passierte.

Ich würde sagen, wir sammeln erst nochmal, sagte Nick.

Ein nackter Mann in einem Hotelzimmer. Eine dunkelfarbige Frau, die einen Schwanz lutscht. Eine kurze Reiterszene wäre nett, etwas verwackelt, aus einem ungünstigen Winkel, obwohl es bei dieser Art von Dokumentationen auf Details nicht ankam.

Selden begann sehr leise, mit gesenkter Stimme, zwei, drei Minuten lang, in denen er ausschließlich über die Toten sprach, ihre Angehörigen, die Verletzten. Er gab ganz offen zu, dass er geschockt war, warnte aber vor allzu schnellen Erklärungen, den üblichen Kausalketten, das und das ist der Grund, selbst wenn es nur ein Umstand ist. Man hatte den einen oder anderen Namen, die groben Koordinaten, Mutmaßungen über die Motive, das meiste Nebel. Warum sind wir überrascht? Es fehlt der Zusammenhang. Die Geschichte ergibt keinen Sinn. Sie fällt auf uns herab wie eine Plage.

Es hatte noch immer etwas unterschwellig Pathetisches, hier zu stehen, musste er denken, auch nach all den Jahren noch, wenn sie mal alle da waren, Männer und Frauen aus allen Winkeln des Landes, die sich in Ausschüssen und Unterausschüssen mit den Detailfragen herumschlugen, lokale Regenmacher, die für gute Ernten zuständig waren, Abkömmlinge von Priestern und Häuptlingen, die wie Götter verehrt wurden und beim geringsten Anzeichen von Schwäche aus dem Weg geräumt wurden.

Er machte ein paar Bemerkungen über den Tod und die Politik, dass man mit Toten keine Politik macht. Sie erinnern uns an unsere Grenzen, was wir nicht vermögen, obwohl das ja der ursprüngliche Sinn und Zweck aller Politik ist: dass es keine Toten gibt.

Die Damen und Herren der Opposition haben Fragen gestellt. Auf manche gibt es Antworten, auf manche nicht.

Er lobte die Arbeit der Sicherheitsorgane, ihr schnelles und entschlossenes Handeln, wenngleich es hie und da Unzulänglichkeiten gegeben hatte, im ersten Chaos vor Ort, als niemand wusste, was geschehen war, mitten in diesem Gewusel im hintersten Winkel des kleinen Marktes, in dem die Bomben gezündet worden waren.

Noch waren die Einzelheiten nicht geklärt, mögliche Hintermänner, internationale Verbindungen, ob es wirklich nur diese halben Kinder gewesen waren oder ob sie jemand aus der Ferne gesteuert hatte. Er bat die Öffentlichkeit um Geduld. Er bat darum, die Behörden in Ruhe arbeiten zu lassen.

Jemand versucht uns aus der Fassung zu bringen, aber die Antwort kann bloß sein: Wir bleiben, wer wir sind. Wir verteidigen unsere Werte. Wir lassen uns nicht auseinanderdividieren.

Nick drückte ihm demonstrativ die Hand, als er fertig war. Es gab verhaltenen Applaus, aber die Stimmung blieb gedämpft, überall stille Nachdenklichkeit, eine Art heiliger Ernst, wie auf Beerdigungen, wenn man langsam in Richtung Ausgang trottete, wobei sich das im Verlaufe der Debatte schnell ändern konnte.

Die Devise der Opposition schien zu sein: Reden wir über die Toten. Sie haben über die Toten gesprochen, Herr Minister. Wir alle sind entsetzt, aber wir haben Fragen, es gibt Zusammenhänge, auch wenn Sie hier und heute behaupten, es gebe keine.

Die Debatte schwappte eine Weile hin und her, schön abwechselnd Freund und Feind, alles in den von Selden vorgegebenen Bahnen, viel Ja und Aber, aber alles gezähmt, voller staatstragender Floskeln, ehe mit der zweiten Garde eine gewisse Lockerung eintrat, als würden sie sich auf einmal daran erinnern, warum sie gekommen waren. Jemand trägt die Verantwortung. Wir stecken in einer Krise, die sich immer weiter zuspitzt, also reden wir darüber, wer sie gemacht hat.

Manchmal hörte er zu, manchmal nicht, er blätterte in Papieren oder plauderte mit Nick, der eine Weile weg war und ihm bei seiner Rückkehr auf die Schulter klopfte.

Eine rothaarige Abgeordnete, die beim Sprechen wippte, war dran. Sie hatte eine hohe, nervtötende Stimme und legte nach jedem zweiten Satz eine dramatische Pause ein, anklagendes Gewisper, eigentlich mehr ein Schluchzen, und dazu die ganze Zeit dieses Gewippe und Gezappel, das auch Nick zu amüsieren schien, dabei hörte er ihr gar nicht zu, etwas zu gönnerhaft vielleicht, mit schiefgelegtem Kopf, als wolle er sagen: Ja, was ist denn das? Was haben wir denn da? Habe ich dich etwa schon mal gesehen?

Er beugte sich zu Selden und sagte: Wir haben eine Opposition. Ich wusste gar nicht, dass wir eine Opposition haben.

Und Selden: Es ist eine von uns, wenn du es genau wissen willst.

Sage ich doch. Eine von uns, sagst du? Ja, doch, jetzt, wo ich darüber nachdenke.

Er meinte sie schon mal gesehen zu haben. Die roten Haare, das eierschalenfarbene Kostüm, die Schuhe. Wie heißen sie noch gleich.

Wie immer grinste er dazu. Das war seine Spezialität. Je wütender der Angriff, desto breiter das Gegrinse, auch weil er wusste, jemand hielt da ab und zu drauf und zeigte, wie er reagierte. Auch das war Teil ihres Jobs. Sie produzierten gutgelaunte Szenen für die Galerie, Material für Zwischenschnitte, in denen sie den Leuten an den Bildschirmen zeigten, was bei ihnen da oben überhaupt ankam und was lediglich vorbeirauschte, für den Fall, dass es Lacher gab, einen überraschenden Angriff, wenn sich ein Redner zu ihnen umdrehte und sie persönlich anging.

Heiterkeit kam in der Regel gut. In Papieren lesen, telefonieren, wenn der politische Gegner spricht, auch wenn er aus den eigenen Reihen kam, ernste Mienen, mit denen man demonstrierte, dass es noch wichtigere Sachen gab.

Zwischendrin kam Beck vorbei und lud Selden zu einem Treffen der Reformer ein. Wir sollten mal wieder reden. Früher bist du doch hin und wieder gekommen und dann auf einmal nicht mehr.

Er nannte einen Termin, obwohl er wusste, dass Selden nicht viel davon hielt, in verrauchten Hinterzimmern das Geschacher um wichtige Posten, im Vorfeld von Parteitagen, auf denen der zukünftige Kurs der Partei auf der Tagesordnung stand.

Wir hätten dich gerne mal wieder dabei, sagte Beck. Deine Einschätzung der Lage. Wie es weitergeht. Wo wir stehen, wo wir in fünf oder zehn Jahren stehen werden.

Er erwähnte Nick mit keinem Wort. Aber er meinte die Zeit nach Nick. Wann immer das dann sein mochte. Ein kurzer Blick in die Zukunft. Das, was sie so nannten. Ferne glimmende Punkte im kalten leeren Universum.

Lass uns telefonieren. Und Selden: Gut. Telefonieren wir.

Manchmal denke ich, das war's. Eine Krise baut sich auf, erreicht den kritischen Punkt, es kommt zu Toten, dann bricht sie in aller Schönheit zusammen. Die Kinder haben sich ausgetobt. Sie sind müde. Ein paar abschließende Pirouetten noch, die letzten Faxen, bevor sich endlich alle besinnen und eine längere Phase der Ruhe eintritt.

Das wäre die Hoffnung, ja.

Etwas schwillt an und wieder ab. Ebbe und Flut. Die Stimme der Vernunft, die mal lauter, mal leiser ist.

In einzelnen Städten hatte es Mahnwachen gegeben. Bürger gingen auf die Straße und demonstrierten für die Wiederherstellung von Ruhe und Ordnung. Die Gewerkschaften hatten die Proteste gegen die Regierung ausgesetzt. Sogar in den Vorstädten schien sich die Lage zu beruhigen. Sie hatten noch einmal die Polizeipräsenz verstärkt. Jugendliche Randalierer warfen Steine auf Polizisten, es brannten Mülltonnen, die Wagen, aber manchmal standen sie nur da, etwas aus der Puste, als wüssten sie fürs Erste nicht weiter.

Die Stimmung im Bunker war seit Tagen schwankend. Routinierte Hektik gemischt mit verhaltenem Ärger, immer wenn sie glaubten, das Problem ist das und das, und sich dann eingestehen mussten, dass es woanders lag. Eine Gruppe Experten versuchte weiterhin, das Bekennervideo zu entziffern, einen trüben Mix aus Hass und Propaganda, auch auf den zweiten und dritten Blick sehr amateurhaft. Was sahen sie da überhaupt? Was war die Botschaft, fragten sie sich. Zwei vermummte Gestalten, die in miserabler Tonqualität vom heiligen Krieg in den Städten brabbelten, postmoderne Stadtindianer in schlechter Verkleidung, die tödliche Phrasen von sich gaben. Oder doch eine ernsthafte Gefahr, ein Gegner, mit dem auf die Dauer nicht zu spaßen war. So wie es aussah, hatten sie es noch nicht mal mit einer richtigen Gruppe zu tun, obwohl im Hintergrund ein Transparent zu sehen war, mohammedanische Formeln, Zitate aus dem Koran, von denen sich herausstellte, dass sie in vielen Punkten

nicht stimmten, der analphabetische Terror zweier irrege-
leiteter Seelen.

Was sagen die Sprengstoffexperten?

Sind noch dran, sagte Holms. Marke Eigenbau, so wie
es aussieht. Ein Trupp Chemiker und Kriminalisten ana-
lysierte Flaschen und Flüssigkeiten, das, was davon noch
übrig war, splittriges Material, weit verstreut, sodass sie
noch immer am Basteln waren, welches Fragment passte
zu welchen in welcher Reihenfolge. Alles war Sprache.
Alles war Entzifferungsarbeit.

Er saß im Büro, trank einen Kaffee, ein Moment der
Stille, in dem nur alles ungefähr vorhanden war, aber
nichts bedeutete. Eine Nachricht von Hannah, aus einem
Hotel an der Küste, wo sie sich übers Wochenende zum
Schreiben zurückgezogen hatte. Ein Anruf von Britta.
Was machst du. Warum kann ich dich verdammt nochmal nie erreichen. Auch Hannah hatte ihn zu erreichen
versucht. Mit dem Artikel kam sie gut voran. Sie hatte an
ihn gedacht. Es klang ein wenig matt, wie eine Beschwörung, als hätte sie gerade die Spur verloren, obwohl es
vielleicht nur Vorsicht war.


Selden hatte die Sendung schon gesehen, neunzig Minuten zur besten Sendezeit, aber keine große Runde, nur
ein Gast und die beiden Moderatoren, die moderne Talkshow als Kreuzverhör. Josina hatte gesagt: Die Frau ist
okay, aber hüte dich vor ihm, wobei der erste Eindruck
genau umgekehrt war: eine stark geschminkte Blondine,
die für die Unverschämtheiten zuständig war, und ein älterer Herr, der sachlich die Fragen stellte.

Alles war inszeniert, die Verteilung von Licht und
Schatten, wie man saß, Selden in einer Senke auf einer
Art Anklagebank, die beiden Staatsanwälte, die zugleich
Richter waren, etwas erhöht hinter einem Pult, von wo

sie die Einspielfilmchen starteten, live vor Publikum, das an mehreren Stellen im Saal verteilt worden war, summende, lauernde Blöcke, die auf geheime Kommandos klatschten oder buhten.

Sie begannen mit seiner Vita, woher er kam, der Selden der frühen Jahre. Sie zeigten zwei, drei Fotos, eine Szene im Gerichtssaal, seine Jungfernrede als Abgeordneter, noch mit halblangen Haaren, seine Vereidigung als Minister, in diesen komischen Anzügen, die man damals trug, das Gesicht seltsam unversehrt, als wäre er sein jüngerer Bruder.

Dann das erste Filmchen. Die Blonde moderierte an, alles in diesem flapsig-ironischen Ton, der ihm signalisierte, dass es bloß ein Spielchen war.

Die etwas abgenudelte Idee bestand darin, dass man ihn mit der Wirklichkeit konfrontierte, das, wovon er als Politiker natürlich keine Ahnung hatte. Sie zeigten eine Familie beim Einkaufen in einem Supermarkt, ein Paar, Mitte Ende zwanzig, mit zwei sabbernden Kindern, Leute, die seit Jahren jeden Cent umdrehten und bei jeder größeren Anschaffung dreimal überlegten. Eine Stimme aus dem Off erklärte, wie viel sie verdienten, die fixen Kosten, warum es ein täglicher Kampf ums Überleben war. Ein kurzes Statement der Frau, die sich über die gestiegenen Preise beklagte, draußen auf einem riesigen Parkplatz, wo sie ihre Einkäufe in einen japanischen Kleinwagen verstauten, und zum Abschluss der offensichtlich einstudierte Auftritt des Mannes, dass er gerne mal tauschen würde mit dem Herrn Minister und wann Selden zuletzt in einem Supermarkt gewesen sei. Wissen Sie, wie viel ein Liter Milch kostet, Herr Minister? Ein Liter Benzin, ein Laib Brot?

Darüber reden wir gleich, meldete sich der Moderator, aber jetzt erst mal das. Er drückte einen Knopf, etwas pathetisch, als käme nun gleich ein Hammer, die ungeschminkte Wahrheit über Land und Leute. Man sah ein paar Szenen auf der Straße, einen alten Mann, der einen Karren mit einer alten Waschmaschine hinter sich herzog, Kinder in lumpigen Kleidern, Bettler, ein Secondhandkaufhaus für Arme, und dann Schnitt: ein glitzerndes Nobelrestaurant im Zentrum, in zweiter Reihe parkende Limousinen mit Chauffeur, teuer gekleidete Frauen an der Seite smarter Banker, die zufrieden in die Kamera grinsten.

Das alles haben wir in den letzten Tagen gedreht. Herr Minister. Was geht Ihnen durch den Kopf, wenn Sie diese Bilder sehen. Gehen Sie überhaupt selbst einkaufen, oder erledigt das jemand für Sie.

Die junge Blonde legte gleich nach und sagte, dafür habe er ja hoffentlich seine Frau, worauf es das erste Gelächter gab.

Ihr Lippenstift war ein bisschen verrutscht, kam Selden vor. Oder war es ihr Gesicht? Er spürte ihren Blick, wie sie ihn checkte, mit der interessierten Gleichgültigkeit der Journalistin, und zugleich von weiter weg aus einem Dickicht, wie sie mit ihm redete. Eine rauchige dunkle Stimme. Hallo, kannst du mich sehen, schien die Stimme zu sagen. Ja, hier, schien sie zu sagen, während sie vorne auf der Bühne in diesem Studio so tat, als würde sie sich dafür interessieren, welche politischen Ansichten er vertrat.

Sie wollten, dass er Fehler machte.

Die lustige kleine Pannenshow.

Man stellte jemanden in die Ecke und schaute dann zu, wie er wieder herauskam.

Josina hatte ihn wie immer gut gecoacht. Ein schneller Witz war gut, ein bisschen Stammeln und dann der Gegenangriff.

Er sagte etwas zu den Preisen, was er davon wusste, sein letztes Mal im Supermarkt. Meine Frau, warum nicht, sagte er. Er kam auf andere Länder, warum die Leute im Norden eher beim Essen sparten und die Leute im Süden eher bei ihren Wohnungen.

Sie zitierten aus einer seiner Reden im letzten Wahlkampf.

Ist jemand arm, wenn er keinen DVD-Player besitzt?

Das hatte er gesagt, ja doch. Interessant, was er sich manchmal traute. Er tat, als könne er das unter den gegebenen Umständen nicht wiederholen, als würde er sich selbst zuhören und überlegen, ob es die Wahrheit war. Leute hatten es schwer, sie mussten sparen, aber wo bitte stand geschrieben, dass sich jeder zu jedem Zeitpunkt alles leisten konnte? Es war auch eine Frage des Blicks, sagte er. Die Leute in Afrika waren arm, die Wanderarbeiter in China. Da und da arbeiteten Kinder als Sklaven in Fabriken, es gab Bürgerkriege, Stammesfehden mit Tausenden von Toten, von denen wir noch nie gehört haben, es gab Menschenhandel, die Slums in Mexico-City oder São Paulo.

In seinem Rücken begannen ein paar Zuschauer zu tuscheln, vereinzelt empörtes Gelächter, Beifall, gemischt mit Pfiffen. In einer der Reihen halb links sah er Per, nicht richtig bei der Sache, wie es schien, während ihn die Blonde ermunterte, noch einen draufzulegen. Aus ihrem Dickicht war sie jetzt so gut wie heraus. Er spürte, wie sie sich an ihn heranpirschte und ihn wissen ließ: Ich bin hier, weil das mein Job ist, mein Job ist es, dich zu provozieren, aber ich bin auch noch etwas anderes. Sie hatte samtige Tatzen. Ein schnurriges Kätzchen war sie, aber Vorsicht, ein süßes Kätzchen konnte auch kratzen.

Der Moderator kam auf die Vorstädte. Seine These

war: Die Randale ist die Antwort auf eine falsche Politik, ein Aufstand der Armen gegen die Reichen, worauf Selden den Kopf schüttelte und sagte, dass es die Krise einer pubertären Gesellschaft war. Wir haben zu viele Halbstarke bei uns, Berufsjugendliche, die noch immer bei Mama und Papa leben und sich wundern, wenn Mama und Papa eines Tages auf die Idee kommen, sie könnten sich wenigstens an den Kosten für Lebensmittel und Wäsche beteiligen.

Die Leute lachten, also machte er weiter.

Papa Mama böse, sagte er.

Er spielte das empörte Kind, er machte nach, wie ein Kind heult, wie es tobt, weil es vor dem Abendessen keine Schokolade mehr bekommt.

Auch die Blonde schien amüsiert, zumindest nickte sie, was vielleicht die eigentliche Falle war.

Er wartete, dass noch etwas käme, eine letzte Attacke, bevor sie zu den Spätnachrichten übergaben, eine Frage nach seiner Ehe, Anspielungen auf sein Privatleben, aber er konnte schalten und walten, wie er wollte. Sie kamen auf die Toten, die Zukunft der Demokratie, den gegenwärtigen Hickhack in der Regierung, das, was seit Tagen in den Medien kursierte. Politik war Hickhack, sagte er, aber weil die Gesellschaft ein Hickhack war, heute und gestern und in hundert Jahren.

Die Überraschung kam mit der letzten Einspielung, in der sie kurze Statements von Politikern und Journalisten brachten, Stimmen auf der Straße, alles schön gemischt pro und contra, ob er der kommende starke Mann war, ja oder nein. Und dazwischen Hannah, nur sehr kurz, vor einer Wand aus Büchern. Was sie genau sagte, bekam er gar nicht mit, etwas über Sprache, wie Politiker redeten, fast unwirsch, als hätte sie sich nur widerwillig überreden lassen, warum sie immer darauf achte, ob einer die

Sätze zu Ende bringe, ihr unerschütterliches Vertrauen in Stil und Grammatik.

Noch während sie ihn abstöpselten, las er ihre neueste Nachricht. Sie hatte gar nicht mehr daran gedacht, dieses blöde Filmchen musste mindestens drei Monate alt sein.

Habe ich Sie erschreckt?

Per schien ihr Statement nicht weiter aufgefallen zu sein, er war noch bei dem Vergleich mit den quengelnden Kindern, der natürlich ein Angriff auf die Eltern war, die ganzen Wunsch- und Verteilungsmaschinen, an denen sie alle ihren Anteil hatten. Er war sich ziemlich sicher, dass das Ärger gäbe. Aber super. Besser hättest du es nicht sagen können.

Noch auf dem Weg ins Ministerium schrieb er ihr zurück, nur, wo er gerade war, dass er noch lebte, wie immer erstaunt, dass es das war, dieser kurze Kick, wenn sie sich alle paar Stunden die aktuellen Koordinaten durchgaben, alles per Sie, frühmorgens auf dem Weg in eine Konferenz oder spätabends im Taxi, wenn sie hin und wieder verstohlen aneinander herumfummelten. Das fand er interessant, auch belebend. Das reizte ihn. Es machte ihn wach. Auf die Worte kam es gar nicht an, es war nur wichtig, dass das Tempo nicht nachließ, bestimmte Synapsen, die freigeschaltet wurden, wie nach einer kurzen Line, wenn man vorübergehend an Tempo verlor, wenn es überraschende Schwierigkeiten gab, Probleme aus dem Nichts, auf die es keine Antwort zu geben schien.

Von einem Treffen kein Wort.

Sie sprachen über ihre Termine, mit wem sie sich trafen, ihre Bewegungen in Raum und Zeit, Ankunfts- und Abfahrtszeiten, benutzte Verkehrsmittel.

Alles andere umkreisten sie.

Bist du noch wach. Was hast du an.

Etwas zog sich zusammen und wurde wieder gelockert, aber etwas blieb auch übrig, ein Gewebe von Daten, das auch eine Verpflichtung enthielt, wobei es Pausen gab, Zeiten, in denen er keine Sekunde an sie dachte oder nicht wusste, was er von ihr wollte.

Er trank zu viel, hatte Schwierigkeiten mit dem Runterkommen, und war froh, dass sie ihn dann nicht sah, nach dem dritten oder vierten Drink, wenn er endlich glaubte, dass es genug war. Manchmal sackte er auf der Stelle weg, manchmal steckte er noch fest, ging noch einmal etwas durch, die letzte Rede, Termine, Namen, Gesichter, das letzte Telefonat mit Britta, dass sie ihm seit Tagen schreibe, einen Brief, endlos lang. Es ist mir alles so unklar, hatte sie am Telefon gesagt, ich komme zu keinem Schluss. Sie klang ein bisschen verzweifelt, nicht gerade schrill, auf eine kindliche Art empört, wie jemand, der sich seit langem im Kreis dreht, anstatt einfach mal die Richtung zu wechseln. Natürlich hatte sie ihn wie immer beschimpft, sagte schlimme Sachen, die sie auf der Stelle bereute, auch wenn er ihr nicht richtig zuhörte, nicht Wort für Wort, eher der Melodie, die seit Jahren praktisch dieselbe war, Brittas kleines Abendlied, über dem er früher oder später in den Schlaf fand.

Der Zugriff fand am frühen Morgen statt. Diverse Wohnungen wurden durchsucht, es kam zu Verhaftungen, eine konzertierte Aktion in fünf Städten gegen so genannte Hassprediger, zweiundvierzig Männer und Frauen, die vor laufenden Kameras abtransportiert wurden, dazu jede Menge Waffen und Propagandamaterial.

Man weiß nicht recht, wie man sie bezeichnen soll, sagte Holms, als die ersten Informationen eintrudelten. Sind das nun Inländer oder Ausländer?

Etwas schien da gerade zu verschwimmen.

Was ist Außen-, was ist Innenpolitik.

Jemand greift dich an, aber du weißt nicht, hat ihn jemand geschickt oder stammt er aus dem engsten Kreis der Familie.

Die Hintermänner waren alle Angehörige der dritten oder vierten Generation, alle mit einem gültigen Pass, Studenten, theologische Laien, zwei, drei Geistliche, keiner älter als vierzig.

Dieses Foto hier ist interessant, sagte Holms. Dieser Blick. Wäre ich Zoologe, würde ich sagen, wir haben da eine neue Art, eine unbekannte Spezies, von der wir nicht wissen, wie gefährlich sie ist.

Das Foto stammte aus einer Überwachungskamera und zeigte einen der mutmaßlichen Köpfe beim Bummeln durch ein Kaufhaus, an die zehn Schnappschüsse, auf denen man sah, wie er auf einer Rolltreppe stand, wie er Schuhe probierte. Angeblich war er Ende zwanzig, aber er wirkte viel älter, ein bärtiger Mullah mit skeptisch-bohrendem Blick, von dem man bloß wusste, dass er mal in Afghanistan gewesen war, in einem Ausbildungslager der Taliban. Holms nannte ihn einen Verbrecher aus Überzeugung. Konvertiten, das waren bekanntlich die schlimmsten. Trotzdem fragte man sich, was seine Erfahrungen waren. Etwas Entrücktes ging von ihm aus, eine Ferne, die zugleich leer und erfüllt war. Als würde er ihnen allen mitteilen: Was immer ich gesehen oder erduldet habe, ist ebenso unaussprechlich wie bedeutungslos, denn die Geschichte, deren Teil ich bin, ist eine Geschichte der anderen, eine jahrtausendealte Geschichte der Schmach und des Märtyrertums, aus der ihr ein für alle mal ausgeschlossen seid.

Sie nehmen ihn gerade durch die Mangel, sagte Holms. Angeblich haben sie interessante Spuren, ein kurzes Video, auf dem er die Namen der beiden Attentäter erwähnt, aber sonst nur Geschwafel. Religion und Propaganda. Gebete, die nur immer um diese leere tödliche Stelle kreisen.

Diese gottverdammten Araber, sagte er.

Habe ich Araber gesagt? Diese gottverdammten Amerikaner, wollte ich sagen, sosehr das derzeit beinahe dasselbe ist. Vielleicht irren wir Klugscheißer in Europa uns ja auch. Vielleicht haben die Amerikaner recht. Unsere Feinde wollen zurück ins Mittelalter, also bekämpfen wir sie mit mittelalterlichen Methoden.

Was sagen wir der Presse?

Dass wir sie haben. Was die gute Nachricht ist, was die schlechte. Wir haben sie, ist die gute. Wir ziehen sie aus dem Verkehr, was leider auch heißt, dass es diese Leute gibt. Sie sind nicht isoliert, es gibt Netzwerke, dunkle Kanäle, in denen schmutzige Gelder fließen. Petrodollars aus dem Iran oder aus Syrien.

Josina wartete bereits auf ihn, wie immer in Schwarz, vor dem Eingang an einem runden Tisch bei der letzten Zigarette.

Na dann mal los, sagte sie.

Die Stimmung ist ein wenig angeheizt, also pass auf, was du sagst. Sie erwähnte eine Reportage über die Familie der Täter, die gestern Abend gelaufen war. Ein kurzer Blick hinter die Kulissen der Parallelgesellschaft. Ein vollgestopftes Wohnzimmer, Vater Mutter Tochter auf der Couch, die vier Söhne vor der Schrankwand mit verschränkten Armen. Niemand sagt etwas. Die Tochter heult, deutet auf ein Foto ihrer toten Brüder, das auf dem Tisch steht, sonst nur Schweigen. Zwei, drei Freunde der Brüder lassen sich später zu ein paar Sätzen herab, draußen auf der Straße, das übliche Zeug, Europa ist das Krebsgeschwür, Islam ist Heilung. Wir trauern nicht, wir sind stolz. Ja, aber warum, werden sie gefragt, doch sie zucken bloß mit den Achseln. Die Moderatorin sagt, dass sie das alles bedrückend findet. Es gebe so viele Fragen. Was sollen wir denken. Wo fängt die Geschichte an, wo endet sie. Wer ist Schuld. Wir alle, sagt sie, sind schuld, die Gesellschaft, Schulen und Behörden, die Politik. Alle schauten seit Jahrzehnten weg. Zum Schluss sagt sie etwas über dich. Dass du dich wegduckst. Alles mit diesem betroffenen Gesicht, als wolle sie dich gleich auffordern, mit ihr zu heulen. Wenn aus Verzweiflung tödliche Gewalt wird, mitten in unserer Gesellschaft. Darf ein zuständiger Minister darauf keine Antwort haben?

Na gut, ein Filmchen, dachte er, kalkulierte Gefühlsduselei, Journalismus der Marke Noch-ein-Skandal. Trotzdem ärgerte er sich. Warum erzählte sie ihm das überhaupt?

Na komm, sagte Josina. Es ist mein Job, dich zu ärgern. Die Meute fletscht die Zähne, also sage ich dir, was du ihnen am besten zum Fraß vorwirfst.

Er referierte den letzten Stand, sehr knapp, fast grimmig, dann die Fragen, über die genauen Umstände, Namen, Täter, was genau man in der Hand hatte, seit wann man gegen sie ermittle.

Jemand erwähnte den Film, eher negativ, wie ihm vorkam, ob sie als Mehrheitsgesellschaft womöglich seit Jahren viel zu tolerant waren, was das eigentlich hieß, den anderen bloß zu ertragen und sich nicht darum zu kümmern, was er im Schilde führt.

Dafür bekommen wir jetzt die Quittung, ja, sagte Selden. Wir bekommen derzeit für alles Mögliche die Quittung. Wer nie nein sagt, kann auch nicht ja sagen, um es auf eine kurze Formel zu bringen.

Etwas gereizt reagierte er auf neuerliche Fragen nach den Pannen.

Die Opposition erwäge einen Untersuchungsausschuss. Das sei ihr gutes Recht.

Eine obligatorische Frage zu Nick, zu Gerüchten, dass es bald Neuwahlen geben könnte.

Er sah Josina, wie sie neben ihm den Kopf schüttelte, was das Zeichen war, dass sie allmählich über der Zeit waren.

Gut, das war das, sagte er. Was noch? Ein Mittagessen mit den Kollegen aus Rumänien und Bulgarien, eine Mitarbeiterbesprechung mit der Abteilung IV, die Nachmittagslage mit Holms. Er hatte eine Nachricht von Per, der schon runter zum Wagen gegangen war, ein Anruf in Abwesenheit und die Nummer von Britta.

Er saß kaum im Wagen, da hatte er sie dran. Sie hatte ihn in Fernsehen gesehen. Diese Talkshow, sagte sie. War es nicht komisch, dass sie sich das immer noch ansah? Aber alles ohne Ton. Sie drehe neuerdings immer den Ton ab, das sei viel lustiger, man achte auf andere Sachen, das Drumrum, Kulissen, die Studiodekoration, die großen Fenster, durch die man praktisch über die halbe Stadt blickt. Interessant. Gespräche in der Gummizelle, aber interessant. Man kann sich zum Beispiel mit den Krawatten beschäftigen, was trägt die Regierung, was die Opposition, die Breite der Streifen, Größe der Punkte. Auch die Anzüge verdienen eine gewisse Aufmerksamkeit, Hemdkragen, die Ringe, links oder rechts, überhaupt Hände, was Hände machen, wie sie sich bewegen, Hände, die Hände berühren, Hände im Gesicht, unterm Kinn, fuchtelnde und zitternde Hände, Zeigefinger, Daumen, die Stellung der Knie, Schuhe, Socken.

Deine Krawatte saß ein bisschen schief, wenn ich das sagen darf.

Ach so, ja, sagte sie. Das war's. Ich bin fertig.

Offenbar war sie noch immer draußen auf dem Land. Sie habe mit Kleist telefoniert, dieser Tage erst. Angeblich hat er sich verwählt, aber das glaube ich ihm nicht. Er hat sich nach unserer Ehe erkundigt. Eigentlich mehr nach mir. Wie es mir geht, ob ich noch male. Mein Gott, wie rührend, habe ich gedacht, jemand erkundigt sich mal nach mir.

Er sagte eine Weile nichts, dachte darüber nach, wie er das fand, Kleist und Britta.

Hörst du mir zu?

Er sagte: Was?

Dieser Brief, von dem sie ihm erzählt hatte. Sie habe ihn zerrissen und dann verbrannt, die ganzen Briefe, ihre, seine. Hinten im Garten in einer kleinen Kuhle. Einfach verbrannt.

Er erwischte einen Blick von Per, der ihn lautlos fragte, ob das Britta war. Sie waren fast da. Die Verbindung war nicht besonders gut. Mal war sie kurz weg, dann wieder da. Er sei auf dem Weg zum Flughafen, sagte er. Per lässt dich grüßen, ich fahre mit Per, aber offenbar hörte sie ihn nicht mehr. Sie sagte Hallo?, drei-, viermal, er verstand nur Kleist, das Wort Telefon, dann war die Verbindung unterbrochen.

Kleist hatte gesagt: Ich möchte dir gerne etwas zeigen, nur für eine Stunde, zwischendrin, wenn du kannst.

Wie sich herausstellte, überlegte er, eine Wohnung zu kaufen. Er hatte noch nicht unterschrieben, stand aber auf Platz eins der Liste, in der Nähe der Universität unter dem Dach eine riesige Wohnung, alles sehr hell und fließend, allein das Bad an die zwanzig Quadratmeter, vor kurzem saniert, nicht ganz billig, aber vielleicht ein Grund, allmählich sesshaft zu werden.

Selden nickte und sah sich alles an. Die Dachterrasse

war nicht schlecht, etwas laut vielleicht, aber was um Himmels willen wollte er mit dieser Wohnung.

Wahrscheinlich werde ich alt, sagte Kleist. Die nie auszurottende Sehnsucht nach der Scholle, was weiß ich.

Wahrscheinlich fällt dir in kürzester Zeit die Decke auf den Kopf.

Er könne keine Flugzeuge mehr sehen. Die Hotels, dieses ewige Lotter- und Nomadenleben, abends in einer lärmigen Bar am Rande der Wüste, wo es noch nicht mal Whisky gab. Kaputte Städte, kaputte Typen, kaputte Beziehungen.

Aber das ist es nicht.

Ich lad dich zum Essen ein, um die Ecke ein Italiener, dann reden wir.

Er sei jetzt Mitte fünfzig, fing er an, deshalb habe er sich anfangs nichts gedacht. Er wurde schnell müde in der letzten Zeit. Mit seinen Augen stimmte etwas nicht. So waren sie ihm schließlich draufgekommen. Dieses Kribbeln in Armen und Beinen.

Er machte eine Pause und sagte, er habe MS. Außergewöhnlich spät, aber ohne Zweifel MS.

Das ist nicht dein Ernst.

Er nickte, lächelte und erklärte, was er wusste. Alle zwei Jahre hast du einen Schub, die Symptome gehen weg, aber etwas bleibt auch zurück. Es kommt zu Störungen. Sinneswahrnehmungen und Gleichgewicht werden gestört, beim Wasserlassen hast du früher oder später Probleme, auch beim Sex. Die Lebenserwartung ist okay. Sie geben dir Cortison, frühestens in dreißig Jahren kommt der Rollstuhl.

Selden schüttelte nur den Kopf. Halb glaubte er es, halb war es eine abstrakte Tatsache. Ein schwarzes Loch war eine abstrakte Tatsache, eine Welt ohne Gletscher, ein Gehirntumor.

Kleist versuchte, es mit Humor zu nehmen.

Auf einmal gibt es dauernd ein erstes Mal, sagte er. Als wärst du fünfzehn oder sechzehn. Ich habe zum ersten Mal gebumst, wow, ich habe zum ersten Mal Cortison genommen. Bin ich noch der, der ich gewesen bin, bin ich ein anderer? Auf solche Fragen kommst du auf einmal.

Kleist hatte sich einen gemischten Grillteller bestellt, begann mit zwei doppelten Whiskys und wechselte dann auf einen schweren Roten. Er sah nicht krank aus, noch nicht mal erschöpft, er benutzte Messer und Gabel, schenkte Wein nach, alles ohne das geringste Zittern.

Mit wem redest du darüber?

Eigentlich mit niemandem. Mit Hannah habe er darüber gesprochen. Sie war wirklich süß. Na komm, in fünfzehn Jahren haben sie das im Griff, mach dir keine Sorgen. Du wirst hundert Jahre alt, aber locker wirst du das. Sie hat nicht gesagt, warum, aber es schien ihr richtig gutzugehen.

Er bestellte einen Grappa und redete weiter über das Ende, alles in diesem gemäßigt apokalyptischen Ton, der dem Stand seiner Krankheit entsprach. Das Leben in Berg und Tal. Die Todeszone der Politik. Von wem war das schnell nochmal? Wenn man Richtung Gipfel kam und die Luft immer dünner wurde. Männer und Frauen, die tot und festgefroren in ihren Seilen hingen.

Die Schrecken des Eises und der Finsternis.

Die Gegenwart war ja eher hell, es bestand ein Wärmeproblem, von dem aber niemand etwas wissen wollte. Je mehr die Zeit drängte, desto atavistischer wurden die Reflexe. Wir stellen uns tot, vielleicht geht das Problem dann ja weg, sagte er.

Selden glaubte, dass es eine verquere Lust an den düsteren Szenarien gab, was am Ende auf dasselbe hinauslief. Die einen drehten durch, die anderen schauten genüsslich zu, mit einem Gefühl klammheimlicher Freude. Haben wir uns nicht gewünscht, dass es Tote gibt?

Die Leute fürchten sich, aber in Wahrheit warten sie auf den großen Knall, auch weil man dann ja sehen würde, was hat Bestand, was fällt auf der Stelle zusammen.

Der große Sturm, sagte Kleist. Die Ställe, die mal ausgemistet werden müssten.

Tabula rasa.

Ich glaube nicht, dass er in zwei Jahren noch einmal antritt.

Nick?

Er ist am Ende. Auch wenn er sich noch eine Weile hält. Er ist nicht dumm, er weiß es auch.

Sie redeten über mögliche Routen, die nächsten Schritte, die Gefahren. Ein falscher Schritt, und man stürzte ab. Plötzliche Steinschläge waren eine Gefahr, Schneebretter, Lawinen, aus welchem Material auch immer.

Die entscheidende Frage ist, wo willst du hin. Weißt du, was du willst? Wartest du nur ab oder versuchst du den Dingen die gewünschte Richtung zu geben?

Er riet zu kontrollierten Angriffen in der Sache, aber zu äußerster Zurückhaltung bei Nick. Keine Kritik an Nick. Sag Wir. Nick und ich. Wir kennen uns seit Jahren. Wir schätzen uns. Wir sind uns nicht in allen Punkten einig, aber wir handeln als Team.

Er bestellte eine Havanna, kam auf seine Frauen, in welche Komödien er seit Jahren verwickelt war. Meistens endeten sie mit Flucht, aber manchmal hielt auch etwas stand.

Hatte er nicht mal eine Amerikanerin erwähnt?

Rebecca, ja, sagte er. Sie ist dreißig, ein bisschen sehr amerikanisch für mich, aber erstaunlich. Sie hütet meinen Schlaf. Ich schlafe in ihren Armen, in ihrem Schoß, wie ein Kind.

Am Ende wurden sie alle zu seinen Töchtern, was natürlich zu Komplikationen führte. Sie waren eifersüchtig, zogen übereinander her, dabei hatte er ihnen nie etwas versprochen. Wenn es eines Tages ans Sterben ginge, würden sie alle kommen. Sie ständen um sein Bett. Sie würden heulen und darüber streiten, wer ihm als Nächste die Hand halten dürfe.

Er lachte.

Das mit der Wohnung ist natürlich Unsinn, sagte er.

Du nickst. Na endlich, sagte er.

Hatte Selden genickt? Er sah es nicht. Oder weigerte er sich, es zu sehen? Kleist war nur wenige Jahre älter als er, trotzdem konnte es natürlich sein, es gab festgelegte Abläufe, persönliche Verfallsdaten, selbst wenn man von den Symptomen lange nichts merkte.

Er hatte noch gar nicht gesagt, dass es ihm leidtat.

Nun hör schon auf, sagte Kleist.

Er machte ein paar vage Versprechungen und hatte sofort ein schales Gefühl. Wir kümmern uns. In den Sprechstunden in seinem Wahlkreis, wenn die Leute mit ihren Sorgen kamen und er dann sagte: Ich kümmere mich. Ich leite die Sache weiter. Andere werden sich kümmern. Sie hören von mir.

Sie waren nicht wirklich gut bekannt, einigermaßen nah aneinander dran und auch wieder nicht, zumal es meistens auf Anekdoten hinauslief.

Etwas berührte ihn daran, etwas ließ ihn auch kalt.


Ausgerechnet Trick schleppte sie eines Abends an. Das ist Tarsa, sagte er. Ich habe ihr versprochen, dass es etwas zu essen gibt. Es war schon spät, fast halb eins. Track brachte einen Stuhl, bot ihr einen Rest Pasta an, von seinen Pastakünsten hatte sie bereits gehört.

Während sie aß, erzählten sie und Trick von der Party. Offenbar hatten sie den halben Abend getanzt, zwischendrin geredet, was machst du, was mache ich, dass sie angehende Schauspielerin war, auch deshalb passte es letztlich nicht. Alles war dunkel an ihr, Haare, Augen, Gesicht, der ganze Schnitt, irgendwie arabisch, hätten sie gedacht, obwohl sie, wie sich herausstellte, eine Perserin war. Ihr Vater war Perser. Damals vor hundert Jahren, bevor die verdammten Mullahs den Laden übernahmen.

Als sie fertig war, rauchte sie eine Zigarette und fragte nach den Aktionen.

Das mit den Namen fand sie witzig. Diese Sachen, die ihr macht. Tick, Trick und Track? Eigentlich las sie dieses Comic-Zeug ja nicht, hatte sie verpasst, war nicht ihre Welt. Aber witzig war's.

Sie studierte gleich nebenan an der Hochschule, zweites Semester, allerdings hatte sie große Zweifel. Maria Stuart, mein Gott. Diese alten Klassiker, ich weiß nicht. Sie spielte am liebsten auf der Straße, verstecktes Theater, ein bisschen jonglieren in den Parks, brennende Fackeln, sogar als Messerwerferin hatte sie sich versucht. Sie imitierte Stimmen. Sie schluckte und spuckte Feuer, aber am besten konnte sie das mit den Stimmen.

Soll ich mal machen? Politiker kann ich ziemlich gut, euren Innenminister.

Sie nahm zwei Bierflaschen als Mikrofone und spielte eine Pressekonferenz, diesen Selden, wie er über Araber sprach. Sag mal Araber. Das, was er dafür hielt. Diese Araber. Scheiß-Araber, als wäre alles dasselbe, so wie er es sagte jedenfalls. Wie das klang. Die Lage ist sehr ernst, aber was wissen wir schon über sie. Alles in diesem sonoren Sound, als wäre es tatsächlich dieser Schwachkopf,

der sie alle paar Tage mit dem bevorstehenden Weltunter-
gang traktierte.

Trick konnte natürlich die Augen nicht von ihr lassen,
er klebte richtig an ihr dran, lachte, klatschte, sagte: Dieser Arsch, echt super, das müsste er hören.

Ja, ist er das?

Sie dachte nach, dann stand sie auf und machte Typen
auf der Straße nach, ihren Gang, ihre schiefe Grammatik,
wie sie Brüder und Schwestern sagten, den ganzen Slang,
der voller Ellipsen war, mehr Geräusch als Sprache, ohne
große Sympathie, wie es schien. Dazu spielte sie kurze
Szenen, kratzte sich zwischen den Beinen, spuckte auf
den Boden, plusterte sich auf. Was glotzt du so blöd. Ich
fass es nicht. Ey, Mann, diese Braut, hast du gesehen?
Ihre Titten? Sie schnappte sich ein Handtuch und spielte
ein verschleiertes Mädchen, wie es kicherte, aber als wäre es reine Show, billige Folklore, an die niemand mehr
glaubte.

Alle lachten.

Und nun zu euch, sagte sie.

Soweit sie verstanden hatte, fehlte ihnen der rechte
Schwung. Also woran lag es. Hatten sie die falsche Idee
oder musste man bloß ein bisschen an ihr feilen?

Im Grunde fand sie das als Ansatz nicht schlecht, man
ging raus, schaute sich an, was war, und manipulierte es
dann, erst den Müll, dann die Wracks. Auch das hatte
Trick ihr erzählt. Etwas übermalen, überschreiben, kommentieren, in den Farben eher gedämpft, diverse Abstu-
fungen von Grau, hin und wieder einen Flecken Rot, aber
eher ironisch, das große Fragezeichen auf einem Kotflü-
gel, kryptische Parolen, die das Ganze ins Lächerliche zogen, alles mit fiktiven Daten, Namen von Revolutionären,
die keine waren, REMEMBER NOVEMBER 17TH, obwohl
da gar nichts war, eine Behauptung von Wer-weiß-was.

Sie fand das alles nett, aber ziemlich tot. Doch das merkten sie ja selbst, dass das alles nicht lebte, dass es keine Bewegung gab, keine Reaktionen, mit denen sich anschließend etwas anfangen ließ.

Und damit war sie bei ihrem Plan. Na ja, Plan, eine Idee für eine Aktion, ein bisschen Theater, morgen Vormittag auf diesem Markt, wo es kürzlich die Toten gegeben hat.

Sie sahen sie fragend an.

Wartet einfach ab. Lasst euch überraschen.

Sie nannte einen Treffpunkt, wo das überhaupt war, wie man hinkam, auch, dass sie wahrscheinlich noch jemanden mitbrachte, einen jungen Türken, der zusammen mit ihr studierte.

Am nächsten Morgen um neun waren sie alle da, auch der Türke, ein gewisser Kemal, der sie noch nicht mal begrüßte.

Von den Folgen des Anschlags war nicht mehr viel zu sehen. Der Markt bestand aus gerade mal zwei Dutzend Ständen, die Kundschaft bunt gemischt, lärmende Familien mit Kindern, und im hinteren Teil, etwas versetzt, eine abgesperrte Stelle, ein Stück Asphalt, alles ziemlich vermüllt. Verwelkte Blumensträuße waren zu sehen, die letzten Grüße von Hinterbliebenen, Kinderbilder, ab und zu ein Foto.

Das Erste, was sie mitbekamen, war, dass sie zu weinen begann, als wäre es ein Song, der sehr leise begann und dann immer lauter wurde, aber alles echt, als würde sie richtig schluchzen. Zwei, drei Minuten passierte nicht viel. Man dachte: Na gut, jemand heult, diese arme Frau, weil sie noch trauert, aber dann, als sie nicht aufhörte, begannen die Leute zu reagieren. Tatsächlich ging jemand zu ihr hin, eine ältere Türkin mit zwei großen Tüten Obst und Gemüse. Sie stellte die Tüten ab, berührte Tarsa am Arm, flüsterte ihr etwas zu und begann zu beten. So hörte es sich an, ein fernes Murmeln, das wie Gebet klang, dann von weiter weg, wie ihr jemand antwortete.

Und damit kam der Türke ins Spiel, denn es war der junge Türke, auf den sie gar nicht mehr geachtet hatten. Er hatte einen Teppich auf den Boden gelegt und tat, als bete er. Manchmal richtete er sich auf, dann wieder kauerte er mit ausgestreckten Armen auf der Erde. Leute blieben stehen und schauten zu, schüttelten den Kopf, gingen weiter.

Abends, in einem Imbiss um die Ecke, würde sie sagen: Ab diesem Zeitpunkt wusste ich nicht mehr, was ich tat. Als wäre ich gar nicht ich. Keine Ahnung, wer ich in solchen Momenten bin.

Sie hatte ihn beschimpft, sie hatte ihn geschlagen.

Anfangs glotzten die Leute nur, nahmen es nicht ernst, auf offener Straße eine Frau gegen einen Mann, dass er sich nicht wehrte, obwohl sie ihn immer wieder trat, mit den Füßen sieben, acht Mal in die Seite. Sie bespuckte ihn, nannte ihn einen Mörder, verfluchte den Propheten und seine Lehre, worauf es zu tumultartigen Szenen kam. Jemand bat sie, sich zu beruhigen, jemand drängte sie weg, während um sie herum die Sache richtig losging. Leute, die mehr auf ihrer Seite waren, zeigten auf die Fotos der Toten, wieder andere begannen sie als Christin zu beschimpfen. Es gab Drohungen und geballte Fäuste, eine Gruppe Jugendlicher, die Blumen zertrampelten, Gelächter, Leute, die den Kopf schüttelten oder dazugekommen waren und nicht wussten, worum es bei diesem irren Geschreie ging.

Merkte wirklich niemand, dass es Theater war?

Am Ende schüttelte sie alles von sich ab und ging weg. Auch der Türke ging weg, etwas sauer, wie es schien, wenngleich er später, in der U-Bahn, so tat, als wären ihre Tritte das Beste überhaupt gewesen.

Tick und Track waren noch beim Schluss, dieser kurze Moment, wenn herauskommt, dass es bloß Theater gewesen ist.

Das sei natürlich heikel, sagte sie. Daran müssten sie noch arbeiten. Da seien sie nicht radikal genug.

Sie schien nicht wirklich zufrieden zu sein. Etwas war zum Vorschein gekommen, der versteckte Hass, die Trauer, trotzdem war sie nicht sicher, ob das reichte.

Etwas ging nicht weit genug.

Wenn sie dich anschließend steinigen wollen, vielleicht.

Auch mit Tick, Trick und Track schien sie nicht zufrieden zu sein. Hatten sie überhaupt begriffen, um was es ging?

Offenbar nicht die Spur.

Komm, gehen wir noch etwas trinken, sagte Trick.

Sie luden sie zu einem Döner ein und waren überrascht, wie wütend sie war. Dauernd wollte jemand etwas von ihr. Warum machst du das, warum das. Warum bist du nicht verschleiert, warum hast du diesen gottverdammten Beruf? Man denkt, komm, lass mich in Ruh, dreht sich weg, und dann kommen schon die anderen: Du bist Muslimin? Diese Mörder neulich waren Muslime. Wann hören wir endlich ein Wort des Bedauerns von dir?

Na gut, ich hör auf, sagte sie.

In zehn Tagen, wenn das Semester zu Ende war, könnten sie sie übrigens gern mal sehen, richtig auf einer Bühne, in Shakespeares Sommernachtstraum, in der Rolle des Dieners Puck.

Sie trank die meiste Zeit nur Tee und ließ sich überreden, noch die eine oder andere Nummer zu spielen, lustige Anekdoten über die iranische Atombombe und aus dem Meer gefischte Soldaten. Erinnert sich noch jemand an den iranischen Präsidenten, sein Gefuchtel, wenn er vor hunderttausend Leuten die halbe Welt beschimpft?

Charlie Chaplin, sagte sie. Kennt ihr Charlie Chaplin?

Aber die Sprache war anders, eher weich und melodisch, obwohl sie kein Wort verstanden.

# VIII

Ende Juni war er in Madrid, eine kurze Auszeit, fast ein Urlaub, auch weil der Terminplan Lücken ließ, etwas Zeit für die Stadt, die er kaum kannte, einen längeren Spaziergang rund um die Plaza Mayor, alles bei herrlichem Sommerwetter, das ihn beinahe vergessen ließ, warum er da war. Alle paar Stunden kam ein Anruf von Holms, der ihn auf den neuesten Stand brachte, dazwischen ein bisschen Konferenz, ein bisschen Hannah, mit der er jetzt auch telefonierte.

Oh, Madrid. Ich beneide Sie, hatte sie gesagt.

Wann immer er konnte, teilte er ihr mit, wo er gerade war, mit wem er redete, wie das Wetter war, unten am Fluss in einer dämmrigen Bar, wo er im Stehen ein halbes Dutzend Tapas aß und sich fragte, was genau sie da machten, noch immer per Sie, aberwitzig vertraut und auch wieder nicht. Am Telefon hatte er wenigstens ihre Stimme, es gab Geräusche, fremdes Material, das man erst mal entziffern musste, einen Hauch Körper, in den kurzen Pausen, wenn sie sich mit klopfendem Herzen zu mustern schienen.

Gleich am ersten Tag hatte man ihn zu dem Bahnhof gebracht, an dem vor Jahren die Bomben hochgegangen waren. Es war nicht viel zu sehen, auf dem Vorplatz ein riesiger Zylinder aus Glas, in dessen Innerem Tausende Trauer- und Beileidsbotschaften in eine Folie aus Kunststoff eingraviert waren. Es sei komisch, hier zu sein, schrieb er ihr. Kennen Sie sich noch aus? Was machen Sie?

Sie hatte sich einen Stadtplan von Madrid gekauft und schrieb: Die Stadt ist riesig. Aber bis jetzt habe ich Sie immer gefunden.

Sie war seit Tagen bloß unterwegs, hatte von morgens bis abends Termine, ein Hintergrundgespräch mit einem muslimischen Geistlichen, der zu den Radikalen gehörte, zwei Interviews mit jugendlichen Arbeitslosen, unerwartet schwierig, weil sie so zappelig waren, nachmittags die große Konferenz, bei der sie mittendrin kurz rauslief, um seine letzten beiden Nachrichten zu beantworten.

Sie fuhr mit der U-Bahn, hörte in ihrer Wohnung den Anrufbeantworter ab, in der Nähe des Fensters, wo ihr alter Schreibtisch mit dem Laptop stand, das Telefon, frische Blumen, eine Kanne Tee.

Manche Details lieferte sie ihm frei Haus, nach manchen fragte er, schleppte immer mehr heran, Material für später, dachte er, als wolle er eines Tages über sie schreiben, als wolle er sie auch prüfen. Einmal waren sie verabredet, aber sie ging bis zum späten Abend nicht ran, war nicht da, ließ ihn zappeln, hatte es vergessen. Erst glaubte er es nicht, begann sich Gedanken zu machen, was natürlich lächerlich war, erstaunt über die plötzliche Hektik, beim zweiten Drink oben in seiner Suite mit Blick über das glitzernde Madrid, wo er in nicht mal einer Stunde verschiedene Phasen durchlief.

Die Geschichte, die sie ihm am nächsten Morgen erzählte, klang etwas wirr, wie er fand, sie hatte geschlafen, musste noch weg zu einem späten Termin, hatte ihr Handy nicht mit.

Wo ist das Problem, sagte er.

Per hatte ein Problem. Sie saßen kaum im Wagen, als er damit anfing.

Wie war der Flug?

Dann das Problem.

Jemand schickte Drohungen.

Das war normal, hatten sie anfangs gedacht. Es gab Leute mit psychischen Problemen, Wichtigtuer, die um Aufmerksamkeit bettelten, Querulanten und Besserwisser, die es einem von denen da oben mal zeigen wollten und sich in ellenlangen Beschimpfungen ergingen, angebliche Geliebte, die drohten, eine Jahre zurückliegende Affäre öffentlich zu machen. In der Regel bekam er so etwas nicht zu sehen, es landete im Papierkorb, aber diesmal schien die Sache ernster zu sein.

Na dann mal los, sagte er.

Jemand schickte E-Mails, sagte Per, in einem braunen Umschlag alle paar Tage Fotos, zum Teil zerschnitten, letztlich Voodoo-Zauber, rote Tupfer in der Nähe des Herzens, an der Schläfe. Die Experten waren dran. Gab es Fingerabdrücke, IP-Adressen? Der Mischmasch aus alter und neuer Post machte ihnen Kopfzerbrechen.

Die Drohungen selbst klangen eher dezent, als gebe jemand Ratschläge. Pass auf dich auf. Achte auf das und das. Jemand aus Ihrem Umkreis wird. Ich warne dich. Das Beunruhigende waren die eingestreuten Fakten, Dinge, von denen ein Außenstehender nichts wissen konnte, interne Gespräche in den Arbeitsgruppen, wann wo mit wem, gebuchte Flüge, Abfahrtszeiten von Zügen, wobei sie auch grobe Schnitzer entdeckten, aus der Luft gegriffene Abläufe in Seldens Alltag, wann er angeblich am Morgen das Haus verließ, wann er wieder zurück war, erfundene Namen, erfundene Termine.

Per hatte ein paar Leute zusammengetrommelt, die wussten, welcher Logik solche Drohungen gehorchten. Die Idee des Opfers schien eine gewisse Rolle zu spielen.

Götter mussten beschwichtigt oder gnädig gestimmt werden. Die Götter waren faul, sie kümmerten sich nicht. Würde ein Mord sie dazu bringen, die gestörte Ordnung wiederherzustellen? Natürlich wollte dieser Jemand auch Kontakt. Hatte Selden das nicht gesagt? Zwei Stimmen, die miteinander sprechen, zwei Körper, die miteinander kämpfen. Ich möchte dich berühren, ich möchte dich verletzen. Fast so etwas wie ein Duell, doch, konnte man sagen. Alles war Struktur, Kampf gegen Windmühlen, aber hier, an dieser Stelle brach es kurz mal auf und wurde persönlich. Du und ich, na warte, schien die Botschaft zu sein.

Selden hatte keine Schwierigkeiten damit. Jemand versuchte ihm Angst zu machen, aber das schien ihm nicht zu gelingen. Jemand bedroht mich. Er versetzt mich in einen Alarmzustand. Es kommt zur Ausschüttung von Hormonen, die dafür sorgen, dass ich auf der Hut bin. Jemand winkte mit dem Tod, aber was er erreichte, war, dass er Selden in einen Extremzustand von Lebendigkeit versetzte.

Er hätte ihn gerne kennengelernt, ihn oder sie, wer immer es war. Eine Art Blind Date, dachte er. Dieses angenehme Kribbeln, wenn man nicht weiß, wer kommt, mit wem hat man es zu tun, passen wir zusammen.

Leider ist das noch nicht alles, sagte Per.

Ein Teil der Drohungen richtete sich gegen Britta. Wieder waren da irritierend genaue Hinweise, wo es passieren konnte, beim Einkaufen, wenn sie malte. Jemand schien genau Bescheid zu wissen.

Britta, ja, wirklich?

Er dachte an Britta, was wäre wenn, Britta als Gefangene, wenn sie von heute auf morgen nicht mehr da wäre.

Die Sicherheitschefin kündigte eine Reihe von Sofortmaßnahmen an, Bewachung des Grundstücks, verstärkter Personenschutz, rund um die Uhr, alles auch für die Frau.

Ich werde keinen Schritt mehr alleine machen können, sagte Selden.

Trotzdem, sagte Per. Red mit ihr. Wo ist sie überhaupt.

Pass auf dich auf, sagte Josina.

Auch Holms hatte neue Nachrichten, was in der Regel hieß, dass es schlechte Nachrichten waren. Er wirkte müde und bedrückt. Im Internet waren weitere Anschläge angekündigt worden. Er brauchte frische Leute, wusste aber nicht, woher nehmen. Nach einer Weile sah man nichts mehr. Die meisten wollten nur noch raus. Die Luft war schlecht. Es flog dort unten alles Mögliche durch die Gegend, geladene Teilchen, Bunker- und Knastgefühle. Das künstliche Licht ging ihnen auf die Nerven, das Brummen der Ventilatoren.

Selden fand das Gejammer etwas übertrieben, aber er konnte leicht reden, er schneite kurz herein und war dann wieder weg.

Die Namen fand er interessant. Gemeinschaft für Predigt und Kampf. Brüder und Schwestern. Webseiten auf Arabisch und Englisch.

Sie wachsen wie Pilze aus dem Boden, sagte Holms.

Alles war verlinkt, alles öffentlich. Anleitungen zum Bombenbasteln, schwarze Listen mit Objekten, Spielereien mit der Zahl elf, welche Monate noch fehlten.

Der Juli fehlte noch, der August.

Mein Frau sagt immer: Macht ihr auch noch Politik? Diese moderne Form des Heldentums. Feuerwehrleute und Polizisten. Ist es das, was von eurer Politik geblieben ist?

Nicks Begrüßung war sachlich-frostig, als hätte er sich übers Wochenende vorgenommen, nur über Fakten zu sprechen, das, was er dafür hielt, und dann vorzutragen, was er beschlossen hatte.

Die Tagungsstätte lag gut fünfzig Kilometer außerhalb der Stadt, ein ehemaliges Kloster mit einem Refektorium fast im Originalzustand, etwas düster vielleicht, dort, wo sich früher die Mönche versammelten und bei kargen Mahlzeiten über Gott und die Welt räsonierten. Eine eintägige Klausur des erweiterten Parteivorstands. Das einzige Thema: Wie kommen wir aus der Defensive, worüber sind wir uns noch einig, alles unter Ausschluss der Öffentlichkeit in zwei thematischen Blöcken, die mit *Krise* und *Reform* überschrieben waren.

Die Sitzordnung war interessant. Nick wie immer am Kopf, seine Stellvertreter links und rechts, aber dann alles durcheinander, bunt gemischt die Vertreter der verschiedenen Flügel, Selden fast am anderen Ende zwischen zwei Scharfmachern der Gewerkschaftsfraktion. Na gut, dachte er, was soll's. Vielleicht bedeutete es ja nichts, Hauptsache, er bekam es mit.

Nick war noch bei der Einleitung, sah kurz her, dann wieder weg.

Irgendwelche Spaßvögel hatten die Eingänge von Parteibüros zugemauert, kreuz und quer im Land, in fünf oder sechs Städten, wenn die Zahlen noch aktuell waren. Letzte Nacht.

Er erwähnte die neuesten Pannen, die mehr oder weniger die alten waren. Kalter Kaffee, dachte Selden.

Früher, noch vor wenigen Wochen, hätte Nick gesagt: Was läuft da schief, wie kommen wir aus den Schlagzeilen. Aber diesmal nicht. Diesmal ging er Selden direkt an, sagte du, nicht wir, noch nicht mal: die zuständigen Behörden, deren Chef du bist. Ich höre, sagte er.

Erklär's mir. Wir alle warten darauf, dass du's uns erklärst.

Selden nannte die neuesten Zahlen, aktuelle Tendenzen, was ihm Sorgen machte, die Drohungen im Netz, der schwelende Konflikt mit den Gewerkschaften, alles, was nicht oder nur ansatzweise organisiert war, die Studenten, die Arbeitslosen, dass es ein komplexes Bündel von Bewegungen und Gegenbewegungen gab und augenblicklich niemand sagen konnte, wann wieder Ruhe einkehrte.

Dein Programm halte ich zum jetzigen Zeitpunkt für einen Fehler, wandte er sich an Nick. Von den Summen nicht zu reden. Der ganze Ansatz ist falsch. Dass es um Geld geht. Jemand wird beim Klauen erwischt, und zur Strafe erhöhen wir ihm das Taschengeld.

Nick: Ja? Ist das so?

Auf eine eisige Weise freundlich.

Und dann: Deinen Standpunkt kenne ich ja. Der neue Minister für Erziehung, wenn ich richtig gelesen habe.

Er machte eine aufmunternde Bewegung in die Runde, mit der Hand zwei-, dreimal, als müsse er sie alle erst wecken und daran erinnern, warum sie hier saßen. Beck meldete sich zu Wort, eher lau, dann die Linken, wie üblich mit einem feinen Gespür für die Situation, in der sich womöglich gerade etwas drehte. Sie fingen wie immer von vorne an, mit welchen Ideen sie einst angetreten waren, was davon noch übrig war, die alten Schlagworte, Fortschritt und Innovation, soziale Gerechtigkeit. Wir sind keine Phantasten, aber, lautete in etwa ihre These. Wir können nicht zurück, aber so weitermachen können wir auch nicht.

Am Ende plädierten sie für weitere Programme. Millionenschwere Investitionen im Bereich Schiene und Straße, eine deutliche Erhöhung der Mittel für den Zweiten

Arbeitsmarkt, dazu eine ehrliche Diskussion über die gekürzten Sozialtransfers, was konnte so bleiben, wo konnte man zugunsten der Betroffenen noch etwas verändern. Und dann sehen wir ja.

Darauf Nick: Wir haben den Leuten viel zugemutet. Etwas zu viel vielleicht.

Selden wollte wissen, worüber sie hier gerade diskutierten, über einen neuen Kurs oder die Millionen für die Vorstädte.

Nick sagte, über das Programm.

Die Linken waren dafür, wollten aber auch Schritte, die weitergingen, Maßnahmen gegen Lohndumping, staatliche Zuschüsse für Billigjobs, der Rest wusste nicht recht.

Nick hörte sich alles an, dann wurde er laut. Selden hatte das bereits erlebt, vor Jahren am Rande eines Parteitags in einem verrauchten Hinterzimmer. Damals war es bloß ein Manöver, um einen seiner Kandidaten durchzusetzen, aber diesmal schien er wirklich die Nerven zu verlieren. Er begann mit seinem Frust über diese Idioten auf den Straßen, die Betonköpfe in den Gewerkschaften, kam auf die Artikel der letzten Tage, den neuen Kampagnenjournalismus, die Häme, erwähnte ein paar Namen, frühere Sympathisanten, die offenbar die Seite gewechselt hatten und ihnen keine zwei Monate mehr gaben. Alles sehr laut.

Er kritisierte die Praxis einiger Minister, in Interviews unausgegorene Vorschläge zum Besten zu geben, und forderte die zerstrittenen Flügel auf, gemeinsam nach Konzepten für die nächsten Reformschritte zu suchen. Interviews nur noch nach Rücksprache mit mir. Keine Nebenkriegsschauplätze mehr, alle ziehen an einem Strang, womit er ihnen zu verstehen gab: Ich kann den Laden auch hinschmeißen, dann werdet ihr ja sehen.

Auf der Pressekonferenz am frühen Abend versuchten sie so tun, als wäre nichts. Es gab unangenehme Fragen, in den hinteren Reihen Getuschel, unfreundliche Gesichter und Kommentare zu den angekündigten Millionen. Woher kommt das Geld, ist es das richtige Signal, werden es die Leute, die es betrifft, auch hören. Die Journalisten schienen nicht recht daran zu glauben und versuchten, an anderen Stellen zu bohren. Was sagte Selden? Waren sie sich einig?

Wir arbeiten daran, scherzte er. Und Nick: Die Partei ist fit, sie ist lebendig, es finden kontroverse Debatten statt, alle suchen nach neuen Wegen, etwas kommt in Bewegung, hier, in unserer Partei nicht anders als in der Gesellschaft.

Und wenn die Lage weiter eskaliert?

Dafür hatten sie Polizei und Sicherheitsdienste.

Er machte eine großzügige Geste mit der Hand in Richtung Selden, sah ihn nicht an, aber machte diese Geste.

Er liebte Bilder aus der Seefahrt, schwere Tanker, die sich durch aufgewühlte Wasser kämpften, schnittige Katamarane, die im Wind kreuzten und selbst bei schweren Stürmen nicht kenterten. Wir sitzen in einem Boot, schien er zu sagen. Erster Steuermann und Kapitän, eine nicht ganz frische Mannschaft, die auf ruhigere Zeiten hoffte, die Ankunft im nächsten Hafen, in dem sie endlich wieder festen Boden unter den Füßen hätten.


Hannah saß in Gorans Büro, wo im Hintergrund die Bilder von den Beerdigungen liefen, in einem zweiten Apparat die Börse, an der es seit Tagen zu Seitwärtsbewegungen kam, in einem durchlaufenden roten Balken am unteren Bildrand die Fußballergebnisse.

Er hatte mal wieder eine Krise. Goran nannte es Loch,

aber was dabei herauskam, waren ziemlich abgehobene Überlegungen zum Journalistenberuf, der melancholische Blick des Profis, der seit zwanzig Jahren Woche für Woche ein Heft zusammenzimmerte und sich von Zeit zu Zeit in Selbstbezichtigungen erging, im Grunde Allmachtsphantasien, das alte Reuige-Sünder-Spiel.

Ich habe keine Lust mehr. Immer öfter, wie ich mit Erschrecken feststelle. Ich sehe nur noch Tote, sagte er. Sogar in meine Träume verfolgen sie mich. Überall Tote, das ganze Leid.

Er zählte auf, was ihm auf die Schnelle einfiel, eine lange Liste, die alles andere als vollständig war. Den Kongo hatte er vergessen. War da nicht etwas im Kongo?

Den Sudan.

Seine These war, dass es gute und schlechte Tote gab. Die einen kamen vor, die anderen nicht. Nicht alle Toten waren sexy. Es starben Leute bei Verkehrsunfällen, sie hatten AIDS, sie hatten Krebs. War das etwa interessant? Eine lokale Sturmflut war interessant, der erste und zweite Tsunami, monatelange Dürren in Afrika eher nicht, ein rätselhafter Chemieunfall in Indien, Tankerunglücke in weitentfernten Meerengen. Ein Amokläufer in einem amerikanischen College, das keiner kennt. Den großen Hunger nicht zu vergessen, mein Gott. Kinder mit großen traurigen Augen und geblähten Bäuchen, die in unsere Wohnzimmer schauen.

Na komm, sagte sie. Worauf willst du hinaus. Dass wir alle Zyniker sind? Dass wir etwas daran ändern können?

Er sagte: Vielleicht. Warum nicht? Im Grunde machen wir Reklame. Lustige, bunte Spots über den Tod, je schneller, je überraschender, desto besser.

Was macht dein Minister?

Sie zuckte kurz zusammen, aber Goran achtete nicht darauf.

Ich fange allmählich an, ihn zu mögen, sagte er. Dass er noch an etwas glaubt oder so tut. Dieser angenehme Hauch Faschismus, den er verströmt. Vielleicht ist er in der falschen Partei. Vielleicht rettet er sie auch. Hier im Blatt wollen sie ja alle die große Wende, aber komisch, ich kann mir inzwischen vorstellen, dass sie es schaffen. Sie sitzen es aus. Sie tauchen ab, sie tauchen drunter weg. '

Er machte eine Pause, schüttelte den Kopf, mehr über sich als über sie, als merke er, dass er ihr in dieser Stimmung auf die Nerven ging.

Wir könnten mal wieder tanzen gehen, sagte er.

Früher, vor hundert Jahren, hatten sie das gemacht. Sie wusste nicht recht. Sie wollte es sich überlegen.

Halt die Ohren steif, sagte sie, aber was sie dachte, war: Hör auf zu saufen. Kauf dir einen Hund, kauf dir Sex, wenn Sex das Problem ist, aber lass mich verdammt nochmal mit deinem Selbstmitleid in Ruhe.

Eine halbe Stunde später saß sie in der U-Bahn. Es war Freitagnachmittag, noch nicht mal drei, also hatte sie jede Menge Zeit, kaufte ein, trank in aller Ruhe einen Kaffee, probierte ein Kleid, etwas sehr rot, wie sie feststellte, vor dem Spiegel in einer winzigen Boutique, an der sie all die Jahre vorbeigelaufen war.

Frühestens um sieben, hatte er gesagt. Was ist los, hatte er gesagt.

Sie müsse ihn sehen, hatte sie gesagt, wusste aber keinen Ort. Gestottert hatte sie auch, alles nur idiotisches Gestammel.

Zu Hause hörte sie ihren Anrufbeantworter ab, räumte auf, duschte und zog sich an, alles sehr schnell, ohne groß nachzudenken, nicht wie früher, als sie stundenlang vor dem Spiegel stand und nie wusste, was das Richtige war.

Gegen sechs klingelte das Telefon. Es war Sugar.

Hannah hörte ihre Stimme und war sauer. Was willst du. Ich erwarte Besuch, eigentlich habe ich keine Zeit.

Die letzte Stunde geht mir nicht aus dem Kopf, sagte Sugar. Dass es das war. Von heute auf morgen, ohne jede Vorwarnung.

Hannah sagte nichts, legte sich aufs Bett, hörte eine Weile zu, stand wieder auf, setzte sich ins Bad auf den kleinen Hocker, wo sie begann, ihre Zehennägel zu lackieren.

Nun hör schon auf, sagte sie. Was soll das, Sugar, ich versteh dich nicht.

Mal machte sie komische Andeutungen über Hannahs Körper, mal versuchte sie ihr einzureden, dass sie noch nicht fertig waren. Ich bin eifersüchtig, na gut, gab sie zu. Was ist so schlimm daran? Ich habe mir so viele Gedanken über dich gemacht. Als hätte ich dich berührt, als wärst du ein Teil von mir. Ich sehe dich immer liegen, auf dem Sofa, mit geschlossenen Augen, während du mir deine Männergeschichten erzählst. Deine Männer, mein Gott. Weißt du noch? Dieser Jan? Hieß er nicht Jan?

Auf wen wartest du?

Ich telefoniere, gab sie zurück. Ich höre mir an, was du mir sagst. Wie du mich manipulierst oder es versuchst.

Irgendwann legte sie auf. Tut mir wirklich leid, aber darauf habe ich beim besten Willen keine Lust.

Sie schminkte sich die Lippen, legte etwas Rouge auf und begann zu warten.


Das Erste, was er empfand, war eine Art Riss, einen Moment des Zweifels. Er hatte sie zweideutiger in Erinnerung, dunkler, ernsthafter. Eher erstaunt als enttäuscht stellte er fest, dass sie auch anders war, auf eine alberne

Weise jung, ein übermütiges Ding, das sich keine große Gedanken zu machen schien, als hätte sie bis eben in der Badewanne geplanscht und sich erst im letzten Moment daran erinnert, dass er käme.

Sie trug eine rote Jeans, ein weißes T-Shirt mit silbernem Glitzerzeug, unter dem sich ihre kleinen Brüste abhoben.

Ja, hallo, wie schön, sagte sie.

Ihre Wohnung war eine Art Loft, nicht sehr groß, mit einer amerikanischen Küche, die sich im spitzen Winkel in den Raum schob, an den Wänden überall Bücher, ein großer Schreibtisch, ein alter Stuhl, ungefähr so, wie er es sich gedacht hatte.

Sie hatte weder Schuhe noch Strümpfe an, fiel ihm auf, ihre kleinen knubbeligen Zehen.

Ich bin ein bisschen durch den Wind, fürchte ich. Ich weiß die Reihenfolge nicht mehr. Was kommt zuerst, und was dann. Ich habe mich gar nicht richtig vorbereitet, sagte sie.

Schlampig recherchiert, gab er zurück.

Sie lachte, bot ihm etwas zu trinken an, brachte ein Glas, ging wieder weg, in Richtung Fenster.

Er war doch sicher nicht allein, hatte Bewacher, die hier irgendwo in der Nähe waren. Dort unten, in diesem Wagen? Ja, da. Zwei Männer, sagte sie. Sie rauchen. Sie unterhalten sich, sie machen sich lustig über uns.

Nein?, sagte sie und machte eine Bewegung in seine Richtung, als wolle sie sagen: Und was jetzt? Ich weiß nicht weiter. Sag du.

Er wollte sehen, wie sie schrieb. Daran hatte er gedacht. Er wollte sie am Schreibtisch bei der Arbeit, dass sie ihm zeigte, wie sie dann war, allein vor dem leeren Bildschirm, etwas gebeugt, nur für sich, als wäre er gar nicht da oder weit weg, in ihrem Rücken, wo er eine Weile stand und zusah, wie sie den Computer hochfuhr. Sie sagte: So? Und er: Ja, so. Tatsächlich schien sie zu arbeiten, sie hatte einen Text, sie las, machte hin und wieder eine Korrektur, einige Minuten lang.

Er fragte: Alles okay? Sie sagte, ja, alles okay, ich weiß nicht, es gehen mir tausend Dinge durch den Kopf.

Sie wollte auf keinen Fall, dass er sie sah. Mach, was du willst, aber schau mich um Himmels willen nicht an.

Sie wartete, er bewegte sich.

Anfangs war sie etwas steif, aber dann nicht mehr.

Das Überraschendste war, dass sie ihn berührte. Damit hatte er nicht gerechnet, nicht beim ersten Mal.

Sie war sehr dünn und fühlte sich rau und kantig an, ein bisschen wie Papier, etwas, das die ganze Zeit knisterte, während er sich langsam zu ihr vorarbeitete.

Hin und wieder hielt er inne und vergewisserte sich, wo sie war. Ein paarmal rutschte sie ihm weg, aber meistens schien sie da zu sein, sah ihn mit großen Augen an, tauchte wieder weg, war wieder da.

Na siehst du, dachte er. Stell dich nicht so an, dachte er.

Er meinte zu spüren, wie sie sich gegen etwas wehrte und auch nicht wehrte, eine verquere Wut, die mal hierhin, mal dahin schwappte und der er so weit wie möglich aus dem Weg ging. Etwas blieb ihm sehr fremd, etwas rührte ihn auch, wie sie sich wand, ein bisschen stotterig, wie sie ihm entgegenkrabbelte, einigermaßen ungläubig, wie es schien, obwohl sie ihn auch wissen ließ, wie biegsam und geschmeidig sie war.

Als es vorbei war, lachte und heulte sie.

O Mann, das, ja, o Mann, sagte sie. Ich habe gedacht, ich sterbe. Nein, nicht das. Ich habe gedacht, keine Ahnung. Es ist nur gerecht, habe ich gedacht. Ein Kinderspiel. Ich bin nicht ganz und gar daneben. Ich habe Talent. Sag, dass ich nicht wirklich untalentiert bin.

Er nannte sie eine Streberin.

Hannah, meine kleine Streberin.

Pass auf.

Erst jetzt sah er sie richtig an, breitete sie vor sich aus und sagte ihr, was er sah. Er gab ihr Noten. Ihre Hüften waren zu schmal, sie hatte kleine Brüste und war entschieden zu dünn. Ihren leichten Flaum mochte er, ihre Schenkel, alles, was warm und feucht war. Ihren Nabel. Wie sie roch, als hätte es vor kurzem gebrannt, als sei sie einem größeren Feuer entlaufen, hinter den Ohren, unter ihren Achseln, dieses säuerlich Rußige.

Verbrannte Erde, sagte sie.

Fruchtbare Gegenden, die noch schlafen.

Und nun zu dir, sagte sie. Was war mit dir. Vorhin. Sie sagte: Als du bei mir warst. In mir drin. Sagt man das so? Es fühlte sich irgendwie edel an, schweinisch und heilig, auf eine altmodische Weise verdorben.

Er hatte an ihr Alter gedacht, wie lange sie noch leben würde. Wenn er längst tot wäre, würde sie noch leben. Reue war das falsche Wort, eher ein Form des Bedauerns, dass sie waren, wer sie waren, auf der Zeitachse zwei weit auseinanderliegende Punkte.

Sie lachte ihn aus. Die Welt in vierzig Jahren, mein Gott. Du willst mir sagen, dass ich nicht weiß, auf was ich mich einlasse. Sagt man doch: Man lässt sich auf etwas ein und hätte es von Anfang an besser wissen müssen. Ich hatte Sex. Das ist es, worauf ich mich einlasse. Und alles andere, entschuldige, interessiert mich einen Scheißdreck.

Sie hatte etwas zu essen gekauft, ein weißes Brot, Oliven, Käse, eine Flasche Wein, und das alles brachte sie jetzt ins Bett und lachte über die Krümel, dass sie nackt war und fröhlich und sich mochte, wie sie gerade war. Sie sagte: besudelt. Wie sie das mochte, dass alles tropfte und roch und sich vermischte.

Erst im Wagen auf der Rückfahrt kamen die Bilder, Dinge, die er gesehen, aber nicht zur Kenntnis genommen hatte, zwei, drei abgewetzte Stofftiere, eine Sammlung Schneekugeln in einem Regal, eine Pinnwand mit Kinderfotos, zwei blonde Mädchen, die sich an den Händen hielten und schief in die Kamera lächelten.

Dass sie mit Kindern zu tun hatte, irritierte ihn. Als hätte sie ihm etwas verheimlicht, etwas, das ihn zugleich ein- und ausschloss. Im Grunde wusste er nichts von ihr. Er kannte sie nicht. Noch nicht mal ihren Körper kannte er, nur ein paar Flecken fiebrige Haut, die Art, wie sie sich bewegte, das bisschen Gestammel, ihre Stimme, wenn sie flüsterte, dazu in seinem Mitteilungsspeicher ihre letzten Nachrichten, ihre Vorliebe für bestimmte Begriffe, Eigenheiten ihrer Syntax.

Er dachte an die Arbeit, die ihnen bevorstand, ob er das wollte, die ganzen Geschichten, wer man gewesen war und seit wann nicht mehr, verschwommene Szenen aus der Kindheit, diese nie enden wollende Sucht nach Bekenntnissen. Er hätte ihr seine Ehen erklären müssen, die Jahre mit Anisha, alles, was abgelegt oder vergessen war, die alten Hüllen, die lange Liste seiner Irrtümer, gespickt mit Namen, vergessene Orte und Körper. Wollte er das? War es das, worauf es hinauslief, oder konnten er oder sie auch anders?

Er schrieb ihr eine SMS, zögerte lange, sie abzuschicken. Er sah sie im Bett mit den Krümeln, dann wieder dachte er sie sich beschädigt, als hätte er sich widerrechtlich an ihr bereichert oder aus ihr getrunken, wie ein Vampir, der seinen Opfern das Leben aus den Adern saugt.

Gegen Mitternacht kam ihre Antwort, dass sie sich

das schon dachte. Ich kann es spüren. Aber du hast nicht recht. Sie war mit Freunden aus, in einer schrägen Bar, wie sie schrieb. Es geht mir ziemlich gut, und das ist alles, was du wissen musst.

Eine Weile fühlte er sich angenehm beschwingt, leicht und locker, die ersten Tage, in denen er sich den vorüberziehenden Szenen überließ, Fetzen von Gerüchen, die wahrscheinlich Einbildungen waren, obwohl sie etwas in ihm hinterlassen hatten, ein angenehmes Ziehen in der Leistengegend, wenn er versuchte, es zu lokalisieren. Etwas war leer, würde sich aber wieder füllen. Mit ihr hatte das nicht viel zu tun, dachte er. Oder doch? Körper waren nicht blind, sie konnten sehen, konnten sich erkennen, tauschten Informationen aus, was im besten Falle zu einem gewissen Rhythmus führte. Auf Phasen der Spannung folgten Phasen der Erschöpfung, sodass auch Zeit für andere Konstruktionen blieb, die Bereitschaft zu sprechen, ein gewisses Quantum Geduld, die Fähigkeit, auf den anderen zu warten und ihm auf Probe einen Platz einzuräumen.

Sonst war nicht viel.

Er versuchte, ihre Spur nicht zu verlieren.

Hin und wieder eine Nachricht, ein kurzes Gewisper, mit dem sie sich versicherten, dass alles in Ordnung war. Termine in schneller Folge, manchmal, dass er kaum Luft bekam, die ersten Beratungen über das neue Passgesetz, die Stunden im Bunker, ein langweiliges Meeting mit Sportfunktionären, öffentlicher Balsam für die Polizisten, denen er eine Erhöhung der Zulagen in Aussicht stellte. Er kam mit wenig Schlaf aus, fühlte sich wendig und schnell, reagierte nicht bloß, sondern ging in die Offensive, in einem kurzen Zwischenwahlkampf, bei dem es um seine Thesen über die sechziger Jahre ging, sein

Lob der Disziplin, was alles falsch gelaufen war, dass es keine Ansagen mehr gab, knallhart, du machst das und das, Diskussion über Kleinigkeiten nicht ausgeschlossen, aber auch nicht mehr.

Alles andere sei Gleichgültigkeit, war seine These, das Gegenteil von Interesse, wenn man die Sache wörtlich nahm.

Er gab einige Interviews zu dem Thema, nannte Beispiele aus der Politik, warum sich niemand traute, unpopuläre Entscheidungen zu treffen, die weitverbreitete Angst der Eltern vor ihren Kindern, was in seinen Augen dasselbe war.

In den Umfragen lag er jetzt vor Nick auf Platz zwei.

Übertreib es nicht, sagte Per.

Er sah jünger aus, nicht so verschlissen wie noch Anfang des Jahres, er hatte mehr Biss und strahlte das offenbar auch aus. Vor allem Josina schien etwas zu ahnen, als könne sie die andere förmlich riechen, auch dass sie viel jünger war, den hormonellen Kick, ein gewisses Leuchten, wenn er darüber redete, was er vorhatte, wenn das alles erst vorbei war.

Das meiste rauschte an ihm vorüber, auch weil es Wiederholungen von Wiederholungen waren, verbohrte Versuche, weiterzumachen, jetzt, nach den ganzen Toten, die nur durch neue Tote zu überbieten waren.

Auf eine Moschee am Stadtrand wurde ein Anschlag verübt, eine halbe Stunde später auf eine Kirche. Angeblich waren Verletzte zu beklagen, offenbar keine Toten, sonst hatten sie fürs Erste bloß Vermutungen.

Ja Scheiße, sagte Holms, der sich am Telefon zu den Verantwortlichen durchfragte. Offenbar redete er mit einem Polizisten vor Ort, sagte alle zwei Sätze okay, habe ich verstanden, das ist gut, keine Verletzte. Er legte auf, schüttelte den Kopf. Eine Tür aus Glas war zu Bruch gegangen, rechts und links im Eingangsbereich leichte Schäden an der Fassade, die mit Parolen gegen den Islam beschmiert worden war. Die Kirche schien weit schlimmer betroffen zu sein. Der Altar war stark beschädigt, große Teile der Orgel. Niemand wusste so recht. War das nun schlimm oder ein Böse-Jungen-Streich oder beides. Die Presse war da, die ersten Teams von lokalen Sendern, ein Haufen Schaulustiger, die wie immer die Ermittlungen behinderten.

Holms war der Meinung, dass da einer von ihnen hinmusste. Begeistert wirkte er nicht. Klang nach Farce, das Ganze. Jemand macht sich lustig über uns.

Selden: Ich habe nicht die geringste Ahnung, wo das ist. Irgendwo am Rand.

Einer aus dem Team hatte vor Jahren dort gewohnt, eine ruhige Gegend für Familien mit Kindern, eher verschlafen, fast schon im Speckgürtel, ein Niemandsland, in dem sich riesige Baumärkte angesiedelt hatten, Discounter mit jeder Menge Parkplätzen.

Na dann mal los, sagte Holms.

Selden zögerte. War das wirklich klug, da jetzt hinzufahren? Vielleicht sollten sie lieber abwarten, die Relationen wahren. Noch im Wagen war er sich sicher, dass das nichts war. Trotzdem fuhr er hin, mehr aus Instinkt, um lästige Fragen zu vermeiden.

Holms meinte, erst die Kirche, dann die Moschee.

Trotzdem. Ich kapier es nicht. Entweder oder, hätte ich gedacht.

Darüber sollten sie sich offenbar den Kopf zerbrechen, in den ersten Minuten, wenn man sich allmählich an die Szenerie gewöhnte, bei aufkommendem Wind vor flatternden Absperrbändern, weit draußen in einem gesichtslosen Vorort, wo keiner von ihnen je gewesen war.

Das Komische war, dass es wieder eine Mail war. Alles anonym, keine richtige Adresse, nichts, was man auf die Schnelle hätte identifizieren können, noch nicht mal eine Anrede, nur die Fakten und dann als Unterschrift: Ein Freund. Drohung traf es nicht. Im Grunde handelte es sich um eine Ankündigung. Jemand hatte belastendes Material und überlegte, es weiterzugeben. Bevor er es weitergab, schickte er es an den Betroffenen, das war der Gag, auf den es offenbar ankam.

Jemand aus dem Ministerium, dachten sie.

Die Formulierungen waren bewusst vage, aber das Stichwort Reiseabrechnung fiel, angeblich habe man Unregelmäßigkeiten entdeckt, Flüge zu privaten Zwecken, die als Dienstreisen ausgegeben worden waren, alles ohne genaue Angaben, dafür zum Schluss eine Bemerkung über Britta, warum sie sich seit Monaten nicht mehr zeigte, private Probleme nicht ausgeschlossen.

Per war sich ziemlich sicher, dass sie in Kürze herausfänden, von wem das gekommen war, während sich Selden fragte, welche Flüge. Was soll das. Habe ich mich jemals mit Reiseabrechnungen beschäftigt? Diverse Gesichter zogen an ihm vorbei, aber schon mit den dazugehörigen Namen hatte er Schwierigkeiten, und wer sagte ihm, dass er diesem Jemand jemals begegnet war.

Per gefiel die Sache nicht. Warum kommt das jetzt, warum auf diesen verqueren Wegen.

Na, komm, reg dich nicht auf, versuchte Selden ihn zu beruhigen, telefonierte eine Weile herum, fand heraus, ja doch, jemand war da dran, reine Routine. Er ließ sich mit dem zuständigen Mitarbeiter verbinden, der aus allen Wolken fiel und sich beim besten Willen nicht vorstellen konnte, wie jemand an diese Informationen gekommen sein sollte.

Welche Informationen, sagte Selden.

Okay, mal langsam, dachte er, was findet da statt. Findet da etwas statt? Im ersten Moment, wenn die Wirkung am größten ist, dieser leichte Schwindel, wenn man spürt, etwas sucht sich ein Objekt, jemand nimmt dich ins Visier.

Die nächsten Tage warteten sie auf Reaktionen, ob die Opposition darauf ansprang, Radio, Fernsehen, die großen Sendungen am späten Abend, aber nichts, der übliche Radau, die neuesten Bilder aus den Vorstädten, wo vereinzelt Bibeln und Kreuze verbrannt worden waren, während Kirchenvertreter und Imame gemeinsam für Mäßigung und Toleranz eintraten.

Auch Hannah schien die Sache nicht sehr ernst zu nehmen. Sie erzählte, an was sie gerade saß, dass sie seit Tagen kaum in der Redaktion war. Trotzdem bekam sie natürlich mit, was los war. Auf der großen Konferenz hatte es geheißen, sie hätten eine detaillierte Liste mit seinen Flügen, ellenlang, wann und wohin und zu welchem Zweck.

Du hast da jemanden getroffen, sagte sie. Was ist so wahnsinnig interessant daran.

Wenn du mich brauchst, ruf mich an.

Am Ende war es ein harmloser Kasten. Von seiner Ehe kein Wort. Nur die Flüge, auffällig oft nach Brüssel, wofür es bis auf zwei Ausnahmen gute Gründe gab. Für einen Flug nach Palma im Sommer vor drei Jahren zu einer Messe für Sicherheitstechnik gab es keine Erklärung, aber sie nannten keine Namen, nur dass da etwas war und man die Sache weiterverfolgen würde.

Ein paar Tage blieb alles ruhig.

Im Grunde glaubte niemand daran.

Sie gingen seine Terminkalender durch, er und Per und Josina, die ihm vorrechnete, wie viele Stunden er jedes Jahr im Flugzeug saß. Meistens war er als Minister unterwegs, manchmal auch privat, aber was hieß das schon.

248

Seine Zeit war knapp, die Ziele lagen nicht immer um die Ecke, also was genau wollten sie von ihm.

Das ist doch gar nicht der Punkt, sagte Per.

Sie kamen auf Nick, ob Nick ein Interesse daran hatte. Bestimmte Medien hatten ein Interesse. Sie wollten wissen, wie er reagierte, ob er sich wand, ob er sich erinnerte, falls es noch weitere zweifelhafte Fälle gab.

Selden fand die Sache kompliziert. Das meiste war tatsächlich weg, anderes kam ihm im Rückblick komisch vor. Er wusste ein bestimmtes Kleid von Lynn, hatte aber vergessen, in welcher Stadt. Eine Reise nach Kopenhagen wirkte auf Anhieb komisch, der halbe Tag in Antwerpen. Er versuchte sich an die genauen Umstände zu erinnern und bemerkte, dass das auch hieß, sie zu manipulieren. Die Lüge begann im eigenen Kopf. Man ließ etwas weg, fügte etwas hinzu und wusste am Ende selbst nicht mehr, wie es war. Ja, so und so könnte es gewesen sein, vielleicht auch anders, ich weiß nicht mehr.

Er sah sich auf einer Party, unten an einem Strand in Italien oder Griechenland, keine Lynn weit und breit, aber alle möglichen Leute, die er kannte, das gedämpfte Licht auf einer Terrasse fast am Meer, wie er dastand und jemand ihn fragte, ob er mit schwimmen gehe. Eine junge Frau. Sie hatte ein rotes Handtuch um die Schultern, erinnerte er sich. Von ihrem Namen keine Spur, ob sie miteinander gesprochen hatten, wie lang und worüber: alles weg. Unten am Wasser konnte er sehen, wie sie sich auszog, ihren milchig-weißen Körper, nicht mehr richtig jung, aber so, dass er doch hinsah. Wie sie bis zur Hüfte im Wasser stand, sah er noch, ihre ersten Züge, in einem Rest Licht, das von der Party kam, bevor sie langsam in der Dunkelheit verschwand.

Seit sie von ihm träumte, dachte Mania wieder an Joe, richtig schlimm, als wäre er dauernd in ihrer Nähe, neuerdings sogar beim Sex, falls Rubber sich mal dazu herabließ, sie anzufassen, obwohl es um Rubber gar nicht mehr ging. Na gut, er ließ sie seit Wochen bei sich wohnen, verlangte kein Geld, das war nett, aber sie war nicht blöd, es war vorbei. Sie konnte ihn nicht mehr riechen. Sie fand ihn alt, fast ein bisschen eklig, wie er redete, sein ewiges Gequassel über revolutionäre Vernetzung, mit vollem Mund beim Frühstück, wenn er sie noch nicht mal fragte, wie sie geschlafen hatte.

Ich muss weg, dachte sie. Wenn ich ihn gefunden habe, gehe ich weg.

Ich bin verrückt, dachte sie und suchte ihn schon, hatte wirre Träume, in denen er sie anlächelte, als wolle er sagen: wird auch Zeit. Hör nicht auf, ich bin da, nicht weit weg, du hast nur noch nicht an den richtigen Stellen gesucht.

Fast zwei Wochen von morgens bis abends versuchte sie ihn zu finden. War er wirklich in der Stadt? Manchmal zweifelte sie daran, am Abend unter der Dusche, nachdem sie stundenlang durch die Viertel geirrt war, eher am Rand, wo es weiterhin zu Bewegungen kam, unangemeldeten Demonstrationen gegen alles und jeden, die brutalen Polizeieinsätze, das Kapital, die Regierung. Lernte sie jemanden kennen, fragte sie sofort nach Adressen, wo sie sich trafen, sagte seinen Namen, Joe, ob sie ihn kannten, wie er ungefähr aussah. Wo bist du, flüsterte sie, ich kann nicht mehr, nicht mehr lang.

Und eines Tages fand sie ihn.

Es war ein Witz, nicht nur die Namen, die ganze Szene war ein Witz, das komische Bärtchen, das er sich hatte wachsen lassen, die zerrissene Armeejacke, alles.

He, Joe. Bist du's?

Offenbar klaute er gerade einen Wagen.

Es war schon fast dunkel, eigentlich hatte sie bloß gesehen, drei Typen vor einem silbrigen Wagen und einer von ihnen Joe. Erst glaubte sie es nicht, dann ging sie näher ran, dann brüllte sie. Ob er verrückt sei? Los, weg hier, bist du verrückt? Die beiden anderen interessierten sie gar nicht, sie kümmerte sich nur um Joe, holte ihn da weg, alles sehr schnell, packte ihn am Arm und zog ihn ein paar Straßen weiter in ein Café, wo sie minutenlang atemlos auf ihn einredete.

Mensch, Joe, sagte sie. Was machst du. Lass dich anschauen. Ich fass es nicht.

Ich habe dich gesucht, sagte sie.

Gesucht?

Sie sah ihn an, bis er endlich lächelte, fast wie im Traum, sodass sie gleich wusste, jetzt, in dieser Sekunde begann ein neues Leben.

Sie stellte keine Fragen, sie ging einfach mit. Irgendwo musste er ja hin, und dorthin würde sie ihm folgen. Er sagte: Komm. Und nach einer Weile: Hier. Da drüben.

Das Haus da?, fragte sie.

Er erklärte, dass es bald abgerissen werde, offiziell lebe niemand mehr darin. Man hörte Musik, alles durcheinander aus verschiedenen Fenstern, drinnen ein einziges Gewusel, verteilt auf vier Stockwerke, Leute, die schliefen, redeten, bei offenen Türen auf dem Klo saßen, etwas kochten, alles in diesem Dreck und diesem Lärm, vermummte Gestalten, die zur nächsten Aktion aufbrachen, junge Obdachlose, Pärchen, die keinen anderen Platz fanden, still in einer Ecke sitzende Junkies, die sich einen Schuss setzten.

Na, toll, dachte sie.

Er zeigte ihr seinen Platz, im zweiten Stock unter einem Fenster, auf dem Boden Müll, leere Flaschen, zwei verschlafene Pärchen, die nicht weiter auf sie achteten, leise Musik aus einem Radio. Das meiste sah sie gar nicht. Seinen roten Schlafsack sah sie, seinen Blick, während er sich auszog, aber sonst nur Schemen, buntes Geflirre, von weiter weg ab und zu ein Geräusch, eine flüchtige Bewegung an der Tür, in ihr drin sein Schwanz, der mal da und mal da war und für eine Weile überall.

Später fragte sie ihn aus, wollte wissen, was er hier mache, die Geschichte, die aber keine war. Er war einfach nur da, die anderen kannte er kaum. In den oberen Stockwerken gab es Kommandobesprechungen, Anführer, Leute, die Befehle gaben. Aber nicht ihm. Er war nur da, hatte noch einen Rest Geld, wollte verreisen, dann wieder nicht, wusste nicht, wohin.

Hatte er das T-Shirt noch?

Er sagte ja, zeigte auf einen Sack, in diesem Sack war alles, was er besaß, auch das T-Shirt.

Du hast auf mich gewartet, stimmt's?

Sie war noch nie am Meer gewesen. Sie wollte mit ihm ans Meer, sie begann zu träumen. Träumen fand sie leicht, man musste nur wollen. Man setzte sich in einen Zug, Wiesen und Felder zogen vorbei, dünnbesiedelte Gebiete mit verlassenen Scheunen, in denen sie übernachteten, bis sie endlich ans Meer kämen.

Das Problem war das Geld.

Rubber hatte Geld. Sie hatte seinen Schlüssel, ging kurz hin, holte ihre Sachen, zerriss seine letzte Nachricht, schon ein paar Tage alt, dass er sie vermisse.

Den Rest klaute sie im Haus. An den Vormittagen, wenn alle schliefen, oder wenn sie spätabends loszogen, nach Einbruch der Dunkelheit, wenn der Ruf der Straße erklang. Sie hatten Waffen im Haus, Messer, Totschläger, gerüchteweise auch Sprengstoff, unter dem Dach in einem Labor, in dem sie nicht nur die Cocktails mixten.

Früher hätte sie das alles brennend interessiert, die Gerüchte, dass es gemietete Demonstranten gab, vor Wochen die große Razzia. Im Erdgeschoss waren ein paar Typen seit Tagen damit beschäftigt, die Fenster zu vernageln, um die angeblich bevorstehende Räumung zu verhindern, aber das würde sie beide nichts mehr angehen.

Joe sagte nicht viel, fummelte an ihr herum, fasste ihr zwischen die Beine, morgens um fünf, wenn sie noch nicht richtig wach war und spürte, wie er sich von hinten in sie hineinschob. In der Regel gefiel es ihr. Manchmal saß sie da und sah ihm beim Schlafen zu, manchmal ging sie weg, kaufte etwas zu trinken, in einem Supermarkt um die Ecke Brot und Butter, sosehr er auch tat, als brauche er nichts.

Am dritten oder ersten Tag besorgte sie sich ein Tagebuch. Na ja, Tagebuch. Ein Heft. Ein billiges Schreibheft mit komischen Linien, für Kinder der ersten, zweiten Klasse, als müsse sie erst noch üben.

Hast du mal geschrieben?

Er sagte: Nein. Warum?

Sie las ihm die ersten Einträge vor, das meiste über ihn, wie sie ihn gefunden hatte, wie es war, wenn sie miteinander schliefen, wie wenn man auf einer hohen Brücke stand und dann sprang, als würde man immerzu fliegen und nie ankommen.

Das meiste bekam sie leider nicht zu fassen. Etwas war zu schnell, unangenehm glitschig, hatte sie das Gefühl. Man konnte sich nie verlassen darauf. Auf Zahlen konnte man sich verlassen. Hinten auf der letzten Seite die Summe, die sie alle paar Stunden auf den neuesten Stand brachte, ihr persönlicher Countdown.

Morgen, sagte sie, in drei Tagen, wenn sie alles beisammenhätte.

Sie brachte einen Sack Wäsche weg, holte sich in einer

Tankstelle eine Landkarte. Was noch, dachte sie. Eine Taschenlampe könnten sie gut gebrauchen, etwas gegen Mücken, die Sonne, ein großes Handtuch. Sie fand einen alten Koffer, musste ihn nicht mal klauen, er stand einfach rum, hatte auf sie gewartet. Josef und Maria schrieb sie drauf. Das alte Wunder, er und sie.

Sie hatte schon länger nicht mehr daran gedacht, aber jetzt, beim Packen, fiel es ihr wieder ein. Draußen fiel seit Tagen der erste Regen, richtig mit Blitz und Donner, weshalb sie gleich dachte: Hoffentlich schlägt das Wetter nicht um, obwohl sie das von ihren Plänen nicht abhalten würde.

# TEIL DREI

# IX

Nach dem Mittagessen packte er seine Sachen. Er musste mal wieder raus, nur auf einen Sprung, die kleine Runde. Er sagte Per Bescheid, warum er eine Weile nicht greifbar wäre, dann fuhr er mit zwei Aufpassern in Richtung Stadion, wo er vor über einem Jahr seine Strecke entdeckt hatte, in den ersten Wochen, Stück für Stück die Vermessung einer neuen Welt.

Auf dem Parkplatz hinter der Haupttribüne zog er sich um, leichte Laufkleidung, die neuen Schuhe von Britta, ein Stirnband. Er wärmte sich auf und lief dann langsam in den Park, der sich in westliche Richtung bis auf eine Anhöhe zog, der Weg erst Asphalt, dann Schotter, links und rechts lockere Vegetation, eine Strecke voller kleiner Steigungen; die beiden Sicherheitsleute immer in Reichweite, aber auf Distanz, sodass man ihre Anwesenheit kaum bemerkte.

Mit dem Tempo tat er sich schwer. Er fing langsam an, dann, nach ein paar hundert Metern, beschleunigte er, vielleicht zu früh, auf der Suche nach einem Rhythmus. Mal war er drin, mal draußen. Er achtete auf seine Schritte, versuchte, an nichts zu denken, und wartete auf die erste Markierung, bei Kilometer zwei den Sportplatz. Sein Körper hatte völlig vergessen, wie weit das war. Er hörte sich keuchen und dachte: Ich keuche, bei jedem Schritt: Ich laufe, es ist sehr mühsam. Mann, ist das mühsam.

Szenen mit Britta zogen an ihm vorbei, ihre postkoitalen Freundlichkeiten, die Gesten des frühen Morgens, ohne genaue Kontur, das Frühstück im Bett, die Sätze, die sie gesagt hatte, ihre plötzliche Neugier. Was war mit Nick, wenn er eines Tages zurücktrat. Sie hatte nach seinen Plänen gefragt, für den Fall, dass. Was wäre, wenn. Der größte anzunehmende Unfall, so nannte sie es. Natürlich hast du nie darüber nachgedacht.

Eine Weile vergaß er tatsächlich, dass er lief. Er registrierte die krumme Pappel bei Kilometer drei, die vertrauten Hinweise, vor einer Biegung, wenn er wusste, jetzt kommt das Haus, die Brücke über den Bach, der Unterstand, die Wegkreuzung, alle paar hundert Meter ein Zeichen.

Was denkst du.

Ich bin seit Monaten nicht mehr gelaufen, denke ich.

Oben, auf der Anhöhe, trabte er ein paar Minuten im Stand und überlegte, ob es das war. Eigentlich hatte er genug. Er nahm zur Kenntnis, dass er genug hatte, trotzdem lief er weiter. Im letzten Sommer hatte er die Strecke kaum gespürt. Er hatte sich mühsam Kilometer für Kilometer erkämpft, erst fünf, dann sieben, einmal sogar zwölf, er hatte gedacht, das bliebe. Aber der Körper war vergesslich. Er wollte zurück in den Trott, und tatsächlich war ja fraglich, ob er das Programm, falls er es wieder aufnahm, lange durchhielte.

Wieder dachte er, dass es bald vorbei war, *damals, der verrückte Sommer*, etwas vorsichtiger als beim letzten Mal, obwohl sie unten im Bunker alle auf optimistisch machten. Wenn es nach Holms gegangen wäre, hätten sie den Stab bereits aufgelöst. Die Zahlen waren rückläufig, die brennenden Wagen, die Attacken, aber das war es nicht, die ganze Stimmung schien sich zu drehen. Es gab die ersten Witze in den Talkshows, was laut Josina ein untrügliches Zeichen war. Wenn sie kein Futter mehr bekommen, essen sie sich selbst auf, sagte sie. Bald würden die Medien nur noch zeigen, was sie schon gezeigt hatten, immer kürzere Best-of-Versionen, bis von den wirklichen Ereignissen nichts mehr übrig blieb. Nach einer Weile würde der Markt reagieren: Es würde T-Shirts geben, Spielzeugautos, die auf Knopfdruck in Flammen aufgingen, Devotionalien der vergangenen Schlacht, aber alles mit diesem musealen Blick: damals, als wir noch verrückt und rebellisch waren und die Feuerwehr mit Steinen bewarfen.

Manchmal glaubte er daran, dann wieder versuchte er die Sache von weiter weg zu sehen und befürchtete, dass es bloß eine Pause war, ein kollektives Atemholen, bevor es hier oder woanders weiterging, alle paar Jahre ein Brand, der mal größer, mal kleiner war, eine nicht enden wollende Serie von lokalen Aufständen, die das bestehende System nach und nach perforierten und zum Einsturz brachten.

Bei Kilometer vier kehrte er um, sagte etwas zu den Gorillas, die nur nickten und sich untereinander verständigten, weiter weg mit einer jüngeren Blonden, die ihm bislang nicht aufgefallen war. Er spürte das rechte Knie, einen Anflug von Seitenstechen, was bedeutete, dass er nicht richtig atmete. Er spürte sein Herz, dachte an Nick, auf den letzten Metern, bevor er nach links in Richtung Parkplatz bog, alles ohne Schmerz, der Puls wahrscheinlich bei 140, vielleicht auch mehr, was nach der langen Pause normal gewesen wäre.

Er fühlte sich angenehm erschöpft, ziemlich verschwitzt, nahm sich Zeit für die Dehnübungen, scherzte mit der Blonden, für die es ein netter Zeitvertreib gewesen war. Britta hatte sich wie immer lustig gemacht. Sie hielt seine Lauferei für einen Spleen, ein amtierender Minister, der in Begleitung seiner Gorillas durch die städtischen Parks joggt.

Wenigstens schläfst du noch mit mir.

Eigentlich waren sie beide gar nicht da gewesen, aber dann doch, in der Küche, wo sie sich plötzlich gegenüberstanden, ein Moment des Einverständnisses, eine zufällige Überschneidung der Umlaufbahnen. Es ist das letzte Mal, hatte er gedacht, etwas überrascht, weil es der Sache einen falschen Glanz gab, aber einen Glanz, als wäre sie nach all den Jahren immer noch ein Rätsel, das es eines Tages zu lösen galt.

Du bist zurück, aber du bleibst nicht, hatte er gesagt.

Vielleicht bliebe sie ja jetzt.

Sie schlüpfte in ihren weißen Morgenmantel und wollte wissen, was mit diesen Reisen war.

Draußen vor dem Haus stand seit gestern Abend eine dunkle Limousine mit zwei Männern.

Muss ich etwas wissen davon?

Er hatte gesagt: Nein, vergiss es, alles Routine.

Du hast abgenommen, hatte sie gesagt. Was wollte sie schnell nochmal? Es ist noch nicht vorbei, wollte sie sagen. Lauter Sätze mit noch. Ich überlege noch. Ich schlafe noch mit dir, oder wenn dir das lieber ist: du mit mir, was gewiss nicht dasselbe ist. Die letzte Gnade, die wir einander erweisen. Und dann? Kannst du mir um Himmels willen sagen, was dann?


Sie brachten es auf Seite eins, groß mit Bild, Selden an der Seite Brittas, von der sie behaupteten, sie sei vorübergehend ausgezogen, still und heimlich, mit zwei großen Koffern. DIE FRAU DES MINISTERS HAT GENUG, lautete der Titel. Sie begannen mit einer Szene, wie sie angeblich heulend in ein Taxi stieg, an einem Montagmorgen kurz nach sieben. Dann rührten sie alles zusammen, eine aus der Luft gegriffene Beteiligung an der Firma *Secure-Tech*, die Sache mit den Reisen, Mutmaßungen über die Gründe, alles sehr genüsslich, an einer Stelle der Name Lynn, aber auch nicht mehr, nur dass da jemand war, das schmutzige Detail, an dem sich hoffentlich alles entzündete. In den seriösen Blättern vorerst Zusammenfassungen, alles ohne Fotos, ein Minister im Zwielicht, mal mit, mal ohne Fragezeichen.

Alle machten betretene Gesichter, Per, der nur den Kopf schüttelte, Josina, die immer wieder Scheiße sagte, so eine verdammte Scheiße, dieser Dreck, ich fass es nicht.

Seldens erster Gedanke war, dass er das gar nicht war, als hätte jemand alles gefälscht, Britta im blauen Seidenkleid vor Jahren auf diesem Ball, erstaunlich hübsch und als wäre sie ausnahmsweise richtig da, die ferne Lynn, seine Reisen, die nur noch leere Tatsachen waren, als hätte sie jemand ihrer Bedeutung beraubt. Etwas war schief, dachte er, wie falsch montiert, eine krude Mischung aus Lügen und Halbwahrheiten, geisterhafte Bilder, die nur provisorisch mit der Wirklichkeit verbunden waren.

Im Fernsehen, wenn jemand spricht, und die Lippenbewegungen sind nicht ganz synchron.

Auf einem Foto, wenn du dich siehst und denkst, um Himmels willen, was haben sie aus mir gemacht.

Trotzdem war das alles in der Welt. Jemand hatte Bilder aus dem Archiv geholt, jemand hatte aus trüben Quellen gefischt, hatte ein Interesse.

Er ließ es zu, dass er sie alle durchging, den engsten Kreis, wer es gewesen sein könnte, Trabanten und Satelliten, frustrierte Abteilungsleiter, mitreisende Journalisten,

Kellner, die Gorillas, die doch bestenfalls als Zuträger in Frage kamen, ein dummes Zimmermädchen, das für ein paar lumpige Euros nächtliche Besucher knipste.

Warum jetzt, dachte er. Wann, wenn nicht jetzt.

Am nächsten Tag war es rauf und runter in allen Kanälen. Er verfasste eine Erklärung, in der stand, dass er alle Aktien bei Amtsantritt verkauft habe. Gerüchte über weitere Beteiligungen ließ er dementieren, Rücktrittsforderungen der Linken wies er zurück. Sonst taten sie fürs Erste alle, als wäre nichts, auch Nick, der sich ohne Zögern hinter ihn stellte. Am Rande einer Veranstaltung hatte er sich zu den Vorwürfen geäußert. Weil er gefragt worden war, was Selden ziemlich beruhigend fand, weil es so lahm klang, so desinteressiert.

Zwei Tage später brachten sie das erste Foto von Lynn: einen verwaschenen Schnappschuss, auf dem er sie kaum erkannte, das halbe Gesicht versteckt unter einem schwarzen Balken. Ist sie der Grund für die mysteriösen Reisen? Nicht mal ihr Alter hatten sie richtig recherchiert, man sah nur eine Frau, in einem geblümten Sommerkleid, eine x-beliebige Passantin, alles ohne nachprüfbare Verbindung.

Er hatte sie keine zehn Mal gesehen, sieben, acht Mal, schätzte er.

Aber es gibt sie, sagte Per, dem man anmerkte, dass er es mit Brittas Augen sah, mit dem Neid des Spießers, der die Szene aus Filmen kennt, das lieblose Arrangement, in einem schmuddeligen Hotelzimmer der kümmerliche Fick.

Du musst mit ihr reden.

Britta, ja meinst du?

Offenbar war sie schon wieder unterwegs, hatte ihre Mailbox nicht an, keine Ahnung, wo sie steckte.

Er sagte Termine ab, versuchte eine Weile abzutauchen, so gut es eben ging, blieb in seinem Büro, besprach mit Holms die Zukunft des Krisenstabs, zeigte sich auf einer kurzfristig angesetzten Pressekonferenz, verabredete sich mit Hannah, fast trotzig, falls auch da demnächst die Bombe hochginge.

Willst du reden?

Er sagte, nein. Ich weiß nicht.

Sie mochte den Namen: Lynn. Ist sie Amerikanerin? Lynn, das klang nach Weizen, fand sie. Kansas, Oklahoma, diese riesigen Felder, über die ein leiser Wind zog. Die Brotkörbe Amerikas.

Sie kam fünf Minuten zu spät, nicht mehr ganz so munter, eher ruhig, in weißem Top und brombeerfarbenem Rock, dazu die Brille, die sie gleich abnahm, um dann lange in der Karte zu blättern, vorne bei den Vorspeisen, wo sie sich wie immer nicht entscheiden konnte.

Ein klitzekleines bisschen fürchte ich mich auch. Nicht wirklich. Was immer kommt, wir werden es überleben.

Sie hatte das halbe Wochenende getrödelt, sagte sie, lag im Bett, wo sie noch immer den einen oder anderen Krümel fand, ein gekräuseltes Haar, alle möglichen Spuren, die sich nach und nach verflüchtigten. Wenn sie am Schreibtisch saß, spürte sie seinen Blick, als stände er noch immer da, aber angenehm, nicht wie sie gedacht hatte, dass es sich anfühlen würde. Irgendwie beschützt, als würde da jemand auf mich achten.

Es geht mir gut, sagte sie. Um Kleist mache ich mir Sorgen, am Telefon, wenn er so tut, als wäre nichts. Er weiß es schon länger, glaube ich, ein paar Jahre. Ich habe ihm erzählt von uns. Er scheint es von Anfang an gewusst zu haben.

Er dachte: Das hatte er mit ihnen gemacht, Hannah und Kleist, und dazwischen er. Ohne Kleist säßen sie jetzt nicht hier. Er hatte sie ihm geschickt, als wäre sie ein

Geschenk, der fette Köder, von dem er noch immer nicht wusste, ob er vergiftet war.

Sie sah ihn fragend an.

Was haben sie denn groß.

Du hast recht, im Grunde haben sie nichts.

Das Essen rührte sie kaum an. Einmal ging sie weg, um zu telefonieren, kam schnell wieder, verärgert, wie es schien, ein kleines Wölkchen am Himmel, das bald weiterzog.

Ich muss noch in die Redaktion, sagte sie.

Sie hatte zum Baden an einen See gewollt, später, wenn Selden längst im Flugzeug säße, aber leider hatte sie ja nun mal diesen Job.

Heute Morgen hatte ich ihn jedenfalls noch.

Es hatte niemand groß auf sie geachtet, drüben an den Tischen, wo vereinzelt Gäste saßen, die beiden Sicherheitsleute, über die man mal was schreiben müsste. Diese gespannte Aufmerksamkeit, wie man das macht, dass sie nicht erlahmt.

Moderne Schutzengel, sagte sie. Eigentlich entsetzlich.

Wie viele sind es noch gleich?

Wir müssen los, sagte er.

Schon? Okay. Schade.

Er machte ihr die Tür auf, in Gedanken schon halb im Flugzeug, wo er sich wie immer vergeblich an ihre Stimme zu erinnern versuchen würde, als wäre sie immer da und zugleich weg.

Wer ist denn das, hörte er sie sagen und sah halb rechts einen jüngeren Mann. Er registrierte den komischen Parka, den er trug, dann die Kamera, das kurze Kommando, das wie eine Frage klang, Herr Minister, darf ich Sie bitten, nur ein Foto.

Dann ging alles sehr schnell. Jemand begann zu brüllen, erst von links die junge Beamtin, die gleich bei ihm war, dann von rechts der Glatzkopf, der ihn in Richtung Straße drängte.

Alles wie im Film, dachte Selden, obwohl ja noch der Vergleich etwas Abgedroschenes hatte, dieser billige Reflex, wenn man etwas nicht glaubte.

Sie sprangen in den bereitstehenden Wagen.

Alles in Ordnung mit dir?

Sie sagte, ja, alles in Ordnung.

Dieser kleine Wichser, sagte sie.

Seid ihr sicher, dass er nichts hat?

Der Glatzkopf meinte ja, schien aber von etwas abgelenkt zu sein. Er fuhr nicht besonders schnell, sah immer wieder in den Spiegel und begann auf einmal in hohem Tempo zwei Wagen zu überholen.

Der weiße Audi hinter uns. Nicht umdrehen.

Offenbar war ihnen jemand gefolgt, was ja hieß, dass der Film einfach weitergelaufen war.

Der Glatzkopf war nicht schlecht besetzt. Für ihn war es eindeutig ein Film. Na, komm schon, sagte er. Er begann die Szene zu kommentieren, als wäre er ein Reporter, live vor Ort, mittendrin, sodass es schwerfiel, die Distanz zu wahren. Wir fahren jetzt hundertzehn, hundertzwanzig. Aber er bleibt dran. Ich glaube, es ist ein Mann, Mitte Ende zwanzig würde ich sagen.

Moment. Ich probier mal was.

Er wechselte wieder auf die Überholspur, zog an einem Lastwagen vorbei, bremste schnell ab, keine dreihundert Meter vor der nächsten Abfahrt, die er nahm und mit leise schlingernden Bewegungen die Autobahn verließ.

Hannah hatte kein Wort gesagt. Sie wirkte nicht besonders nervös, eher amüsiert, als könne sie auf einmal sehen, was ihr bevorstand, eine Frau in einer Serie von Szenen, die in Hotels und Limousinen spielten.

Wollte sie das?

Er hatte sie nie danach gefragt, trotzdem nickte sie jetzt, sah ihn an und nickte.

Ich ruf dich an, sagte er.

Ja, gern, sagte sie. Da vorne.

An einer roten Ampel sprang sie raus, erwischte den letzten Rest Grün und war weg, auf der anderen Straßenseite, wo sie in einer Gruppe japanischer Touristen verschwand.

Noch in der Tür meinte er zu wissen, was ihn erwartete, das ungefähre Arrangement, das sie schon mehrfach erprobt hatte, die tobende Britta in der kleinen Küche, zwei- oder dreimal mit fliegenden Tellern, in den ersten Jahren, als sie noch eine blutige Anfängerin gewesen war und nicht wusste, dass es auch subtilere Methoden gab. Seither kochte sie für ihn, womit sie ihm zu verstehen gab, dass sie sich bemühte. Meistens hatte sie das Radio an, im Hintergrund einen neuen Klassiksender, der von morgens bis abends Hörerwünsche erfüllte, gefällige Fünfminutenkost, zu der sie leise trällerte, bevor sie ihn wie aus heiterem Himmel attackierte.

Er horchte, ob von irgendwo Musik kam, ging nach hinten in die Küche, wo sie aber nicht war. Er ging ins Wohnzimmer und mixte sich einen Drink, mixte sich einen zweiten und fand sie oben in ihrem Atelier, im T-Shirt zusammengekauert auf ihrem alten Sessel, der voller Farbkleckse war. Sie schien auf ihn gewartet zu haben, klang aber nicht verärgert.

Ich sitze nur da und warte, dass es dunkel wird.

Willst du einen Drink?

Danke, nein. Später vielleicht.

Durch das Fenster fiel ein bisschen Mondlicht, aber das meiste lag im Dunkeln, die Matratze, auf der sie hin und wieder übernachtete, das Regal mit ihren Kunstbänden, ihre Bilder, riesige Leinwände, die meisten verhüllt mit Tüchern, versteckt hinter Kartons oder mit der Vorderseite zur Wand, sodass man nicht sah, was drauf war.

Die ganzen Toten, die berühmten Mörder.

Eine Weile sagte sie nichts, folgte seinen Blicken, warum er sich nicht setze.

Wo fange ich an, fing sie an.

Sie sprach sehr leise, fast sanft, brauchte aber nicht lange, um auf den Punkt zu kommen.

Deine kleinen schmutzigen Geschichten interessieren mich nicht im Geringsten, sagte sie.

Sie habe am Vormittag ein interessantes Gespräch geführt, jemand aus dem Ministerium. Wer und warum, spiele keine Rolle, aber sie fand, es wurde verdammt nochmal Zeit, dass er mit ihr über diese Drohungen redete. Auch bei Per hatte sie sich danach erkundigt, aber sein verdammter Per habe bloß herumgeeiert.

Das sind Verrückte, sagte er.

Verrückte, gut. Leute, die Tabletten nehmen. Ballaballa im Kopf. Leute, die zu blöd sind, ein Messer zu benutzen. Meinst du das?

Natürlich glaubte sie nicht im Ernst, dass ihm etwas passieren könnte. Er hatte immer drei, vier Leute um sich, ein Leben hinter Panzerglas, wie im Knast, sagte sie. Auch sie selbst lebte seit Jahren im Knast, nur sie wurde allmählich krank davon. Ihr ganzer Körper spielte verrückt. Sie hatte einen komischen Ausschlag an den Füßen, in den Nächten wachte sie alle paar Stunden auf und merkte, wie sie zitterte.

Er sagte: Das tut mir leid.

Ach so. Tut dir leid. Und was ist mit dir?

Sie fand das interessant. Typisch Mann, sagte sie. Was wissen Männer schon von ihren Körpern. Sie benutzen sie. Sie empfangen Signale. Wer ist mein Feind, wen kann ich ficken.

Sein Körper war ihm bisher nicht groß aufgefallen. Was ist mit deinem Körper, mein Gott, wie das klang.

Wenn er genauer nachdachte, fiel ihm natürlich etwas ein. Die Sache mit Anisha fiel ihm ein. Körper waren verwundbar, sie konnten zermalmt werden, zu einem Häufchen Staub, manchmal nicht mal das. Aber sonst? Sein Gesicht, wenn er sich rasierte, fiel ihm ein. Die Sache mit den Ohren. Manchmal hörte er Geräusche, Sirenen, die schnell näher kamen und dann wieder verschwanden. Er hörte oft nicht zu, hörte Sätze, die niemand gesagt hatte. Manchmal redete er zu viel. Er hörte sich reden und wusste, jetzt sollte er einen Punkt machen, trotzdem redete er weiter. War es das, was sie meinte?

Sie meinte, dass sie so nicht weiterleben wollte.

Ich habe gar nicht gewusst, wie wütend ich bin. Auf dich, unser Leben. Mehr auf das Leben, glaube ich. Wie es uns mitgespielt hat.

Ich fand unser Leben nicht so schlecht.

Den Umständen entsprechend, höhnte sie.

Gab es nicht immer Umstände, Rechnungen, Summen, die man nicht beliebig manipulieren konnte?

Du redest wie ein Buchhalter, sagte sie. Offenbar hielt sie ihn für beschränkt, männlich und phantasielos, was in ihren Augen dasselbe war.

Kurz nach Mitternacht war sie immer noch nicht fertig. Sie drehten sich im Kreis, aber genau darum schien es in dieser Phase zu gehen. Etwas wurde fasslich, rutschte wieder weg, bis es die ersten Konturen gab, alles in den engen Grenzen von Syntax und Grammatik.

Lange nach Mitternacht machte er sich noch einen Drink, unten im Wohnzimmer, wo sie eine Weile weiterredeten, dann im Bad, wo er ihr in der offenen Tür dabei zusah, wie sie sich abschminkte und diverse Cremes benutzte, für das Gesicht eine andere als für die Hände, Arme Beine, mit einem Gefühl der Rührung, dass sie das alles war, uneinholbar sie selbst, seltsam kompakt, schwer zugänglich, wie eine Stadt im Gebirge, die nur zu Fuß erreichbar war, nach tagelangem Marsch auf sich endlos schlängelnden Serpentinen.

Sie trug den BH und den Slip, den er ihr vor Jahren aus Paris mitgebracht hatte, und kam auf ihre Arbeit. Sie habe wieder zu malen begonnen, aber völlig anders, nicht mehr diese Köpfe. Das Neue war, dass es auf einmal um Körper ging, hin und wieder ein Stück Landschaft, ein Zimmer, ein Balkon mit Aussicht, wenngleich das nicht ihr Thema war.

Das Thema ist mein Mann.

Ich male meinen Mann, sagte sie.

Er sagte lange nichts.

Die neue Britta, die sich endlich bewegte. Nur wenn sie arbeitete, schien sie sich zu bewegen.

Erschrickst du gar nicht? Ich finde, das sollte dich erschrecken. Nein?

Sie lachte, küsste ihn auf den Mund, sie sei müde und wolle schlafen.

Vergiss es. Ich komm zurecht. Mach dir keine Gedanken. Ich versuch zu schlafen.

Er ging zurück ins Wohnzimmer und schaltete den Fernseher ein, wo die neuesten Bilder aus den Vorstädten zu sehen waren, flackernde Randale, der letzte Rest, dazu vermummte Gestalten, die Puppen von Politikern anzündeten, Gesichter und Fratzen, die niemandem ähnlich sahen. Körper aus Stroh. Auf kleinen Banderolen standen die Namen. Selden und Nick und ein paar andere. Es war seltsam, das zu sehen. Ein Witz und wieder nicht.

Als er ins Schlafzimmer kam, war sie noch am Lesen.

Wir haben keine Kinder. Ist es das?

Er gab sich überrascht.

Ich dachte, das mit den Kindern hätten wir erledigt. Zu den Akten gelegt. Zur Wiedervorlage nicht vorgesehen.

So einfach ist es leider nicht.

Sie erklärte ihm, was sie gerade las.

Das Problem ist, dass du gar nicht anders kannst. Es ist alles programmiert. Hier, hör mal zu. *Sich evolutionär angepasst zu verhalten und dem biologischen Imperativ zu gehorchen, bedarf nicht eines rationalen Entscheiders.* Das lerne ich gerade, auch wenn es ziemlich niederschmetternd ist. Diese Macht der Fortpflanzung, dass es praktisch keine anderen Gefühle gibt. Hier: *Deswegen sind auch nur Situationen emotional wirksam, die mit einem Zugewinn oder einem Verlust reproduktiver Ressourcen einhergehen.*

Hast du das gewusst?

Er sagte: Britta, bitte.

Das kleine Einmaleins der Soziobiologie, sagte sie. Einer gewinnt, der andere verliert. Ich dachte, so einfach kann es doch nicht sein, es muss noch etwas dazwischen geben, aber leider: *Neutrale Emotionen gibt es logischerweise nicht, weil Situationen, die weder bedrohlich noch vielversprechend erscheinen, ohne biologische Bedeutung sind und deshalb kein Navigationssystem brauchen.*

Der Begriff Navigationssystem gefiel ihm. Das klang nach Wasser, stürmischer See.

Die Meuterei auf der Bounty, scherzte er.

Ja? Ist es das? Du meuterst. Gegen mich? Weil ich Falten bekomme.

Ich habe ehrlich gesagt keine Lust auf das. Ich bin müde, sagte er. Das ist doch alles Quatsch, Britta.

Und wenn nicht?

In ihrem Gesicht waren ein paar glänzende Stellen von den Cremes. Sie sah nicht wirklich müde aus, lauernd, wie ihm jetzt vorkam, als wolle sie ihn testen. Sie hatte noch kein einziges Mal den Namen Lynn erwähnt, die hässlichen Fotos, die Artikel, die voller Häme waren. Wahrscheinlich war es ihr sogar recht. Die Ehe ist ein Puzzle, hatte sie vor Jahren gesagt. Man macht sich ein Bild, auch wenn man gegen Ende nicht weiterkommt, im letzten Drittel, wenn es bloß noch Himmel gibt, ein verwaschenes Blau, Wüsten in Gelb oder Grün, bei denen jedes Teilchen wie das andere aussieht.

Als Mädchen hatte sie gepuzzelt. Ein alter Schlosspark in Schottland mit tausend Teilchen. Sie baute es dreimal hintereinander zusammen, bis sie sich langweilte und die Steine einfach umdrehte. Er fand das schräg, fast ein bisschen autistisch. Es geht auch um Respekt, hatte sie gesagt, ein gewisses Bewusstsein für die Beliebigkeit, je nachdem, auf welcher Seite der Geschichte man sich gerade befinde.

Mitte der Woche ging es richtig los. Hannah hatte ihn vorgewarnt: eine ziemlich große Geschichte, wahrscheinlich der Titel. Die Meinungen in der Redaktion seien geteilt, es gebe Streit. Es geht um das Cover. Du bist auf dem Cover. Das überlegen sie. Des Kaisers neue Kleider. So etwas in der Richtung. Alles ziemlich übel, so wie es aussieht.

Es ist schwierig für mich, sagte sie am Telefon. Ich ducke mich weg, auf der großen Konferenz, wenn sie über dich herziehen. Ich fühle mich nicht gut dabei. Andererseits kann ich ihnen ja schlecht sagen, dass ich mit dir schlafe.

Er sagte: Na gut, wir werden ja sehen, ich danke dir.

Den halben Samstag saß er auf einer Konferenz über Globalisierung und IT-Sicherheit, am frühen Sonntagmorgen dann das Heft. Anfangs lachte er. Der lädierte Kronprinz, hatten sie getitelt, darunter sein Gesicht, der nackte Körper eines Mannes, der einen Tick zu groß geraten war, auch das Geschlecht. Viel mehr sah er nicht. Ein Zepter, das ihm gerade aus der Hand rutschte, eine Krone, die auf dem Boden lag. Die Beleuchtung war komisch. Sein Gesicht halb im Dunkel, eine Mischung aus Foto und Gemälde. Er sah auf eine lächerliche Weise grimmig aus, dachte er, mit der Miene eines alten unzufriedenen Kindes.

Der Artikel zog sich über sieben Seiten und war als Geschichte eines gefallenen Helden aufgemacht. Jemand hat uns Hoffnungen gemacht, jetzt singen wir ihm im Chor das Abschiedslied. Was die Fakten betraf, war fast alles Aufguss, die Hälfte Konjunktiv, von der Logik her ein Indizienprozess, Freispruch aus Mangel an Beweisen nicht ausgeschlossen, sodass auf jeden Fall etwas hängenbliebe. Ein neues Foto von Lynn, aber dieselbe Serie, eine Szene mit Britta aus dem letzten Wahlkampf, mittendrin die Behauptung, es gebe Vorermittlungen wegen einer Jahre zurückliegenden Steuersache, bei der es um weit mehr als um seine Reiseabrechnungen gehe.

Der Rest war Politik, Geraune über dies und das.

Er habe keinen Rückhalt in der Partei, nicht nur an der Basis gebe es hinter vorgehaltener Hand Kritik an seinem Kurs. Selden habe schwere Fehler gemacht, zu spät auf die Unruhen in den Vorstädten reagiert, dann wieder überhastet die Sicherheitsgesetze verschärft, alles ohne nachvollziehbare Linie, mal Technokrat der Macht, mal apokalyptischer Rhetoriker, der in Talkshows neues Öl ins Feuer goss.

Er war noch nicht durch, als Britta anrief. Anscheinend saß sie in einem Café, man hörte Stimmen, eine Espressomaschine, Geräusche von Tassen und Gläsern, rauschenden Verkehr.

Ich hoffe, du regst dich nicht allzu sehr auf. Regst du dich auf? Die Einzige, die wirklich Grund dazu hätte, bin ja wohl ich.

Der Nächste war Nick, der sich darüber beklagte, dass er in dem Artikel so gut wie gar nicht vorkam.

Offenbar halten sie mich schon für tot, sagte er. Der König ist tot. Es lebe der König, wobei sie uns ja zeigen, wie man heutzutage mit Königen umspringt.

Er machte vage Andeutungen über erste Reaktionen, das, was bei ihm angekommen war, ein gewisser Unmut in der Partei, ja, doch, wer schon mit den Füßen scharrte, keine Namen. Augenscheinlich wusste er noch nicht recht. Manchmal klang er gönnerhaft, dann wieder ehrlich besorgt. Wir müssen zusammenhalten, gab er zu verstehen, aber vielleicht, wenn sich die Sache hinzieht, lasse ich dich auch fallen.

Sieben, acht Anrufe später hatte er Hannah dran.

Die Passage über Anisha sei eine Sauerei, das Titelbild infantiler Schwachsinn, regressiv, achtziger Jahre.

Pass auf dich auf, sagte sie.

Bis zum frühen Nachmittag hing er ununterbrochen am Telefon, führte innerlich Listen, wer reagierte wann und wie, von wem hörte er nichts oder bloß auf Umwegen, während er in Gedanken immer wieder bei dem Cover war, was ihn eigentlich daran störte. Am meisten wunderte ihn, dass sich das jemand ausdachte und dann nicht dafür sorgte, dass es professionell gemacht wurde. Die Montage wirkte ziemlich stümperhaft, aber das schien Absicht zu sein. Man sollte sehen, dass es nicht passte, oben am Hals, wo die Schnittstelle war. Tatsächlich würde niemand im Traum auf die Idee kommen, dass es sich um seinen Körper handelte. Und genau das war die Botschaft: Man konnte alles austauschen und in beliebiger Reihenfolge wieder zusammensetzen.

Früher diese bunten Figuren aus Papier, denen man mal dieses, mal jenes Kleidchen umhängen konnte, groteske Kombinationen von falschen Füßen und falschen Gesichtern.

Er war nur eine Figur, dachte er, von der lächerlichen Wirkung ganz abgesehen. War es das, was ihm zu schaffen machte?

Er redete mit Josina, die sich über die Stelle mit dem Hinken aufregte. Auf einmal war es ein Thema, dass er seit frühester Kindheit einen leichten Gehfehler hatte. Man beschäftigte sich mit physiognomischen Details und zog ganz unverschämt seine Schlüsse daraus, diese grauen Augen, der lauernde Blick, die steife Art, wie er jemand begrüßte, alles, was angeblich Lüge an ihm war, diese seit Jahren geübte Kunst der Verstellung.

Was hat das verdammt nochmal mit Politik zu tun?

Das ist faschistisch, sagte Josina, auch wenn das inzwischen eine Spezialität der so genannten Linken geworden ist. Schaut her, was für eine unsympathische Fresse er hat; wäre es da wirklich so unverständlich, wenn ihn jemand bei nächster Gelegenheit über den Haufen schießen würde?

Per, der es wieder mit den Augen Brittas sah, fand die Aufregung übertrieben. Stellt euch nicht so an. Das alles ist nicht neu. Wir sind Profis. Die Sache ist widerlich, aber davon geht die Welt nicht unter. Er klang nicht wirklich gehässig, eher amüsiert als schadenfroh, aber vielleicht bildete sich Selden das bloß ein.

Noch am Abend kursierten im Internet die ersten Gerüchte über seinen bevorstehenden Rücktritt. Das große Thema war das Cover. Offenbar hatte sich einer der Layouter einen Spaß erlaubt und ein paar Entwürfe lanciert, die noch viel schlimmer waren. Plötzlich waren hässliche Kleinigkeiten zu sehen, in letzter Sekunde wegretuschierte Frauenkörper, ein Bündel Banknoten, im Hintergrund sehr klein ein Flugzeug, von dem man nicht wusste, ob es gerade landete oder vom Himmel fiel. Womöglich handelte es sich um eine Fälschung. Im Internet wurde dauernd etwas gefälscht, aber die Wirkung war deshalb nicht weniger verheerend.

Es gab erste Blogger, die das Flugzeug kommentierten, an anderer Stelle Filmchen, in denen man Selden reden sah, eine gesampelte Version, die mit Hip-Hop-Rhythmen unterlegt worden war, mehrmals hintereinander, wie er immer und immer wieder Ruhe versprach, sodass es wie hilfloses Gestotter klang. The Great Dictator (resampled), lautete der Titel. Eine Parodie der Parodie, die in den ersten vierundzwanzig Stunden über siebenhundertmal aufgerufen wurde.

Sie erwogen gerichtliche Schritte gegen das Magazin und kamen zu dem Schluss, dass das die Lage nur verschlimmern würde. Wer sich wehrte, gab zu erkennen, dass er beleidigt war, oder noch schlimmer: dass er etwas zu verbergen hatte.

Am Abend hatte er einen Termin, ein informelles Treffen mit Migrationsexperten, Leuten, die in den Vorstädten den angestauten Frust bearbeiteten, zum großen Teil Ehrenamtliche, aber auch Profis aus den lokalen Behörden, Minderheitenfunktionäre, ein Ethnologe, der in Krankenhäusern Seminare über interkulturelle Unterschiede bei der Schmerzwahrnehmung anbot, dazu zwei in die Jahre gekommene Rapper, die den Steine werfenden Randalierern empfahlen, es doch mal mit Musik zu versuchen.

Selden hörte nur zu, dachte an Hannah, die mit solchen Leuten schon geredet hatte. Er fragte sich, was der Unterschied war, außer, dass sie schrieb und er nicht. Wahrscheinlich war es eine andere Form von Aufmerksamkeit, weniger deformiert, weniger gefiltert, was auch eine Frage des Vertrauens war. Hannah hätte darüber gelacht. Dieser lächerliche Mythos von der Unschuld des Journalisten. Alles blanke Theorie. Wir schreiben ja nur. Wir lesen die Welt, wie sie ist, aber wir haben sie nicht gemacht. Das machen andere, die bösen Manager, die Politiker, Leute wie du. Dabei ging es hier wie dort um Manipulation, das Durchsetzen bestimmter Versionen, die lesbar waren und unter starkem Konkurrenzdruck standen.

Er schrieb ihr eine SMS, in der bloß stand, dass er an sie dachte, wo er war, wie auf einem anderen Planeten.

Nachher kamen die beiden Rapper auf ihn zu und überreichten ihm die neue CD, auf der es auch einen Song über einen Politiker gebe, einen durchgeknallten Innenminister, der eines Morgens die Seiten wechselt und mit einer Gruppe vermummter Gestalten durch die brennenden Viertel tanzt.

Was der Ethnologe über die Moslems sagte, klang interessant.

Sein Paradebeispiel waren die türkischen Frauen, die morgens um drei in die Notaufnahme kamen und über grässliche Schmerzen in der Bauchgegend klagten. In neun von zehn Fällen waren es harmlose Geschichten, Blähungen, Menstruationsbeschwerden, manchmal nicht mal das, und trotzdem war es immer ein Riesendrama.

Sie leiden wirklich, sagte er, jede Einzelne von ihnen, aber nicht, weil sie ernsthaft krank sind, sondern weil das Schmerzempfinden ihrer Gruppe anders konfiguriert ist, was im Übrigen nicht ausschließt, dass sie auf anderen Gebieten viel unempfindlicher sind. Gefühle von Enttäuschung und Wut, aber auch Freude und Lust, alles sei codiert und liege zunächst mal nicht im Ermessen der betroffenen Individuen.

Seine These war, dass das auch für die Randale in den Vorstädten galt, von den Mitläufern mal abgesehen, Leuten, die sich dranhängten, aber kein richtiges Motiv hatten, noch nicht mal Bauchschmerzen.

Er lachte.

Sie wollen sagen, es ist nur Theater? Sie können nicht anders, aber eigentlich haben sie keinen Grund. Ist es das?

Man muss sich damit beschäftigen, will ich sagen. Es gibt verletzte Gefühle, es gibt Aggressionen, die aber auf die Kultur verweisen, die sie so und nicht anders bearbeitet.

Es gibt keinen festen Maßstab, ja. Etwas ist fremd und bleibt es auch, ob uns das gefällt oder nicht.

Als sie sich verabschiedeten, gab er Selden seine Karte, mit kurzem Zögern, als kämpfe er mit einem Impuls, dem er aber nicht folgte, als habe er sagen wollen, ach so, dieser Artikel, mein Gott, was soll man dazu sagen, als wäre er erleichtert, dass es ihn nichts anging, dass er so ein Leben nicht führte.

Das erste Interview gab er um sieben im Frühstücksfernsehen, ein Doppelinterview mit dem Chefredakteur des Magazins, der in einem Studio im Süden saß. Eigentlich war die Idee, dass sie miteinander diskutierten, aber am Ende kam ein langweiliges Hickhack über die Rechte der freien Presse heraus. Der Moderator schien eher auf Seldens Seite zu sein. Gibt es nicht Grenzen? Dieses Cover zum Beispiel. Darauf der Chefredakteur: Das Cover sei umstritten gewesen, trotzdem habe man die richtige Entscheidung getroffen. Alles Private sei politisch, es gebe Grauzonen, der Minister habe offenbar Schwierig-keiten mit Zahlen, daher müsse er sich die eine oder andere Frage schon gefallen lassen. Es klang ein bisschen platt, wie Propaganda aus den Sechzigern, obwohl der Mann noch keine vierzig war.

Selden wurde zum Einstieg mit der neuesten Umfrage konfrontiert. Er sei um fünf Plätze nach hinten gerutscht, praktisch über Nacht. Sie spielten drei, vier Statements ein, eine erste Rücktrittsforderung aus der Partei, formelhafte Bekenntnisse zu seiner Person, die das Gegenteil sagten, zum Schluss eine längere Passage über Mitglieder des Innenausschusses, die beim Namen Selden nicht mal stehen blieben und im Vorübergehen abwinkten.

Selden versuchte, sich kämpferisch zu geben. Er kündigte gerichtliche Schritte in der Steuersache an, nannte die Vorwürfe infam, verteidigte seine Politik. Was er sagte, war im Grunde egal. Er durfte nicht lügen, er durfte nicht ausweichen. Die Erfolge herausstreichen, aber als wäre das normal. Als hätte er nie an sich gezweifelt, also warum sollten andere an ihm zweifeln. Der Moderator ließ ihn weitgehend gewähren. Und dennoch war es Selden, als lüge er die ganze Zeit. Was immer er sagte, es klang wie eine lahme Rechtfertigung für Dinge, die bis gestern unumstritten waren.

Er fühlte sich nicht richtig bedroht, eher überrascht, dass er in der Defensive war, auch dass er nicht viel spürte, einen vagen Impuls, sich zu wehren, wenngleich das meiste nur Nebel war.

Zwei Stunden später stand er in Nicks Büro und bot ihm seinen Rücktritt an.

Eigentlich gab es keinen Grund, es sei denn, Nick war der Grund, der so tat, als würde er darüber nachdenken, ohne die Sache zu dramatisieren. Dunkler Anzug, Krawatte, ein verwaschenes Rot, eher hell, wie vertrocknete Tulpenblätter.

In gut zwei Stunden säße er schon im Flieger nach Washington, meinte er, deshalb sei der Zeitpunkt etwas ungünstig, aber wann sei der Zeitpunkt schon günstig.

Nun setz dich doch, sagte er.

Er bestellte Kaffee, bot auch Cognac an, aus seiner berühmten Bar in der Wand, in der er seit Jahren Spirituosen aus aller Herren Länder hortete.

Das müssen schlimme Tage für euch sein, fing er an. Dieser Dreck. Diese Bilder, die Verdächtigungen. Die alles entscheidende Frage ist: Vertraue ich dir noch. Vertraue ich dir noch? Ich würde sagen, ja.

Darauf Selden: Vielleicht vertraue ich dir ja nicht mehr.

Daran schien Nick noch nicht gedacht zu haben, dass es ein Geschäft auf Gegenseitigkeit war.

Seine Sekretärin brachte den Kaffee.

Na gut, was ist passiert, sagte er. Jemand hat dich auf dem Kieker. Jemand hat gegraben und etwas gefunden, weil sie ja immer graben. Wer hat ein Interesse daran, frage ich mich. Habe ich ein Interesse daran?

Es liegt alles in Safes, falls du das meinst. Den Schlüssel habe nur ich. Mein Ehrenwort, sagte Nick.

Wieder sah er kurz her, nicht ganz ernst, als wolle er sagen, dass es eine Komödie war, aber wenn du unbedingt willst, spiele ich sie für dich. Dass es um Geheimnisse ging. Vergrabene Schätze, der leuchtende Stoff, aus dem solche Geschichten seit jeher gemacht wurden, auch im 21. Jahrhundert.

Politik ist manchmal schmutzig, na und? Man kann sich waschen, sagte Nick. Etwas bleibt hängen oder nicht, aber es geht weiter. Das ist Politik.

Plötzlich kam er auf seine Frau, von der nicht viel bekannt war. Er habe seit hundert Jahre ein Konto bei ihr, damals, als wir noch jung waren und darüber nachdachten, was eine Ehe ist. Eine Ehe bestand aus Krediten, es gab Laufzeiten, komplizierte Ratenzahlungen, Schuldscheine und Wechsel, die hoffentlich nicht platzten.

Meistens bin ich im Minus, sagte Nick. Man ist immer im Minus in diesem Geschäft, weil es um Abwesenheit geht. Der Mann treibt sich herum, und die Frau, die zu Hause wartet, führt die Konten.

Bei Britta ist es womöglich anders, fügte er hinzu. Sie hatte ihre Malerei, sie kam auch mal raus, was die Dinge in ein milderes Licht rückte.

Hast du mit ihr gesprochen?, fragte Nick.

Selden sagte, ja, nein, nicht richtig, nur am Telefon. Weißt du, was für sie das Schlimmste ist? Sie kommt nicht vor. Sie holen ein paar Fotos aus dem Archiv, auf denen alle sehen, dass sie eine Statistin ist, eine dieser Idiotinnen, die von ihrem Mann seit Jahren hinters Licht geführt wird. In einem dieser bunten Blätter stand, sie sei krank. Warum schreiben sie nicht, dass sie Malerin ist? Sie sitzt zu Hause vor einem Stapel Zeitungen und findet nirgendwo eine Spur von sich.

Sie muss das erst verdauen, sagte Nick. Sie braucht Zeit. Mein Gott, sagte er, in sechs Wochen kräht kein Hahn mehr danach.

Was soll das heißen, sagte Selden.

Ich nehme deinen Rücktritt nicht an, soll das heißen. Vergiss es. Mach deine Arbeit. Fahr ein paar Tage weg, wenn dir das hilft. Fahr in die Berge. Man kann gut denken in den Bergen.

Selden war schon fast an der Tür, als er ihn noch einmal zurückholte.

Wir sind noch nicht fertig, sollte ich dir bei dieser Gelegenheit wohl noch sagen.

Plötzlich klang er milde, fast bittend.

Fertig mit was.

Ich möchte, dass du das mal machst. Diesen Job. Wenn ich eines Tages nicht mehr kann. Falls mal eine große Bank bei mir anruft. Keine Ahnung, wer.

Eine Bank.

Ein Konzern, eine Stiftung.

Man kann nie wissen, sagte Nick. Denk darüber nach.

Und Selden: Gut, werde ich machen.

Im Büro wartete Josina mit einer neuen Liste mit Interviewanfragen. Radiojournalisten, die ein kurzes Statement zu den Rücktrittsgerüchten wollten, ein Witzbold aus dem Feuilleton, der sich mit der Ikonographie des nackten Kaisers beschäftigte, alle Viertelstunde eine neue Stimme, im Grunde Fließbandarbeit, sodass er eine Weile brauchte, bis er merkte, dass es schon Routine war. Alles war getaktet, im Hintergrund ein gewisser Lärm, Stimmen, die mal heller, mal dunkler klangen, hin und wieder ein Reiben, ein fernes Bohren, während er aus einer Handvoll Fertigteile die immer gleichen Statements fabrizierte.

# X

Tarsa sah seit Tagen sehr müde aus. Sie sagte, das käme von der neuen Rolle, aber Trick, der sich einbildete, sie genauer zu kennen, glaubte, dass ihr Zweifel alles und jeden betraf, ihre wacklige Identität als Immigrantin, die ewigen Witzeleien, mit denen sie mehr schlecht als recht kaschierte, wie ratlos sie war. Wenn sie gegen Abend hereinschneite, fiel sie als Erstes über das Essen her, trank sehr schnell ein paar Gläser Wein, lehnte sich zurück und redete über ihre neuesten Pläne, ohne Punkt und Komma, auch wenn es nur Szenen waren, unausgegorene Aktionen, bei denen es um die Überschreitung immer neuer Grenzen ging.

Sie wollte unbedingt etwas mit Feuer, aber nicht wie diese Idioten auf der Straße, die seit Wochen Autos und Geschäfte abfackelten und noch nicht mal ihren Namen buchstabieren konnten. Diese Sache mit den Puppen hatte ihr gefallen. Habt ihr gesehen? Das ging doch in die richtige Richtung, obwohl es nur Platzhalter waren, leeres Stroh, das für abwesende Körper stand. Über diesen Punkt hatte sie lange nachgedacht. Man musste mit Körpern arbeiten. Hatte sie so was nicht gelesen? In einem Roman, glaubte sie. Keine Ahnung von wem.

Sie erklärte ihnen, was sie noch wusste, die Idee, dass sich jemand verbrannte, mitten in der Stadt auf einem belebten Platz, und niemand weiß, warum.

Der totale Einsatz für nichts, sagte sie.

Klang eher abgedreht, meinte Tick. Ein bisschen wie Buñuel, aber warum nicht.

Track sagte fürs Erste nichts, brachte eine neue Flasche Wein, während Trick sich zum hundertsten Mal fragte, wie sie wohl im Bett war. Darüber hatten sie die Tage geredet, ob eine Schauspielerin auch mal aufhörte, eine Schauspielerin zu sein, oder ob sie alles bloß spielte.

Wie soll das gehen, sagte Tick. Und was wäre das dann. Kunst oder Politik?

Sie hoffte, weder noch. Happening, meinte Track, aber das traf es auch nicht, denn das würde ja bedeuten, dass es ein Kommentar war, kritisches Blabla, dass wir etwas nicht wollen, was am Ende bedeutet, dass wir immer noch verwickelt sind. Sie konnte es nicht formulieren. Natürlich wäre alles gespielt. Aber die Idee wäre ganz klar der Schock, etwas, das leer war, aber eine riesige Wirkung hatte, negative Energie.

Ich kann es sehen, sagte sie.

Sie erklärte ihnen, was sie sah, Leute, die kreischten, fassungslose Gesichter. Wahrscheinlich brauchte man gar nicht viel. Es gab feuerfeste Kleidung, spezielle Gels, hatte sie gehört, Masken, die eine Weile schützten, obwohl man da sicher nicht ohne weiteres rankam. Sie begann zu überlegen, ob sie jemand kannte, der sich damit auskannte, über ein paar Ecken. Sie schüttelte den Kopf, leider nein, oder wartet, doch, wie hieß er noch gleich, dieser Typ. Ben, glaubte sie. War er nicht beim Film?

Am übernächsten Abend brachte sie ihn mit, einen blassen, unscheinbaren Typen, der nicht gerne redete, aber okay. Was hatte er an Stunts gemacht? Feuer eher weniger, Stürze aus dem Fenster, schwere Unfälle, zum Teil mit LKWs, Schlägereien. Auch als Leiche hatten sie ihn schon eingesetzt, was leider alles kein Geld brachte.

Feuer fand er interessant. Nicht ganz ungefährlich, wenn man die Regeln nicht kannte.

Er erklärte ihnen, was ging und was auf keinen Fall, worauf man achten musste. Einsatz von Feuerlöschern, Sicherheitsabstand, wie lange man das überhaupt aushielt, lichterloh brennen, er sagte: zehn Sekunden maximal.

Tarsa fand das enttäuschend kurz, aber vielleicht konnte man das vor Ort ja ausdehnen.

Wir werden sehen, sagte sie.

Sie wollte es als Gruppe machen, sieben, acht Leute gleichzeitig als lebende Fackeln, wovon er dringend abriet.

Auf keinen Fall, sagte er. Einer ist schwierig genug.

Und sie: Okay, einer. Was machen die anderen?

Sie hatte an die Parodie einer Demo gedacht. Sie trügen alle Schilder mit Parolen um den Hals: Ich bin wütend, ich bin besoffen, ich nehme Tabletten, aber auch totalen Schwachsinn: Ich fahre U-Bahn, ich bin minderjährig, ich denke nur an Sex.

Erst sitzen wir alle bloß da, neben uns die Flaschen, dann auf einmal gießen wir einem von uns das Zeug über den Kopf und zünden ihn an.

Sie stand auf und zeigte, wie das wäre. *Ffouw* machte sie und strahlte. Genau so, ja. Und noch einmal *Ffouw Ffouw*, als würde sie Feuer spucken.

Und wer macht es?

Sie sah sie alle der Reihe nach an, etwas spöttisch, weil ja klar war, an wen sie dachte, doch dann meldete sich Trick und sagte: Ich. Alle waren überrascht, am meisten Tarsa, die kurz stutzte und dann zustimmte, gut, einverstanden, umso besser, ein bisschen schnell, als wäre es eine Nebensache.

Sie machte eine Liste, wer machte was wann, dazu die Kosten für das feuerfeste Material. Ben sollte die Sachen besorgen, was ein paar Tage dauern würde. Blieb die Frage, wann und wo. In der Fußgängerzone war zu gefährlich. Track war für den Platz der Republik, aber dann roch es sofort nach Politik. Sie gingen die Parks durch, öffentliche Plätze, wo überhaupt Räume waren, ihre unterschwelligen Botschaften. Ein Kaufhaus war eine Botschaft, eine Kirche, eine Straße womöglich nicht, eine x-beliebige Kreuzung, ein Bahnhofsvorplatz, weiter draußen an den Rändern diese Betonwüsten.

Oder war das gar nicht wichtig, wo sie es machten?

Was sie anhatten, war wichtig. Der erste Blick, was sich jemand dachte, wenn er sie sitzen sah, mit diesen komischen Schildern um den Hals, als wären sie Mitglieder einer neuen Sekte, der es vor allem ums Meditieren ging.

Ben brauchte fast eine Woche, aber dann hatten sie das Zeug.

Tarsa kam in Schwarz, Tick und Track in Weiß, während Trick schon die feuerfeste Kleidung trug, einen engen roten Overall, noch ohne Maske, das Gel in seinem Rucksack in einer Dose.

Bis zum Morgen hatte es ununterbrochen geregnet, aber jetzt, gegen halb zwei, war es wieder richtig heiß. Drüben an der Bühne hatten sich bereits Leute versammelt, obwohl die erste Band für drei Uhr nachmittags angekündigt war. Sonst war nicht viel zu sehen, Familien mit Kindern, die auf der Wiese picknickten, ein paar knutschende Pärchen, eine Gruppe Jugendliche mit Hunden.

Sie saßen halb links, in der Nähe des Einlasses, wo auch die Stände mit den Getränken waren, Tische mit CDs der Bands, weiter weg mehrere Leute, die Werbung und Propagandamaterial verteilten.

Alles okay?, fragte Tarsa.

Sie sagten: Ja, alles okay.

Den Anfang kannten sie schon. Alles war zäh und zugleich lächerlich. Niemand achtete groß auf sie. Manchmal blieb jemand stehen und wollte wissen, was sie da machten. Sie redeten und lachten, dann wieder saßen sie bloß da, zeigten ihre Schilder.

Tarsa hatte gesagt: Wenn Ben kommt, geht es los.

Hat er gesagt, was er anhat?

Er hat gesagt, dass er kommt. Sobald er das erste Kamerateam sieht, gibt er uns Zeichen.

Sie klang nicht richtig ungeduldig, eher besorgt, als könnten sie in letzter Sekunde noch abspringen, vor allem Trick in seinem viel zu warmen Overall, weshalb sie ihn immerzu musterte, gut gespielt, stellten sie im Nachhinein fest, aber auch das nur Fake.

Leute kamen und gingen, es wurde halb drei, von der Bühne hörte man Musik vom Band, ziemlich laut, während vom Eingang her immer neue Besucher auf die Wiese strömten.

Das Letzte, was sie mitbekamen, war, dass sie winkte. Hey Ben, super, wir sind hier, alles in Ordnung. Dann stand sie auf und ging zu Trick, nickte ihm zu und begann ihn wie besprochen mit der Paste einzucremen, Hände, Finger, alles fast liebevoll und zärtlich, dann Hals und Gesicht, auch hinter den Ohren, sehr lange und sorgfältig die Stelle um die Augen, wie eine Mutter ihr Kind.

Dann die Flüssigkeit.

Es sah wie eine Taufe aus, im Fernsehen diese Szene, wenn der Sieger mit Champagner spritzt.

Er brannte auf der Stelle lichterloh, nicht an allen Stellen sofort, überall, wo sie ihn getroffen hatte, inselartige Gebilde, die sich im Nu zu einer flammenden Fläche verbanden.

Die Verabredung war: Alle bleiben sitzen, zählen die Sekunden, aber ganz cool, als würden sie es gar nicht bemerken. Nur ein paar Sekunden, bevor Tick und Track die Feuerlöscher entsicherten.

Es entstand sofort Panik. Ein Augenblick der Stille, bis sie begriffen, und dann von allen Seiten Geschrei, kreischende Mädchen, eine wellenartige Bewegung, die für kurze Zeit ein erhabenes Gefühl der Leere produzierte, eine Kapsel, die von niemandem zu öffnen war.

Trick blieb komischerweise ganz ruhig. Er schien zu ihnen herzusehen, aber er schrie nicht. Tarsa schrie: Worauf wartet ihr? Von weiter weg die Stimme Bens, der ihnen zurief, in welchen Winkel sie sich beim Löschen stellen sollten.

Das meiste bekamen sie gar nicht mit. Auf einmal waren Fernsehleute da. Track kämpfte mit Tricks Schulter. Den Kopf hatten sie als Erstes im Griff, Bauch und Rücken, auch weil sich Trick die ganze Zeit drehte, als würde er tanzen. Allerdings schrie er jetzt auch. Überall war Schaum, eine flackernde Stelle am rechten Fuß, es kam ihnen vor wie eine Ewigkeit. Auch Tarsa hatte wieder zu schreien begonnen, weiter weg, irgendwie irr, sie hatten gedacht, jetzt wäre Ruhe.

Offenbar war an anderer Stelle ein Feuer ausgebrochen. Sie dachten: Was für ein Feuer, dann sahen sie, dass es Tarsa war. Jemand schrie: Sie hat sich angezündet, mein Gott, diese beiden Flaschen, sie hat sich diese beiden Flaschen über den Kopf gegossen.

Anfangs war die Stimmung: Das ist wieder nur Show, schnell weg, das sind Irre. Ein Pärchen in Lederjacken lachte sich beinahe tot. Hey, das ist witzig, außerdem schien das Zeug auch viel besser zu brennen.

Sehr weit weg, am Rand, dachten sie alle drei: Tarsa, das war nicht ausgemacht. Was soll das. Warum verarschst du uns.

Ein paar Sekunden lang, bis sie endlich reagierten.

Leider kamen sie da schon nicht mehr richtig an sie ran. Sie versuchten es, drei-, vier-, fünfmal, von allen Seiten, aber die Hitze war sehr stark, wie eine Hülle, hinter der sie sich versteckte. Jemand schrie: Holt einen Krankenwagen, schnell. Jemand versuchte das Feuer mit seinem Mantel zu ersticken, kam aber auch nicht ran.

Der Erste, der es begriff, war Ben.

War sie überhaupt noch bei Bewusstsein?

Das Fürchterlichste war, dass sie sich nicht bewegte. Sie saß nur da, wie eine indische Göttin, ein bisschen schief, ohne die geringste Regung. Von ihren Kleidern keine Spur, vom Moment der Nacktheit, die nur eine andere Form der Verkleidung gewesen war.

Einen Moment musste sie nackt gewesen sein. Jetzt glühte sie, wurde eine Weile durchsichtig, obwohl das Feuer weiter auf Widerstände traf.

Nach und nach breitete sich Stille aus, eine leere Frömmigkeit. Weiter weg war noch immer Geschrei, ein Durcheinander an Stimmen, Körper, die sich bloß mit Mühe davon abhalten ließen, diese ehrfürchtige Stille zu stören. Trick hatte sich vor sie hingekniet, er begann zu beten, während Tick und Track wie blöde mit ihren Feuerlöschern dastanden.

Sie begriffen es nicht.

Genau das hätte ihr gefallen. Sie hatte sie alle verarscht, aber deshalb staunten sie jetzt.

Das Komische war, dass es ein Zitat war. Sie brachte sich um, aber es war nur ein Zitat. Hatte sie nicht gesagt: eine Hommage? Alles war Zitat, eine Verbeugung vor der Schrift, den Geschichten, die schon immer geschrieben waren.

Irgendwann kamen Sanitäter, zwei ältere Polizisten, die als Erstes die Fernsehleute vertrieben.

Scheiß Fernsehen, hatte sie immer gesagt.

Sie war noch immer da, ein rauchender Stumpf, ungefähr in der Form eines Ls, leicht zur Seite geneigt. Sie schien sich wieder zu bewegen. Niemand hatte sie berührt, trotzdem bewegte sie sich, sank ein bisschen weg in Richtung Boden, aber dann blieb sie so.

Sie saßen in einem Restaurant am Hafen, unten bei den Anlegestellen. Der Laden war noch relativ neu, viel helles Holz, viel Metall, alles sehr kühl, mit viel Grau, aber gut zum Sitzen. Der Clou war draußen. Man saß an einer langgezogenen Glasfront mit Blick auf den Quai, wo ein riesiges Passagierschiff vor Anker lag, keine fünfzig Meter weit weg, mit unzähligen Lichtern, unglaublich hoch, wie eine mehrstöckige Wohnanlage, jetzt in der späten Dämmerung um halb sechs.

Selden hatten schon bestellt, frischen Fisch für Britta, Ente für sich, vorneweg eine Platte mit Vorspeisen, die nicht leicht zu identifizieren waren, gerolltes Roastbeef mit einer Paste aus Kapern, Spurenelemente von Stör, Teigtaschen mit Trüffeln, poststrukturalistische Küche zu gehobenen Preisen.

Der Anfang war schwierig. Ein bisschen Geplänkel, ein bisschen Smalltalk. Schau nur, das Schiff, so ein großes Schiff. Was macht dein Rücken, wie war Lissabon. Lass dich anschauen, wie siehst du aus, erschöpft siehst du aus, angespannt.

Sie trug einen brauen Hosenanzug und wirkte sehr entschlossen. Sie hatte sich richtig hübsch gemacht, ausnahmsweise geschminkt, einen Hauch Rouge, dunkle Lippen, eher braun als rot, passend zu ihrem Outfit, die neue Britta. Sie sah phantastisch aus. Hier, schau, deine Frau, schien sie zu sagen, und nun hör zu, was ich dir sagen will.

Das Wichtigste zuerst. Ich bin deine Frau. Obwohl du ein Ungeheuer bist, ich bin noch immer deine Frau.

Sie sagte, sie habe Pläne.

Sie erwähnte verschiedene Namen, die ihm mit wenigen Ausnahmen nichts sagten, Leute, mit denen sie sich traf, die sie berieten, die sie bestärkten.

Und lass mich bitte ausreden, sagte sie.

Sie fasste über den Tisch, berührte ihn am Arm, sah ihn an.

Wahrscheinlich gehe ich eine Weile zurück zu meinen Eltern, fing sie an. In die Nähe, ein Kaff. Warum nicht. Und dann suche ich mir was, eine Stelle als Lehrerin, habe ich gedacht. Das kleine Leben, weißt du? Im Grunde bin ich doch jemand für den Garten. Diese schwer zu kurierende Sucht, sich die Welt zu erklären. Das lasse ich eine Weile sein. Deine Britta inmitten von lauter netten Dummköpfen, wie findest du das? Ich werde sicher furchtbar dick da oben. Ein geheiztes Zimmer für den Mann, wenn er mal kommt, das auch.

Das ist nicht dein Ernst.

Sie sagte, es sei ihr Ernst.

Er fragte, wann.

Sie lachte ihn aus und sagte eine Zeit, nicht mehr lang. Für ein paar Monate nur. Vielleicht auch länger.

Sie schnappte sich das letzte Röllchen Aal und schaute ihn an, belustigt, wie es schien, eine vergnügte Ehefrau, die es genoss, dass sie noch immer für Überraschungen gut war.

Sie war noch nicht fertig.

In den ersten Jahren, wenn sie ihn zufällig erwischte, in einer Diskussion im Fernsehen, vor einem fremden Flughafen beim Interview, hatte sie manchmal Mühe, ihn zu erkennen. Dann war er wie ein Fremder, jemand, der sich selbst spielte, der bestimmte Posen einnahm. Sie wusste noch genau, wie unsympathisch sie ihn dann fand, zumal er mit ihr ganz anders war, irgendwie reicher, auch jünger, weniger berechenbar.

Sie war sich nicht sicher, ob das noch zutraf. An wessen Seite sie seit Jahren lebte, Kameras an, Kameras aus. Ich kenne ihn gar nicht mehr. Sie musste ihn wieder kennenlernen, keine Ahnung, wie.

Es ist kompliziert, sagte sie. Das meiste kennst du. Was will ein Mann, was will die Frau, was geht in einer Frau vor, vor allem, wenn sie über fünfzig ist. Sie fand das schwierig, über fünfzig, diese Umstellung des Körpers, wobei der Körper noch das Geringste war. Am meisten erstaunte sie, dass sie noch Bedürfnisse hatte. Dass sie ihn brauchte, nicht nur zwischendrin als Häppchen.

Sie sagte: Ich brauch eine kleine Auszeit. Darauf läuft es hinaus. Ein wenig Abstand. Damit ich dich wieder sehe.

Prost, Mann, sagte sie, Prost, Ehemann.

Auf uns, sagte sie. Unsere Ehe. Auf deine Britta, damit sie sich eines Tages besinnt und wieder weiß, wo sie hingehört.

Sie wollte noch etwas trinken, einen Kaffee, einen klitzekleinen Cognac, aber nicht hier, zu Hause. Bringst du deine dumme Britta nach Hause?

Im Wagen fing sie mit der Zeitschrift an. Diese Leute neulich, du hast mich gar nicht gefragt, wie es war. Sie waren ziemlich begeistert von uns als Paar. Das verflixte zwölfte Jahr, haben sie gesagt. Wie leben Sie? Wie fühlt sich das an, als Frau an der Seite eines Ministers. Und ich: Ich habe nicht gewusst, dass es neuerdings zwölf sind, ich dachte: sieben. Ziemlich gut fühlt sich das an, habe ich gesagt. Sie wissen ja, Politiker sind Bigamisten, aber um Himmels willen schreiben Sie das nicht. Ein paar Fotos im Garten, in der aufgeräumten Küche, Britta vor dem Kamin beim Blättern in einer Frauenzeitschrift. Schön haben Sie's hier, verdammt schön. Man sieht die Hand der Frau. Der ganze Krimskrams, die geschnitzten Figuren in den Regalen, die Bilder. O-Ton Redakteurin: Hierher käme ich abends auch gern zurück. Alles so gemütlich, so licht und hell, das wird unseren Leserinnen gefallen und blabla. Der Mann, wenn er erschöpft von der Jagd kommt und am heimischen Feuer von seinen Abenteuern erzählt. Sie fand es einfach super. Den Pool, die Sauna, den Kamin. Alles super.

Komm, lach doch mal, sagte sie, als sie in die Einfahrt bogen, deine Frau ist echt witzig, also lach gefälligst. Außerdem hätte ich gerne einen Drink. Deine Frau macht Werbung für dich, und zum Dank bekommt sie nicht mal einen Drink.

Einen Drink, na gut, sagte er.

Einen doppelten, sagte sie. Wie du. Wie mein Mann. Ich mache alles wie mein Mann.

Sie wollte den Drink im Bett. Nicht im Bett, auf der Terrasse, im Stehen, damit sie wieder einen klaren Kopf bekäme, obwohl es draußen ungemütlich kühl war. Auf einmal war sie nur noch am Reden. Sie habe die ganze Zeit gelogen. Bei diesem Interview. Wie gerne ich koche. Dabei koche ich doch gar nicht, außer wenn wir streiten. Vielleicht sollte ich wieder mal. Eine schwierige Suppe, ein Soufflé, das dann hundertprozentig schiefgeht, aber was soll's. Wenn du willst, machen wir einen Termin. Einen Termin bei deiner Frau, offiziell zum Essen. Keine Presse, kein Fernsehen, nur du und ich.

Sie küsste ihn.

Noch wenn sie ihn küsste, verspottete sie ihn. Vielleicht auch nicht. Der angemessene Preis war ihr Spott, selbst wenn er milde klang, nach dem zweiten Glas, wenn man ihn kaum noch spürte.

Am nächsten Morgen packte sie. Sie wiederholte ihre Gründe, dass sie die Tage ihre Sachen aus dem Atelier holen lasse, dass auch das Atelier ein Grund war. Ich habe nicht genug Platz. Alles erinnert mich an dich, das macht mich dumm und klein, alles ist besetzt, alles eng.

Ich nehme den Wagen, sagte sie.

Er versuchte sie zu umarmen, aber sie schob ihn weg, als wäre es dazu noch zu früh.

Na komm, schau mich nicht so an. Warum bist du überhaupt da. Willst du wissen, was meine Mutter gesagt hat? Ich hoffe, er lacht dich aus, hat sie gesagt. Darauf ich: Das hoffe ich auch. Aber leider leider.

Sie ist natürlich auf deiner Seite, sagte sie. Warum ich mir anmaße, dass es auch um meine Bilder geht. Anstatt mich um meinen vielbeschäftigten Mann zu kümmern, habe ich seit Jahren bloß meine Egotrips im Kopf. Du hast es wirklich schwer. Männer überhaupt. Arme, arme Männer.

Ich muss los, sagte er.

Du musst los, sage ich doch. Ich ruf dich an. Falls ich was Interessantes habe.

Sie drehte sich weg, murmelte ihm etwas hinterher, etwas mit langen As, mehrmals hintereinander, was alles Mögliche bedeuten konnte, die Rückkehr in einen vorsprachlichen Zustand, der voller Wunder und Missverständnisse war.


Am ersten Tag kamen sie keine hundert Kilometer weit. Sie brauchten Stunden, um aus der Stadt zu kommen, standen ewig auf dem Parkplatz einer Raststätte, wo sie Leute beim Tanken ansprachen, später auch beim Essen, wenn sie zahlten und für einen Moment nicht nein sagen konnten.

Ein verzottelter Student nahm sie mit, ein älteres Ehepaar, das sie misstrauisch beäugte, ein Lastwagenfahrer, der sie für Kinder hielt. Seid ihr von zu Hause abgehauen, oder was? Er fragte, wohin sie wollten, aber das war ihnen völlig egal, Hauptsache weg, Richtung Meer, was nicht seine Route war.

Anfangs fühlte sie sich nicht wohl und überließ das Reden Joe. Sie fasste ihn an, versuchte mit ihm zu knutschen, gab rotzige Kommentare, während sich Joe über das Leben auf der Straße unterhielt. Reisen war Scheiße, fand Mania, hätte sie nicht gedacht, aber so war es.

Am zweiten Tag lief es besser. Gleich am Vormittag erwischten sie einen Lift, der sie dreihundert Kilometer weiter nach Westen brachte, dann wieder nur Gestopsel, Gewarte auf Parkplätzen, abweisende Gesichter. Todmüde waren sie auch. Erst am späten Nachmittag konnten sie endlich schlafen, hinten auf der Sitzbank eines alten Käfers, während vorne die beiden Hippies, die ihre Großväter hätten sein können, ein Gejaule aus den frühen Siebzigern hörten.

Am dritten Tag waren sie da. Mania sah das Meer, rannte los, zog im Laufen Schuhe und Strümpfe aus, stolperte durch den Sand, stand mit nackten Füßen im Wasser und konnte es nicht fassen, nur Joe und sie, das heilige Paar.

Den ganzen Nachmittag planschte sie wie eine Verrückte im Wasser, legte sich zum Trocknen in den Sand, wo sie eine Weile döste, nackt, so wie sie war, ein bisschen geil und auch wieder nicht, angenehm benebelt. Gegen Abend bekam sie Hunger und machte sich mit Joe auf die Suche nach einem Laden. Läden gab es genug, etwas weiter in Richtung Zentrum, wo auf einmal richtig viele Leute waren, überall Familien mit Kindern, die zwischen bunten Liegestühlen im Sand wühlten, nackte Körper, die unbeachtet in der Sonne lagen.

Sie kauften Muscheln aus der Dose, etwas Brot, eine Tüte Trauben und eine Handvoll herrlich duftende Pfirsiche, die sie auf dem Rückweg gleich aßen. Spätestens jetzt waren sie froh, dass ihr Lager etwas abseits lag, halb im Schatten eines großen Felsens, wo sie im Halbschlaf eine Weile aneinander herummachten, wobei sie bis zuletzt nicht wusste, war er nun in ihr drin oder waren es seine Finger, seltsam fern und doch zuverlässig er, irgendein Teil, das er vorübergehend in ihr parkte.

Als sie erwachten, war es fast acht, immer noch hell, die Sonne nicht mehr so hoch, aber angenehm warm, als würde es ewig so weitergehen. Joe wollte noch einmal ins Wasser und kam zurück und war kalt wie ein Frosch.

Oh Mann, sagte sie. Ist es nicht geil? Ich finde es einfach geil.

Sie legte den Kopf auf seinen nassen Bauch, redete über das Meer, den Strand, hier, die Stelle, an der sie lagen, alles, was jetzt und hier war, denn alles andere schien für immer vorbei zu sein, die Wut auf ihren Vater, alles.

Sie versuchte ihm zu erklären, wer sie gewesen war, früher, bis sie ihn gefunden hatte, die alte Mania, wenn sie schwebte, wenn sie verrückt war. Manchmal höre sie Stimmen. Das letzte Mal, als sie wie verrückt nach ihm suchte, seitdem nicht mehr.

Meistens flüstern sie. Sie tuscheln über mich, ich höre sie kichern. Dieser Joe, hihihi.

Sie nahm seit Jahren Tabletten.

Was für Tabletten, fragte Joe.

Sie glaubte, dass in Höhlen tief unter der Erdoberfläche geheime Lager existierten, in denen Menschen zu willenlosen Befehlsempfängern programmiert wurden. Man operierte sie am Gehirn, man pflanzte ihnen winzige

Chips ein, mit denen sie sich dann per Mausklick manipulieren ließen. Genaues wusste man nicht. Sie hatte das gelesen, aber auch davon geträumt.

Wenn sie etwas träumte, war es meistens auch wahr.

Ich habe zum Beispiel geträumt, dass ich dich finde. Unsere Reise jetzt, dass wir zusammen in einem komischen Haus leben und dann wegfahren, weil es uns dort nicht gefällt. Sogar von deinem Du-weißt-schon-was habe ich geträumt, dass du anders bist, beschnitten, na ja, alles mehr oder weniger.

Maria und Josef, war das nicht ein Wunder?

Er zog sie an den Haaren langsam zu sich hoch, legte ihr die Hand auf den Mund. Konnte sie nicht mal fünf Minuten die Klappe halten? Vielleicht konnte sie das. Später, dachte sie.

Schau nur, die Sonne, sagte sie und fühlte sich nicht im Geringsten verrückt. Sie war bloß aufgedreht, ein kleiner Aufruhr in ihrem Köpfchen, weil sie so verliebt in ihn war.

Sie ging eine Weile weg, Richtung Wasser, bückte sich auf einmal nach Steinen, Muscheln, diesen bunten Glasscherben, die von Wasser und Sand zu Smaragden und Rubinen geschliffen worden waren. Die Sonne war fast weg, der Himmel etwas milchig, sodass es kräftige Farben gab, Säume in Lila, Rosa, Orange, eine erste Ahnung von Dunkelheit.

Joe lag schon in seinem Schlafsack und schaute nicht weiter hin. Wie konnte das sein, dass er gar nicht schaute? War er überhaupt wach? Sie redete über den Himmel, die Sterne, ferne Planeten, auf denen es Leben gab, Wesen, die viel intelligenter waren als sie. Sie war ganz sicher, dass es außerirdische Wesen gab. Sie kamen in riesigen Raumschiffen und nahmen manchmal jemanden mit. Sie hatten jemand getroffen, eine Frau, die entführt worden war, mitten in der Nacht.

Sie wollen uns retten.

Quatsch, sagte er.

Sie hatten mit ihren Eierstöcken etwas gemacht, etwas eingepflanzt oder herausgeholt. Etwas mit Kindern.

Jemand muss uns retten, sagte sie.

Sie hörte, wie er etwas murmelte, ihren Namen, ziemlich genervt, weil er seine Ruhe wollte.

Das ist doch alles totaler Quatsch, sagte er.

Du wirst schon sehen, sagte sie.

Er rollte sich zur Seite und schien auf der Stelle einzuschlafen. Sein Körper war noch da, sein wuscheliger Kopf, halb im Sand, während um sie herum nur Stille war. Drüben, am anderen Ende des Strands, flackerte ein Licht, ein fernes Feuer, dachte sie, zwei, drei Schatten, die sich bewegten, was aber vielleicht bloß Einbildung war. Sie dachte an gegrilltes Fleisch, was sie hier wollte, außer diesem schlafenden Jungen, der nur eine Stimme unter vielen war.

Plötzlich waren sie deutlich zu hören. Sie waren zu viert oder zu fünft und versuchten sie wegzuziehen, nach links, hatte sie das Gefühl, wo eine dunkle Stelle war, eine Höhle, in der sich jemand versteckte. Joe, bist du's? Sie beugte sich über sein Gesicht, und tatsächlich, es war Joe. Er schlief. Mein Gott, war sie froh, dass es nur Joe war. Sie konnte hören, wie er regelmäßig atmete, kroch in seinen Schlafsack, begann ihn zu küssen. Sie wollte nur kurz seine Stimme. Er kannte sich nicht gleich aus, aber er versuchte wach zu werden, er war da, alles fest und tröstlich.

Zwei Tage vor ihrer Abreise rief er sie an und sagte, dass er leider nicht könne. Nicht jetzt. In zwei Tagen, hoffte er. Und sie: Mach dir keinen Kopf, das ist wichtig, fahren wir eben später. Er hatte zwei Anwälte eingeschaltet, die gerichtliche Schritte für ihn prüften. Offenbar ging es um die neuen Fotos von Britta, einen rätselhaften Brief aus Belgien, etwas mit dieser Lynn, die ihm anscheinend Schwierigkeiten machte.

Es tut mir leid, sagte er und wollte, dass sie schon vorfuhr.

Aber warum, fragte sie, nicht ganz sicher, wie sie das fand. Er wollte, dass alles nach ihr roch, das Zimmer, das Bett, dass sie alles schon berührte, mit ihrem Blick Handtücher und Wäsche, die Aussicht aus dem Fenster, die Wege, oben im Dorf ein kleines Café, ein Restaurant.

Noch im Taxi vom Flughafen zum Hotel war sie hin- und hergerissen. Sie kam sich vor wie seine Sekretärin, jemand, der für den Chef vor Ort die Lage klärte, dann wieder fühlte sie sich ganz frei und entspannt, am Anfang einer Geschichte, in der sie hoffentlich auch vorkam.

Er hatte zwei Zimmer mit Verbindungstür gebucht, überraschend schlicht, aber mit Blick aufs Meer und einer freundlichen Besitzerin, die sie vorsichtig ausfragte, unten in einer von altem Wein überwucherten Pergola bei einem Glas Traubensaft, mit einer Form von Bedauern, von dem sie nicht wusste, woher es kam.

Zum Warten hatte sie keine Zeit. Sie erkundete die Gegend, lag in ihrem Zimmer und las, beantwortete seine Nachrichten, was ihn erwarte, die Kleider, die sie trug, oder wenn sie nackt war, dass sie dann fror, nachts unter den dünnen Decken Anfang August.

Als sie zwei Tage später in der Ankunftshalle stand, war sie nicht ganz sicher, ob sie sich freute. Ihr Körper immerhin schien zu funktionieren, obwohl sie das meiste gar nicht mitbekam, das kurze Nicken der Bodyguards, als er sie umarmte, die ersten Stunden oben in den beiden Zimmern, während der Regen an die Fenster klatschte.

Erst am Nachmittag klarte es auf. Sie führte ihn an

den Strand, wo im Nieselregen ein junges Pärchen kampierte, und dann auf einem steilen, etwas komplizierten Weg ins Dorf, durch felsiges Gelände, das vom Regen ganz glitschig war, die beiden Bodyguards immer schön hinterher.

Das Café, das sie gleich am ersten Nachmittag gefunden hatte, hieß Montevideo, keine zehn Tische parallel zu einer langgezogenen Bar, an der ein paar Einheimische trübe Schnäpse tranken. Draußen war es leider zu kalt, sie hatte gehofft, sie würden draußen sitzen, aber Selden schien es nicht zu bemerken, bestellte Kaffee und Tramezzini, augenscheinlich zufrieden, weil er das nicht kannte, einfach nur so sitzen, und niemand wollte etwas von ihm.

Deine Hannah will etwas von dir.

Ja, war das so?

Er sah müde aus, oberflächlich präsent, wenn er Antwort auf ihre Fragen gab, wenn er sie berührte, dieses erste Tasten, als müsse er sich immer wieder versichern, dass das auch reiche, ab und zu ein Ja, ein Nein, der Ansatz eines Plans, den man jederzeit verwerfen konnte, dieses leise Hin und Her der Optionen, oben im Zimmer, wo er sich Schicht für Schicht in sie vertiefte und alle paar Stunden die eingegangenen Kurzmitteilungen checkte.

Mal meinte sie ihn zu haben, mal schien er von einer Sekunde auf die andere wegzudriften.

Dieser Per rief immer wieder an, auch Nick. Dauernd rief jemand an, hinterließ Nachrichten, die er zur Kenntnis nahm, das letzte Flackern des Aufstands, ein Sommerinterview von Beck, ziemlich ärgerlich, die Kampagne, die etwas an Schwung verloren hatte. Bröselige Fakten, die dafür sorgten, dass die Nabelschnur nicht riss.

Auch seine Frau hatte er auf der Box. Einmal, beim Essen, drückte er sie schnell weg, verärgert und mit einem Anflug von Scham, wie sie zu bemerken glaubte. Sie schienen sich getrennt zu haben, auf Zeit, was auch immer. Sie hatte nicht den Eindruck, dass sie das besonders interessierte. Offenbar ging es um ihre Arbeit, ein neues Bild, das sie gemalt hatte, ein Porträt. Und deshalb rief sie an?

Willst du etwas wissen davon?

Sie wäre mal gerne ins Wasser, aber jeden Morgen, wenn sie erwachten, leider.

Die meiste Zeit gingen sie spazieren, unten am Strand, wo noch immer das Pärchen war, früh am Morgen ein paar Fischer, Jugendliche aus dem Dorf, die mit ihren Mopeds durch den nassen Sand pflügten. Sie fand, dass es auch Arbeit war, dieser kalkulierte Exhibitionismus, mit dem sie bestehende Grenzen überschritt, dieser Wunsch, sich zu erklären und im selben Moment zu verbergen. Einmal redete sie von ihrer Kindheit, sehr summarisch, Gewinne und Verluste, dass ihr leider meistens alles gelungen war. Trotzdem kannte sie sich schlecht. Das Essen war ein Thema, ihre Männer. Sie streute ein paar Namen ein, flüchtige Gestalten, die sie sich nicht zurechnete. Die Botschaft sollte sein: Es ist nicht wahr, dass ich sie gekannt habe, es hat keine Bedeutung.

Sie war nicht sicher, was davon bei ihm ankam. Er nahm ihre Hand, machte Sachen mit seinen Händen. Manches konnte sie sich mit ihm auch nicht vorstellen. Sie würde gern mal richtig lange reisen, behauptete sie, zählte exotische Länder auf, abgedrehte Trips, die sie nie machen würde, Pläne, die sie nicht hatte. Vielleicht gehe sie für eine Weile in die Staaten. Sie hatte nur den Osten gesehen, zwei, drei Städte, etwas Hinterland von New York.

Natürlich kannte er schon alles.

Na ja, Amerika.

Auf einmal waren sie bei Kleist, der zehn Jahre mit einer Amerikanerin verheiratet gewesen war. Es dauert, bis man etwas sieht, hatte er ihr mal erklärt. Man hört nicht auf zu vergleichen. Was ist das Bild, das ich mir gemacht habe, was ist dahinter. Gibt es etwas dahinter? Ich denke, ja, hatte er gesagt. Aber es ist kompliziert.

Keine Ahnung, wie sie auf Kleist gekommen waren. Plötzlich sah sie wieder das Amt, welchen Job er hatte, dass sie so gut wie gar nichts von ihm wusste, mit wem er sich beriet, wie das ablief, in welcher Sprache, bis zu welcher Grenze. Plötzlich war sie wieder die Journalistin. Die alte Technik, dass sie niemandem traute, schon gar nicht diesem Kleist.

Was hat er denn so gemacht, fragte sie.

Was er gemacht hat?

Er hat dir Tipps gegeben, gut. Was noch.

Er fragt mich immer, was ich will. Man formuliert das Ziel, anschließend denkt man darüber nach, wie man hinkommt.

Sie konnte nicht glauben, dass es das war. Manchmal lagen Steine im Weg. Leute, die sich querstellten. Ist das nicht seine Spezialität: Leute aus dem Weg zu räumen, sie zu neutralisieren oder in Schach zu halten?

Sie wollte wissen, was er wollte, für sich, wo er sich sah, in ein paar Jahren, während sie noch nicht mal wusste, was nächste Woche war.

Will ich etwas?

Sie sagte: Nehme ich doch an. Oder etwa nicht? Nein? Was ist mit Nick?

Nick. Keine Ahnung, was mit Nick ist.

Was ist mit dir, schien er sie zu fragen.

Sie wollte keine Nummer sein, etwas, das er später zählte.

Alles andere war okay, dachte sie.

In den ersten Tagen war sie tatsächlich fast blind, alles war hell und licht, gestaltlose Zeit, sodass sie lange nicht merkte, dass es Wiederholungen gab, rhythmische Figuren, die Wiederkehr von Morgen und Abend, dass da Stimmen waren, um sie herum Gesichter, Gestalten, die auf sie achteten, Kellner, Passanten, die Bodyguards.

Ich fühle mich sehr wohl. Leider, sagte sie. Am dritten oder vierten Morgen.

Und er: Wieso leider.

Ich gewöhne mich. Ich fange an zu klammern. Diese verdammte Sehnsucht, dass alles so bleibt, dass es immer so weitergeht, wie Kinder auf dem Rummelplatz, wenn sie betteln: nur noch einmal, bitte bitte, nur noch dieses einzige Mal.

Sie hatte sieben verschiedene Kleider mit, helles buntes Flatterzeug. Es waren bloß ein paar Tage, aber diese paar Tage hatte sie. Sie war nicht so verwirrt, dass ihr nicht auffiel, was mit ihr geschah. Sie schlief, ohne ein einziges Mal aufzuwachen, sie hatte Appetit. Seit Monaten hatte sie kaum etwas angerührt, aber jetzt, in seiner Nähe, konnte sie richtig essen, morgens beim Frühstück Eier und Speck, eine Kleinigkeit unterwegs und dann noch einmal abends in ihrem Restaurant, wo sie sich auf kleinere Experimente einließ, Austern und Wachteln, überbackene Muscheln, einmal sogar Ziege, die süßen Kaninchen, stundenlang in Rotwein geschmort.

Nicht alles sagte sie ihm. Dass das alles für später war, ein fernes Danach, Selden, wie er sich rasierte, wie er schlief, in allen möglichen Variationen und Perspektiven, halb total vor einem verlassenen Kloster, sie und er im Bad vor dem beschlagenen Spiegel.

Sie konnte ihn auch lassen, hoffte sie.

Den Rest werde ich mir schon merken.

Wenn er sie sich griff, wenn er sie auseinandernahm,

wenn er sie fragte, was um Himmels willen sie von ihm wollte.

Ja, was um Himmels willen wollte sie von ihm.

Etwas zog sie an, etwas blieb ihr auch abgewandt. Dass er gebetet hatte, zog sie an, dass er etwas verloren hatte, das ihm nichts und niemand auf der Welt ersetzte. Es zog sie alles Mögliche an ihm an, am wenigsten noch sein Körper, dachte sie, sein Hintern, glaubte sie, das bloße Faktum, dass er ein Mann war, wie er sie gebrauchte, seine Macht, von der er nicht wusste, dass sie nur geliehen war.

Vieles hatte auch mit ihr zu tun. Sie kannte keinen Schmerz. Hatte sie nie kennengelernt, dass mal etwas traf, dass etwas sie ritzte, jemand sie modellierte.

Einmal fragte er sie nach Kindern. Auch Goran fragte sie dauernd nach Kindern, ihre Mutter sowieso, Freundinnen, die von heute auf morgen die Pille absetzten und mit ihren dicken Bäuchen durch die Gegend stolzierten, als wäre sie behindert oder vernagelt, ein blaustrümpfiges Monster, das vom wirklichen Leben keine Ahnung hatte.

Er zog die Frage sofort zurück.

Nein, nein, bitte frag mich.

Was wäre, wenn.

Sie dachte an ein Leben mit Kind, was für ein Leben das wäre, was dann aus ihr würde.

Was wurde nur eines Tages aus ihr.

Am meisten mochte sie ihn, wenn er schlief. Sugar hätte gesagt: Weil er dann wehrlos ist, jemand, den du töten könntest. Kannst du ihn töten, kannst du ihn auch lieben.

So ein Quatsch, dachte sie.

Trotzdem dachte sie es, ein-, zweimal, am frühen Morgen, als sie noch nicht richtig wach war.

Einmal begann sie mittendrin zu heulen, aber sie fand, das war okay, es fühlte sich gut an, wie eine Variation des Nacktseins, irgendwie *erlösend*, auch wenn sie wusste, dass es nur die Hormone waren, Botenstoffe, die mit seinem Sperma kamen. Das hatte sie mal gelesen. Offenbar konnte man alles messen, sogar das Glück, was ja hieß, es war nicht bloß ein Wahn, etwas, an das man glaubte oder eben nicht. Vielleicht glaubte sie gar nicht daran. Trotzdem war es da. Es gab Bedingungen, Parameter, die sich bis zu einem gewissen Grad manipulieren ließen, aber darum kümmerten sich die Körper, die komplizierte Feinarbeit an den Milieus, die leicht sauer oder basisch waren. Und das war's. Mehr war da nicht. Die Maschine sagte ja oder eben nein, und mehr war da nicht, ein paar Sätze, Bekenntnisse, hin und wieder ein Schweigen, auch wenn es unangenehm war, kleine Pannen, bei denen es nur noch um Timingfragen ging.

Gegen Abend war sie meistens ruhiger, nicht mehr ganz so aufgedreht, obwohl er ihre zappelige Art auch mochte, dieses Hin und Her an Themen, ihre zögerlichen Bekenntnisse. Es war sehr schön, mit ihr zu gehen, unten am Strand, wenn sie von ihrer Kindheit redete, den ersten Jahren als Küken in der Redaktion, obwohl es auch Lücken gab, Pausen, in denen er spürte, dass er viel älter war, verbunden mit einem Anflug von Scham, das er, so gut es ging, ignorierte, abends im Restaurant, wenn der Kellner sie für seine Tochter hielt.

Meistens lachte sie ihn aus, für seine Skrupel, die sie spießig fand, dass er sie nicht ernst nahm.

Warum nimmst du mich nicht ernst. Ich habe mir alles gut überlegt. Oder auch nicht, was soll's. Ich bin da, du kannst mich haben. Warum nimmst du dir's nicht einfach.

Hamham, machte sie.

Sie frage sich, worum es gehe.

Er dachte: um den Tod, das Bleiben. Er dachte: Sie ist Anfang dreißig, was weiß sie davon.

Sie redeten über Sex und Politik, über das Mädchen, das sich öffentlich verbrannt hatte, manchmal auch über nichts, über das schlechte Wetter, am späten Vormittag, wenn sie beschlossen, dass sie genauso gut im Bett bleiben konnten, hin und wieder über eine Nachricht aus der großen weiten Welt, in einem Fernseher in einer Bar der französische Präsident auf einem Flugzeugträger vor der Küste Libyens, etwas über Flüchtlinge, verhungerte Gestalten, die von genervten Marinesoldaten aus dem Meer gefischt wurden.

Nicht alles, was sie von sich zeigte, wollte er auch sehen. Manchmal brauchte er eine Pause, war froh, wenn sie mal telefonierte oder eine Weile im Bad verschwand, sodass er sich kurz von ihr löste. Es war auch eine Frage der Perspektive, etwas, das er einschränkte, um sich dann wieder für sie zu öffnen, ihren halb getrockneten Bikini auf dem Balkon, die angebrochene Flasche *Diet Coke*, die seit Tagen neben ihrem Bett stand, den neuen Ian McEwan, ihre rote Handtasche, ihr Handy, aus der Ferne das Rauschen des Wassers, wie sie unter der Dusche trällerte.

Anisha hatte manchmal so geträllert.

Habe ich was falsch gemacht mit dir?

Es war ihr letzter Abend, nach einem endlos langen Tag, an dem sie kreuz und quer durchs Landesinnere gefahren waren, in dieser rastlos-zerstreuten Stimmung, die schlecht geplanten Abschieden vorausgeht.

Sie trug einen engen Hosenanzug, wie Britta sie manchmal trug, sah sehr schmal aus, fast ein bisschen eckig, auf eine ungelenke Art schön, mit einem kräftigen Lippenstift, etwas sehr orange, wie er später dachte; dazu rauchte sie.

Manchmal muss ich rauchen, hatte sie gesagt. Wenn ich nicht weiterweiß. Zufällig weiß ich nämlich gerade nicht weiter. Weißt du es?

Er hatte Muscheln für sie bestellt, eine eisgekühlte Flasche Chablis. Das Restaurant kannten sie schon, sie waren an ihrem zweiten Abend dort gewesen, unten an der Mole, wo ein Dutzend klapprige Tische am Wasser standen, fast alle besetzt. Zwei ältere Ehepaare, offenbar Deutsche, die Schwierigkeiten mit der Karte hatten, eine lärmende Familie mit drei Kindern, sonst nur Leute aus der Gegend, drinnen an der Bar, aber in Sichtweite, die Bodyguards. Es war noch früh, nicht mal halb acht, aber schon dämmrig.

Ist dir nicht kalt?

Sie schüttelte den Kopf und sagte: Schau mal, da drüben. Ist das nicht das Pärchen vom Strand?

Er fragte, welches Pärchen.

Unten am Strand habe ich sie gesehen.

Er drehte sich kurz hin und wieder weg, hörte eine Weile hin, wie sie miteinander redeten, das Mädchen unangenehm laut, als würde sie sich über etwas aufregen, während von dem Jungen nur hilflose Beschwichtigungsversuche zu hören waren.

Hannah fand es schön, noch einmal so zu sitzen, die letzten Stunden, die ihnen noch blieben, einigermaßen heil, bevor sie ihre Insel leider verließen.

Du denkst an deine Frau. Keine Ahnung, an was du denkst. Wie es weitergeht, unter diesen Umständen.

Gespannte Ruhe, nannte es Per. Die meisten Protagonisten wirkten erschöpft. Ein paar Schriftsteller führten eine bizarre Debatte über die Aktion des toten Mädchens, die für die einen ein letztes Fanal war und für die anderen der absolute Nullpunkt.

Im Grunde war es schade, dass es vorbei war, dachte Selden, das alberne Theater auf den Straßen, die Krise, was immer es gewesen war.

Hannah sah mehr Stillstand als Bewegung. Allenfalls Nick schien sich bewegt zu haben, rückte immer weiter nach links, selbst wenn es nur Show war, opportunistisches Manöver, eigentlich schon Wahlkampf.

Egal, sagte sie, und dann auf einmal mit einer anderen Stimme: Ja, bitte, was wollen Sie?

Dieses pummelige Mädchen, ein paar Schritte hinter ihr der Junge.

Auf einmal stand sie am Tisch und begann zu reden. Jemand aus dem Süden, dachte Selden, aber mit schwerem Akzent, das meiste unverständliche Brocken. Sie wirkte nicht gerade verrückt oder besonders aggressiv, trotzdem war da sofort ein reflexartiger Widerstand, ein Gefühl des Unwohlseins, sehr stark und eindeutig. Er wandte sich ab, in dem Bemühen, sie erst gar nicht ranzulassen, erwischte einen Blick des Jungen, der den Auftritt offenbar peinlich fand, dann eine Weile nichts, dann von rechts die herbeieilenden Sicherheitsleute. Von Hannah keine Spur, nur ihre Stimme, von weiter weg, als würde sie mit dem Mädchen verhandeln, alles innerhalb weniger Sekunden, bevor er die Schere sah.

Er dachte: Was will sie mit dieser Schere. Lass das sein. Wer bist du verdammt noch mal.

Der Schatten einer Bewegung kam bei ihm an, ein vager Reflex, als sie ihn berührte, der Gedanke, dass er getroffen war. Er sah Hannah, wie sie plötzlich flüsterte, sehr bleich, ohne sich zu bewegen.

Er dachte: Was ist los? Warum flüsterst du?

Aber jetzt fiel er, mit einem neuen Gefühl der Schwäche, wie er zur Kenntnis nahm, etwas, das nicht ganz und gar unangenehm war.

Dann war er am Boden. Eine kleine Ewigkeit hörte er Gläser klirren, Stühlerücken, Stimmen, aufgeregte und ruhige. Jemand nahm seine Hände von etwas weg, drehte ihn auf den Rücken. Alles um ihn herum war still. Es war komisch, so zu liegen. Oben im Zimmer hatte er vorhin so gelegen. Mit den Einzelheiten hatte er Schwierigkeiten. Zwei ausgelatschte Flip-Flops vor einem Bett, eine Szene am Fenster, etwas, das vorher oder nachher war, ein paar Namen, die aber schnell wegrutschten, obwohl er sich eine Weile Mühe gab. Es war zu kalt, wenn man fror, konnte man nicht denken. Er spürte, wie ihn jemand zudeckte, ein Gesicht, nah und warm, von weit weg eine Stimme, und dann nichts mehr.

# DRITTER CHOR

Unser Mitgefühl hält sich in Grenzen, ehrlich gesagt. Wir waren überrascht, fast ein wenig neidisch, bevor wir dachten, in diesem Kaff am Meer beim Abendessen, warum nicht. Eine gewisse Freude ist schon da, weil es schließlich keinen Falschen getroffen hat, ganz im Gegenteil. Na gut, sie hat ihn nicht richtig erwischt, er hat überlebt, angeblich hatte er schwere Tage, die ihm eine Lehre sein werden. Passt auf, wähnt euch nicht sicher, wir kriegen euch, auch wenn es diesmal nur ein dahergelaufenes Mädchen war. Wie es heißt, ist sie nicht ganz richtig im Kopf, aber das sagen sie in solchen Fällen immer. Kann sie erklären, warum? Ihre Motive? Leider nein, also gehen wir doch gleich zur Tagesordnung über. Manche fragen sich: Gibt es dieses Mädchen überhaupt? Oder handelt es sich um eine Inszenierung der Geheimdienste. Ein schwedischer Tourist soll die beiden Schnappschüsse gemacht haben, jemand, der nach dem ersten Schrecken draufgehalten hat, weil ja heutzutage immer jemand draufhält. Man denkt: Gut, schaue ich mir das an, aus nächster Nähe einen schwerverletzten Minister, wann hat man in seinem Leben schon mit einem schwerverletzten Minister zu tun. Die Bilder sind nicht besonders gut. Vom Angriff selbst natürlich nichts, aber das Tohuwabohu danach ist schön erfasst, die verdutzten Gesichter der Sicherheitsleute oder wer immer sonst durch die Szene stolpert, eine Frau, die sich die Haare rauft, die beiden Hauptfiguren eher am Rand, als wäre er nicht richtig an sie rangekommen. Auf dem einen Bild das Mädchen, wie es sich duckt, als würde es angegriffen, kurz bevor man es überwältigt hat, auf dem anderen der Minister, reglos am Boden, wie er sich am Hals eine Stelle hält, während sich jemand zu ihm runterbeugt. Das meiste ahnt man mehr, trotzdem meint man zu wissen: So, das war's. Jetzt kratzt er ab, oben im Helikopter, in dem sie ihn gleich wegbringen, oder nachher auf dem Operationstisch, wo er ihnen hoffentlich verblutet. Und dann? Das war ja bereits in den späten Siebzigern die Frage. Was bringt es? Man legt eines dieser Schweine um, schon steht ein Dutzend andere bereit, um genau da weiterzumachen, wo das Schwein aufgehört hat. Es gibt ein schönes Dokument aus dieser Zeit, der offene Brief eines Sympathisanten, der sich eine Reihe von Gedanken macht, über das Leben im Untergrund, wie man sein muss, *kaltblütig wie Al Capone, schnell, brutal, berechnend*, ob er das könnte. Und dann: wie man das entscheidet, *dieser eine und kein anderer*, was ja nur geht, wenn man annimmt, dass die Schwere der Verbrechen mit steigender Verantwortung zunimmt. Vor allem der Schluss ist lustig, weil man spürt, dass er auf unserer Seite ist, was ihn nicht davon abhält, unangenehme Fragen zu stellen. *Könnten wir nicht mal zusammen eine Köchin entführen und sehen, wie sie dann reagieren, die aufrechten Demokraten? Sollten wir uns nicht überhaupt mehr auf die Köchinnen konzentrieren?*


In den Zeitungen steht: ein Mann und eine Frau, beide um die dreißig, seit Jahren dabei, top ausgebildet, erfahren, an der Waffe top, vor allem die Frau knallhart, voller Ehrgeiz, sodass man sich bloß wundern kann, dass sie nicht auf dem Posten waren. Vielleicht war einer von ihnen pinkeln, während der andere wer-weiß-wo war. Eine Sekunde ist nicht lang. Auch fünf Sekunden nicht. Ein Abendessen mit drei Gängen ist lang, in einem Restaurant am Meer in der Urlaubszeit. Die Lage ist banal, trotzdem siehst du immer wieder hin, süffelst genüsslich an deiner Cola, kommst ins Plaudern, weil ja seit Tagen nichts ist, drüben an einem der hinteren Tische eine schnelle Bewegung, die du leider nicht mitkriegst, und dann: AUS, ALLES VORBEI, während du vielleicht noch denkst: SCHNELL HIN, MEIN GOTT, WAS IST DA LOS. Sie haben versagt, so viel ist klar. Sie hätten es wissen müssen. Keine Lage ist ohne Gefahr. Alles kann täuschen, ein Gesicht, eine bestimmte Konstellation, von der man glaubt, dass sie ganz harmlos ist, vor allem in Räumen mit flachem Bewegungsprofil, wenn sich etwas wiederholt, alles, was nach Routine riecht, in so genannten privaten Zusammenhängen eher noch mehr als in klassischen Gefahrensituationen. Man kann sich gut vorstellen, wie es in ihnen aussieht, jetzt, nach den Verhören, die Verzweiflung, dieses Gefühl der Leere. Alles unser Beruf, muss man leider sagen. Manche rasten bereits aus, wenn sie im Training danebenschießen, andere haben nervöse Ticks, von unseren Träumen nicht zu reden. Auf speziellen Seminaren lernt man, dass es fast allen so geht. Das Thema dieser Schulungen ist der Mensch, unsere blinden Flecken, dieses fast unausrottbare Bedürfnis zu vertrauen, unsere Blauäugigkeit, vor der leider auch Profis nicht gefeit sind, die ganze Nähe-und-Distanz-Problematik, das Thema Tod, der ja meistens eine andere Form der Umarmung ist. Der Rest findet in abgedunkelten Räumen statt, in denen sie uns Videos zeigen. Anfangs wollen sie dir nur beweisen, dass du keine Ahnung hast. Später, wenn das Material komplexer wird, lernst du, dich mit der Bedeutung der Details zu beschäftigen, winzige Bewegungen der Lippen, auf die du nicht geachtet hast, für den Bruchteil einer Sekunde das Profil eines Passanten, der in Wahrheit ein Bote ist, ein zweifelhaftes Licht, ein Schatten, ein Fetzen Papier, der weggeworfen wird, der ganze Kosmos der Dinge und Bewegungen, was Hände tun oder lassen, der abwesende, schläfrige Blick der Mörder. Nicht immer wird aus einer Zielperson ein Täter. Man weiß es nicht. Man weiß es manchmal, wenn es zu spät ist, dann machen sie dir anschließend die Hölle heiß. Sie haben Anschauungsmaterial für Jahrzehnte, in klimatisierten Kellern Tausende von Stunden, kaum gesichtetes Material aus Überwachungskameras, eine riesige Vergeudung von Zeit, auf beiden Seiten die ungezählten Stunden, im Grunde Wahnsinn. Aber daran denkst du lieber nicht. Du achtest auf die Schnitte, sammelst Informationen, trotz der vielen Lücken, bastelst dir etwas zusammen. Die letzten Stunden, Tage, bevor jemand losschlägt, der ganze Irrsinn, von dem du nicht weißt, wovon er abhängt, von welchem Programm: Alter, Geschlecht, soziale Lage, genetische Defekte, das Summen der Synapsen in einem noch unerforschten Teil der Großhirnrinde, wenn es zu fatalen Fehlschaltungen kommt, der Einfluss der Landschaft, Sprache und Dialekt, das unerforschliche Leben im Mutterleib. Im Grunde wissen wir so gut wie nichts. Mehr Praxis als Theorie, hin und wieder ein Lichtblick, ein Profil, das sich vielleicht verallgemeinern lässt, aber sonst nur tapsige Versuche, ein Stochern im Nebel unserer Vermutungen über die menschliche Natur.

Die aktuelle Stimmung ist, dass man besser die Klappe hält. Alles ist schlimm, es hat Tote gegeben, ein schwer verletztes Regierungsmitglied, also überlegt euch, was ihr sagt. Es ist mal wieder die Stunde der Affirmation, die Leute sollen zusammenrücken, nicht so kleinlich sein, aufhören, alles schlechtzumachen, was so klingt, als bestünde das halbe Land aus Kritikern. Aber das ist Quatsch. Wer herummault, hat noch lange keine Kritik abgeliefert. Im Gegenteil. Er ist verwickelt, ist zu nah dran, um zu sehen, was wirklich los ist, während der Kritiker sich immer um eine gewisse Entfernung bemüht, ohne deshalb gleich kalt und lieblos zu sein. Wir kritisieren fast alles: Häuser, Parteiprogramme, die neue S-Klasse, das Fernsehen, Waschmaschinen und Restaurants, die letzte Komödie mit Hugh Grant, auf die nun wirklich niemand gewartet hat, den ewigen Hickhack in der Politik, Reformen und Reförmchen, alles, was gemacht ist, was als Ware auf den Markt drängt, obwohl die Märkte bekanntlich verstopft sind. Jemand hat seinen ersten Roman geschrieben. Mein Gott, war das wirklich nötig? Hätte er uns das nicht ersparen können? Das letzte Interview mit dem Parteivorsitzenden: Vergiss es. Die neueste CD der Stones, dieser alten Säcke: rausgeschmissenes Geld. Kritisieren kommt ja von unterscheiden, was in der Praxis heißt, wir sagen, wofür noch Platz ist, wofür nicht, im Grunde Müll oder Museum, falls das am Ende nicht dasselbe ist. Wir sortieren, wir wählen aus, wir werfen weg. Die meisten Leute sind auf solche Hilfe angewiesen. Sie tappen im Dunkeln, brauchen Orientierung. Das alles kriegen sie von uns. Bitte nicht. Wenn es nach uns geht, auf keinen Fall. Das und das sind unsere Gründe. Warum etwas nichts wird, warum jemand gescheitert ist. Lass es lieber. Lass andere ran. Du kannst es nicht. Bitte verschon uns. Damit macht man sich natürlich Feinde, eine ganze Menge mit der Zeit. Es gibt Empfindlichkeiten, Leute, die uns auf Empfängen nicht grüßen, Politiker, die uns keine Interviews mehr geben. Egal. Wir haben ein dickes Fell. Wer kein dickes Fell hat, soll es lieber lassen. Die Oberschlauen versuchen unsere Kritik zu kontern, indem sie sagen: Wer kein Instrument spielt, hat kein Recht, ein Sinfonieorchester zu kritisieren. Versuch mal einen Wahlkampf zu organisieren, entwirf mal ein tragfähiges Konzept zur Gesundheitsreform. Das alles können wir nicht. Müssen wir auch nicht. Wer Nein sagt, muss kein Ja in petto haben. Kritik ist eine Methode, die Dinge im Fluss zu halten. Alles was ist, unterliegt dem Zweifel. Manche halten das auf die Dauer nicht durch und wechseln die Seite. Sie gehen in die Politik oder schreiben Romane, was nun wirklich das Allerletzte ist. Renegaten, die sich im Angesicht des Todes an die Religion erinnern. Sie haben Angst, dass nichts bleibt. Dass sie keine Spuren hinterlassen. Es ist lächerlich, Spuren hinterlassen zu wollen. Es gibt schon viel zu viele davon. Man muss sie auslöschen, etwas wegätzen, damit Platz entsteht für das Neue, eine winzige Lücke, den Ansatz einer Bewegung, wie in den letzten Wochen auf den Straßen. Das Problem ist die Energie. Blinde Wut ist eine Energie. Kann man denken und zugleich wütend sein?


In der Regel lassen wir sie ein paar Jahre warten. Sie sind zu allem bereit, voller Hass, die meisten sehr jung und ungeduldig, als hätten sie nicht alle Zeit der Welt. Wir aber sagen ihnen: Seid geduldig und betet, eure Stunde wird kommen. Wir zeigen ihnen den Weg und bringen Ruhe und Freude in ihre Herzen. Wir sagen: Denkt an eure Vorväter, die Muslime der Frühzeit. Du sollst nicht töten, solange du persönlich Zorn empfindest. Wir hegen große Liebe für sie, als wären sie unsere Kinder, ihre Kraft, die große Anmut, mit der sie sich bewegen, ihre Kunst, sich zu verstellen. Von den Ungläubigen achtet fast niemand auf sie. Sie sitzen in ihren U-Bahnen, benutzen ihre Geschäfte, atmen dieselbe Luft, sprechen dieselbe Sprache. Als sie ins Land kamen, war ihr erster Gedanke: Warum lange warten. Warum nicht gleich. Haben sie uns nicht wieder und wieder gedemütigt? Und unsere Antwort war: Ihr müsst erst wissen, wer ihr seid. Sie zeigen euch, wer ihr seid, sie brennen es mit Salz in eure Wunden. Und tatsächlich: Sie geben ihnen Arbeit, sie lassen sie studieren, ihre Maschinen, Computer, alles, womit sie glauben, für immer die Welt zu beherrschen. Sie verachten uns, deshalb sagen sie: Ihr seid arm, aber warum seid ihr es geworden. Legt euren Glauben ab, dann könnt ihr werden wie wir. Zugleich fürchten sie sich vor uns, weil sie keinen Glauben haben. Allah ist groß, deshalb gibt er uns die Kraft, sie zu bestrafen. Wir töten sie. Wir geben unser Leben dafür. Die Ungläubigen fragen sich: Wie ist es möglich, dass sie das tun? Auch unsere Kinder fragen sich: Ist es möglich, dass wir es tun? Man wird ein anderer, wenn man auf den Tod wartet. Du legst etwas ab, Schicht für Schicht, alles, was sterblich ist, die Hüllen, die Angst, Hunger und Begierden, alles, was dumm und leer ist. Du betest, dass du alles eines Tages hinter dir lassen kannst, du gehst nach Hause und beginnst zu fasten, trennst dich von deinem Computer, packst alles weg, die Bücher, Klamotten, Poster, Schuhe. Dann, eines Tages, kommt der Anruf. Eine Stimme sagt: In zwei Wochen. Halte dich bereit. Und beim nächsten Mal eine andere, die sagt: In zwei Tagen. Morgen. Du fühlst dich ganz frei. Du denkst an die kurze Zeit, die dir noch bleibt, deine Mutter, deinen Vater, Brüder und Schwestern, was sie gerade tun, ob sie an dich denken, jetzt, in diesem Moment, und dann später, wenn alles getan ist, wenn sie erfahren, was du getan hast. Unsere Feinde sagen: Sie sind wie Tiere, sie fühlen nichts. Aber unsere Mütter sagen:

Sieh nur, wie glücklich und schön sie auf diesen Videos sind, als hätten sie ins Paradies geschaut. Im Namen Allahs, des Allerbarmers, des Barmherzigen, warum glauben sie, dass wir Tiere sind?


Der Sommer neigt sich dem Ende zu, man merkt es am Licht, den schärferen Konturen, alles ist abgegrenzt, nicht mehr so verschwommen, was den Räumen eine neue Tiefe gibt. Wir sitzen viel im Garten und schauen abwechselnd auf die Kinder, treffen uns am See, wo wir eine Runde schwimmen und dann reden, viel über die Kinder, von denen die Ersten schon in die Schule gehen, harmlose Anekdoten über unsere Männer, die kahlen Stellen, ihre Bäuche, wie wir sie trösten, abends im Bett, wenn sie nicht reden, was wir von ihnen wissen. Wir sind zufrieden, die allermeisten. Wir sind nicht mehr ganz am Anfang, unsere Kinder beginnen, ihre eigenen Wege zu gehen. Noch vor kurzem kamen ihre Fragen aus heiterem Himmel. Mama, gibt es das Weltall wirklich? Wie funktioniert genau ein Radio? Kann man Blumen essen? Aber jetzt wollen sie die Dinge richtig wissen, sie bohren nicht bloß herum, sondern stellen Verbindungen her, fangen an zu bewerten. Ein Krieg ist immer noch schlimm, aber es scheint auch Ausnahmen zu geben. Ist das ein guter oder ein böser Soldat? Dinge, die noch vor kurzem weit weg waren, werden auf einmal Thema am Frühstückstisch. Warum haben wir zwei Autos? Kannst du nicht mit dem Bus zum Einkaufen fahren? Wachsen Ananas und Pfirsiche auch bei uns? Schon in ein, zwei Jahren werden wir das meiste nicht mehr erfahren. Sie werden Betreten-verboten-Schilder an ihre Türen hängen, sie werden uns mustern, sie werden sich verschließen. Man darf sich keine Illusionen machen. Aus Kindern werden bekanntlich

Leute, es bleibt ihnen nichts erspart. Sie werden leiden und sie werden andere leiden lassen, uns selbst nicht ausgeschlossen. Aber deshalb war es nicht umsonst. Alles ist Kreis, Anfang und Ende, das Gebrabbel der Alten, das ja nicht ohne Grund an das Gebrabbel der Kinder erinnert, der Wechsel der Jahreszeiten, im Verlauf der Erdgeschichte warme und kalte Perioden, Krieg und Frieden. Alles geht weg und kommt nach einer Weile wieder, aus Ruhe wird Bewegung und dann, nach einer Weile, wieder Ruhe. Kinder haben ja dauernd Bewegungsdrang. Unsere Regel lautet: Spätestens zu den Nachrichten ist Schluss, damit die Großen auch ein paar Minuten haben. Meistens reden wir nicht groß. Wir schauen uns an, machen eine Flasche Wein auf, und das war's. Auch in der großen weiten Welt scheint heute Ruhe zu sein. Es ist Sonntag, nachher kommt der Krimi, für den wir aber vielleicht zu müde sind. Der Wunsch ist: Ja, doch, so könnte es bleiben, hoffentlich bleibt es so. Und manchmal: Ist es nicht seltsam, dass alles so ist, wie es ist, dass es so gekommen ist? Wir fühlen uns verletzlich. In der Nachbarstadt hat es einen schweren Busunfall gegeben. Ein dreijähriges Kind ist beim Baden ertrunken. Das Eis, auf dem wir gehen, ist dünn. Sind wir gesund, werden wir es bleiben? Haben wir auf die Dauer genug Wasser auf unserem Planeten? Die Frage ist, was bleibt. Die Erinnerungen werden bleiben, ein paar Fotos, aber von weiter weg betrachtet nicht viel, ein bisschen Staub, kreisende Materie, von der nahen Sonne eine Weile Licht, aber dann nur noch leerer kalter Raum, ein träge pulsierendes Etwas, das sich abwechselnd ausdehnt und wieder zusammenzieht.

# XI

Das Erste, was er mitbekam, war ihre Stimme. Der dazugehörige Gedanke kam erst nach und nach, dass das Britta war, aber angenehm fern, als würde sie ihn nicht weiter behelligen. Mit seinem Körper schien alles in Ordnung zu sein. Er spürte, dass er lag, was er instinktiv richtig fand, obwohl die meisten Anschlüsse und Zuordnungen nicht stimmten. War er überhaupt wach? Wenn er richtig wach war, müsste er zum Beispiel seine Zehen bewegen können. Er versuchte es, offenbar hatte er Strümpfe an, aber bewegen konnte er sie. An seinem Hals hatte er was, einen Verband, sodass ihm allmählich etwas dämmerte, die ungefähre Szene, die aber Monate zurückzuliegen schien. Das mit den Zehen erwies sich als Fehler, denn jetzt redete jemand mit ihm, ziemlich in der Nähe, als würde er sich über ihn beugen, die Stimme eines Mannes, der wissen wollte, ob er ihn hören konnte.

Für ein paar Stunden war das sein Zustand. Mal tauchte er auf, dann war er wieder weg. Britta würde ihm später erklären, dass das ganz normal war. Wenn er wach war, hatte er nicht unbedingt das Gefühl, dass ihm das gefiel. Mal öffnete sich ein Fensterchen hier, mal eins dort, mehr nach drinnen als draußen, hatte er den Eindruck, wobei er hin und wieder auch ein Stück Britta erwischte.

Am Abend war sie immer noch da, saß an seinem Bett,

erleichtert, dass er wieder einigermaßen orientiert war. Das meiste hatte er sich schon zusammengereimt, ohne genaues Zeitgefühl, aber er wusste, was gewesen war, wobei er bestimmte Punkte auch mied, extreme Lichtverhältnisse, Flüssigkeiten, schnelle Bewegungen, alles, was nach Verwicklung roch, die Szene oben in ihrem Bett seltsamerweise, als wäre sie im Nachhinein nicht ganz stimmig, ohne dass er hätte sagen können, warum. Wie lange war er schon hier? Zwei Tage, sagte Britta, was er überraschend kurz fand.

Wir haben Glück gehabt, sagte sie.

Wir?

Du. Die kleine Journalistin, die dir so wichtig ist. Wir alle, denke ich. Hast du Hunger?

Er schloss die Augen und versuchte zu spüren, ob er Hunger hatte, während Britta stichpunktartig die Fakten zu referieren begann, den plötzlichen Anruf von Per, die endlos langen Stunden im Wagen, als sie an ihre Fehler dachte, Punkt für Punkt, was sie immer falsch gemacht hatte mit ihm, mit einem rasenden Gefühl der Reue, weil sie ja glauben musste, dass sie vielleicht zu spät kam. Ich habe gebetet, sagte sie. Herr, ich will büßen, für alles darfst du mich strafen, aber nicht damit.

Als ich eintraf, war die erste Nachricht: Er schafft es. Es war knapp, nur wenige Zentimeter neben der Halsschlagader, aber er schafft es. Per hat die ganze Zeit gezittert, er war nicht mal in der Lage, mir ein Hotel zu besorgen. Ich bin noch gar nicht dort gewesen, weil ich dachte: Wenn er aufwacht, soll er sehen, dass ich bereue.

Sie fischte nach seiner Hand, suchte seinen Blick, wich ihm aus. Sie klang überreizt, was er vor allem auf Schlafmangel zurückführte, eine gewisse Verunsicherung, wie sie mit ihm reden sollte.

Sie hatte eine Liste gemacht. Drüben auf dem Tisch lag

ein Stapel Mails mit Genesungswünschen. Allein auf deinem Handy sind über fünfzig Nachrichten eingegangen. Per hat sich das mal angesehen. Deine kleine Journalistin schreibt, dass sie fast verrückt wird. Du sollst sie anrufen, ob sie dich besuchen kann. Die halbe Welt möchte dich besuchen. Manche waren sogar schon da. Nick war kurz da, Per natürlich, der drüben im Hotel die Anfragen der Presse abwimmelt.

Sie zeigte ihm die Blumen, drüben auf dem Tisch Sträuße in allen Farben, er dachte: schlimmer als bei einer Beerdigung.

Am nächsten Morgen stand er auf. Britta war noch nicht da, aber ein Pfleger kümmerte sich, stöpselte erste Schläuche ab, führte ihn zum Fenster. Richtig sicher fühlte er sich nicht, sah sich im Spiegel mit dieser albernen Krause, ziemlich grau, seit Tagen nicht rasiert, einigermaßen erschrocken, wie er feststellte, als wäre er noch einmal davongekommen. Das hatte er mal gehört: am Anfang, noch unter Schock, neigte man zur Euphorie, aber mit einer gewissen Verzögerung kam das Tief, die Erinnerung an die Details, auch die Angst, eine Bewegung im Kreis, bei der man wieder und wieder über dieselbe Szene erschrak.

Nick sagte: Lass dir Zeit. Wir haben alles im Griff. Die Stimmung scheint sich gedreht zu haben, auch deinetwegen, offenbar denken jetzt alle, na gut, einen Sommer lang haben wir's denen gezeigt, aber jetzt sollen sie mal wieder schön an die Arbeit gehen.

Er hatte keine Schmerzen, eigentlich auch keine Gedanken. Auf die Sache mit Anisha fiel ein neues Licht, als wäre er ihr ein Stückchen nähergerückt, fast, als könnte er endlich mit ihr reden. Etwas fühlte sich auch lächerlich an. Der Psychologe, der sich stundenweise um ihn bemühte, nannte es eine psychische Abwehrreaktion. Sie haben eine Überdosis abbekommen, zu viel Tod und Nähe, sodass es zu einem Zustand der Starre kam. Er schlug ein Medikament vor, nur auf Zeit, um die Wucht der zu erwartenden Reaktionen abzufedern.

Er schrieb an Hannah, die nicht viel fragte, ein paarmal hin und her, um den verlorenen Faden wieder aufzunehmen, was mühsam war, draußen in einem der Innenhöfe, wenn er mit Britta bei einem Kaffee über den bevorstehenden Rückflug beriet.

Hannah schrieb von ihrer Arbeit, dass es seit Tagen regnete, nur zwischen den Zeilen, dass sie etwas vermisste, eine Bestätigung, die zugleich ein Abschluss war, ein Auftakt zu was auch immer. Am Telefon klang sie sanft und kleinlaut. Sie vermisse ihn gar nicht groß, eher sich selbst, auf den Fotos, als wäre sie nicht richtig dabei gewesen.

In London war ich dabei. Im Wagen, als du mir unter den Rock gefasst hast. Lauter Szenen im Wagen, als wären wir immer bloß unterwegs gewesen.

Abends, wenn Britta im Hotel war, versuchte er alles durchzugehen, Schritt für Schritt jede einzelne Szene. Erwies sich etwas als schwierig, ließ er es erst mal sein oder hielt sich an die Beschaffenheit der Dinge, mit denen sich wie immer ein Rattenschwanz von Assoziationen verband. Mit dieser Schere hatte er zu kämpfen. Auch Licht und Dunkel schienen nicht richtig verteilt. Erst war es hell und dann dunkel und wieder eher hell. Manches war auch einfach weg. Was sie gesagt hatte, war weg, ein Schnipsel hier und ein Schnipsel da, praktisch der komplette Hannah-Film, von dem Moment an, wo sie mit ihm zu flüstern begann.

Okay, aber das würde wiederkommen, glaubte er, weil ja bislang noch immer alles wiedergekommen war, der Hunger, der Appetit auf Sex, eine gewisse Bereitschaft, den Radius zu erweitern. Er entdeckte die Zeitungen, am Abend eine Viertelstunde Nachrichten, in denen der große Regen das Thema war. Einige Flüsse hatten bereits die kritische Marke erreicht, sollte sich das Wetter in den nächsten vierundzwanzig Stunden nicht beruhigen, befürchtete man das Schlimmste.

Zwei Tage später wurde er entlassen. Britta hatte für ihn gepackt, zusammen mit Per fuhren sie zum Flughafen. Per fand ihn ziemlich blass, wollte, dass er vor dem Abflug noch etwas trank, eine Kleinigkeit aß, immer assistiert von Britta, die alle paar Minuten kontrollierte, ob die Gorillas auch richtig standen, drei Männer und eine Frau, denen man ansah, dass sie scharfe Anweisungen erhalten hatten.

Sie saßen in einer verrauchten Bar, wo auf mehreren Bildschirmen die Nachrichten liefen. Selden schaute mit halbem Auge hin, glaubte auch hin und wieder etwas zu verstehen, das, was in allen Ländern lesbar war, die robuste Prosa der Ankündigung, ein letztes Sommerinterview, kurze Einspielungen aus aller Welt, zur Hälfte vermischte Nachrichten.

Auch aus den Überschwemmungsgebieten zu Hause zeigten sie Bilder. Die Pegelstände waren unverändert hoch. Man sah Nick, wie er vor Ort den betroffenen Leuten Mut machte, dann von weit oben überflutete Landschaften, Straßen, die zu reißenden Flüssen geworden waren, Gestalten, die sich auf Dächer und Bäume geflüchtet hatten, vorbeitrudelnde Autos, Sandsackkommandos, Dämme, die gerade brachen, am Schluss ein paar Oberschlaue, die partout nicht aus ihren Häusern wollten und mit Gewalt in bereitstehende Helikopter gezerrt wurden.

Na toll, sagte Per.

Sieht übel aus, ja, sagte Selden, aber sein Gefühl war: Was geht es mich an. Als wäre die sich anbahnende Katastrophe aus der Ferne weniger gültig, als hätte sie fürs Erste keine Kraft, ihn zu berühren.

Der Flug war okay, ein erster Drink, dann war es einigermaßen okay. Britta las ihm aus den Zeitungen vor, etwas über Nick, der dafür kritisiert wurde, den Katastrophengebieten noch keinen Besuch abgestattet zu haben. Es klang wie eine schlecht ausgedachte Lüge, der Schnee von gestern, dachte er, während der Pilot schon zur Landung ansetzte.

Das hätten wir geschafft, sagte Britta. Welcome back.

Ich kümmere mich um das Gepäck, sagte Per.

In den Fernsehern überall die Flut. Es war dasselbe Material, nur weniger verdünnt, für den einheimischen Bedarf dramatisiert, aber auch zäh, ein Teppich aus Bildern und Statements, voller Redundanzen. Je öfter man es sah, desto weniger schrecklich kam einem alles vor.

Er hörte die kurze Ansprache von Nick und musste zugeben, dass er keine schlechte Figur machte. Im Grunde lag ja auf der Hand, was man bei solchen Gelegenheiten sagte, die Formeln, die Beschwörungen. Alle Formeln waren Beschwörungen. Es durfte einfach niemand durchdrehen. Nick sagte: Nicht immer können wir auf der Stelle etwas ausrichten, es ist schlimm, wir erkennen unsere Grenzen. Dann nannte er eine Summe und rief das Land zur Solidarität mit den Betroffenen auf. Man konnte sehen, die Angst und die Verzweiflung der Leute waren ihm unheimlich. Man sah ihn da stehen, in seinen lächerlichen gelben Stiefeln, die ihm jemand besorgt hatte, unter dem flatternden Regenschirm eines Bürgermeisters, der es auch nicht besser wusste.

In den ersten Tagen machte er nicht viel. Er ging spazieren, saß vor dem Fernseher, beobachtete am Hals die Stelle, den letzten Rest Schorf über einem rötlich-glänzenden Hubbel, der sich hoffentlich noch zurückbildete. Britta fand ihn schwierig, ließ ihn aber in Ruhe, nahm das Telefon ab, redete viel mit Per, dass sie nicht weiterwusste, ihre Pläne, in denen sie mal blieb und mal ging. Ich habe angefangen zu suchen, ja, hörte er sie sagen. Über einen Makler, ja. Du lieber Himmel, woher soll ich das wissen?

Am Freitagmorgen hatte sie genug und sagte, dass sie übers Wochenende aufs Land fahre. Eine Stunde später rief sie an und sprach aufs Band. Bist du da? Bitte geh ran. Bist du da? Ich fühle mich so dumm. Wie ein Schaf. Wenn du willst, kehre ich auf der Stelle um. Und eine halbe Stunde später: Ich bin da. Ich stehe vor dem Haus und frage mich, was ich hier soll. Hörst du mir zu, du gottverdammter Mann?

Als sie am Abend zurückkam, redete sie lange von dem Haus. Sie hatte ihre halbe Kindheit dort verbracht, also warum nicht. Wenn man wollte, reichte es. Man konnte dort leben. Es gab eine Bahnstation, drei, vier Läden für das Nötigste, sodass es vielleicht möglich war, ziemlich weit weg, fast dreihundert Kilometer in Richtung Süden, wo die Pegel schon wieder fielen.

Inzwischen hatten dort überall die Aufräumarbeiten begonnen. Sie hatte sich alles angesehen und war entsetzt, über das Ausmaß der Schäden, den Schlamm, auf den Straßen die Berge von Müll. Wenn der Schlamm trocknet, wird er hart wie Beton, dann hilft bloß noch der Presslufthammer, sagte sie. Die Leute seien unglaublich tapfer, aber auch wütend, weil das versprochene Geld nicht kommt, sie schimpfen auf die Politiker, die Versicherungen, warum der Staat nicht dafür sorgt, dass sie zahlen.

Mein Gott, kriegt ihr nicht mal das hin, sagte sie.

Er hatte einen Strauß Rosen kommen lassen, drüben auf dem Tisch in einer zu kleinen Vase.

Für mich? Aber warum? Haben wir etwas zu feiern?, fragte sie.

Sie waren an die dreizehn Jahre verheiratet, und er hatte ihr offenbar noch nie erklärt, für was sie als Regierung zuständig waren und für was nicht.

Na, dann fang mal an. Dein schlauer Per hat mir das mal erklärt, aber leider bin ich zu blöd dazu.

Der schlaue Per, mit dem du ununterbrochen telefonierst.

Sie fragen sich alle, wann du zurückkommst. Willkommen an Bord. Leider steht uns das Wasser mal wieder bis zum Hals.

Sie lachte.

Was sagt dein Mädchen? Willst du sie nicht treffen? Ich bin mir sicher, sie wartet darauf, aber leider, die böse Britta lässt dich ja nicht weg. Oder habt ihr schon? Ihr telefoniert, schreibt euch Nachrichten. Ich vögele einen Minister, allerdings ist er derzeit nicht im Amt. Musst du erst wieder im Amt sein, damit sie mit dir vögelt?


Am späten Nachmittag schaltete sie meistens den Fernseher ein, kuschelte sich in ihre Decke und schaute sich die neuesten Flutbilder an, redete zwischendurch mit dem Kind, von dem sie wusste, dass es fast fertig war und kaum noch Platz hatte, sich zu bewegen. Es war die letzte Phase der Schwangerschaft, drei Wochen vor dem errechneten Termin. Annie fühlte sich nicht mehr so schön, musste sich nach der geringsten Anstrengung setzen, spürte ihre Beine, sehr fern einen leichten Unwillen, wenn sie an die bevorstehende Geburt dachte, von der sie nur diffuse Vorstellungen hatte. Fragte sie ihre Freundinnen, bekam sie zur Antwort: Klar, es tut weh, aber das vergisst du gleich, wenn du erst mal dein Kind in den

Armen hältst, hast du das meiste schon vergessen. Die ersten Stunden sind schlimm. Das viele Blut, mein Gott, dass du brüllst, dass du dich krümmst, das kriegst du gar nicht mit. Aber wie empfindlich man ist. Auf einmal konnte ich das Licht nicht mehr ertragen, alles was roch, die Lederjacke meines Mannes, wie er diese komischen Pralinen gegessen hat, richtig ekelhaft. Fast alle hatten gesagt: In den letzten Tagen willst du bloß noch, dass es endlich losgeht. Lass dich verwöhnen, entspann dich, versuch zu schlafen, sammele Kraft, denn du wirst sie brauchen.

Meistens fühlte sie sich richtig gut, ging ein bisschen raus, lag in der Wanne, weil sie leicht fror, stundenlang, ohne groß zu denken. Sie hatten noch immer keinen Namen für das Kind, aber das hatte Zeit. Sie sagte: Du kleiner Mensch, redete mit ihrer Hand, konnte spüren, wo das Köpfchen war, der eckige Hintern, ab und zu eine geballte Faust oder ein Knie, manchmal für Stunden nichts, wenn es schlief oder nur lauschte, wie sie glaubte, der wummernde Bass ihres Herzens, in ihrem Magen ein Blubbern, wenn sie ihm etwas vorsang oder mit Per telefonierte.

Die letzten Bilder waren über einen Monat alt, ziemlich dunkel, eine Aufnahme vom Schädel mit zwei schwarzen Höhlen, die die Augen waren, der Ansatz einer Nase. Auf dem zweiten Bild lutschte es am Daumen und sah ziemlich zufrieden aus.

Schau, da. Es hat deine Ohren, kommt mir vor.

Vor Per tat sie immer so, als wäre es ihr egal, Mädchen oder Junge, Hauptsache gesund, aber wenn sie ehrlich war, wollte sie einen Jungen. Mädchen waren zickig, dachte sie. Ihre Mutter hatte ihr oft gesagt, wie zickig sie als Mädchen gewesen war, sie wollte nicht werden wie ihre Mutter.

Am meisten Angst hatte sie vor den Rechnungen. Wo immer sie hinsah, gab es Rechnungen, heimliche Buchführung für den Tag X, eine gewisse Häme, die das Ergebnis verlorener Schlachten war, verbissener Kämpfe um Zeit, einen Rest Raum nur für sich, am Morgen die Viertelstunde, wenn einer noch liegen blieb, während der andere verschlafen das Hamsterrad bestieg. Die Antwort der Männer war Spott, die der Frauen verhaltene Wut, die auch eine Haltung war, manchmal mehr Verdacht als Erfahrung, ein verschwommenes Gefühl, von ihren Männern über den Tisch gezogen worden zu sein, vom Leben, der verdammten Biologie, wem auch immer.

Vor den Nächten hatte sie Angst, dem vorübergehenden Verlust ihres Körpers, dass dann dauernd jemand an ihr zerrte und zupfte und an ihren Brüsten nuckelte, das ewige Getropfe, das sie von ihren Freundinnen kannte, diesen Terror der Hormone. Manches wollte sie nicht glauben, die plötzliche Verachtung für das Männchen neben dir, dass man die Lust auf Sex verlor, dass man sich nicht mehr richtig herrichtete, als wäre man wirklich bloß für das Kind da, eine Maschine im postkoitalen Zeitalter.

Per lachte sie aus, spätabends, wenn er endlich kam und sie ihn zu warnen versuchte, wenn sie ihn küsste und zu wissen meinte, dass es nur billiger Trost war, etwas, für das sie verdammt nochmal die Verantwortung zu übernehmen hatte.

Ihr fiel jetzt auf, wenn sie miteinander redeten.

Sie redeten über das Glück und die Angst und wie alles zusammenhing, sie beide als Paar, die losen Enden, obwohl das allermeiste verbunden war.

Ich bin dein Mann, sagte er, englisch: *husband*. Der ans Haus gebunden ist, scherzte er. Das war ihr Per, wollte er gerne sein. Abends am Feuer, wenn sie sich die Zeit nahm, seinen neuesten Abenteuern zu lauschen.

Sie redeten über seine Tage im Ministerium, die Flut, die Veränderungen, die er an Selden bemerkte, der vielleicht nicht weitermachte.

Er schlief nicht besonders. Er passte auf, dass ihm niemand zu nahe kam. Komm mir bloß nicht zu nahe. Das war Selden.

Als habe er eine Weile auf einer Raumstation gelebt, draußen im All, bei Temperaturen um die minus 270 Grad.

Das Problem war der Blick. Alles sah so futzelig klein von dort oben aus, so ich weiß nicht was.

Auch Per schien sich verändert zu haben. Er war nicht mehr ganz so begeistert treu, kam ihr vor, er war loyal, aber mit einem gewissen Vorbehalt, locker interessiert, aber nicht um jeden Preis.

Sie besprachen, wie es mit Per weiterging, wenn es mit Selden nicht weiterging. Per hatte ihn wieder und wieder bearbeitet. Die Frage war, hatte Selden die Lektion gelernt. Wenn du sie gelernt hast, kannst du auch weitermachen. Das war die Rechnung von Per, der an Seldens Job-Bewusstsein appellierte und das Lied vom Standhalten sang.

Meistens sahen sie sich gemeinsam die letzten Nachrichten an, Wetter, aktuelle Pegelstände, Bilder von den letzten Sandsäcken, den letzten Soldaten. Der Schaden war begrenzt. Es hatte keinen einzigen Toten gegeben, ein paar Herzinfarkte, aber keine Toten. Geschichten vom Schlamm und vom Dreck, im Wasser trudelnde Autos, ein paar tote Kälber, Hühner, Schweine, dazu kurze nette Reportagen über Leute, die sich halfen und anschließend in die Kamera sagten, warum sie wütend waren.

Annie fand das komisch. Warum sind sie wütend?

Sie haben sich gegenseitig gestützt, waren in Not, waren solidarisch. Sie könnten stolz auf sich sein. Aber ihre Haltung ist: Es wäre Aufgabe des Staates gewesen, uns zu helfen. Weil vom Staat keine Hilfe kam, mussten wir uns zu unser aller Empörung selber helfen. Noch nicht mal Schaufeln hat heutzutage der Staat. Wir mussten tatsächlich unsere eigenen mitbringen.

Für Per war das dummes Geschwätz, während sie noch etwas anderes darin sah. Dass sie lamentierten, hieß ja nur, dass sie nicht wussten, was sie getan hatten. Sie hatten im Kleinen Politik gemacht, in einer privaten Notlage, vor Ort, wo die Dinge noch miteinander verbunden waren. Das mochte sie daran. Sie hatten ihre Häuser verteidigt. Aller Ursprung der Politik war häuslich, dachte sie, Verteidigung von Raum, der zugleich offen und abgeschlossen war. Wer durfte rein und wer nicht, unter welchen Umständen, unter Beachtung welcher Regeln. Das war Politik. Erst wenn man sich sicher fühlte, konnte man sich auch bewegen. Man ging nachbarschaftliche Beziehungen ein, man geriet in Gesellschaft, die mal größer und mal kleiner war, teilte sich mit jemandem Raum. Auch ihr Kind würde nicht immer in ihrer Nähe sein, spätestens im Kindergarten würde es erfahren, dass ein Ort nicht nur schützende Hülle war. Mein Gott, dieser verdammte Kindergartenkram, hatte sie gedacht, aber jetzt freute sie sich richtig darauf, denn so fing es an. Man knüpfte Fäden, ging Verbindungen ein gegen die Vereinzelung, wenn man spürte, allein schaffst du das nicht, dann machte man im Grunde schon Politik, den ersten Schritt, dachte sie, wobei der kleine Zwack noch nicht mal geboren war.


Trick ließen sie als Ersten raus. Er hatte die halbe Nacht kein Auge zugetan, aber jetzt war er raus, blinzelte blöde in die Sonne und wusste nicht, wohin, morgens um halb zehn, ohne die beiden anderen, die sie offenbar noch immer in die Mangel nahmen, was hatten sie gewusst, woher stammte das Material, den genauen Ablauf. Es schien ein paar Bilder zu geben, wie sie jemand mit einer Folie bedeckte, wie man sie wegtrug, Tick und Track schon vorne im Mannschaftswagen, während er, Trick, von einem Sanitäter zum x-ten Mal gefragt wurde, ob er okay war. Er hatte gesagt, ja, danke, komisch, ich denke, ja, nur für was zum Teufel eigentlich bedankte er sich.

Viel mehr hatte er nicht gesehen. Er war froh, als sie alle drei im Wagen saßen, nicht richtig froh, erleichtert, dass sie endlich wegkamen, weg von ihr, diesem rauchenden Etwas, Hauptsache weg, den ganzen Gaffern, der Stelle, wo sie gestorben war.

Noch am Abend, als sie wieder zusammen waren, sah es so aus, als wäre es nur eine Frage der Zeit, bis sie etwas begriffen, eine Frage der Distanz, die sich früher oder später einstellte, auch wenn die Bilder blieben. Der verdammte Geruch nach Verbranntem blieb. Die Szenen in der Küche, ihre Stimme, die das Erste war, was sie verloren hatte. Oder hatte sie geschrien? In ihren Träumen schien sie zu schreien, ewig lang, dabei hatte doch alles nur wenige Minuten gedauert.

In den ersten Tagen rückten sie eng zusammen, besuchten sich in ihren Zimmern, kauerten am Boden, schwiegen. Musik war ganz gut, der alte *Doors*-Kram, das letzte Album mit den komischen Gedichten. Sie fragten sich, welche Musik sie gehört hatte. Hatte sie je über Musik geredet? Tarsa hatte über Bücher geredet, das, was von ihnen geblieben war, die leuchtenden Stellen, Szenen aus Stücken, die sie beschäftigten oder die sie blöd fand. Track hatte ein paar Fotos von ihr gemacht. Tarsa, wie sie aß, die Charlie-Chaplin-Szene, einmal morgens beim Frühstück neben Trick, der sie verschlafen anhimmelte. Es war schwere Arbeit, sich diese

Bilder anzusehen, die blinden Flecken, alles, was sie in den letzten Wochen übersehen hatten, einen abwesenden Blick, eine versteckte Ankündigung. Sie hätten gern gewusst, um Himmels willen wann, den Point of no return, weil sie lange glaubten, das war hier bei uns, in der Küche, selbst wenn die Gründe völlig andere waren, etwas, das schon Jahre zurücklag und an das sie nie und nimmer herankämen.

Für die Zeitungen war es eindeutig ein Selbstmord, eine verwirrte junge Immigrantin, die mit den Anforderungen der Schauspielerei nicht zurechtkam; Vater stammte aus dem Iran, aber rasiert, ein überzeugter Feind der Mullahs, sodass es letzten Endes ein Rätsel blieb.

Sie brachten ein paar Schnappschüsse von ihrer Beerdigung, zu der nur der engste Kreis geladen war, ein paar Schauspielschüler, Vater Mutter Bruder.

Tage später fanden sie eine Notiz in der Zeitung, ziemlich versteckt auf den hinteren Seiten, nur ihr Name, zwei Jahreszahlen und aus der 108. Sure der Spruch: *Wir haben dir die Fülle gegeben. Bete darum zu deinem Herrn und opfere!*

Keiner sagte etwas dazu. Sie wussten noch nicht mal, auf welchem Friedhof, aber sie hatte ein Grab, einen Platz, an dem sie bleiben konnte und früher oder später Besuche empfinge.

Wieder bewegten sie sich von ihr weg, fragten nicht nur nach ihr, sondern ließen auch gemeinere Regungen zu, kümmerten sich um die Wohnung, räumten mal richtig auf, kauften ein, aßen nicht nur Pizza, sondern begannen wieder zu kochen, tranken zusammen Wein, abends in der wie neuen Küche, wo sie am Ende der zweiten Woche noch einmal von vorne anfingen. Okay, sie hatte sie verarscht, aber sie war tot, sie konnte ihnen nicht helfen. Sie wussten nicht weiter. Das hätte sie wahrscheinlich gewollt, dass sie sich die Zähne an ihr ausbissen und dann weitermachten, obwohl der Anfang zugleich das Ende war.

Sie fanden schnell heraus, dass sie sich nicht einig waren. Tick wollte endlich ernsthaft studieren, während Trick über weitere Aktionen nachdachte. Man konnte die Sache eskalieren, gleichzeitig an verschiedenen Orten, aber was brachte das, ohne den letzten Kick, dass jemand sein Leben gab.

Sie mussten die Latte tiefer hängen. Einen Schritt zurück und dann sehen, was noch möglich war.

Einmal trafen sie Rubber, plötzlich in Anzug und Krawatte, ziemlich arschig, als habe er einen wichtigen Termin in der Bank oder ein Vorstellungsgespräch für einen Job als Wer-weiß-was. Er hatte keine Ahnung, hatten sie den Eindruck, war nicht direkt unfreundlich, etwas unangenehm berührt, dass er sie mal gekannt hatte, als wäre es Jahre her, damals, als wir alle noch an die Schrift glaubten, die Parolen.

Reden wir nicht lang herum, machen wir was, hatte Tarsa gesagt.

Trick hatte die Fotos aufgehängt und wieder abgehängt. Er träumte nie von ihr, aber in seinem Kopf war sie noch da, wenn er sich einen runterholte, am frühen Morgen, wenn die Konturen noch verwischt waren. Alles war dunkel an ihr, Augen, Haare, ihre Stimme, falls er sie mal zum Reden brachte, vor einem Spiegel, wo sie gerade seinen Schwanz aus der Hose holte, bei ihr zu Hause, wo sie immer eine andere war, eher still, mehr für sich als für ihn, auf eine tröstliche Weise.

Er war nicht sicher, ob das wirklich gut für ihn war. Ja und nein. Solange er sie sah, wenn sie ihm bis zuletzt nicht wegrutschte, fühlte es sich richtig an. Sie war eine Puppe, na gut, eine Erfindung, eine Wunschmaschine, die ihn in etwas einschloss und zugleich abkoppelte. Deshalb war sie da, deshalb hörte er nicht auf, sie sich wieder und wieder zu erfinden.

Am schlimmsten war, wenn ihn jemand berührte, von hinten, während er sich unterhielt, wenn ihm jemand auf die Schulter klopfte oder sonst wie nahe kam, von der Seite ein Gesicht, wenn jemand den Abstand nicht einhielt und er dann reflexartig zurückwich, als würde er im nächsten Moment angegriffen. Mann oder Frau war egal, ob er jemanden kannte oder nicht, er war auf der Hut, immer bereit, sich wegzuducken. Er nahm die Tabletten, versuchte, mit dem Willen dagegen anzugehen, eine Art Training, das noch nicht mal mit Britta zu funktionieren schien.

Die Nächte waren mal so, mal so, der Morgen besser als der Abend, dazwischen bemühte er sich nach Kräften, wieder reinzukommen und Teil der üblichen Abläufe zu werden.

Die Flut schien zu einer Wiederherstellung von Ruhe und Ordnung geführt zu haben, für ein paar Wochen waren alle Konflikte still gestellt, alle saßen im selben Boot oder fühlten sich doch so. Die Spendenbereitschaft war enorm, dieser Impuls, dass es schließlich alle hätte treffen können, nicht bloß die Leute in den Überschwemmungsgebieten, die sich vor Hilfsangeboten teilweise nicht retten konnten.

Sonst war nicht viel.

Er versuchte regelmäßig zu laufen, meistens am Wochenende, nur in Begleitung der Gorillas, einmal mit Kleist, der ihn nach Hannah fragte und mal wieder auf dem Sprung war. Offenbar überlegte sie, eine neue Wohnung zu suchen, mehr im Zentrum.

Sie schrieben sich nicht mehr ganz so oft, nicht mehr alle paar Stunden jede ihrer Bewegungen, aber noch immer zwei-, dreimal am Tag, morgens und abends, immer sorgsam darauf bedacht, nur das Naheliegende zu berühren, ohne Blick nach vorn oder zurück, mit einer schwebenden Form von Bereitschaft. Wenn er mit ihr telefonierte, klang sie auch verunsichert, wollte wissen, wo er war, ob sie ihn nicht störe.

Sie konnte sich nicht leiden, wenn sie so war, so ich weiß nicht was.

Mein Körper sehnt sich nach dir. Nicht nur mein Körper. Alles Mögliche. Das Dumme ist, dass ich es dir nicht sagen kann. Ich rede mit dir, jetzt, am Telefon, trotzdem kann ich es dir nicht sagen.

Sie fand das schade, dass alles weg war, verschüttet und begraben, obwohl sie sich immer sagte, dass es trotzdem wahr war. Unser Zimmer war wahr, das Bett, alles.

Er sagte, ja, alles, etwas lahm, wie ihm gleich vorkam, dass er Zeit brauche. Keine Ahnung, was ich brauche.

Ja, klar. Mach, wie du meinst. Du weißt ja, wo ich bin, wo du mich findest.

Eines Tages meldete sich Lynn, nicht richtig besorgt, als stünde sie in Kürze vor seiner Tür, wenn du nur willst, wie immer deine Lynn.

Sie wollte wissen, wann er wieder mal käme.

Er sagte: Nicht so bald. *Maybe next month.*

*You remember?*

Er hörte, wie sie lachte, dann auf einmal: Bist du neu? Anders? Offenbar wollte sie wissen, ob er sich verändert hatte, durch diese Geschichte, von der sie gelesen hatte.

*So let me know. I'll be glad to meet you. Feel the difference*, sagte sie, als würde sie auf der Stelle erkennen, was anders war.

Alles war anders, aber auch nicht sehr. Der Blick auf seine Leute vielleicht, Per und Josina, die sehr vorsichtig mit ihm waren, als wäre er unberührbar, Mitglied einer Kaste, die ebenso heilig wie verachtet war. Bei Per meinte er zu spüren, dass er darüber nachdachte, sich zu verändern, als würde er heimlich Termine machen, vorsichtige Sondierungen für den Fall dass, während Josina ihn bemutterte, nur gute Nachrichten zu ihm durchließ, angenehme Termine arrangierte, ein Hintergrundgespräch über sicherheitspolitische Herausforderungen im digitalen Zeitalter, technische Möglichkeiten, politisch-juristische Fallen, ein Thema, bei dem er sich wohlfühlte.

In der letzten Augustwoche bat ihn Nick zu einem Vier-Augen-Gespräch in sein Büro, fragte, wie er zurechtkam, erkundigte sich nach Britta, kam dann auf die neuesten Umfragen, in denen sie ziemlich gut dastanden, die Werte für Selden und Nick besser als für die Partei. Vom großen Sommertief keine Rede mehr. Sie lagen knapp vorn, Tendenz eindeutig steigend.

Ein guter Zeitpunkt, um aufzuhören. Ich höre auf, sagte er, lieber früher als später. Darüber habe er lange nachgedacht. Hört man auf, wenn es einem egal ist, oder hat man den richtigen Zeitpunkt dann schon verpasst.

Ich glaube, ich verstehe nicht ganz, sagte Selden, während er dachte: Das also ist der Moment, hier oben in seinem Büro, an einem helllichten Vormittag.

Auf den ersten Blick war es ganz einfach. Nick wollte die Neuwahlen vorziehen, dann sollte Selden den Job übernehmen. Vielleicht nicht sofort, nach einer gewissen Frist, auch deshalb habe er sich gedacht, wir reden mal.

Er erklärte nicht, warum, ob es das Herz war oder ein neuer Job oder seine Frau, bei der er seit Jahren rote Zahlen schrieb. Wahrscheinlich doch ein Job, etwas, das Geld brachte, ohne dass man sich überarbeitete.

Das alles kommt ein wenig überraschend, sagte Selden. Du hast mal Andeutungen gemacht. Was wäre, wenn. Trotzdem bin ich überrascht.

Das ist mir klar.

Mit wem hast du darüber geredet?

Du bist der Erste, sagte er. Mit meiner Frau habe ich geredet, kommt mir vor. Meine Frau, könnte sein.

Selden bat sich Bedenkzeit aus.

Besprich es mit Britta, ja, sagte Nick. Was Britta dazu meint, oder wen du da üblicherweise einbeziehst.

Ein paar Stolpersteine sah er auch. Für vorgezogene Wahlen musste man Mehrheiten haben. Man würde ein wenig tricksen müssen, die Fraktion bearbeiten, Abgeordnete, die es womöglich nicht lustig fanden, wenn man auf diesem Weg ihre Pensionsansprüche kürzte.

Er stellte den Fahrplan vor. Anfang März, hatte er gedacht. Im Herbst kündigen wir alles an, eher spät, damit es kein ewig langer Wahlkampf wird. Keine drei Monate waren es bis dahin.

Fragte sich nur mit welchem Programm, dem Programm von Nick, falls er je so etwas gehabt hatte, oder mit einem anderen.

In der Zentrale sind sie schon dran, sagte Nick. Das große Drehbuch, auf das es angeblich ankam, die zündende Botschaft für das Land, griffige Themen und Formeln, die darauf hinausliefen, dass man niemandem wehtat, obwohl man am Ende immer jemandem wehtat.

Darüber würden sie sich noch streiten, sagte Selden, der die Idee der Maschine nicht mochte, den neuen Geist, wie sie das in der Zentrale nannten, alte Kader-Linke, die auf einmal ganz scharf auf Amerika waren und in jedem zweiten Satz das Wort Netzwerk verwendeten. *Spin control, fast-finish*-Strategien, der Kampf um die Macht als Krieg, aber alles virtuell, von oben, in einem riesigen Großraumbüro, das sie *war-room* nannten, mit Internetanschluss, Kabel- und Satellitenfernsehen.

Die Laien bis zum Wahlsieg fernhalten, hieß ihre Devise. Das gemeine Fußvolk, das in ausgewählten Bezirken die Klinken putzte und sonst nicht viel zu melden hatte.

Lückenlose Beobachtung und Manipulation. Wir beobachten, was ist, und was ist, produzieren wir am besten gleich mit. Lancierte Bilder, Ergebnisse der Gegnerbeobachtung, Angriffe und Dementis.

Na gut, das werden wir sehen, sagte Nick, aber was kommt dann. Können wir uns das vorstellen. Was in vier Jahren ist und noch einmal in vier, oder meinetwegen in zwanzig, falls du glaubst, dass man so weit sehen kann.

Ich stelle mich darauf ein, dass es ungemütlich wird, sagte Selden. Das meiste konnte man sich ausrechnen, alles, was wuchs oder sich beschleunigte, der Anteil der Alten, die Staatsverschuldung, der Kapitalfluss, während anderes einfach verschwand, Tiere und Pflanzen, Gletscher, die gute alte Erwerbsarbeit, alles, wofür es früher Übergangsrituale gab und nicht nur diesen Brei aus Jung und Alt.

Man hat mir oft vorgeworfen, dass ich keine Vision habe, sagte Nick. Darüber denke ich viel nach, was das eigentlich ist. Man kann sehen, was ist, aber man kann auch sehen, was im besten Fall noch wird, nicht nur ein Update, die bessere Version von irgendwas, sondern eine Art Ende, den paradiesischen Zustand, in dem für eine Weile alles in Ordnung ist.

Vor dreißig Jahren hatten sie alle daran geglaubt. Friede Freude Eierkuchen. Wohlstand und Gerechtigkeit für alle, was bei demnächst acht Milliarden Menschen wirklich ein Hohn war.

Darin stimmte ihm Selden zu. Man konnte sich warm anziehen, aber das war's dann auch.

Gut, aber das ist noch kein Programm, sagte Nick.

Unsere Partei hat ein Programm.

Sie waren sich einig, dass das nicht reichte.

Das meiste war offenes Experiment, Überzeugungen hin oder her, trial and error, was die Leute leider schlecht aushielten.

Man weiß es in der Regel erst hinterher, wenn auch alle anderen es wissen, sagte Nick.

Das Problem waren die Leute, die es auch vorher schon immer besser wussten. Das war Demokratie. Es war auch ein Spiel, dachte Selden, ein Jonglieren nicht nur mit Formeln und Prognosen, apokalyptischen Szenarien, die mal eintrafen oder ausblieben, sondern eine Art Handel, eine Spekulation zweiter Ordnung, bei der es um den Verlauf der erweiterten Gegenwart ging. Wer ihn bestimmte, war eigentlich egal, dachte er, der Selbstmordattentäter, das Kapital, die Politik oder die Demographie. Sie alle waren mehr oder weniger blind. Sie blinzelten nur, sie bekamen nicht alles mit, und trotzdem mussten sie versuchen, die richtigen Schlüsse daraus zu ziehen.

# XII

Rubber hatte ein paarmal mit ihr gebumst, das war schon peinlich genug, aber viel mehr machte ihm zu schaffen, dass er sie für voll genommen hatte, ein bisschen vaterfixiert, mit unausgegorenen Gewaltphantasien, aber doch als Gegenüber, jemand, mit dem man reden konnte, in den ersten Tagen und Wochen, als sie ihm noch nicht auf die Nerven ging.

Sie hatten ein Foto von ihr gebracht, auf dem sie erschreckend dumm aussah, ein fieses Frettchen, das sich eine Weile einquartierte und dann weiterzog. Sonst schienen sie nicht viel herausgefunden zu haben. Es gab Bilder vom Restaurant, die Stelle am Strand, wo sie mit diesem Typen gehaust hatte, zwei, drei Statements von Leuten, die behaupteten, sie von Anfang an seltsam gefunden zu haben. Man fragte sich, wie sie da wohl hingekommen war, ausgerechnet sie, in dieses Kaff, wo auch der Minister war. Klang ein bisschen sehr nach Zufall, wenn man darüber nachdachte, als hätte sich die Szene jemand ausgedacht, von den rätselhaften Abläufen zu schweigen.

Sie hatten sie sofort in die Klapse gebracht, hatte er gelesen, im Hubschrauber zum Verhör in eine Spezialabteilung des Ministeriums und dann auf die geschlossene Station, wo sie wirres Zeug über grüne Männchen zum Besten gab und den einen oder anderen Namen fallenließ, was dazu führte, dass sie eines Tages vor seiner Tür standen, zwei Beamte in Zivil, die ihn verdächtigten, so etwas wie der Drahtzieher gewesen zu sein, der eigentliche Kopf, da das Mädchen, wie sollte man sagen, doch eher minderbemittelt war.

Er bat sie herein, versuchte, freundlich Auskunft zu geben, was er von ihr wusste, ihr dummes Gequatsche, denn wenn er sich an sie erinnerte, war sie die meiste Zeit am Quatschen.

Er zeigte den Beamten die Tabletten.

Einen dünnen roten Schal hatte er von ihr, ein paar krakelige Sätze auf einem Zettel.

Zwei Tage später wurde er vorgeladen. Sie nannten es nicht Verhör, behielten ihn aber den halben Nachmittag. Sie fragten nach Verbindungen, zeigten Bilder von Demonstranten, Gesichter und Körper in Bewegung, die ihm nichts sagten. Auch ein Foto dieses pickeligen Jungen legten sie ihm vor, angeblich hieß er Joe, ein Gymnasiast aus einer Kleinstadt, den sie für harmlos hielten.

Kommen wir noch einmal zu Ihnen.

Sie fragten, was er arbeite. Das war interessant. Unten am Hafen, sagte er und war ganz überrascht, dass sie das nicht wussten. Fast hätte er gesagt: bis letzten Freitag, aber auch das schienen sie nicht zu wissen, er war ein unbeschriebenes Blatt für sie, er konnte aufstehen und gehen, und kein Mensch würde danach krähen, wohin. Als ihnen nichts mehr einfiel, fragte er: War's das? Und sie sagten, ja, vielen Dank, wenn wir noch etwas brauchen, melden wir uns, was sie dann zum Glück nicht taten.

Mania hätte ihn wahrscheinlich nicht wiedererkannt, der alte Rubber mit seinen neuen Schuhen und dem komischen Anzug. Muss man sich bloß anders anziehen, um ein neuer Mensch zu sein? Ja und nein. Für Rubber kam das eine mit dem anderen, die genaue Reihenfolge wusste er schon nicht mehr. Aber er veränderte sich. Seit er nicht mehr am Hafen war, wurde er ein anderer. Manchmal waren es Dinge von außen, die sein Leben in eine neue Richtung schubsten, der neue Job, eine Bekanntschaft in einer Bar, dann wieder drückte er selbst aufs Tempo, schrieb ein zehnseitiges Dossier über die Sprache der Straße, quasi über Nacht, sammelte Telefonnummern, Optionen für den Tag X, einen Quickie hier und einen da, nur um zu sehen, wie weit er kam, wenn er nur wollte. Er schaute auf sein bisheriges Leben, als wäre es lange her, alles abgetanes Zeug, dann wieder versuchte er es als eine zusammenhängende Folge zu lesen, warum aus A B folgte, ohne dass man sich gleich als Verräter fühlen musste.

Erst war ich der Rubber unten am Hafen, jetzt bin ich der Rubber, der der Stimme der Straße Gehör verschafft.

Die Geschichte war ein bisschen kompliziert und auch wieder nicht. Eines Tages war ein Anruf gekommen, aus dem Büro eines jüngeren Abgeordneten, der über Umwege auf den Namen Rubber gestoßen war. Jemand habe ihn empfohlen, jemand aus der Szene. Rubber habe da neulich etwas geschrieben, darüber würde er sich die Tage gerne länger unterhalten.

Wie war der Name nochmal?

Rubber hatte den Namen noch nie gehört, sagte aber zu, war viel zu früh da und konnte die erste Viertelstunde kaum glauben, in welch winzigen Schachteln diese Abgeordneten saßen. Sein erster Impuls war: Er will mich anwerben, irgendein komischer Deal, den er nicht beim Namen nennt. Lockenwitz war sein Name. Rubber kam nicht oft zu Wort, aber das störte ihn nicht groß. Ein kleiner Spießer, blond, schon fast kahl, obwohl er noch keine fünfunddreißig war. Er lobte Rubbers Text über die Wiederkehr der Tauschwirtschaft, kam auf ein paar Referenzen, Adressen, die er leider nur dem Namen nach kannte, *der linke Untergrund*, für den er, Rubber, so etwas wie ein Experte sei.

Daraus lässt sich etwas machen, sagte er, für beide Seiten, denke ich. Er nannte es einen Dolmetscherjob. Alles war Kommunikation, aber man brauchte Leute, die sie herstellten, Boten, die hin und her liefen und die neuesten Nachrichten überbrachten.

Rubber sagte: So richtig verstehe ich das noch nicht.

Darauf er: Sie machen den Kontakt, halten die Verbindung, schreiben das auch auf, abwechselnd für uns und für die Leute draußen.

Im Grunde haben Sie den Job.

Er wollte noch mehr Text, eine genaue Liste mit den Kontakten, das schaue er sich dann an, und wir können weiterreden.

Könnte Sie das interessieren?

Rubber sagte: Auf jeden Fall.

Ich ruf Sie an. Montag oder Dienstag.

Er warf einen Blick in seinen Terminkalender, stand auf und nickte Rubber zu, sah ihn kurz an, als hätte er bislang keine Gelegenheit dazu gehabt, begleitete ihn zur Tür.

Zwei Tage später schickten sie den Vertrag, befristet auf ein Jahr eine halbe Stelle als Mitarbeiter mit nicht näher bezeichnetem Aufgabenfeld.

Er ging zum Friseur und dachte darüber nach, aber eher am Rand, wo auch andere Gedanken waren, kleinliche Überlegungen zum Thema Geld, was er verlor, was er gewann, vor allem Zeit, eine gewisse Übergangsfrist, von der er hoffte, dass sie nicht allzu lange dauern würde.

Er nannte es nicht Roman, behauptete noch nicht mal, dass er schrieb, einen längeren Text, na gut, eine Geschichte vielleicht, obwohl es vorläufig nur Bruchstücke waren, ausgedachte Szenen, von denen er den Zusammenhang nicht kannte. Aber er schrieb. Mania hatte immer danach gefragt. Es war ein Leben mit Schatten, Namen, Gespenstern, spätabends, wenn er noch einmal den Computer hochfuhr und sich dann fragte, was er da machte.

Seine Erfahrung war, dass das meiste kam, aber kaum brauchbar war. Im Grunde war es Wühlarbeit. Es schien jede Menge Widerstand zu geben, Geröll und Steine, an denen er später würde meißeln müssen, alles war Mühsal, schwerste Arbeit an den Details, wie jemand sprach, wie er sich bewegte, seine dunklen Gründe. Fast alles schien im Dunkeln zu liegen. Schreiben war Weglassen, Finden und wieder Wegwerfen, man wusch Steine und warf neun Zehntel sofort weg.

Sein Thema war der Terror, das Leben in hundert Jahren, das die reinste Hölle war. Viel war verschwunden, der Staat und seine Institutionen, Landschaften, Wälder, die globalen Märkte, die vertrauten Räume. Alles war geschrumpft, alles war lokal. In manchen Gegenden gab es noch Geld, in anderen hatte sich Tauschwirtschaft durchgesetzt. Es gab Jäger und Sammler, marodierende Banden, die Gebiete von mehreren hundert Quadratkilometern kontrollierten, Flüchtlingsströme, die sich mal dahin und mal dahin bewegten. Das Wasser war knapp. Die Ärmsten der Armen töteten ihre Kinder, töteten ihre Nachbarn, die letzten Hunde und Katzen in der versteppten Landschaft.

Meistens wartete er.

Eine kurze Ahnung, ein Fetzen von etwas, das sich vielleicht gebrauchen ließ.

Geduld und Demut, wer hätte das gedacht, sagte er sich, obwohl man auch zupacken musste, schnell und brutal, wenn der Moment gekommen war.

Er tat es vor allem für sich, glaubte er. Für sich und wieder nicht für sich. Er fragte sich, was der Kern war. Der Kern war ein Mangel, dachte er, eine Leerstelle, die man verbarg, indem man sie füllte. Der Job war nur ein Job. Das spürte er genau. Er würde alles machen, schauen, was er brauchte, alles schön ausschlachten, sich alles nehmen und den Rest wegwerfen.

Sie hatten spät gefrühstückt, richtig mit gebratenen Eiern und frischen Brötchen und der dicken Sonntagszeitung, bevor sie zu reden begannen. Britta war schon im Wasser gewesen, kurz nach acht, ohne ihn zu wecken. Sie schwamm nie länger als eine halbe Stunde, zog sich schnell um, machte sich Kaffee, mit dem sie eine Weile durch den Garten lief, auf eine unbestimmte Weise empfänglich, für ein neues Licht, drüben in ihrem Atelier, bevor sie sich wie jeden Morgen an die Arbeit machte.

Sie sei fast fertig, hatte sie gesagt, wie sie sich fühlte, nicht, wie sie gedacht hatte, befreit, sondern auch arm, als hätte ihr jemand etwas weggenommen, das seit Monaten ihres gewesen war.

Jetzt, gegen halb eins, war es fast sommerlich warm, sie saßen auf der Terrasse und tranken Tee, redeten über den bevorstehenden Wahlkampf, Britta richtig mit Zettel und Papier, als habe sie sich lange vorbereitet. Sie hatte sich eine Liste mit Stichpunkten gemacht, ein kurzer Blick zurück, dann die Analyse der Gegenwart, Ist und Soll. Mit sich selbst fing sie an. Das hatten ihr alle geraten, sagte sie, rede über dich, mach dich nicht runter, aber fang bei dir an, beginne die Sätze mit Ich, sag nicht Immer.

Selden wusste nicht recht, wie er das fand. Es war ihm zu viel Gegenwart darin, ein versteckter Anspruch auf alles Mögliche, die Fortsetzung ihrer Ehe, oder wenn er demnächst durchs Land reiste, dass sie dann dabei war, an seiner Seite, als wäre nichts gewesen.

Sie wolle eine ehrliche Bilanz, fing sie an, nüchtern und professionell. Was machte sie eher gut, woran musste sie arbeiten. Wie lächle ich, wie schüttle ich Hände, höre ich zu, wenn mich jemand anspricht, vermittle ich das Gefühl, ja, ich bin da, ich glaube daran, glaubt auch. Sie wollte wissen, was mit ihren Blicken war. Lag genügend Bewunderung darin, sah man die Liebe, was er für sie war, ob sie ihm vertraute. Sie war ein Spiegel, so etwas wie ein Omen, glaubte sie. Vertraue *ich* dir nicht, vertrauen dir die Leute nicht.

Das ist mein Job. Deshalb bin ich da. Richtig nett sieht sie aus in ihrem Kostüm, eher klein, wer hätte gedacht, dass sie so klein ist, fast einen Kopf kleiner als ihr Mann, aber wenn man sie so sieht, oben auf der Bühne, mit diesem Strahlen, diesem Lächeln.

Sie schien ihn ausnahmsweise nicht zu verspotten, wollte wissen, was sie tun konnte, Interviews, Homestorys, kam auf den Wahlkampf von vor drei Jahren, alles in einem schwelgenden Ton, als sei sie nie glücklicher gewesen, damals, in den letzten Wochen, als sie alle nicht mehr daran glaubten, Per und Josina und die anderen.

Weißt du noch? Seine berühmte Karte?

Er dachte: Per, seine Karte, ja, wieder mit diesem Gefühl, dass es ihm nicht recht war, als würde sie ihn zwingen, eine bestimmte Version von Vergangenheit zu akzeptieren, die ein Vorbild für die Zukunft war.

Per hatte immer ihre Routen dokumentiert, mit verschiedenen Farben je nach Verkehrsmittel. PKW gelb, Bus orange, den Zug rot, Helikopter violett, kreuz und quer, gezackte Linien, die anfingen und wieder aufhörten, Linien, die sich kreuzten und vernetzten. Das Ziel war eindeutig das Netz, obwohl es für Selden ein Spleen war, ein anales Spiel mit gefahrenen Kilometern, unterschwellig militant. Je dichter das Netz, desto nachdrücklicher unser Anspruch. Wir wollen den ganzen Raum, wir wollen die Köpfe, ihre Stimmen.

Er machte einen halbherzigen Versuch, ihr zu erklären, warum er das alles nicht sah, warum man Dinge besser nicht wiederholte.

Du brauchst noch Zeit, machte Britta daraus, du hast noch gar nicht richtig darüber nachgedacht, was sie nach den vielen Aufregungen verständlich fand.

Kurz vor drei kam Kleist. Er war eine Stunde zu früh und brachte eine Kiste Bordeaux und für Britta ein neues Bäumchen, das sie hoffentlich noch nicht hatte. Eine Feige, sagte er und zeigte ihnen zwei Dutzend knubbelige Früchte, die im nächsten Sommer reif würden. Das hatte ihm gefallen daran. Die Früchte sind schon da, aber ernten kann man sie erst im darauffolgenden Jahr.

Er setzte sich an den Tisch und sagte wie beim letzten Mal, wie gerne er hier bei ihnen im Garten saß und über wer weiß was plauderte. Er wusste noch genau, was Britta gekocht hatte, erkundigte sich nach den Rosen, von denen im letzten Winter die Hälfte erfroren war, wie es ihnen ging, mit einem Nicken, das sie beide als Paar und als Einzelne meinte.

Wir sind gerade dabei, sagte sie. Wir reden. Über den letzten Wahlkampf. Alles Politik Politik.

Sie brachte einen Krug Wasser und einen zweiten mit frischem Holundersaft, dazu salziges Gebäck, ein paar süße Teilchen. Drinnen im Haus schmort schon das Lamm, sagte sie.

Wie lange seid ihr schon hier?

Selden sagte: Seit zwei Tagen. Bis morgen noch.

Britta nannte es eine Galgenfrist, denn dann käme die Ochsentour, eine Serie von Regionalkonferenzen, bevor der eigentliche Wahlkampf begann.

Sie redeten über die letzten Umfragen, den komischen Auftritt von Nick, neulich in der Talkshow, die Widerstände in der Partei, die Stimmung in den Gewerkschaften, die noch unsicher waren, in welche Richtung sie sich bewegen sollten.

Vergiss die Gewerkschaften, sagte Kleist.

Sie redeten über die Geister der Vergangenheit, die alten Rituale, mit denen zu brechen wahrscheinlich schwierig würde. Kleist fand, dass die Gesellschaft der Grund des Übels war, dieser latente Zustand der Feindschaft, jeder gegen jeden, die alte Pest des Lobbyismus bei immer kleiner werdenden Schnittmengen. Die Lokführer hatten andere Interessen als die Leute hinter den Schaltern, die Ärzte andere als die Pfleger. Für die Politik hatte das zur Folge, dass sie in einen Zustand der Dauerbelagerung geriet und zunehmend feudale Züge annahm. Je größer der Druck, desto größer die Bereitschaft zu Gnadenakten. Man stopfte jemandem das Maul, aber man dachte nicht mehr daran, was es für das große Ganze bedeutete.

Britta erinnerte das an ein schönes Bild, von einem Maler aus Belgien. Man sieht eine Wand mit lauter Porträts von Leuten, und darüber der Satz: *La société n'existe pas*.

Sie hatte noch nie an die Gesellschaft geglaubt. Die freie Assoziation der Bürger, diesen ganzen Quatsch. Sie sah nur den Terror, das Gewirr der Stimmen. Mach dies, mach das, ob du willst oder nicht. Die Schulen und Universitäten, die Idee der Kleinfamilie, die schwangeren Mädchen mit ihrem neuen Körpergefühl, die Kinderwerbespots, die staatlichen Leistungen, mit denen man die Leute ruhig hielt.

Kleist versuchte, vorsichtig zu widersprechen.

Entschuldige, das ist dekadent. Eine Krankheit des Westens, an der er eines Tages zugrunde gehen wird.

Er komme gerade aus dem Osten. Ehemalige Sowjetunion. Eines der neuen Länder, in denen es seit langem drunter und drüber ging. Welches, ist egal, sagte er. Nur damit man mal sieht: Wie ist es bei uns im alten Europa, wie liegen die Dinge ein paar tausend Kilometer weiter östlich. Sie haben frei gewählte Regierungen, aber das ist nur Fassade, dahinter herrscht das reine Chaos, Korruption, mafiaartige Strukturen, dazu die bekannten Spielchen, wer kontrolliert die Bodenschätze, wer bleibt auf der Strecke. Die verantwortlichen Leute sind nicht gerade enthusiastisch, sagte er. Politik, mein Gott, was stellt ihr euch im Westen vor, was das ist. Ein Drecksjob, das ist Politik. Sozialisten, Nationalisten, Demokraten, das ist schon längst nicht mehr die Frage. Die Frage ist: Wer tut sich das noch an. Wer sagt den Leuten die Wahrheit. Es finden Veränderungen statt, na gut, manches geschieht rasend schnell, anderes im Schneckentempo, obwohl sich das die Mehrheit schon lange nicht mehr leisten kann. Man stellt sich vor sie hin und sagt: Okay, alle, die heute vierzig sind, brauchen sich nichts mehr zu erhoffen. Wir haben euch abgeschrieben. Eure Kinder auch. Aber dann. Wir werden es nicht mehr erleben, aber dann, in fünfzig oder hundert Jahren. Könnt ihr sehen, was da ist? Ich sag euch mal, was da sein wird. Diese Geste. Man zeigt in eine x-beliebige Richtung, nur damit die Leute nicht durchdrehen, wobei ja alle wissen, dass da nichts ist, nur Nebel, leere Versprechen, eigentlich ein Nichts.

Ich sage immer Kirgisien. Kirgistan. Kirgisistan. Eines dieser Länder.

In gewisser Hinsicht leben wir noch immer im Paradies. Die Leute haben keinen Begriff davon, aber wir leben im Paradies. Der europäische Staat, die ganze Idee der Fürsorge, das viele Geld, das noch immer fließt. Im Grunde phantastisch.

Er hatte lange darüber nachgedacht.

Seine Idee war eine Kampagne für den Staat, die Institutionen, die Politik, in großem Stil, mit den neuesten Methoden.

Der Markt für die Politik ist schwierig, das ist bekannt. Alle Märkte sind schwierig. Man muss sich durchsetzen, auch der Staat. Das Produkt wäre auf jeden Fall der Staat, die Politik. Etwas ist seit langem erfolgreich eingeführt, aber es gibt Absatzschwierigkeiten, oder sagen wir besser: ein Imageproblem. Das wäre das Projekt: Werbung für den Staat, mit allen zur Verfügung stehenden Mitteln. Der Staat ist keine Wunscherfüllungsmaschine, gut, haben wir kapiert, er muss schlanker werden, alles schön und gut, aber was dann übrig bleibt, ist es allemal wert, dass wir es verteidigen. Man muss es den Leuten nur oft genug sagen. Von selbst kommen sie nicht drauf. Sie kaufen andere Produkte, die auch nicht besser sind.

Später, beim Essen, nahm er die Hälfte wieder zurück, nannte sich einen Zyniker, jemand, der zu viel gesehen hatte, um noch eine genaue Idee zu entwickeln, etwas, das nicht nur taktisches Manöver war.

Einen neuen Schub hatte er auch gehabt, zehn Tage war das her. Eher schlimmer als beim letzten Mal, sehr viel heller, nachdrücklicher, hatte er den Eindruck, als hätte die Krankheit ihre Muskeln spielen lassen. Schau her, was ich alles kann, ich kann noch mehr, wart nur ab, du wirst sehen.

Schub war das richtige Wort. Etwas schiebt sich durch dich hindurch, eine Welle aus Schmerz, der eine gewisse

Taubheit hinterlässt, ein Gefühl der Lähmung, das nach einer Weile nachlässt.

Er hatte Probleme mit dem Hören, mit bestimmten Bewegungen, hier, in der linken Hand, mit der Gabel, selbst wenn man auf den ersten Blick nicht viel sah.

Er lobte Brittas Lamm, die Aprikosen, den Wein, fragte nach ihrer Arbeit, den neuen Bildern, auf die er sehr neugierig sei, unten am Wasser das neue Atelier.

Selden hatte die neuen Räume noch nicht gesehen. Der ganze alte Plunder war weg, die durchgesessene Couch, die Regale, der Schreibtisch, alles war hell und weiß, auf eine nüchterne Weise praktisch. Den kleineren der beiden Räume verwendete sie als Lager, man sah Leinwände, Rahmen in allen Größen, während der größere das eigentliche Atelier beherbergte, zwei, drei großformatige Bilder, an denen sie gerade arbeitete, ein runder Bistrotisch, auf dem sie die Farben mischte. Da es fast dunkel war, machte sie Licht, das von zwei alten Theaterlampen kam, die sie vor Jahren auf dem Trödel gefunden hatte.

Die drei Bilder waren als Triptychon konzipiert. Man sah viel Gold, Schwarz und Rot, auf dem Bild links eine Straßenszene, der junge Selden, der einer Bettlerin Münzen zusteckte, auf dem Bild rechts eine nackte Frau vor einem Bett, die sich gerade an- oder auszog, Selden etwas im Hintergrund am Fenster, wie er eine südliche Landschaft mit Zypressen betrachtete. Mit dem Mittelteil war sie noch nicht fertig, aber es war gut zu erkennen, dass es eine Replik auf das Cover von vor ein paar Wochen war, Selden ganz in Gold auf einer Art Thron, umgeben von seinem Staat, seinen Leuten. Offenbar schrieb er an was, schon etwas grau, ein Mann in den frühen Sechzigern, am Gipfelpunkt seiner Macht. Alle drei Szenen hatten etwas Feierliches und waren frei von Ironie. Etwas Entrücktes, Endgültiges ging von ihnen aus, was vielleicht die eigentliche Botschaft war.

Ich mag das viele Gold, sagte sie. Dass es keine Toten gibt. Alles nur würdevoller Ernst. Hier, habt ihr gesehen? Sie zeigte auf eine Gruppe im Vordergrund, links neben einer Säule, wo man vereinzelt Gesichter erkannte, Per und Kleist, die sich miteinander unterhielten.

Mit dem Titel wusste sie nicht recht. Sie mochte das Licht, die vielen Schichten Dunkel, die den Szenen etwas altmodisch Rückwärtsgewandtes gaben, obwohl es ihr Kommentar zur jüngsten Gegenwart war, ein paar Jahre in die Zukunft gerückt vielleicht.

Wir hatten eine Krise, sagte sie zu Kleist. Es ging mir nicht besonders gut, alles andere als das, aber dann auf einmal habe ich gedacht, worum zum Teufel geht es hier. Seither bin ich ruhiger. Mein Mann würde natürlich einwenden, dass er sich so nicht sieht. Er möchte überhaupt nicht gesehen werden. Schon gar nicht von mir, nicht auf diese Weise.

Sie berührte Selden am Arm, stupste ihn an der Schulter, eher nachdenklich als amüsiert, als wäre das ein Punkt, über den sie noch nachdenken müsste.

Sie gingen zurück zum Haus, wo sie weiter über ihre Arbeit redeten, ihre Schwierigkeiten mit der Galerie, warum sie froh war, eine Weile nur hier draußen zu sein, in diesem Licht, in dieser Stille.

Als sie in die Küche ging, um Kaffee zu machen, zeigte sich Kleist überrascht über den neuen Ton. Er erkannte sie kaum wieder.

Ja, war das so?

Sie ist sehr tapfer, finde ich. Alle Frauen sind heutzutage so tapfer. Dieser hartnäckige Wille, materielle Spuren zu hinterlassen, Bilder, Texte. Solche Frauen hat es vor dreißig Jahren nicht gegeben.

Er sagte das erstaunt, als würde er sich dabei ertappen, ein alter Macho zu sein, während Selden die Sache skeptischer sah.

Im Grunde brauchen sie uns nicht, sagte er.

Auch Britta brauchte ihn nicht. Das war bloß eine fixe Idee von ihr. Sie wollte sicherstellen, dass alles weiterging. Sie wollte nicht in Talkshows sitzen und darüber reden, wie es sich anfühlte, wenn man nicht mehr dabei war.

Sie wartet auf dich, meinte Kleist.

Das halbe Land scheint auf dich zu warten, scherzte er.

Britta kam mit dem Kaffee. Zwischen den Bäumen sah man die untergehende Sonne, sie saßen in der letzten Wärme und schienen so vertraut, dass sie miteinander schwiegen. Selden fand das angenehm, diesen kurzen Moment des Einverständnisses, der auch einer der Ermattung war.

Das Bild ist schrecklich, dachte er. Er fing schon an, sich nach ihren Massenmördern zu sehnen.

Er dachte an die nächsten Wochen, worauf er sich freute, oben im Norden, wo die Leute anders waren, Anfang Januar, wenn dort alles verschneit war. Von Britta keine Spur, auch nicht von Per. Das Gefühl für die Landschaft war da, ein gewisses Gefühl für sich selbst, wie damals im Wahlkampf, an einem der letzten Tage, als er auf einmal wusste: Ja, genau. Dafür machst du es. Dafür reißt du dir den Arsch auf. Was kümmern sich die Leute hier droben schon um Politik. Sie kümmern sich um Tiere, ihre Maschinen, sie verkaufen ihre Produkte, Getreide, Fleisch, und vom Rest wollen sie nur, dass es funktioniert. Steuern, Abgaben, der Preis für das Saatgut. Egal wie. Es soll nur jemand machen, sich kümmern. Jemand muss es machen. Die Politik. Wir.

Na wenn du dich da mal nicht täuschst, hatte Per gesagt.

Warum sollte er sich da täuschen.

Weil du sentimental bist. Weil wir hier oben sind.

Wir sind hier oben, na und?


Leider hatte sie wieder nur Erik bekommen. Es war schon Monate her, dass sie mit ihm gearbeitet hatte, aber das machte die Sache nicht besser, im Gegenteil. Ja, hallo, Mensch, ich habe gedacht, du wärst tot, hatte er sie am Telefon begrüßt, sodass sie gleich sauer war und es noch einmal bei Jim versuchte, der ihr zum hundertsten Mal erklärte, warum er leider nicht könne.

Sie bestellte Erik zu sich ins Büro und erklärte ihm das Projekt, um was es ging, was die Bedingungen waren. Sie hasste seinen Pferdeschwanz, sie hasste seinen Hundeblick und sagte: Gut, also pass auf, die Sache ist kompliziert, und ob es klappt, wissen wir erst vor Ort. Mit den Fotos ist es so: Keine Aufnahmen von Gesichtern, keine Tricks. Du kannst das Zimmer fotografieren, alles drum herum, ihre Schuhe, eine Hand vielleicht, aber mehr nicht.

Sie wusste, dass es zwei Aussteigerinnen aus der Ukraine waren, verstörte Dinger um die fünfzehn, die es sich in letzter Sekunde auch anders überlegen konnten. Erst in der U-Bahn erfuhren sie den Treffpunkt. Erik hatte nur die alte *Canon* dabei, trotzdem stöhnte er über den weiten Weg, machte Fotos von verlassenen Läden, bunten Graffiti, die am Verwittern waren.

Nach einer Viertelstunde waren sie da. Die Frau von der Hilfsorganisation hatte gesagt, im zweiten Hof links, dort, wo Import-Export steht, über die Verladerampe hoch und dann klingeln. Jetzt war Erik begeistert. Überall lag Schrott, ein verrosteter Container mit Holzabfall stand herum, ein ausgeschlachteter Lieferwagen. Vorne links sah man ein paar vergitterte Fenster, hinter denen Licht brannte.

Da drüben?, fragte er.

Sie glaubte ja, drückte aufs Tempo, weil sie etwas über der Zeit waren, klingelte, hörte endlich Schritte, nicht sehr schnell, als würden sie nicht unbedingt mit Freuden erwartet. Eine ältere Frau stand in der Tür, die erklärte, dass sie die Übersetzerin war. Erik war Erik, der Fotograf, okay, was sie nicht zu interessieren schien.

Sie führte sie in ein Büro, wo die Frau vom Telefon auf sie wartete, dann gingen sie alle nach hinten in ein ehemaliges Lager, in dem vereinzelt Kisten standen, weiter hinten Regale mit alten Fernsehern, einem Stapel Kissen, graue und blaue Fässer, übrig gebliebene Ware, die vielleicht schon Müll war.

Die beiden Mädchen saßen vor einem der vergitterten Fenster auf einem alten grünen Sofa und versuchten ein Lächeln, als sie sich vorstellte. Ich bin Hannah, sagte sie, zeigte auf Erik, aber den vergessen wir am besten gleich.

Der Anfang war holprig. Sie fragte nach ihren Namen, versuchte, aus ihren Stimmen schlauzuwerden, während sie in ihren Gesichtern nach Spuren suchte, an ihren Armen nach frischen Striemen, blauen Flecken. Der Blick der Mädchen hatte etwas Flackerndes. Die Gesichter blutjung und dann, im nächsten Augenblick, steinalt. Nicht mal ihre Namen schienen ihnen zu gehören. Tatjana, Tamara, sagten sie, obwohl es wie eine Erfindung klang.

Hannahs erster Gedanke war: Was um alles in der Welt mache ich hier. Noch in der Nacht hatte sie einen langen Artikel in einer Zeitschrift gelesen, akribisch von A bis Z über das ganze Elend.

Sie arbeiteten in alten Weinkellern, Schuppen und Wohnwagen, in Feldern und Wäldern. Die Bordelle waren in bieder wirkenden Einfamilienhäusern untergebracht, es gab windige Bars, schäbige Clubs mit Perserteppich-Imitaten, Plastikrosen und Polstersesseln in rotem Samt. Die meisten Freier waren Tiere. Es gab feine Herren, die sich in Sekundenschnelle in Teufel verwandelten, mit schwarzen Folien verklebte Fenster, hinter denen sich die unglaublichsten Dinge abspielten, Orgien von Gewalt, Demütigungen, Vergewaltigungen. Zehn bis zwanzig Kunden pro Nacht waren keine Seltenheit. Die meisten Mädchen waren noch Kinder, manche völlig verwirrt, manche behindert. Bei jeder Form von Widerstand kam es zu brutalen Übergriffen. Frauen wurden an Bäume gebunden oder in eiskaltes Wasser gesetzt, andere wurden stundenlang ausgepeitscht, oder jemand schnitt ihnen zur Strafe die Haare ab.

Durch das Hin und Her des Übersetzens dauerte alles eine Ewigkeit. Sie erzählten von ihrer Flucht, wie sie eines Morgens kurzerhand weggelaufen waren und alles hinter sich gelassen hatten. Fragte man nach, blieben sie seltsam vage oder beschrieben Szenen, die Hannah schon kannte. Sie waren in einem Haus gewesen. Ein Mann hatte sie geschlagen, hatte sie gefesselt und dann auf sie uriniert.

Nicht alles glaubte sie ihnen. Sie hatte Mühe mit dem Schrecken, hörte nicht gut zu, obwohl sie sich ermahnte. Die Mädchen konnten sich nicht richtig ausdrücken, versuchte sie sich zu sagen, sie waren traumatisiert, was zu lückenhaften Erinnerungen führte, chemischen Reaktionen im Gehirn, die eine Form von Blödheit produzierten.

Sie fragte nach ihren Eltern und Geschwistern, Verwandten oder Bekannten, denen sie vertraut und die sie eines Tages verraten hatten. Die Frau von der Hilfsorganisation sagte, dass es Agenturen gab, skrupellose Häscher, die die Mädchen wie herrenloses Vieh von der Straße holten und dann weiterverkauften.

Nach wenigen Wochen sind sie tot, innerlich erloschen, landen auf dem Müll, oder, wenn sie Glück haben, bei uns.

Das Problem war, dass man an die Hintermänner nicht herankam, die großen Bosse, halbseidene Politiker, die ihnen den Rücken freihielten. Das Problem war, dass es einen stabilen Markt gab. Zerstör mal einen Markt, der seit Tausenden von Jahren Profite abwirft. Der Witz war, dass es eine Kreislaufwirtschaft war. Männer produzierten für Männer, Angebot und Nachfrage immer auf demselben Niveau.

Sie klang nicht richtig frustriert, schien aber keine große Hoffnung zu haben, dass man daran etwas ändern konnte. Man konnte Kondome verteilen, spezielle Hygieneartikel für die Mädchen in den Dorfbordellen. Man konnte über die Natur des Mannes lamentieren.

Ich bin seit fünf Jahren glücklich verheiratet, sagte sie. Wenn es die weibliche Natur nicht gibt, kann es auch die männliche nicht geben, würde ich sagen, was die Sache leider nur komplizierter macht.

Erik durfte Fotos von ihr machen, auch die Mädchen schienen nicht mehr abgeneigt, ließen sich aber überzeugen, dass sie es besser ließen. Man gab sich die Hand. Hannah wollte die Tage anrufen, Erik versprach, kostenlos ein paar Abzüge zur Verfügung zu stellen.

Draußen im Hof erklärte er ihr, wie er sich gefühlt hatte. Wie ein Schwein habe er sich gefühlt, wie ein Verbrecher.

Wie ein Mann, scherzte sie. Du bist ein Mann, also was soll's. Oder wärst du lieber eine Frau? Beides zugleich? Weder noch?

Sie hatte immer den Eindruck, weder noch, aber das sagte sie ihm nicht. Erik wollte zurück in die Stadt und fand, dass es eine Scheiß-Geschichte war.

Sorry, aber im Nachhinein wäre es mir fast lieber, du hättest mich gar nicht gefragt.

Ich werd's mir merken, sagte sie.

Sie wollte noch ein bisschen gehen, begleitete ihn zur U-Bahn-Station, wo sie keine fünf Minuten nach ihm einen Zug in Richtung Innenstadt bestieg.

Du kannst mich mal, dachte sie.

In der Redaktion lief sie als Erstes Goran in die Arme. Er wollte wissen, wie es gewesen war, sie sagte, nicht sehr ergiebig, aber sie sei ja erst am Anfang.

Er sah sie an, auf diese bohrende Art, die sie kannte, als würde er sie Tag und Nacht beobachten. Zum Glück beließ er es dabei. Recht hatte er auch. Sie war komisch drauf, was vor allem an diesen Mädchen lag, dass sie nicht richtig an sie rangekommen war. Sugar hätte wahrscheinlich gesagt, komm erst mal an dich selbst ran, oder was immer sie sich ausdachte, um Hannah mit dem kleinen Mädchen in sich zu konfrontieren, von dem sie leider nichts wissen wollte.

Sie blieb bis kurz nach fünf und passte auf, dass sie nicht in ein Loch rutschte, wie es manchmal vorkam, wenn sie in ihrer Wohnung war und nicht richtig wusste, was sie dort sollte, in den ersten Minuten, wenn sie mit Erschrecken feststellte, dass ihr Leben nur aus Arbeit bestand. Meistens wollte sie am liebsten sofort ins Bett, hatte aber gelernt, dass ihr das nicht guttat, stellte sich eine halbe Stunde unter die Dusche, wechselte die Kleider, nahm sich richtig Zeit für ihr Gesicht, ein Spur

Lippenstift und Make-up, obwohl es auch Rückfälle gab, vor dem Spiegel, wenn sie sich wieder mal zu rund fand oder gegen wer weiß welche Marotten von früher kämpfte.

Sie hatte Hunger, stellte sie fest.

Das Restaurant war um die Ecke, die Karte überwiegend französisch, obwohl die Betreiber vor Jahren mal aus Montenegro gekommen waren. Sie hatte mit Selden dort gegessen. Vor einer Ewigkeit, kam ihr vor.

Meistens bestellte sie Fisch, vorneweg Salat, manchmal eine Suppe, zwang sich, nicht zu lesen, drehte das Handy ab und versuchte, nur da zu sein, ohne groß zu beobachten, als wäre sie jemand, der hin und wieder gerne ausging, eine Frau alleine in einem Restaurant, die offen für dies und das war, aber auch schwierig, interessant, wenn jemand es wagen würde, sie anzusprechen, nicht ohne ein gewisses Etwas.

In den ersten Minuten fühlte sie sich dumm und klein, wie ein sechzehnjähriges Mädchen, das mit ihren gebündelten Energien nicht klarkam.

Sie vermisste ihn. Etwas tat weh, etwas ließ sie auch glauben, dass es nicht für immer war.

Sie bemühte sich, jeden Bissen gut zu kauen, grinste nach drüben, wo ein älteres Paar saß und seit einer halben Stunde Händchen hielt. Sie fragte sich, wie es weiterging. Überall waren Spuren, offene Enden, ein leiser Zweifel an ihrer Wohnung, von der sie dachte, dass es womöglich an der Zeit war, sie zu verlassen.

Sie bestellte einen Espresso und versuchte sich vorzustellen, wo er war. Er hatte gesagt, auf dem Land. Ganz am Anfang hatte sie ihn gefragt, wo das war, in welcher Himmelsrichtung ungefähr. Er hatte ihr den Ort auf der Karte gezeigt, den See, Wege und Straßen, aber sie sah nur Wald, Kiefern und immer wieder Kiefern, ein paar

Birken, Eichen, vor dem Haus den Essigbaum hatte er erwähnt, die Vögel über dem Wasser.

Alle paar Tage rief sie an. Auch jetzt, draußen auf der Straße, wählte sie seine Nummer, ließ es lange klingeln.

Er klang nicht überrascht, vertraut, fast fröhlich. Alles war offen, schien seine Stimme zu sagen, alles war möglich. Er fragte, wo sie war, was sie gerade machte, was sie trug. Das hatte er lange nicht mehr gefragt. Was hast du an, selbst wenn es eine Formel war, eine Beschwörung von Vergangenheit.

Er sagte, dass er im Garten sei. Kleist sei da. Seine Frau. Alles okay. Es geht mir gut, sagte er.

Ja, das habe ich gehofft. Ich gehe.

Sie war die ganze Zeit weitergegangen, mal links, mal rechts, wie es kam, hörte ihm zu, wie immer mehr dem Klang, wie er sie berührte, wie sie sich dachte, dass das wäre, auch als er längst weg war, zusammen mit diesem Kleist, am Tisch mit seiner Frau, während sie weiter durch die Straßen ging, eine Weile Richtung Zentrum und dann in einem großen Bogen zurück in ihr Viertel, wo die wunden Stellen waren, leerstehende Geschäfte, Büroräume, die seit Jahren nicht vermietet waren, dazu allerlei Volk, Bettler und Punks der dritten Generation, verstrubbelte Pärchen mit Hunden, Alte, Arbeitslose, die herumstromerten, vereinzelt Geschäftsleute, Männer in Anzügen, Mütter mit Kinderwagen, in denen dicke bleiche Maden an ihrer Cola nuckelten.

Kam es ihr nur so vor, oder wurden die Leute immer verwahrloster? Etwas Lumpiges ging von ihnen aus, je weiter vom Zentrum entfernt, desto mehr. In ihrer Straße beobachtete sie seit Wochen einen alten Mann, der mit einem Handkarren Abfälle nach Hause schleppte, eine kaputte Waschmaschine, alte Kabel, Bleche, Brennholz. Man traf Leute, die mitten auf dem Gehsteig laute Selbstgespräche führten, brabbelnde Alte, Verrückte, die komplizierte Ansprachen hielten, Gruppen von Arbeitslosen, die am frühen Morgen Bier tranken, was sie einfach eklig fand. Diese Leute hatten keinen Stolz, hatten ihn nie gehabt, hatten ihn seit langem verloren. Alles war billig, dachte sie, zugleich meinte sie zu spüren, wie wütend sie waren, Leute, die von morgens bis abends Schnäppchen hinterherjagten, gefälschter Designerware, gammeligen Lebensmitteln, von deren Zubereitung sie allenfalls rudimentäre Kenntnisse hatten. In England, hatte sie mal gelesen, baute man in Sozialwohnungen keine Küchen mehr ein, nur noch eine Nische für die Mikrowelle, während die Doppelverdiener ohne Kinder einander zweimal wöchentlich zu einem fünfgängigen Essen an den Tisch baten und keine Kosten und Mühen scheuten. War es das, worauf es hinauslief? Wie in einem Roman von Balzac oder Zola, Victor Hugo? War das die Krise, die ihnen bevorstand, von den lächerlichen Krawallen mal abgesehen?

Mit achtzehn, neunzehn hatte sie gedacht: Vor hundert Jahren hätte ich gerne gelebt, zu Zeiten von Virginia Woolf, leider lebe ich in der falschen Zeit. Inzwischen dachte sie anders, weniger überspannt, kam ihr vor. Man konnte sich nicht aussuchen, wann man lebte, noch nicht mal das Wie, eine Stadt vielleicht, auch wenn das meiste Zufall war, bei wem man blieb oder auch nicht. Sie sah ein paar Gestalten, Männer und Frauen, die ihr noch bevorstanden, aber die sie noch nicht kannte. Ihre Wohnung in zehn Jahren kannte sie noch nicht, die Betten, in denen sie schliefe, ihre Reisen. Sie wollte gerne mal weg, dachte sie, für ein halbes Jahr raus aus der Redaktion und dann reisen, quer durch den ganzen Kontinent. Ihr Thema wären die Grenzen, wirkliche und imaginäre, verschwundene und neue. Sie wollte endlich nach Berlin, nach Istanbul, den ganzen Osten würde sie bereisen, winzige Dörfer in der Walachei, die finnisch-russische Grenze, im Süden die flachen Küsten, wo fast täglich Boote mit ausgemergelten Flüchtlingen an Land trieben.

Zurück in ihrer Wohnung, war sie ganz aufgekratzt.

Sie war noch ziemlich jung, hatte noch alles vor sich. Sie wusste, was ein Orgasmus war, konnte ein bisschen kochen, einen Nagel in die Wand schlagen, sie konnte schreiben, an einer Sache dranbleiben, nachhaken, aber auch weglassen, zuspitzen, übertreiben. Sie hatte ein paar Ticks, einen kleinen Waschzwang, Probleme mit dem Essen. Sie mochte keine Spiegel, hatte sie lange gedacht, Krümel im Bett, was nun allerdings doch schon eine Weile her war.

Sie trug kaum noch Hosen, fiel ihr auf. Sie schlief gern nackt, fasste sich an, mochte ihre Hände, den Schwung ihrer Lippen, morgens vor dem Spiegel, wenn sie sich fragte, vor was sie sich so lange gefürchtet hatte.

# LINGER ON

Die letzten fünfzig Kilometer fuhren sie durch Wald, eine schmale Straße, auf der nicht viel Verkehr war, leicht bergauf durch verschiedene Grünschattierungen. Links und rechts sah man gelegentlich eine Lichtung, Wiesen und Weiden, auf denen vereinzelt Rehe und Hirsche standen.

Es war noch früh, nicht mal zehn, ein warmer Januartag mit Temperaturen um die sechzehn Grad. Anisha hatte ihn auf alle möglichen Vögel aufmerksam gemacht, dunkle Schwärme, die noch vor zwanzig Jahren in den Süden geflogen wären und nun in unterschiedlichen Formationen die schneelose Landschaft kontrollierten. Sie knabberte an ihren Keksen, ein bisschen müde, weil sie früh aufgestanden waren, um sich den Leihwagen zu holen.

Mattis kannte sie ein halbes Jahr. Sein Glück war noch frisch, etwas, das er sich im Grunde nicht glaubte, in den Nächten, wenn sie beieinanderlagen und sich ihre Geschichte erzählten. Dieser unglaubliche Zufall, mitten auf der Straße an einem hellen Julimorgen, als er praktisch in sie hineingelaufen war. Hätte er sie je gefunden, wenn nicht an diesem Morgen? Anisha behauptete, ja, aber das war, weil sie eine Romantikerin war, was sie halbherzig bestritt. Sie glaubte, dass es bestimmte Schwingungen gab, libidinösen Magnetismus. Man erkannte sich am Geruch. Halb war es Biologie, halb Mathematik. Es gibt schwarze Löcher, sagte sie. Parallelen, die sich im Unendlichen schneiden. Das Wunder des Lebens, dass wir überhaupt da sind.

Als er zum ersten Mal seinen Vater erwähnte, hatte sie ihn angesehen und gesagt: Echt? Das stelle sie sich schwierig vor. Für dich. Auch für ihn. Jetzt, wo er ein alter Mann ist. Diese ganzen Namen, die mal etwas bedeutet haben, der alte Glanz, die fernen Zeiten, von denen sie nur Schemen hatte. Sie kannte die groben Fakten, die eine oder andere Szene, dieser merkwürdige Anschlag, Bilder von seinem überstürzten Rücktritt, die große Unruhe in den ersten Jahren des Jahrhunderts, als sie noch nicht mal auf der Welt war. Mattis hatte ihr ein altmodisches Album mit Bildern gezeigt, Vater Mutter Kind in allen Variationen, Szenen am Strand, wie sie in Richtung Wasser stolperten, Schnappschüsse vor berühmten Kirchen, in den teuersten Hotels, wenn sie als Familie auf Reisen waren.

Das also war sein Vater.

Mein berühmter Vater, ja.

Er hatte ihre Gegenwart auf dem Kerbholz, falls das nicht zu viel der Ehre war.

Wie hat er nochmal reagiert, als er gehört hat, dass ich mitkomme?

Ich glaube, er fürchtet sich. Er ist gespannt, behauptete er. Er freut sich. Obwohl die Wahrheit weniger schmeichelhaft war. Sein Vater hatte nicht viel gesagt. Ein neues Mädchen, na schön, hatte er gesagt, als habe er die Geschichte schon hundertmal gehört.

Anisha schien sich keine großen Gedanken darüber zu machen. Sie wollte ihn endlich kennenlernen, sein Leben in diesem Park, auch wenn sie dafür mehr als drei Stunden im Auto saßen.

Mattis hatte noch immer Schwierigkeiten damit. Schon

der Name. *Politikerpark*, wie das klang. Irgendwie nach Anstalt, finde ich, nach Zoo, hatte er am Morgen gesagt.

Die so genannten Parks waren ein Konzept der frühen Zwanziger, als der Gedanke der Sicherheit in den Vordergrund rückte, eine Mischung aus Lager und Altersheim, alles superschick, mit den höchsten Sicherheitsstandards gegen anbrandende Neidgefühle. Längst nicht alle Parks lagen im Grünen, es gab welche an der Küste, an den Rändern größerer Agglomerationen, überall im Land verstreut Anlagen für ehemalige Manager, hohe Beamte, weiter im Landesinneren für berühmte Schriftsteller, Maler und Komponisten, über deren dortiges Leben nicht viel bekannt war.

Und sie können sich frei bewegen?

Sie melden sich ab und können dann machen, was sie wollen, ja.

Aber das kommt nicht vor.

Sie bleiben lieber unter sich. Da drinnen haben sie einen gewissen Schutz.

Da vorne, sagte Mattis, war aber nicht sicher. Links und rechts war dunkler Wald, dann auf einmal nicht mehr. Hinweisschilder forderten sie auf, das Tempo zu drosseln, man sah einen großen Parkplatz, dahinter Hotels aus dem letzten Drittel des vergangenen Jahrhunderts, alles ziemlich heruntergekommen.

Anders als in der Stadt war es auf einmal frisch, Anisha begann zu frösteln, schlüpfte in ihren Mantel, verwundert, dass man niemanden sah. Drüben bei den Hotels schien es hin und wieder eine Bewegung zu geben, aber sonst wirkte das Gelände ausgestorben. Überall waren Schilder, schlecht getarnte Überwachungskameras, in einem verwitterten Schaukasten eine Art Hausordnung, zwanzig goldene Regeln für die Besucher.

Hast du das gesehen?, fragte sie. Wir dürfen nicht pick-

nicken. Keine Waffen, keine ungenehmigten Übernach-
tungen. Ist es wirklich so schlimm? Ich dachte, in den
Städten, gut, die angespannte Stimmung. Aber hier draußen in dieser Einöde, am Ende der Welt?

Er sagte: Ich glaube, da drüben müssen wir lang.

Er nahm sie bei der Hand und musste feststellen, wie
schlecht er sich erinnerte. Er hatte gedacht, der Eingang
liege über der Straße, aber es war ein richtiger Spaziergang, sie brauchten über eine Viertelstunde. Die schmale
Schotterstraße wusste er noch, die Wiesen, auf denen im
vorletzten Sommer Schafe und Ziege geweidet hatten.

Die Kontrollen waren altmodisch. Sie mussten durch
eine Schranke mit Irisscanner, zeigten ihre Papiere. Anishas Handtasche wurde durchleuchtet, wie vor Ewigkeiten auf den Flughäfen, damals, als sie alle noch geflogen
waren.

Es war tatsächlich ein Park, mit gekiesten Wegen, auf
denen noch Laubreste lagen, alten Buchen, Birken und
Eichen, vereinzelt Beete mit den ersten Blumen. Alle paar
Meter blieben sie stehen, immer wieder verblüfft, wie weit
und groß das Gelände war, entdeckten etwas versetzt links
und rechts die ersten Pavillons, alte Leutchen, die gemütlich in der Sonne saßen, hinter verglasten Veranden, lesen-
de, dämmernde Gestalten, dazwischen uniformiertes Personal, junge Pfleger, die Getränke und Tabletten brachten,
alle auf den ersten Blick sehr freundlich.

Anisha traute der Idylle nicht. Man sieht das Geld, aber
man weiß nicht richtig, ob es nicht nur Kulissen sind. Die
Zeit ist falsch. Neunzehntes Jahrhundert, sagte sie.

Als Erstes fiel ihr auf, dass es kaum Paare gab, ab und
zu eine Frau, aber sonst nur alte Männer jenseits der achtzig. Sie fand das traurig. Alleinstehende Männer machten sie traurig.

Was macht er bloß den lieben langen Tag? Na gut, das

370

waren alles Politiker, ehemals hohe Tiere, die dieselbe Sprache sprachen. Sie konnten miteinander reden. Aber vielleicht taten sie das gar nicht.

Ich glaube, er schreibt an einem neuen Buch, sagte Mattis. Er ist nicht unglücklich, sagte er. Er ist alt, er spürt, dass ihm die Kräfte schwinden, aber so wie es aussieht, hat er noch ein paar Jahre.

Im Grunde wusste er nicht viel von ihm.

Manchmal kam Besuch, junge Doktoranden, die über Seldens zweieinhalb Jahre als Premier schrieben, manchmal ein kurzer Dreh, an runden Jahrestagen oder wenn jemand gestorben war, den er näher gekannt hatte.

Mit über achtzig, dachte Mattis, verlief das Leben nicht mehr so chaotisch. Man räumte auf. Man sortierte, warf weg. Jedenfalls stellte er sich das so vor. Die frühere Dichte ging verloren, das meiste verblasste, anderes wurde wichtiger, die frühen Jahre, das, was man versäumt hatte. Sein Vater war ihm nie besonders sentimental vorgekommen. Wann immer er ihn besuchte, wirkte er aufgeräumt, er war vernetzt, unter seinesgleichen. Seine Sehkraft hatte nachgelassen. Manchmal schaute er zurück, aber sein Interesse galt ganz klar der Gegenwart. Die Umstände seines Rücktritts schienen ihn noch zu beschäftigen, dass es nur diese läppischen paar Jahre gewesen waren. Er hatte Mattis die Zeitungen gezeigt, die er las. Sie hatten ein ziemlich großes Medienzentrum, in dem man sich eigene Programme zusammenstellen konnte, Nachrichten aus aller Welt, dazu das Archivmaterial. Er hatte Zugang zu riesigen Datenbanken, die auf den Nutzer zugeschnittene Filme generierten. Man gab ein Stichwort ein und hatte in Sekundenschnelle ein Potpourri an Bildern. Hunderte von Reden, Auftritte in Talkshows, was er wann wo gesagt hatte, seine Verbindungen, die Krawatten, die er getragen hatte.

Anisha wollte wissen, was noch. Das meiste konnte man auf Anhieb nicht sehen, die Einrichtungen waren über das gesamte Gelände verstreut, aber es war alles da, eine große Bibliothek, ein Schwimmbad, zwei Dutzend Restaurants, Krankenstationen, je nach Schwere der Fälle, für Leute, die gepflegt werden mussten, Verrückte, die den Sprung nicht geschafft hatten. Angeblich gab es sogar ein Bordell, das man aber offiziell nicht so nannte.

Er machte eine lange Pause.

Du hast ein schlechtes Gewissen, sagte sie. Sogar ich. Obwohl ich nicht den geringsten Grund habe.

Sie fand das merkwürdig.

Wir schämen uns. Wegen dieser Parks, aber mehr noch wegen der Zustände draußen. Dabei gibt es jede Menge Leute, die sich kümmern, Leute, die sich Gedanken machen. Die Gesellschaft. Die Politik. Trotzdem schämen wir uns. Wir versuchen, uns zu rechtfertigen. Ich hasse das. Dieses verdammte Gefühl, sich rechtfertigen zu müssen.

Es sind einfach zu viele, sagte er, wenngleich er wusste, dass es das nicht traf. In den großen Städten war die Lage noch immer schlimm, wenn auch nicht ganz so schlimm, wie sie vor zwanzig Jahren gedacht hatten. Kam darauf an, aus welcher Perspektive man es sah, ob man die neue Fristenlösung lediglich aus Zeitungen kannte oder persönlich verwickelt war.

Er schaltete immer ab, wenn etwas über die Alten kam, aber Anisha meinte, dass das kein Standpunkt war. Auch schlechtes Gewissen war kein Standpunkt.

Ich möchte nie alt werden, sagte sie. Nicht unter diesen Umständen. Auf keinen Fall.

Sie kamen an einen kleinen See und fragten sich zu einem alten Glaspavillon durch, der so etwas wie das Zentrum der Anlage war. Sein Vater hatte gesagt, er warte im Café auf sie, vielleicht auch nebenan in der Lounge, wo auf einem Dutzend Bildschirmen die Nachrichten der großen Sender liefen.

Es war nicht richtig zu erkennen, was er machte, ob er schlief oder bloß döste, aber es war ohne Zweifel sein Vater, ein bisschen geschrumpft, seltsam steif, wie eine alte Puppe. Er wandte ihnen den Rücken zu. Erst hörte er sie nicht. Sie riefen ihn an, sagten hallo, und dann rappelte er sich hoch, suchte nach seinem Stock und hatte ein Gesicht wie der grinsende Tod.

Dass sie Anisha hieß, war wirklich ein Witz. Am Telefon hatte er so getan, als höre er schlecht. Anisha? Wer? Wann kommst du genau?

Am Sonntag, hatte Mattis gesagt, um die Mittagszeit. Selden hatte sich den Termin notiert, auf einem Zettel, ihre beiden Initialen, was ein Vorbehalt war, als würde der Witz dadurch erträglicher.

Der letzte Besuch lag schon etwas zurück, ein gutes Jahr, schätzte er. Der berühmte Anwalt hatte selten Zeit, am ehesten um die Weihnachtszeit, wenn es hier draußen grau und finster war. Er wirkte immer etwas gönnerhaft, wenn er kam, der gute Sohn, der keine Mühe und Kosten scheut und ein wenig Licht in das Leben seines Vaters bringt, aber alles gespielt, für zwei Stunden, in denen sie meistens nicht wussten, worüber reden.

Es hatte sich von Anfang an komisch angefühlt, sein Vater zu sein, dieser immerwährende Versuch, an ihn ranzukommen, zu begreifen, wie er tickte, für was er sich interessierte außer für seine Prozesse. Mit Anfang dreißig, hatte Selden geglaubt, würden die ödipalen Spielchen allmählich an Bedeutung verlieren, aber da hatte er sich offenbar getäuscht. Mattis blieb die unfassbare Gestalt, die er seit jeher gewesen war, jemand, der hinter einer Scheibe aus Milchglas lebte und dann jammerte, dass ihn keiner richtig beachtete.

Selden hatte sich lange um ihn bemüht, ungefähr, bis er sechzehn war, in seiner Studentenzeit noch ein-, zweimal, dann nicht mehr. Mit Anisha hatte er sich nie bemüht. Sie war ihm von Anfang an zugeflogen, war eine Weile da und wieder nicht, auch als sie schon Jahre tot war. Na gut, er konnte sie nicht mehr anrufen oder sie besuchen, und doch hatten sie nicht die geringste Mühe, in Verbindung zu bleiben. Meistens redete sie richtig mit ihm, stellte Fragen, kritisierte ihn. Was treibst du? Geht's dir gut? Mir geht es so lala. Auch in seinen Jahren als Premier hatte sie mit ihm geredet. Warum machst du das und nicht das? Hättest du mich mal gefragt, aber deine Tochter fragst du ja nie. Sie schien nicht richtig alt geworden zu sein. Sie musste um die fünfzig sein, gut fünfundzwanzig Jahre älter als Mattis. Er fragte sich, was sie zu Mattis gesagt hätte, diesem Mädchen, das ihren Namen trug. Na komm, stell dich nicht so an, hätte sie gesagt. Da drüben sind sie, sie rufen schon eine Weile nach dir.

Er stellte den Ton leiser und drehte sich in Richtung Tür. Offenbar freute er sich jetzt. Er stand kurz auf, nickte ihnen zu, erst dem Mädchen, das ihn unbestimmt anlächelte, dann Mattis, der ihn kaum ansah und eine Bewegung in Richtung Glotze machte.

Was gibt es Neues? Alles noch am Platz? Keine neuen Erdbeben oder welche Hiobsbotschaften auch immer?

Das war eine seiner Floskeln, wie immer etwas spöttisch, aber doch ein Bemühen um einen Anfang. Selden hatte einen Beitrag über das Erdbeben in Tokio gesehen, zwei Monate danach. Ein Schriftsteller hatte eine Gastprofessur übernommen. Trümmerliteratur im frühen 20. Jahrhundert. Für solche Sachen schienen sie sich dort zu interessieren. Wiederaufbau und Askese, sagte er.

Die Stadt sieht noch immer schrecklich aus. Was heißt Stadt. Aber interessant. Etwas unheimlich vielleicht. Man fragt sich, wie sie das wieder hinbekommen wollen, aber bitte. Japanische Tugenden und das Geld aus China, so wie es aussieht.

Eine Katastrophe mit Ansage.

Und wir leben noch.

Das war Mattis, der nun umständlich begann, das Mädchen vorzustellen, wer sie war, eine Kollegin offenbar nicht, keine dreißig, schätzte er, als Erscheinung etwas blass, nicht nur weil sie rothaarig und sommersprossig war.

Anisha, sagte Mattis bereits zum zweiten Mal, dazu einen Nachnamen, den er auf der Stelle vergaß. Aus der Ferne erinnerte sie ihn an die junge Ruth, nicht so tapsig mädchenhaft, eher wie eine junge Lehrerin, die sich früh gegen falsche Illusionen gewappnet hatte.

Wie immer hatte Mattis ein Geschenk, eine Flasche Gin in Seidenpapier.

Früher war das deine Marke, ich weiß nicht, ob jetzt noch. Es muss Jahre her sein.

Er nahm die Flasche, sah kurz hin und wieder weg.

Erzähl. Setzt euch, sagte er. Was macht die Kanzlei, das Leben, obwohl es ihn nicht brennend interessierte.

Mattis hatte ziemlich zugelegt seit dem letzten Mal, drei, vier Kilo, schätzte er. Sein Anzug saß etwas sehr knapp, aber vielleicht war das unter Anwälten jetzt so üblich. Mattis' Entwicklung schien seit jeher in Sprüngen zu verlaufen. Selden hatte nie viel Zeit mit ihm verbracht, ab und zu eine Woche im Sommer, an den Wochenenden, wenn seine Mutter fand, dass es mal wieder an der Zeit wäre, sich mit dem neuesten Update zu beschäftigen.

Das Mädchen wollte noch ein wenig gehen und dann

sehen, wie er wohnte. Ihr Haus, sagte sie, wie jemand, der eine Weile zu bleiben gedachte.

Na ja, Haus, sagte er.

Er rappelte sich hoch, spürte ihren Blick, mit dem sie sich kurz vergewisserte, in welchem Zustand er war. Gehen war zum Glück kein Problem. Das Aufstehen war ein Problem, wenn er zu lange saß, am frühen Morgen, wenn er glaubte, der Schwerpunkt seines Körpers sei über Nacht verrutscht. Sein Hinken war schlimmer geworden, er ging seit Jahren am Stock, dem letzten Geschenk von Nick, bevor er in einem Park im Süden verschwunden war.

Ist es weit?, fragte das Mädchen.

Da drüben, sagte er. Praktisch um die Ecke.

Besonders schnell war er nicht. Alle paar Meter legte er eine kurze Pause ein und zeigte ihnen was. Er zeigte ihnen den Pavillon von Beck. Erinnert sich jemand an Beck?

Das Mädchen fragte: Beck? Nie gehört.

Er hatte sie fast alle überlebt. Die Liste der Toten war immer länger geworden: Die meisten Freunde waren tot, seine Minister, der gute Per, Josina, Freunde und Weggefährten aus den frühen Jahren, seine Feinde. Sogar Nick hatte eines Tages sterben müssen, obwohl er zeit seines Lebens gehofft hatte, er käme drum rum. Die Beerdigungen waren kaum auseinanderzuhalten, inzwischen war so mancher länger tot, als er ihn gekannt hatte. Von Ruth wusste er nicht mal die Stadt. Britta schien am Leben zu sein, vor zwei, drei Jahren hatte es eine größere Ausstellung gegeben, aber zu diesem Zweck brauchte sie nicht unbedingt zu leben.

Mattis sagte: Siehst du, da drüben auf dem Hügel? Das ist es. Wie ein Fremdenführer. Komischerweise nannte er es jetzt auch Haus. Hütte traf es besser.

Das Mädchen bewunderte die beiden Teiche, auf denen die ersten Seerosen blühten, vor dem Eingang die verwitterte Bank, alles sehr nett, wie sie fand, auf eine angenehme Weise überschaubar. Auch die Küche fand sie nett, wie er schlief, die beiden Wohnräume mit den vielen Büchern, das meiste Biographien, ein paar Romane, Abhandlungen zur Geschichte des frühen 21. Jahrhunderts, in einem schmalen Glasschrank der erste Teil seiner Erinnerungen, ein halbes Dutzend nicht autorisierte Biographien, zum Teil in billigen Taschenbuchausgaben.

Aber das machen Sie alles nicht allein, sagte das Mädchen. Sie haben Hilfe.

Er sagte, ja, jemand für den Garten, eine junge Afrikanerin, die zweimal die Woche putzen kam. Der Schreibtisch war natürlich tabu.

Mattis: Bist du noch dran?

Er sagte: Ja, hin und wieder, nein, eher nicht.

Er hatte ein paar Stichpunkte, ein Blatt Papier, auf dem der Plan stand, ein Kapitel über den Terror, den Sozialstaat, seine letzten Monate, verstreute Bemerkungen über den Tod, die Idee der Inneren Sicherheit, am Schluss eine Abrechnung mit seinen Nachfolgern, die in schnellem Wechsel gekommen und gegangen waren. Kein Wort über seinen Rücktritt, stattdessen eine Verteidigung der Politik, das, was sie mal gewesen war, Anfang und Ende. Im Titel etwas Griechisches, hatte er gedacht, *polis* versus Barbarei, eine Streitschrift wider den alten und neuen Populismus.

Leider glaubte er nicht daran. Meistens saß er bloß da und glotzte, fragte sich, wo die Jahre geblieben waren.

Das Mädchen war noch bei seinem Schreibtisch.

Darf ich mal?

Sie setzte sich auf den alten Drehstuhl und sagte: Wow, echt Teak, wirklich sehr schön, wie sollte sie nur sagen:

*bedeutend*, dabei war nicht viel zu sehen, drei, vier Stapel Papier, in der Mitte der große Bildschirm, der zugleich Fernseher war. Den Stuhl fand sie etwas unbequem, aber sonst alles, wie man es sich nur wünschen konnte.

Er fragte, was er ihnen anbieten könne, Wasser, Kaffee, einen Tee. Selden trank um diese Zeit meistens Tee, das Mädchen schloss sich an, während Mattis die Bar in der Schrankwand inspizierte. Offenbar trank er neuerdings nur noch Whisky, hielt auch gleich einen Vortrag dazu, was er mochte, die genauen Jahrgänge, in welchen Fässern das Zeug am besten reifte, die geheimen Tricks, warum die wirklich guten Tropfen praktisch nicht auf den Markt kamen.

Selden hatte seit Jahren nichts mehr angerührt.

Hast du was gefunden?

Mattis behauptete, ja, war sehr schnell beim zweiten Glas, nachdem er mit dem Mädchen geklärt hatte, ob sie die Rückfahrt übernehme.

Er hatte Mattis noch gar nicht nach seiner Mutter gefragt.

Geht es ihr gut? Telefoniert ihr? Seht ihr euch?

Darauf Mattis: Hannah? Ja, klar, ich denke schon. Wir telefonieren. Es geht ihr gut, soweit ich das beurteilen kann.

Selden hatte länger nichts mehr von ihr gehört.

Sie hatte ihr neuestes Buch geschickt. Letzten Sommer musste das gewesen sein. Sie schien eine kleine Berühmtheit geworden zu sein dort drüben in den Staaten. Ein schmaler Band mit Reportagen über das alte Amerika, das, was noch davon übrig war. Sagte man noch Buch?

Alle paar Monate rief sie an, mit einer Stimme, die ihn jedes Mal überraschte, weil sie so rau geworden war, distanziert und wieder nicht, korrekt, eher förmlich, sollte man wahrscheinlich sagen, ein wenig herzlich. Von sich selbst erzählte sie nicht viel. Sie schien seit Jahren allein zu leben oder hielt ihren neuen Partner nicht der Erwähnung wert. Sie erkundigte sich nach seinen Wehwehchen, den Jahren, die fehlten, die vergangen waren, was treibst du, was machen die Memoiren.

Er wusste ihren Geburtstag nicht mehr genau. Früher Sommer, meinte er sich zu erinnern, Anfang Juni, vielleicht auch Anfang Juli.

Lebte sie noch in Los Angeles?

Mattis sagte, ja, Los Angeles scheint der letzte Stand zu sein.

Vierundvierzigster Stock, glaubte er. Ziemlich weit oben auf jeden Fall.

Man schien sich seit Jahren nicht mehr frei in der Stadt bewegen zu können, nicht ohne Gefahr für Leib und Leben, doch das Seltsame war, Millionen und Abermillionen taten genau das, sie lebten dort unten in diesem Dschungel, sie kamen nicht hoch, um sich etwas von dem Kuchen zu ergattern, sie versuchten es nicht mal.

Alles total verrückt, sagte Selden. Man weiß nicht, was schlimmer ist, der Wahnsinn hier oder der Wahnsinn dort.

Einige Minuten saßen sie nur da, diese beiden Kinder auf dem ledernen Sofa, Mattis in einer Ecke, schon beim dritten oder vierten Drink, das Mädchen aufrecht in der Mitte.

Eigentlich war sie ganz hübsch, dachte er, auf eine sympathische Weise unerschrocken, jemand, der ihn fragte, nach seinen Nächten, wie das war, wenn man über achtzig war, im Kopf, wie man sich dann fühlte.

Nicht viel anders als mit fünfzig, sagte er. Kommt darauf an. Das Komische ist, es verschwindet nichts. Es ist alles da, man sieht den Tod, aber man denkt nicht groß daran, man denkt an Sex, wie man mit fünfzehn war, damals, als alles anfing, aber auch mit dreißig hat doch alles erst angefangen, mit Anfang vierzig, als ich in die Politik ging.

Er fragte das Mädchen, wie alt es sei. Neunundzwanzig war es kurz vor Weihnachten geworden.

Bei Mattis' Geburt war Selden Anfang fünfzig gewesen. Das schien nun doch schon eine Ewigkeit zurückzuliegen, die Jahre an Hannahs Seite, von denen er immer dachte, dass er sie gar nicht richtig erlebt hatte, flüchtige Zeit, in der er besser hätte auf sie achten müssen, wenn er sie mal sah, auf einem Schnipsel aus dem Archiv dieses helle Wesen, noch sehr jung, Mitte dreißig, wie sie mit ihm tanzte oder neben ihm die Gangway eines Flugzeugs hinunterstieg. Seltsam unversehrt, dachte er, voller Erwartung, etwas, das er damals nicht gesehen hatte und sich bloß hätte nehmen müssen, jederzeit und überall.

In den ersten Stunden machte er einen halbwegs wachen Eindruck. Sie hatte gedacht, sicher redet er dauernd über Politik, was er anders machen würde, besser schneller weiter, aber stattdessen fing er immer wieder mit den Toten an, erstaunt, wen sie alles nicht kannten, die Namen, die er zum Teil zu verwechseln schien, Frauen, die er gekannt oder mit denen er verheiratet gewesen war.

Ihre Eltern waren seit Jahren tot, deshalb hörte sie ihm gerne zu, fragte hin und wieder nach, wenn sie den Eindruck hatte, jetzt verhedderte er sich, wenn es Wiederholungsschleifen gab oder er sich in uninteressanten Details verlor.

Mattis hatte sich inzwischen abgemeldet. Sie hätte gern über ihre gemeinsamen Pläne gesprochen, die neue Wohnung unten an den Docks, dass sie bald heiraten würden, aber Mattis machte nicht die geringsten Anstalten, er saß nur da, schlürfte seine Whiskys und wartete, dass sie endlich essen gingen.

Es gab an die zehn Restaurants, die meisten weiter weg, weshalb sie sich für das nächstgelegene entschieden. Sie dachte: Na ja, afrikanisch, egal. Die Suppe mit den Algen mochte sie nicht, aber sie hatte Hunger, deshalb kämpfte sie sich durch.

Selden rührte sein Essen kaum an, was sie in seinem Alter normal fand. Sie mochte, wie er auf sie achtete, wie er immer gleich nachschenkte, wenn ihr Glas zur Hälfte leer war, wie er kaute oder Messer und Gabel benutzte, diese feine manierliche Art.

Auf einmal wollte er wissen, was sie machte. Vor lauter Toten habe er doch glatt vergessen, sie nach ihrem Beruf zu fragen.

Ich mache diese Shows, sagte sie. Lustige Ratespiele über vom Aussterben bedrohte Tiere.

Das fand er zu ihrer Überraschung interessant und begann sie auszufragen, machte sich Gedanken, über ihre Auswahlkriterien, dass es sicher Tausende und Abertausende Stunden Material gab. Alles wurde seit hundert Jahren archiviert, alles war da, Löwen, Elefanten, für Ewigkeiten gebannt auf Zelluloid, nachträglich digitalisiert, der Beweis für unsere Verbrechen, aber zugleich auch so etwas wie ein Trost.

So wie uns Felle trösten, sagte er, die Stoßzähne von Elefanten, die zu töten man wahrscheinlich nur in der Lage ist, wenn man etwas von ihnen bewahrt. Filme, Fotos, auf langen Listen ihre Namen, wann und wo wir jemanden von ihnen zum letzten Mal gesehen haben.

Sie sagte, genau das sei ihr neuestes Projekt.

Wir zeigen nicht nur niedliche Bilder von den letzten Eisbären, zu deren Leben es anschließend Fragen gibt, sondern wir werden Teil des Prozesses und drehen vor Ort ihren Überlebenskampf. Von der Galapagos-Riesenschildkröte soll es nur noch wenige Exemplare geben. Also fahren wir doch da mal hin und lassen sie nicht mehr aus den Augen, beobachten Tag und Nacht, wie sie leben, ob sie sich vermehren, was die letzten Tiger so treiben, das Java-Nashorn, meinetwegen auch Vögel, aber alles als Langzeit-projekt, finanziert durch Spenden und Patenschaften, da-mit es auch zu einer gewissen Bindung kommt, den großen Emotionen, wenn sich am Ende herausstellt, dass es die süßen kleinen Erdferkelchen leider nicht geschafft haben.

Sie wollte nicht, dass er sie für eine Zynikerin hielt.

Ohne eine Portion Zynismus lasse sich das wahrschein-lich nicht machen, sagte er.

Ich mag, wie Sie darüber reden. Dass Sie an etwas glau-ben, weil es doch hie und da vielleicht noch etwas zu ret-ten gibt. Zugleich frage ich mich, wer über uns eines Ta-ges so schöne Ratesendungen machen wird.

Sie sagte: Na, ich auf keinen Fall. Und zu Mattis: Oder was meinst du?

Noch einmal dachte sie, bitte, warum sagen wir's ihm nicht, er hat ein Recht darauf, aber Mattis zog nur fra-gend die Brauen hoch.

Selden wirkte jetzt doch ziemlich erschöpft, es wurde Zeit, dass er sich etwas ausruhte, trotzdem ließ er es sich nicht nehmen, sie zum Tor zu begleiten.

In letzter Minute sagte sie es ihm.

Erst nickte er, wirkte durchaus erfreut, auf eine zurück-haltende Art, nicht richtig kühl, als hätte er an die Mög-lichkeit noch gar nicht gedacht. Dann umarmte er sie. Das ist fein, sagte er. Und zu Mattis: Pass auf sie auf. Der Job ist nicht alles. Die Prozesse, was immer.

Habe ich etwas vergessen? So wie es aussieht, nicht. Al-so dann.

Er gab ihnen nacheinander die Hand, hielt sie kurz fest, dann drehte er sich schnell weg und begann, auf dem lan-gen weißen Kiesweg zurück in den Park zu gehen.

Sie sagten beide lange nichts, als müssten sie erst mal raus und Abstand bekommen, obwohl es noch um etwas anderes ging. Fast begannen sie zu streiten. Mattis beklagte sich, dass sie so gut wie gar nicht miteinander geredet hatten, während Anisha es so sah, dass zum Reden immer zwei gehörten.

Ich fühle mich einfach nicht wohl mit ihm, sagte er. Oder habe ich Komplexe? Der Sohn mit dem berühmten Vater? So ein Scheiß. Sag ganz ehrlich.

Sie sagte, dass sie ihn liebe, womit sie meinte, dass sie ihn nicht richtig kannte, aber auf dem besten Weg dahin war.

Es wurde spät, fast halb neun, als sie den Wagen zurückgaben und zu Fuß durch die gesperrte Innenstadt zu ihrer Wohnung gingen. Mattis wirkte wieder halbwegs entspannt, redete über seinen Job, was er daran mochte, wo er sich sah, wo er sich in, sagen wir, zehn Jahren sah, immer vorausgesetzt, dass die Fallzahlen weiter nach oben gingen.

Die Leute heiraten, also lassen sie sich auch wieder scheiden, sagte sie.

Sie war noch immer bei seinem Vater, dass er sie umarmt hatte, sie und die tote Tochter, deren Namen sie trug, während Mattis ungerührt danebenstand und noch nicht mal merkte, wie ähnlich er ihm war.

Oben in der Wohnung hatte sie kurz das Gefühl, dass sie Mattis eines Tages einfach ablegen würde, schüttelte den Gedanken schnell ab, checkte kurz die neuesten Nachrichten aus der Redaktion und stand dann lange am Fenster, wo sie auf den glitzernden Hafen schaute, unten an den Docks die ein- und auslaufenden Schiffe, die kreuz und quer über die Ozeane zogen und alles mit allem in Verbindung brachten.